suhrkamp taschenbuch 5263

AF202115

Der Scharlatan zeichnet ein eindrückliches Bild vom Leben der emigrierten Juden in Amerika. Während in Europa der Krieg wütet, sucht Hertz Minsker, selbsternannter Philosoph, Lebemann und chronisch pleite, sein Glück in New York. Bronja, seine vierte Frau, hat für ihn ihren Ehemann und ihre Kinder in Warschau zurückgelassen, jetzt schlagen sich die beiden mehr schlecht als recht durch. Unterstützung erhalten sie von Morris Calisher, einem Freund aus Jugendtagen, der mit Immobilien reich geworden ist. Dieser ahnt allerdings nicht, dass Hertz längst eine leidenschaftliche Affäre mit seiner Frau Minna begonnen hat …

»Das Leben im Exil, Religiosität, Untreue, Solidarität und der Schatten des aktiv wütenden Holocausts – das alles fügt sich hier zu einer lohnenden Lektüre.« *Frankfurter Rundschau*

ISAAC BASHEVIS SINGER wurde 1903 in Polen geboren und wuchs in Warschau auf. 1935 emigrierte er in die USA, lebte in New York und gehörte dort bald zum Redaktionsstab des *Jewish Daily Forward*. 1978 wurde ihm für sein Gesamtwerk der Nobelpreis für Literatur verliehen. Er starb am 24. Juli 1991 in Miami.

Christa Krüger übersetzte u.a. Werke von Louis Begley, Penelope Fitzgerald und Richard Rorty. Sie lebt und arbeitet in Berlin.

Isaac Bashevis Singer

DER SCHARLATAN

Roman

Aus dem Englischen von
Christa Krüger

Mit einem Nachwort von
David Stromberg

Suhrkamp

Isaac Bashevis Singer publizierte den jiddischen Originaltext
unter dem Pseudonym Yitzkhok Varshavski
von Dezember 1967 bis Mai 1968
in Fortsetzungen in der Zeitschrift *Forverts*.

Erste Auflage 2022
suhrkamp taschenbuch 5263
© 2017, 2018 by The Isaac Bashevis Singer Literary Trust
Translated from the English language: *The Charlatan*
© der deutschsprachigen Ausgabe
Jüdischer Verlag GmbH, Berlin, 2021
Alle Rechte vorbehalten.
Wir behalten uns auch eine Nutzung des Werks für
Text und Data Mining im Sinne von § 44b UrhG vor.
Umschlaggestaltung: Rothfos & Gabler, Hamburg
Umschlagfoto: Ben Shahn, *Murfreesboro, Tennessee*, 1935 (Ausschnitt),
Library of Congress, Washington, D. C.,
Prints & Photographs Division, FSA/OWI Collection,
© VG Bild-Kunst, Bonn 2020
Druck und Bindung: CPI books GmbH, Leck
Printed in Germany
ISBN 978-3-518-47263-7

www. suhrkamp.de

DER SCHARLATAN

ERSTES KAPITEL

1.

Anfangs sagten sie alle das Gleiche: Amerika, das ist nichts für mich. Aber nach und nach richteten sie sich ein und lebten nicht schlechter als in Warschau.

Mosche – oder Morris – Calisher versuchte sich in Immobilien und begriff schnell, dass man hier nicht mehr davon verstehen musste als in Warschau. Man kaufte ein Haus und kassierte die Mieten. Mit einem Teil der Einkünfte zahlte man das Darlehen ab, finanzierte, was man zum Leben brauchte, und hatte dann immer noch genug übrig für eine Anzahlung auf ein zweites Haus. Man musste nur einen Anfang machen, und Morris Calisher hatte seine erste Immobilie schon 1935 gekauft. Sein Glück hatte ihn nicht verlassen.

Die Flüchtlinge sagten, Morris Calisher sei beim Geschäftemachen in seinem Element wie der Fisch im Wasser. Er schrieb immer noch gern Zahlen auf Tischtücher und Adressen auf seine Manschetten. Er zog sich immer noch an wie gerade ins Land gekommen. Steife Kragen, Hemden mit gestärkten Manschetten, Schuhe mit Gamaschen – sogar im Sommer – und eine Melone, obwohl sie längst aus der Mode war. In seiner schwarzen Krawatte steckte eine Nadel mit einer Perle. So hatte er auf seine Art angefangen, Warschau in New York wiederaufzubauen.

Statt im Café Bristol oder im Lurs zu sitzen, wurde Calisher Stammgast in einer Cafeteria. Er trank seinen schwarzen Kaffee aus einem Glas statt einem Becher. Er fand sogar jemanden, der ihm servierte, weil er es hasste, Tabletts herumzutragen wie ein Kellner. Er rauchte eine Zigarre, kratzte sich mit einem Zahnstocher im Ohr, schlürfte seinen schwarzen Kaffee, und dabei schwirrten ihm Pläne durch den Kopf. Ja, es stimmte – in Amerika waren die Straßen mit Gold gepflastert. Man musste nur verstehen, es aufzuklauben.

Amerika stand am Rand eines Krieges. Die Preise für Waren schnellten in die Höhe, und Bankkredite konnte man sich mühelos verschaffen. Morris Calisher rechnete sogar damit, dass die Aktien früher oder später steigen würden. Englisch sprechen konnte er noch nicht, aber die Zeitungen hatte er gelesen und sich eine Vorstellung von dem verschafft, was an der Wall Street vorging. Er sagte zu seinem Freund Hertz Minsker: »Hör mir zu und vergiss deine Narreteien. Werde Geschäftsmann wie alle anderen Juden. Denk dran: Du musst nur den ersten Schritt machen. Von Freud kannst du nicht leben.«

»Du weißt ganz genau, dass ich kein Freudianer bin.«

»Wo ist der Unterschied? Freud-Schmeud, Adler-Schmadler, Jung-Schmung. Das Zeug ist doch keinen Pfifferling wert. Für einen Ödipuskomplex kannst du dir gar nichts kaufen.«

»Wenn du nicht aufhörst, von Psychoanalyse zu faseln, sind wir geschiedene Leute.«

»Schon gut, ich will mich nicht in deine Wissenschaft einmischen. In diesen Dingen bin ich ein Ignorant, stimmt, aber ich bin ein praktischer Mensch. In Amerika muss man sich ändern. Hier muss sogar ein Rabbi Geschäftsmann werden. Du könntest ein neuer Aristoteles sein, aber wenn du in einer Wohnung verrottest, die nicht deine ist, kräht kein Hahn nach dir. Und selbst wenn der Messias nach New York käme, müsste er vorher in der Zeitung Reklame für sich machen.«

Morris Calisher war gedrungen, breitschultrig, seine Hände und Füße waren zu groß, und in Polen hätte man gesagt, sein Kopf sei ein Wasserkopf. Auf dem kahlen Schädel sprossen ein paar Haarbüschel. Er hatte eine hohe Stirn, eine krumme Nase, dicke Lippen und einen kurzen Hals. An der Kinnspitze hatte Morris Calisher ein symbolisches Bärtchen stehen lassen – ein Zeichen, dass er sein Judesein nicht ganz aufgegeben hatte. Seine Augen waren groß, schwarz und vorquellend – Kalbsaugen.

Er stammte aus einer chassidischen Familie und hatte in seiner Jugend in der Jeschiwa von Gora und am Hof des Sochacéwer Rabbis gelernt. Er hatte die Tochter reicher Eltern geheiratet, die nach ein paar Jahren gestorben war und ihm einen Sohn hinterließ, den er Leibele nach seinem Großvater väterlicherseits genannt hatte, und eine Tochter, der er den Namen Feigele Malka ihrer Großmutter mütterlicherseits gab. Aber selbst nannten sie sich Leon und Fania. Leon studierte in der Schweiz. Er stand in Zürich kurz vor seinem Examen als Elektroingenieur. Fania war zweiundzwanzig, hatte zunächst an der Warschauer Universität studiert und sich jetzt für ein paar Kurse an der Columbia University eingeschrieben. Da sie sich mit ihrer Stiefmutter nicht verstand, war sie aus dem Haus ihres Vaters ausgezogen und wohnte in einem Hotel. Sie hatte ihren Namen amerikanisiert und hieß jetzt Fanny.

Morris Calishers zweite Frau, Minna, schwor, dass sie Fania besser behandle, als die eigene Mutter es hätte schaffen können. Sie habe ihr Leben für das Kind geopfert, aber das

Mädchen habe Gutes mit Bösem vergolten. Morris wusste, dass das stimmte. Das Mädchen war übellaunig erwachsen geworden und hatte etwas von einer jüdischen Antisemitin. Ihrem Vater begegnete sie mit offenem Spott. Sie hatte ihn schon vorgewarnt: Sie würde keinen Juden heiraten, und zum ersten Mal hatte Morris Calisher sie geschlagen. Nicht lange danach war sie ausgezogen. Er schickte ihr jede Woche einen Scheck mit der Post.

Er redete auf Hertz Minsker ein: »Wenn du nicht Geschäftsmann wirst, mach eine Praxis auf. In New York gibt's reichlich Verrückte.«

»Dafür brauchst du – wie sagt man – eine Lizenz.«

»Schließlich hast du studiert. Du bist Freuds Schüler.«

»Man muss eine Prüfung bestehen.«

»Na und, das schüttelst du doch aus dem Ärmel.«

»Das Englische fällt mir schwer. Außerdem will ich mich nicht den Damen aus der Park Avenue ausliefern.«

»Was willst du denn? Den Mond und die Sterne?«

»Lass mich in Ruhe. Ich kann nicht mitten in einer Weltkatastrophe eine Karriere anfangen. Dieser Hitler ist kein Witz. Der ist der Teufel selbst, der Erzfeind Asmodäus, der gekommen ist, den letzten Lichtfunken zu löschen von der einen Seite und Stalin – möge sein Name ausgelöscht sein – von der anderen. Es ist der Krieg zwischen Gog und Magog – wenn du Vergleiche magst. Noch sind keine Steine vom Himmel gefallen, aber was sind Bomben? In Polen sind die Juden in furchtbarer Gefahr. Wer weiß, was da passieren wird? Ich kann nicht mitten in dieser Katastrophe sitzen und den Klagen irgendeiner amerikanischen Yenta zuhören, die mit siebzig bedauert, dass sie vor vierzig Jahren ihren Ehemann nicht betrogen hat! Ich flehe dich an: Nenn mich nicht

Psychoanalytiker. Das ist die größte Kränkung für mich. Das ist, als würdest du mir ein Messer ins Herz stoßen.«

»Gott behüte, ich will nicht, dass du dich grämst. Du weißt, wie viel ich von dir halte. Es ist nur, dass mir deine Frau leidtut. Das ist kein Leben für sie. Schließlich ist sie Luxus gewohnt.«

»Ich hab sie nicht gezwungen. Sie hat von vornherein gewusst, worauf sie sich einlässt.«

»Trotzdem, Männer sind robuster. Wir haben unsere Ambitionen, unsere Fantasien, unsere – Dummheiten, sagen wir mal. Frauen sind abhängig von Kleinigkeiten. Deine Fenster blicken auf eine Mauer. Und ich hab dich tausend Mal gebeten, in diese Wohnung in meinem Haus zu ziehen. Inzwischen ist da alles vermietet.«

»Ich will nicht, ich will nicht. Sie wollte auch nicht. Du hast uns geholfen, herüberzukommen, und das reicht. Ich will kein Nassauer werden. Übrigens ist sie heute arbeiten gegangen.«

»Oh? Wohin denn?«

»In eine Fabrik.«

»Nicht gut. Das ist nichts für sie.«

»Ich hab sie nicht dazu gezwungen. Sie hat es selbst gewollt. Ich habe sie davor gewarnt. Was kann man mehr tun als jemanden warnen? Alles weiß man sowieso nicht. Gestern habe ich von einer grässlichen Explosion geträumt und dass alle Wolkenkratzer krachend zusammengestürzt sind. So realistisch, als wäre es tatsächlich passiert. Das Empire State Building schwankte wie ein Baum im Sturm. Das war nur ein Traum, aber er hat mir keine Ruhe gelassen.«

»New York werden sie schon nicht zerstören.«

»Warum nicht? Auch Jerusalem war eine schöne Stadt.

Alles hängt vom Willen des Himmels ab. Meistens wird dort oben entschieden, dass die Barbaren siegen. Warum sollte es diesmal anders sein? Höchstens, wenn der Jüngste Tag wirklich gekommen ist.«

»Aber bis dahin muss das Leben weitergehen. Ich werd dir ein Glas Kaffee und ein Stück Kuchen bestellen.«

2.

Hertz Minsker war ein paar Jahre jünger als Morris Calisher, hochgewachsen, mager und bleich. Rings um seine Glatze wuchs langes braunes Haar. Alles an ihm war schmal: der Schädel, die Nase, das Kinn und der Hals. Er hatte eine hohe rabbinische Stirn. Die grauen Augen hinter der Hornbrille schauten halb sorgenvoll, halb erstaunt und irgendwie so, als wisse er nicht, wo er war und mit wem er sprach. Jahrelang war er von einer Großstadt zur nächsten gezogen, von Warschau nach Berlin, Paris, London; zurechtfinden konnte er sich nirgendwo. Er lernte nie, wie er zu seinem Hotel zurückfinden oder zu der Straßenbahn kommen sollte, die ihn heimbringen würde. Außer Jiddisch und Hebräisch konnte er keine Sprache fließend sprechen, obwohl er auf Deutsch, Französisch und Russisch Bücher geschrieben und an etlichen Universitäten studiert hatte, allerdings ohne einen Abschluss.

Morris Calisher nannte Minsker gern den Ewigen Je-schiwa-Jungen. Minsker schleppte immer eine Aktenmappe voller Bücher und Manuskripte mit sich herum. Er trug ständig etwas in ein Notizbuch ein. Dem Anschein nach arbeitete er seit Jahren an einem Meisterwerk, das die ganze

Welt verblüffen würde, aber bis jetzt hatte es noch nicht Gestalt angenommen.

Während Hertz Minsker so von Stadt zu Stadt wanderte und in allen möglichen Bibliotheken und Archiven stöberte, hatte er es geschafft, viermal zu heiraten und außerdem wer weiß wie viele Affären zu haben.

Morris Calisher hatte Hertz Minsker schon gekannt, als der noch einen seidenen Hut und bis auf die Schultern reichende Schläfenlocken trug. Morris Calishers Vater war zu Hertz Minskers Vater, dem Pilsener Rabbi, gegangen, um sich Rat zu holen. Der Rabbi war als starrsinnig und als Kabbalist bekannt. Er hatte sich von drei Frauen scheiden lassen. Hertz war das Kind seiner ersten Frau, und er hatte irgendwo Brüder und Schwestern, die er nie gesehen hatte.

Im Lauf der Jahre hatten Morris Calisher und Hertz Minsker einander aus den Augen verloren, wiedergefunden, erneut verloren, um noch einmal in irgendeiner europäischen Hauptstadt aufeinanderzutreffen. Bei jeder Begegnung hatte Hertz in einem Dilemma gesteckt. Er hatte ein bemerkenswertes Geschick, sich in Krisen von einer Art zu manövrieren, die andere nicht einmal verstehen konnten. Er hatte Schulden, die er bezahlen musste, sonst verlor er das Leben. Jedes Mal wenn er Morris Calisher über den Weg lief, klatschte er in die Hände und rief: »Dich schickt der Himmel! Ich hab dauernd an dich gedacht. Das ist eine Fügung!«

Und er schüttelte den Kopf und hob die Augen zum Himmel. Entweder war ihm das Geld ausgegangen, oder er hatte Pass und Visum nicht rechtzeitig verlängert oder sein Manuskript irgendwo in einem Hotel liegenlassen, oder jemand hatte ihn aus dem einen oder anderen Grund bei der Polizei angezeigt, und er stand kurz vor seiner Deportation. Sein Hauptproblem bestand darin, dass er in Russland geboren war, wohin sich sein Vater für eine Weile geflüchtet hatte, und dass er wegen einer ganzen Serie von Formalitäten und Komplikationen seit der russischen Oktoberrevolution staatenlos war und nur einen Nansenpass besaß. Er war ein Bürger keiner Nation. Er vergaß immer, seine Visa zu erneuern, und lebte überall illegal. Er ließ sich unter Pseudonymen mit Frauen ein. Er hatte irgendwo in Warschau eine Tochter. In Avignon hatte er eine Affäre mit einer Armenierin gehabt, der Witwe eines Sepharden, hatte sie geschwängert und einen Sohn von ihr.

Hertz Minsker sagte von sich: »Ich bin ein Scharlatan! Das weißt du doch, Moyschele!«

Aber Mosche Calisher wusste auch, dass Hertz Minsker ein Gelehrter war, ein Philosoph und auf seine Art auch ein Sprachforscher. Er besaß Briefe von Freud. Bergson hatte einmal ein Vorwort zu einem Werk von Hertz Minsker geschrieben, das niemals publiziert worden war. Hertz kannte Alfred Adler, Martin Buber und eine Reihe anderer weltberühmter Männer. Morris Calisher hatte seine Artikel in hebräischen Anthologien, in deutschen und französischen Sammelbänden gesehen.

Morris Calisher war stolz auf sein ausgezeichnetes Gedächtnis – er wusste noch viele Seiten aus der Gemara Wort für Wort auswendig, aber Hertz verwirrte ihn immer wieder mit seiner ungeheuren Bildung. Er konnte den gesamten Talmud auswendig. Er hatte ganze Passagen aus dem Zohar im Gedächtnis, zitierte griechische und lateinische Dichtung. Im Chassidismus war er so zu Hause, dass er die

Namen aller Rabbis vom Baalschem Tov bis zur Gegenwart wusste.

Morris Calisher fragte sich immer wieder: Wie kann ein einziges Hirn so viel speichern? Und wie kann ein gebildeter Mensch, ein Gelehrter, sich mit Frauen aller Arten einlassen und sich in Techtelmechtel verstricken wie ein Tölpel? Das Geheimnis war noch undurchdringlicher, weil Hertz sich für einen religiösen Menschen hielt. Er hatte eine sozusagen individuelle Religion für sich entwickelt. Am Sabbat rauchte er, fastete aber an Jom Kippur; er aß nichtkoscheres Essen, legte aber Tefillin an; er hielt sehr viel von Jesus, neigte aber zum Anarchismus. Einmal sagte Morris Calisher zu Minna: »Was Hertz Minsker eigentlich ist, weiß nur der Allmächtige. Und manchmal bin ich im Zweifel, ob der es wirklich weiß.«

Hertz Minsker war 1940 nach New York gekommen, begleitet von einer Frau, die ihren Ehemann in Warschau verlassen hatte. Morris Calisher hatte diesen Mann gekannt – einen wohlhabenden Kaufmann, vornehmen Menschen, Sohn einer reichen Familie. Morris Calisher hatte sich längst angewöhnt, Hertz Minsker keine Fragen zu stellen.

In New York ließ Hertz sich treiben, ganz wie in anderen Großstädten auch, aber hier war es noch schwieriger für ihn, Geld zum Leben zu verdienen. Vom ersten Tag an klagte er, in der New Yorker Luft ersticke er. Zwischen Uptown und Downtown konnte er beim besten Willen nicht unterscheiden, und jedes Mal wenn er mit der U-Bahn fuhr, machte er Fehler, die so dumm waren, dass selbst Freudgegner darin die Hand des Unterbewussten erkennen mussten – widerstreitende Kräfte, die ihn von innen heraus sabotierten.

Unglücksfälle aller Art trafen ihn. Er ließ die Aktentasche im Aufzug liegen. Er verlor eine Brille, für die es in New

York keinen Ersatz gab, meinte er. Er hätte sich leicht ein Visum zur Einwanderung in die USA verschaffen können. Stattdessen kam er als Tourist und musste sein Visum nun verlängern lassen. Um ein Dauervisum zu beantragen, hätte er zuerst nach Kanada oder Kuba reisen müssen, aber ohne Visum konnte er nicht dort einreisen.

Ein Puerto Ricaner, der den Fußboden der Cafeteria aufwischte und den Morris Calisher als seinen persönlichen Kellner angestellt hatte, brachte Hertz Minsker ein Eierplätzchen und ein Glas Kaffee. Hertz begann, über dem Essen zu schockeln und zu murmeln, als spreche er einen langen Segensspruch.

»Ich bin weder hungrig noch durstig«, sagte er.

»Und wenn schon, schaden wird es dir nichts.«

»Sich den Bauch vollstopfen, wozu soll das gut sein?«, brummte Hertz, halb an Calishers Adresse, halb an seine eigene. »Ich beneide Gandhi. Das ist der einzige Weise in unserer Zeit. Es wird dahin kommen, dass die Menschheit ganz und gar aufhört zu futtern. Futter ist für Kühe. Liebe ist etwas ganz anderes. Sie ist dem Wesen nach spirituell. Deshalb glaube ich an alle diese Regeln nicht. Der Geist lässt sich nicht ins Geschirr spannen. Die Wahrheit ist, dass ein Mann zehn Frauen lieben und ihnen allen von ganzem Herzen treu sein kann. Die Menschen können das nicht hinnehmen, weil es nach Pazifismus schmeckt. Darum lieben sie den Krieg so sehr.«

»Wie soll das eine mit dem anderen zu tun haben?«

»Es gibt einen Zusammenhang.«

3.

Morris Calisher blieb nicht lange in der Cafeteria – er hatte eine geschäftliche Verabredung. Er schlug Hertz vor, mit ihm zusammen aufzubrechen, sodass er Hertz' Rechnung mit bezahlen könne, aber diesmal lehnte Hertz ab.

Er sagte: »Ich möchte noch eine Weile hierbleiben.«

»Was willst du denn hier machen? Den Reispudding mit einem Segen bedenken?«

»Ein paar Aufzeichnungen werd ich machen.«

»Des Menschen Wille ist sein Himmelreich. Nimm ein paar Dollar. Davon kannst du die Rechnung zahlen.«

»Ich brauch kein Geld.«

»Nimm, nimm! Bloß nichts ablehnen!«, sagte Morris Calisher im Scherz. »Und vergiss nicht, dass ihr, du und deine liebe Frau, morgen Abend bei uns eingeladen seid. Minna hat schon den halben Laden leer gekauft.«

»Ja gut, danke.«

»Verlier den Scheck nicht, denn wenn du ihn hier verlierst, musst du dir das Leben nehmen.«

Morris Calisher ging. Auf dem Weg zum Ausgang drückte er dem puerto-ricanischen Kellner einen Vierteldollar in die Hand. Er sagte sich: Ein brillanter Kerl, aber ein erstklassiger Schlemihl. Wenn er sich hier in Amerika im Netz verfängt, muss er's teuer bezahlen.

Bevor Calisher die Cafeteria verließ, warf er einen Blick zurück. Hertz hatte schon sein Notizbuch und einen Füllfederhalter aus der Tasche gezogen und kritzelte auf eine Seite: »Leibniz irrt. Monaden haben Fenster. Sie haben sogar Leitern.« Das Wort »Leitern« unterstrich er dreimal.

Er begann in seinem Notizbuch zu blättern. Ein Blatt war voller Telefonnummern. Hertz hatte die Angewohnheit, Telefonnummern konspirativ zu verschlüsseln, er schrieb sie mit hebräischen Lettern und notierte von Namen nur die Anfangsbuchstaben. Er ging zum Telefon, warf eine Münze ein und wählte eine Nummer.

Sofort hörte er eine Frauenstimme: »Bitte? Proszę? Hello?«

»Minnele, ich bin's.«

Einen Augenblick lang schwiegen beide.

Schließlich fragte Minna: »Wo bist du?«

»In einer Cafeteria. Grüße von deinem Mann. Er ist gegangen, ich bin geblieben. Er wollte sich mit einem Händler treffen.«

»Was für ein Händler?«

»Ich hab nicht gefragt.«

»Möchtest du herkommen?«

»Das ist etwas riskant.«

»Beeil dich. Ich hatte einen seltsamen Traum. Seit du in meinem Leben bist, habe ich solche wilden Träume! Ich träumte, es sei Hoschanna Rabba, und ich würde die Bachweidenzweige schwingen. Ein Zweig wollte sich nicht entblättern lassen. Ich schlug mit aller Kraft, aber kein einziges Blatt fiel ab. Ich sehe ihn an, und auf einmal ist es ein Palmzweig mit einem geknüpften Bügel für die Myrte und andere Dinge. Ich halte einen Etrog in der Hand und sehe meine ganz in Weiß gekleidete Mutter – möge sie in Frieden ruhen. Ihr Gesicht ist auch ganz weiß. Nicht die Blässe eines lebenden Menschen, sondern Leichenblässe. Ich habe Angst, und sie sagt: »Minusch, beiß die Spitze der Frucht ab.«

»Hast du zugebissen?«

»Nein, ich bin aufgewacht.«

»Das hat alles mit mir zu tun.«

»Als ob ich das nicht wüsste. Du bist überall. Ich rede mit ihm, aber eigentlich mit dir. Manchmal kommt es mir so vor, als hätte ich mir deine Sprechweise angewöhnt. Ich hatte Angst, er würde drauf kommen, aber er hat nur Geschäfte im Kopf. Ich sag dir, der Mann wird in Amerika Millionär. Gestern Nacht hat er bis ein Uhr morgens wach gelegen und mir von seinen Geschäften erzählt. Er hat eine Fabrik aufgemacht.«

»Einen solchen Ehemann verlässt man nicht, das wäre zu dumm.«

»Was hab ich denn von seinem Geld? Komm auf der Stelle her. Jede Minute zählt.«

»Ich nehme ein Taxi.«

»Gib mir einen Kuss! Gut so! Noch einen! Sei nicht so geizig!«

Hertz Minsker legte den Hörer auf die Gabel. Er öffnete kurz die Tür der Telefonzelle, um Luft hereinzulassen. Er begann seinen Backenbart auf der rechten Seite zu kratzen. Na ja, da hab ich mir was Schönes eingebrockt, murmelte er. Mit mir wird's ein böses Ende nehmen!

Dauernd erhob ein zweites Ich in ihm die Stimme, ein boshafter Moralist. »Meinen Prediger« nannte Hertz Minsker die Stimme, nach dem Maggid, dem Himmelsboten, der sich nächtens dem großen Rechtslehrer Rabbi Joseph Karo zu erkennen gab.

Hertz kramte in seiner Tasche nach einer Münze. Er hätte den Maler Aaron Deiches anrufen sollen, aber er fand kein Kleingeld mehr. Na ja, rufe ich ihn an, wenn ich bei Morris bin, beschloss er.

Er verließ die Telefonzelle und trocknete sich den Schweiß mit einem seidenen Taschentuch. Hertz Minsker hatte zwar in all den Jahren Mangel gelitten, aber teure Kleidung trug er trotzdem. Billige Sachen zu kaufen, zahlte sich für ihn nicht aus, da er von Natur aus sorgsam war und einen Anzug jahrelang verwenden konnte. Seine Schuhe nutzte er kaum ab. Er trug ein graues Jackett, Lackschuhe, eine locker geschlungene Künstlerkrawatte und einen edlen Hut mit breiter Krempe.

Er nahm die Aktentasche und ging auf die Tür und den Mann an der Kasse zu. Aber plötzlich hielt er inne, da er merkte, dass er seinen Scheck nicht bei sich hatte. Er kehrte um, zum Tisch zurück, aber da war der Scheck nicht. Na, dann muss ich mich jetzt umbringen, dachte er.

Er ging wieder zur Telefonzelle zurück, aber die war besetzt, also wartete er. Schon seit Jahren war Hertz Minsker bartlos, doch die Angewohnheit, sich ans Kinn zu greifen und an dem nicht mehr vorhandenen Schnurrbart zu zupfen, hatte er beibehalten: Nu, ich scheide mich ab von dieser Welt und von der nächsten! Morris hat das hier sicher nicht verdient. Pfui!

Die Telefonzelle wurde frei, und Hertz Minsker fand den Scheck auf dem Fußboden. Er zahlte und ging hinaus. Ein Taxi erwischte er sofort und gab dem Fahrer Morris Calishers Adresse.

Im Taxi erwog Hertz Minsker noch einmal die rationalen Gründe für das Zusammenleben mit einer Frau. Heirat war eine Frage der Herkunft. Eine öffentliche Beziehung war nur Konvention, mehr nicht. Diese beruhte ausschließlich auf dem Prinzip der Besitznahme, ein Überbleibsel aus der Zeit, da eine Frau auf eine Stufe mit einem Bullen oder einem Esel gestellt wurde. Aber die Sklaverei war abgeschafft, eine Ehefrau folglich kein Eigentum mehr. Hertz hatte sich seit Jahren sehnsüchtig jemanden wie Minna gewünscht. Von allem anderen abgesehen, würde sie etwas für ihn tun. Bronja war leider selbst ein gebrochener Mensch. Einen Fehler hab ich gemacht! Einen furchtbaren Fehler! Na, wenigstens hab ich sie vor dem Tod gerettet. In Polen hätte man sie sicherlich ausgelöscht.

Das Taxi hielt. Morris Calisher wohnte am Broadway auf der Höhe der Seventies. Minsker zahlte und nahm den Fahrstuhl nach oben.

So hilflos Hertz Minsker auf allen anderen Gebieten auch war, in Liebesdingen hatte er großes Geschick. Frauen hatte er immer begehrt, physisch wie geistig. Obwohl er immer wieder in Schwierigkeiten geriet, war er allzeit bereit, jede neue Gelegenheit zu ergreifen. Das war sein Opium, sein Glücksspiel, sein Whiskey. Hertz Minsker sinnierte, dass jeder Einzelne eine dominante Leidenschaft habe, für die er alle Grundsätze und Überzeugungen über den Haufen warf. Diese Leidenschaft Nummer eins war Schicksal. Sie war – mit den Worten Nietzsches – jenseits von Gut und Böse.

Minskers Psychoanalyse folgte diesem Muster: im Patienten die Leidenschaft Nummer eins zu entdecken, die das Bewusstsein gelegentlich aus einer Reihe von Gründen und Hemmungen ablehnte. Sie musste nicht immer Sex oder Machthunger sein. Außerdem kam es vor, dass in den mittleren Lebensjahren die Leidenschaft Nummer eins zur Nummer zwei wurde und diese an die Stelle der Nummer eins rückte. Das war eine Art psychischer Menopause, die eine schreckliche Krise hervorrief, denn die Leidenschaften kämpften gegeneinander um den Vorrang.

Er klingelte, und sofort öffnete Minna die Tür. Sie stand da und sah ihn an, eine mittelgroße füllige Frau. Ihr Haar war zu einem Knoten geschlungen, und an ihren Ohrläppchen baumelten lange Ohrringe. Sie hatte pechschwarzes Haar, aber sehr helle Haut, schwarze Augen, eine lange Nase und volle Lippen. Um den Hals trug sie eine altmodische Kette mit einem Anhänger, ein Erbstück von ihrer Großmutter. Ihr Busen war ein wenig zu schwer, aber Minsker liebte große Brüste. Ihre Hände und Füße waren weich und zart – Rabbiner-Hände.

Minna war gebildet. Sie beherrschte das Hebräische und schrieb Gedichte auf Jiddisch, die allerdings bisher keinen Verleger gefunden hatten. Ab und zu malte sie sogar ein Landschaftsbild. Sie redete halb wie eine moderne Dame, halb wie eine Rebbetzin.

»Da ist er! Na, was stehst du da? Komm doch rein. Willkommen!«

Und sie öffnete ihre Arme.

4.

Sie küssten sich lange – konnten die Lippen nicht voneinander lösen – und standen da wie in ein stummes Gebet versunken, von der Frömmigkeit der Liebe überwältigt. Minsker legte seine Hände auf Minnas Hüften, als wären sie ein Lesepult. Auch wenn er in vielen Bereichen ein Gegner Freuds war und fand, dass dessen Theorien von Fehlern und Missverständnissen durchsetzt waren, gestand er ihm doch zu, dass die Libido eine enorme Rolle spiele – allerdings aus ganz anderen Gründen, als Freud behauptete. Freud war im

Kern ein Rationalist. Menschliche Emotionen waren für ihn nichts anderes als Überbleibsel aus der Urzeit, Stolpersteine für die Kultur. In diesem Zusammenhang stand er Spinoza nicht fern, der Emotionen für fast überflüssig hielt, für bloßen Schaum auf der Schöpfung. Minsker war und blieb ein Kabbalist. Die Kabbala war der eigentliche Pantheismus. Der böse Geist war durch und durch relativ.

Nach einer Weile riss sich Minna los.

»Ich bin schon ganz außer Atem!«

Sie errötete wie ein junges Mädchen nach dem ersten Kuss.

»Wie lange kannst du so küssen? Bis zum Jahr 2000?«

»Dich? Für alle Zeiten.«

»Na, komm herein, setz dich. Seit ich dir begegnet bin, möchte ich ewig leben.«

»Oh, man lebt sowieso ewig.«

»Das sagst du so. Aber zu sehen, wie ein Mensch begraben wird, ist niederdrückend. Erst gestern bin ich auf einer Beerdigung gewesen. Eine alte Jungfer war gestorben. Hat nie den Geschmack der Liebe gekostet. Welchen Sinn hat es, die Jahre allein zu durchleben?«

»Diese Dinge sind schicksalhaft.«

»Ja, recht hast du, es ist alles Schicksal. Wenn ich innehalte und mein Leben bedenke, sehe ich buchstäblich, dass mich eine Hand geleitet hat. Bevor du kamst, wurde alles grau. Ich war vereinsamt und ohne Hoffnung. Aber dann wurdest du mir geschickt. Kaum sah ich dich, da wusste ich: Das ist es. Ich hab ein neues Gedicht geschrieben.«

»Lies es mir vor.«

»Hier im Flur? Na, komm mit.«

Obwohl Minna schrieb, malte und anspruchsvolle Bücher

las, hatte sie ihren Haushalt hervorragend im Griff. Morris Calisher war mit ihrer Haushaltsführung sehr glücklich. Seine erste Frau war immer etwas chaotisch gewesen, obwohl sie Dienstboten hatte. Minna hatte nur eine Hilfe, die zweimal pro Woche kam, aber alles glänzte. Hertz Minsker war ebenfalls von ihr beeindruckt. Er verglich ihre Küche mit einer Apotheke. Die Fußböden schimmerten in allen Zimmern wie Spiegel. Frische Blumen verströmten starken Duft. Draußen herrschte glühende Hitze, aber hier drinnen war es kühl und luftig. Die Fenster gingen auf den Hof, nicht zur Straße.

Minna umschloss Minskers Handgelenk und führte ihn ins Esszimmer.

»Was kann ich dir bringen?«

»Dich, sonst nichts.«

»Ein Glas Orangensaft mit Eis? Vielleicht kalten Borschtsch? Oder ein Brötchen mit Beeren und Sahne?«

»Nichts. Ich habe gerade gegessen.«

»Wovor hast du Angst? Leute wie du werden nicht fett.«

»Ich bin einfach satt.«

»Bei mir musst du immer hungrig sein.«

»Ich kann jetzt nicht essen und trinken.«

»Na gut, vielleicht später. Das Gedicht wird dir nicht gefallen. Aber es schafft Atmosphäre. Du hast mir vom automatischen Schreiben erzählt, und jetzt habe ich damit angefangen. Ich lege die Hand mit dem Stift auf das Blatt Papier, und alles kommt wie ohne mein Wissen heraus. Du wirst lachen, aber es drängt mich, in Spiegelschrift zu schreiben, von links nach rechts wie die Nichtjuden.«

»Vielleicht hast du eine Kontrolle.«

»Was für eine Krankheit ist das denn?«

Minsker erklärte ihr, dass eine Kontrolle ein spirituelles Medium, ein Geistführer, sei. Dann las Minna ihm das Gedicht vor.

»Ausgezeichnet! Ein Meisterwerk!«

»Das sagst du. Die Verlage werden es mit dem Stempel ›Abgelehnt‹ zurückschicken.«

»Wir gründen eine eigene Zeitschrift.«

»So Gott will. Mit dir zusammen kann ich alles schaffen. Wenn du eine Zeitschrift haben willst, dann machen wir eine. Es klingt vielleicht banal, aber du hast mir Flügel geschenkt. Manchmal lese ich Morris ein Gedicht vor, um zu hören, wie es in meiner Stimme klingt. Es gefällt ihm, aber er weiß nicht, warum. Für ihn ist alles eine Wissenschaft – ob Dichten oder Buchhaltung. Er ist ein lieber Mensch, aber primitiv. Seit ich dir begegnet bin, kann ich nicht mehr begreifen, wie ich all die Jahre mit ihm gelebt und sogar die Possen seiner Tochter ausgehalten habe. Gott sei Dank ist sie ausgezogen. Wenn sie je wiederkommt, was Gott verhüte, dann packe ich meine Sachen und laufe weg. Was siehst du in dem Gedicht?«

»Glauben.«

»Ja, ich bin gläubig. Ich war's immer. Aber Morris mit seiner Frömmigkeit irritiert mich. Dies darfst du, jenes darfst du nicht. Wie auch immer, was wir tun, ist bestimmt eine Sünde.«

»Was dem einen eine Sünde, ist dem anderen eine gute Tat.«

»Mich quält es. Ich kann ihm nicht in die Augen sehen. Ich könnte einen Ehemann betrügen, der brutal ist, so wie mein früherer, dieser Krimsky, aber ist es Morris' Schuld, dass er nicht brillant ist wie du? Er hält von dir so viel wie vom größten Rabbi. Er rühmt dich dermaßen, dass ich es manchmal nicht ertragen kann. Die Wahrheit ist, dass er schon die ganze Zeit von dir gesprochen hat, schon bevor du nach Amerika kamst, und dann konnte ich deine Ankunft kaum erwarten.«

»Das höre ich zum ersten Mal.«

»Ich hab es dir schon erzählt.«

»Na, das machen Männer häufig. Auch Frauen. Ich hatte mal eine Süße, die Tag und Nacht von ihrer Freundin schwärmte. Die studierte in Italien, und meine Süße schrieb ihr lange Briefe über mich. Das Ergebnis war – eine Art Kuppelei. Es gibt so etwas wie das Bedürfnis, Liebe mit anderen zu teilen.«

»Das Bedürfnis habe ich Gott sei Dank nicht. Ich will dich für mich allein. Vielleicht bin ich eine Egoistin.«

»Rahel und Leah waren keine Egoistinnen. Die eine führte Jakob Bilha zu, die andere Silpa.«

»Und er war einverstanden, dieser Heilige? Oh Hertz, was sollen wir tun?«

»Das weißt du doch.«

»Ich will mit dir zusammen sein. Nur mit dir. Was hast du mit deiner Frau gemacht?«

»Sie ist zur Arbeit in einer Fabrik gegangen.«

Minna schüttelte den Kopf, wie um Nein zu sagen.

»Was für eine Fabrik ist das?«

»Eine Fabrik eben. Für Haarnetze oder so was.«

»Und du hast sie gehen lassen?«

»Sie wollte es.«

Minna überlegte. »Du weißt, dass ich sie beneide, weil du ihr Ehemann bist, aber Fabrikarbeit ist nichts für sie.«

»Ich hab sie nicht dazu gezwungen.«

»Wir müssen die ganze Situation überdenken und zu einer klaren Entscheidung kommen. Morgen seid ihr zum Dinner bei uns.«

»Sie kommt erst gegen sechs nach Hause«, sagte Hertz.

»Na, ich weiß ja nicht, ob sie länger als einen Tag durchhält. Als ich neu hier war, habe ich versucht, einen Job zu finden, aber wenn eine Frau in Amerika Arbeit sucht, wird sie schlechter behandelt als in Polen. Hier ist Armut die größte Schande. Ein Lehrer hat mir mal erzählt, dass er mit den Kindern den Pentateuch las und ein Junge ihn fragte, ob Moses Lohnempfänger war oder ein eigenes Unternehmen hatte. Das ist Amerika. Und wie war es wirklich mit Moses?«

»Sie haben Manna gegessen.«

»Komm. Du bist mein Manna. Ich ess dich auf. Ich sage es Morris. Hörst du mir zu oder nicht? Was kann er mir tun? Auch ich habe das Recht, jemanden zu lieben.«

»Tu nichts ohne mein Wissen.«

»Wovor hast du Angst? Auspeitschen wird er dich nicht, Wenn du mich wirklich liebst, musst du eine Lösung finden. Untergehen werden wir nicht in Amerika. Wenn es zum Schlimmsten kommt, kann ich auch etwas arbeiten.«

»Was denn zum Beispiel?«

»Sogar mit Immobilien handeln.«

ZWEITES KAPITEL

1.

Als Minsker Morris Calishers Haus wieder verließ, war es fast siebzehn Uhr. Am Morgen hatte der Broadway einen erfrischten Eindruck gemacht. Sogar die Auslagen im Obstgeschäft erschienen zart, jede Frucht wie betaut. Die Straße hatte relativ sauber ausgesehen. Aber jetzt schien der Broadway von der Hitze erschöpft und von der Sonne ausgedörrt zu sein. Überall auf den Straßen lagen Nachmittagszeitungen verstreut, die, obwohl sie gerade erst herausgekommen waren, schon abgestanden rochen. Die Luft stank nach Benzin. Aus den U-Bahn-Schächten stieg heißer Dunst wie ein Ausstoß aus einem unterirdischen Krematorium. Autoreifen quietschten. Die Leute schlurften müde daher, die Hemden der Männer hingen schlaff, die Kleider der Frauen waren durchgeschwitzt. Ein einzelnes Flugzeug brummte am blechgrauen Himmel. An einer mit Kunstgras und Monstern aus Kokosschalen dekorierten Bude standen Passanten in Gruppen und erfrischten sich mit kalten Getränken. Zeitungsverkäufer riefen Schlagzeilen über zerbombte Großstädte und geschlagene Armeen. Die Maginot-Linie, auf die Frankreich und alle zivilisierten Länder so viel Hoffnung gesetzt hatten, war schon durchbrochen. Ihre Gewehre zielten jetzt in die entgegengesetzte Richtung.

Minsker ging ein paar Schritte, blieb stehen, lief weiter.

Ist das Amerika?, fragte er sich, als wäre er gerade erst vom Landungssteg gekommen. Nach einer Weile fragte er weiter: Ist das die Welt? Bin ich das?

Etwas in ihm lachte. Als Junge hatte er davon geträumt, ein zweiter Rabbi Nachman zu werden. Er hatte gefastet, Essen unzerkaut geschluckt, versucht, das Kommen des Messias zu beschleunigen oder selbst der Messias zu sein.

»Ach, ich bin bankrott!«, sagte er laut. »Verglichen mit mir, war der falsche Messias Sabbatai Zwi ein Heiliger.«

Das Zusammensein mit Minna bescherte ihm eine Befriedigung, wie sie lange nicht mehr erlebt hatte. Sie vermischte heilige und obszöne Wörter, sprach Dinge aus, die seinen Geist aufrüttelten. Sie war wie er eine seltsame Mischung aus Unantastbarkeit und Unreinheit. Mit ihr zusammen zu sein, war eine religiöse Erfahrung.

Aber wenn der Überschwang verging, kam die Depression. Alle Vorwände für den Ehebruch mit Morris Calishers Frau, die er sich ausgedacht hatte, lösten sich in Rauch auf. Alle Gelöbnisse und Versprechen, die sie einander in leidenschaftlichen Momenten gemacht hatten, klangen nur noch leer. Er war mit einem Touristenvisum in Amerika. Er hatte keine bezahlte Arbeit. Er lebte buchstäblich von dem, was Morris Calisher ihm zukommen ließ. Bronja hatte seinetwegen einen Ehemann und zwei Kinder verlassen. Nachts weinte sie sich die Augen aus. Sie hatte eine Arbeit angenommen, damit sie ihnen Pakete in das von den Nazis besetzte Warschau schicken konnte.

Wo war die Grenze seiner Schlechtigkeit? Er war nicht viel besser als Hitler. Hitler war ehrlich gesagt die Summe aus Millionen solcher namenlosen Schufte wie Minsker. Eine schlichte Rechnung.

Ihm war heiß, aber er zitterte. Er blieb vor einem Schau-fenster mit orthopädischen Schuhen und Plastikmodellen verkrüppelter Füße stehen und wollte auf der Stelle über sein Dilemma nachdenken und zu einem Entschluss kommen. Selbstmord? So weit war er noch nicht. Lust auf das Leben und Neugier auf das Ende dieses Welttheaters waren stärker als alle Fantastereien. Er musste sich ein Dauervisum verschaffen. Er musste Arbeit finden. Morris Calisher Geld abzuluchsen, war eine Schande, die er nicht länger ertragen konnte. Dass Flüchtlinge in Werften oder in Munitionsfabriken arbeiteten, hatte er gehört, aber er selbst hatte nie mit den Händen gearbeitet. Man würde ihn dort auslachen. Jemand hatte ihm geraten, einen Versuch bei den jiddischen Zeitungen zu machen, aber das Jiddisch dieser Zeitungen war mit englischen Wendungen durchsetzt, und jeder Gedanke musste für die Leser doppelt durchgekaut werden. Außerdem würden sie ihn nicht beschäftigen. In der Meldung über seine Ankunft war er sichtbar beleidigt worden. Man hatte seinen Namen empörend falsch ge-schrieben. Das war sein Schicksal – er hatte bereits Feinde vor Ort, ehe er überhaupt angekommen war. Das Ganze war von Anfang bis Ende ein Rätsel.

Er schlenderte durch die Straßen und schaute in jedes Schaufenster, auf jeden vorbeifahrenden Laster. Was ver-kauften sie eigentlich nicht in Amerika? Die Läden boten Schuhe an, Hemden, Unterwäsche, Kuchen, wieder Schuhe, wieder Hemden. Die Schrift auf den Lastwagen verkündete: *Lincoln Wäscherei, Büromöbel, Macy's, Phillips Öl, Cohens Gummiwaren.* Wer ist dieser Cohen?, fragte sich Minsker. Wie hat er sich so viel Wissen über Gummiverarbeitung angeeignet? Sein Vater war wahrscheinlich Synagogendiener in Eishyshok. Alle hatten sie sich irgendein Geschäft aufgebaut oder einen Beruf gelernt. Sie führten ein geordnetes Leben: heirateten, zogen Kinder auf und hatten jetzt Schwiegersöhne, Schwiegertöchter, Enkel und Lastwagen, die von anderen gefahren wurden. Wenn so ein Cohen starb, erbte seine Witwe seine Millionen und seine Lebensversicherung dazu und heiratete bald darauf einen Mr Levy. An Rosh Haschana fuhr Mr Cohen Junior in seiner Limousine zur Synagoge, sagte Kaddisch für seinen toten Vater und spendete tausend Dollar für das Heilige Land. Sollten die armen Juden doch den Boden in Palästina pflügen.

Nein, ein Cohen könnte ich nicht sein, schrie Hertz Minsker im Selbstgespräch auf. Sowie ich aus dem Bauch meiner Mutter kam, sah ich, dass alles ganz eitel ist. Als Fünfjähriger hab ich schon so gedacht wie jetzt. Das ist die unbedingte Wahrheit. Ich trank an der Mutterbrust und fragte die ewigen Fragen.

Hertz Minsker ging nordwärts. Die Geschichte mit Bronja war wirklich ein Wahnsinn – murmelte oder dachte er. Das hat mir alles verdorben.

In der Ninety-Sixth Street fiel ihm wieder ein, dass Bronja ihm aufgetragen hatte, ein Pfund Hackfleisch mitzubringen. Jetzt, da sie arbeitete, musste sie ein schnelles Essen zubereiten. Aber wo in dieser Gegend gab es einen Metzger? Vielleicht irgendwo weiter weg? Er erspähte einen koscheren Schlachter auf der anderen Straßenseite. Dann ist es eben koscher, wen kümmert's? Durch die Tür kamen Schwaden von Fleisch-, Blut- und Fettgeruch. Im Schaufenster hingen Hühner mit durchgeschnittenen Kehlen und glasigen Augen. Jedes Mal wenn Minsker solche Szenen sah, verlor er die Fassung. Er hatte schon ein paar Anläufe genommen, Vegetarier zu werden, aber selbst dafür fehlte ihm die Willenskraft. Nach einigen Wochen oder bestenfalls Monaten aß er wieder Fleisch, obwohl er das als Verleugnung der Menschlichkeit, der Religion, als einen Schimpf und eine Schande für die ganze Menschheit ansah. Es quälte ihn so sehr, dass es ihm den Schlaf raubte. Ach, ein Putzlumpen bin ich! Ein Putzlumpen und sonst nichts!

Aber wenn Bronja nach Hause kam und ihr Pfund Fleisch nicht vorfand, würde sie Theater machen. Sie konnte einem nur leidtun, wie eine hungrige Löwin oder Wölfin. Am Ende war alles Gottes Schuld, weil er Tiere erschaffen hatte, die töten mussten, um zu überleben. In dieser Sache konnte man nicht mehr von Wahlfreiheit reden. Es sei denn, man nahm hin, dass damit höhere Mächte konstituiert wurden oder dass auf der höheren Ebene Bürokratie herrschte, ganz wie der Psalm sagt: »Gott steht in der Gemeinde Gottes und ist Richter unter den Göttern, wie lange wollt ihr ungerecht richten?«

Ein paar Querstraßen nach der One-Hundredth Street bog Minsker links ab. Er warf einen kurzen Blick auf den Hudson River, der sich halb golden, halb silbern hinzog und hier verengt, erstarrt und müde wirkte vom Fließen und der ewigen Wiederkehr – den Dingen, die Nietzsche in den Wahnsinn getrieben hatten. Der Liftboy Sam hatte ein rotes Gesicht und die Augen eines Trinkers. Er suchte Trost im Whiskey. Eine Mutter und eine Großmutter schoben einen Kinderwagen in den Fahrstuhl. Im Wagen lag ein winzig kleines Mädchen auf einem rosa Kissen. Da zog jemand eine neue Bronja, eine neue Minna groß. Seltsam, das Kind sah nur Minsker an. Lächelte ihm mit seinem zahnlosen Mündchen zu und winkte sogar. Mutter und Großmutter lachten beide. Als sie im fünften Stock aus dem Fahrstuhl stiegen, schien das Baby ihm zum Abschied zu winken. Die Großmutter sagte zu Hertz: »Sie haben allerhand Erfolg bei den Damen.«

Minsker nickte. Aus Höflichkeit wollte er etwas sagen, hatte aber in diesem Moment das wenige Englisch vergessen, das er aus Wörterbüchern und beim Lesen von Shakespeares *Sturm* gelernt hatte.

2.

Hertz und Bronja hatten keine eigene Wohnung. Sie wohnten bei einer Witwe, Mrs Bessie Kimmel, einer Zahnärztin, die sich intensiv mit Theosophie, Spiritualismus, automatischem Schreiben und Malen und sogar mit dem Fotografieren von Geistern befasste. Hertz und Bronja hatten ein Zimmer für sich und durften die Küche mitbenutzen. Minsker hatte Mrs Kimmel bei einer Séance irgendwo in Central Park West kennengelernt. Er hatte aus Europa Empfehlungsschreiben an eine Anzahl von Seelenforschern in New York mitgebracht. Diese Empfehlungen brauchte er nicht, denn der Name Hertz Minsker war in den einschlägigen Kreisen bekannt. Er hatte in amerikanischen Zeitschriften eine Reihe von Artikeln über die Kabbala, Dibbuks und Dämonen publiziert und auch über ein verhextes Haus berichtet, einen Fall, den er persönlich untersucht hatte. Die Leser okkultistischer Zeitschriften vergessen Namen nicht.

Mrs Kimmel war nicht zu Hause, aber Minsker hatte einen Schlüssel. Die Wohnung hatte eine besondere Ausstrahlung. Minsker bemerkte sie schon beim Öffnen der Tür.

Mitten in der New Yorker Hektik war hier ein Ort unnatür-licher Stille. Kaum zu glauben, dass Mauern und eine Tür eine derartige Isolation bewirken konnten. Mrs Kimmels mediale Fähigkeiten mochte man glauben oder auch nicht, ihr Geist schwebte unbestreitbar über der Wohnung. Auch die Anwesenheit anderer Wesen ahnte man. Man spürte das lastende Schweigen von Kräften, die nur zu gern gesprochen hätten, aber mundtot waren. Das ist keine Einbildung, sagte sich Minsker. Die Wohnung war voller elektromagnetischer Strahlen, die alle möglichen albernen Lieder, sinnlosen Reklamesprüche, Jazz, Nazi- und kommunistische Propa-ganda und wer weiß was noch transportierten – Zeug, das man hören konnte, sobald jemand das Radio einschaltete –, warum sollte sie nicht auch Raum für andere Vibrationen bieten? Da Raum und Zeit Illusionen waren und Vernunft-kriterien keine ausgedehnte Substanz hatten, lag alles im Rahmen des Möglichen. Es wäre kein Wunder, wenn Kant an Swedenborg und dessen Wunder geglaubt hätte.

Überall im Korridor hingen Mrs Kimmels automatische Malereien: verschwommene Silhouetten, Vögel, nebelhafte Gesichter, orientalische Gewänder, schattenhafte Schleppen. Ein Bild zeigte ein Tier mit einer Schweineschnauze und den vielen Augen des Todesengels. Von den Wänden starrten fantastische Vögel herab, Wesen, die halb Tier, halb Mensch waren, farbige Mosaike, die Blumen oder wachsende Drüsen sein konnten. Mrs Kimmel hatte sich ein eigenes Dogma zurechtgelegt. Sie schöpfte aus allen Quellen. Sie sprach mit einer Selbstsicherheit, die Minsker verblüffte. Sie erzählte ihm, wie sie zum Okkultismus gekommen war. Als Kind war sie schwindsüchtig gewesen und hatte außerdem an einem Nierentumor gelitten. Die Ärzte hatten sie aufgegeben, aber Bessie war entschlossen, einen neuen Organismus in sich wachsen zu lassen. Mit reiner Willenskraft hatte sie ihren Körper wieder aufgebaut und mit neuen Organen ausgestattet, so wie man ein Zimmer möbliert. Kein Tag verging, ohne dass sie Minsker eine Botschaft von den himmlischen Meistern brachte, die über die Erde herrschten und nach und nach im Lauf der Zeiten das himmlische Königreich vorbereiteten. Mrs Kimmel behauptete, Minsker sei nicht rein zufällig nach Amerika gekommen, sondern mit einem Auftrag geschickt worden. Ihr habe man die Verantwortung übertragen, ihn mit Richtlinien zu versehen und ihm alle möglichen Mysterien zu erklären, deren Bedeutung sich nur durch höhere Einwirkung entschlüsseln ließ.

Na und, war der Glaube an Hitler oder Stalin denn besser?, fragte Minsker sich. Sie ist der Wahrheit näher als Kommunisten und Nazis. Wenigstens richtet sie den Blick nach oben, nicht nach unten. Dann fiel ihm ein, dass er das Pfund Hackfleisch immer noch mit sich herumtrug. Er ging in die Küche und legte es in den Eiskasten. Im Bad erspähte er eine Kellerassel in der Wanne. Sie versuchte, auf dem weißen Porzellan nach oben zu klettern, rutschte aber immer wieder zurück. Zuerst wollte Minsker sie zerquetschen, aber er beherrschte sich. So wie diese Assel fielen jetzt Millionen von Juden und Nichtjuden der Brutalität der Stärkeren zum Opfer. Was Minsker für die Kellerassel war, das waren Nazis und Bolschewiken für diese Juden. Ich werde das Tierchen retten, beschloss Minsker. Ich will auch mal was Gutes tun. Vielleicht wird mir diese gute Tat eines Tages angerechnet. Er riss ein Stück Toilettenpapier ab, ließ die Assel daraufklettern, warf sie dann auf den Fußboden.

»Du bist zum Weiterleben bestimmt!«, sagte Minsker zu

ihr. »Aber die Vermehrung sollte nicht dein einziges Ziel sein.«

Hertz Minsker ging in sein Zimmer. Bronja hatte es hergerichtet, so gut sie konnte, aber das Mobiliar war billig und abgenutzt. Der Sofabezug hatte einen großen Flecken. Auf dem Tisch stand ein Foto von Bronjas Kindern Karola und Juzek. Ihre kleinen Gesichter klagten Minsker an. Sie wiederholten den ganzen Tag lang: Du hast uns unsere Mutter weggenommen. Karola und Juzek waren nun im Warschauer Getto gestrandet und trugen den gelben Stern.

So würden die Sünden eines Menschen in der Gehenna vorgeführt, sagte Minsker sich ständig. Wohin sich sein Blick auch wendete, überall würde er ein Bild seiner Sünden sehen und des Leids, das sie bewirkt hatten.

Er streckte sich auf dem Sofa aus und lauschte dem Tumult in seinem Inneren. Die Leidenschaften, die Sorgen und die Ängste brodelten in ihm wie eine Dampfmaschine. Er legte Daumen und Zeigefinger seiner linken Hand auf sein rechtes Handgelenk, horchte einen Augenblick und sah auf die Uhr an seinem Handgelenk. Der Puls war zu schnell. Ab und zu schien ein Herzschlag auszufallen. Statt sechzig waren es neunzig Pulsschläge. Wie üblich hatte Minna ihn mit Delikatessen vollgestopft – mit Pudding, Kompott und Kuchen –, und er hatte Magenschmerzen. Auch beginnendes Kopfweh machte sich bemerkbar. Er warf einen Seitenblick auf das Foto. Ich kann den Anblick nicht mehr ertragen, sie soll es in die Schublade legen, werd ich ihr sagen.

Es war, als wollten die Gedanken in seinem Hirn sich in sein Bewusstsein drängen, und Minsker beobachtete diesen Kampf wie ein passiver Zuschauer. Was machte Mira wohl gerade? Und was war mit Lena? Er begann nachzurechnen, wie alt Lena inzwischen war. Achtzehn, eine Erwachsene. Vielleicht keine Jungfrau mehr? Ein perverser Gedanke kam ihm – wand sich heraus aus dem Schraubstock, der ihn festgehalten hatte –, richtete höhnisch Schaden an und verschwand wieder wie ein Kobold. Ja, was Minsker den Töchtern anderer angetan hatte, das fügten andere seiner Tochter zu. Wer weiß? Vielleicht hatten Nazis ihr Gewalt angetan. Oder sie hatte aus freiem Willen zugestimmt. Aber was war ein eigenes Kind? Was waren die Beziehungen zwischen den Generationen? Körper blieben einander immer fremd. Selbst der eigene Leib war ein fremder Feind.

Hertz hörte, dass die Wohnungstür ging. Es war Bronja. Er hörte Papier und Verpackungen rascheln. Sie hatte für das Abendessen eingekauft, vielleicht in einem Geschäft ein Schnäppchen gefunden.

Er hörte sie rufen: »Schatz, bist du da?«

Schatz, das hat mir gerade noch gefehlt, sagte er sich mit einem Lachen.

»Ja, ich bin hier!«, rief er.

Sie kam herein und baute sich vor ihm auf – größer als durchschnittlich, blond, schlank, das Haar verweht, in einem hellen Kleid, das im Lauf des Tages zerknittert und fleckig geworden war. In ihrem Gesicht zeichneten sich die Anstrengungen ab, die ihr zu schaffen machten, die Hitze, die Arbeit und die Sorgen. Sie war abgemagert und sah dadurch jung aus, wie ein erschöpftes Mädchen. Er betrachtete sie mit Kennerblick: Sie war eine Schönheit – blond, schlank, blauäugig, mit vollkommen geformten Armen und Beinen. Kein Makel an ihrer Gestalt. Aber unter ihren Augen waren blaue Adern sichtbar, und ihre ganze Haltung drückte Erschöpfung, Furcht und Enttäuschung aus.

»Na, und wie war's dort?«, fragte er.

»Ach, darüber will ich lieber nicht reden. Ich muss mich eine Weile ausruhen, ich kann mich kaum noch auf den Beinen halten.«

3.

Hertz stand vom Sofa auf, und Bronja legte sich sofort nieder. Sie lag atemlos da, vollkommen erschöpft.

»Fabrikarbeit ist nichts für dich«, sagte er.

»Was denn dann? Lass mich in Ruhe.«

»Vielleicht könnte ich etwas tun?«

»Hast du das Fleisch besorgt?«

»Ja, es ist im Eiskasten.«

»Ich war sicher, dass du es vergisst. Vielleicht kannst du den Tisch decken? Oder tu gar nichts. Ich mach schon alles. Ich will mich nur fünf Minuten ausruhen. Was in der U-Bahn los ist, kann ich dir gar nicht beschreiben. Wirklich ein Wunder, dass ich in einem Stück wieder rausgekommen bin. Irgendwelche Nachrichten aus Polen?«

»Nichts Neues.«

»Post für mich?«

»Nein, nichts.«

»Na ja. Ich hab dort mit einer Frau gesprochen, und für sie kommen regelmäßig Briefe. Sie schickt Pakete, und die kommen auch an. Du wirst es nicht glauben, aber sie hat Władek gekannt.«

»Wie denn das? Nu, ist ja auch egal.«

»Sie hat mal im Unternehmen seines Vaters gearbeitet. Sie hat mir auch gezeigt, was ich machen muss.«

»Geh nicht mehr dort hin.«

»Wenn ich nicht wieder hingehe, bezahlen sie mich nicht für den Tag. Sie sind nicht in der Gewerkschaft. Der Vorarbeiter ist schrecklich. Er hat mich angebrüllt. Beinahe hätte er mich geschlagen. Immerhin weiß ich jetzt, was eine Fabrik ist.«

»Wenn du bei mir bleibst, lernst du eine Menge.«

»Ja. Was hast du den ganzen Tag lang gemacht?«

»Ich habe Morris getroffen.«

»Ist das alles?«

»Ich war in der Bibliothek.«

»Du hättest Morris Bescheid geben müssen, dass ich es morgen nicht schon um sechs Uhr schaffe – ich kann nicht direkt von der Arbeit zu ihnen gehen. Ich muss mich zuerst waschen und umziehen. Frühestens um sieben kann ich dort sein.«

»Das hab ich ihm gesagt.«

»Ruf Minna an. Er vergisst bestimmt, es ihr zu sagen. Wenn sie weiß, dass wir später kommen, wird sie das Essen nicht zu früh anrichten.«

»Ich rufe sie an.«

»Vor Donnerstag habe ich keinen freien Tag, aber ich möchte mich um ein Paket kümmern. Vielleicht könntest du das für mich erledigen? Kauf Büchsenfleisch. Ich gebe dir das Geld. Besorg nahrhafte Sachen, gebackene Bohnen, Makkaroni, Champignonsuppe. Auch ein paar Dosen Sardinen. Die Frau hat mir erzählt, dass sie eine Salami geschickt hat. Dort ist eine schlimme Hungersnot. Jemand hat gelesen, dass sie in der ersten Kriegswoche das Fleisch von toten Pferden gegessen haben. Viele Männer sind nach Russland gegangen, aber wie hätte Władek denn mit den

Kindern nach Russland laufen können? Die Männer sind zu Fuß gegangen. Der Zugverkehr wurde sofort eingestellt. Außerdem ist er ein heftiger Antikommunist. Sie hätten ihn auf der Stelle erschossen. Ich verstehe nicht, wieso andere Briefe erhalten und die Bestätigung, dass ihre Verwandten die Pakete bekommen haben, während ich gar nichts erfahre. Manchmal denke ich, sie sind alle tot.«

»Sie leben noch, bestimmt.«

»Wie willst du das wissen? Weil Mrs Kimmel durch Telepathie mit ihnen gesprochen hat?«

»Bei den Bombenangriffen sind nur wenige Menschen gestorben.«

»Nein, Tausende. Ganze Häuser sind eingestürzt. Die Frau hat mir offen gesagt, da ich keine Antwort bekomme, soll ich keine Pakete mehr schicken. Aber was kann ich denn tun? Na ja, ich gehe und koche Abendessen.«

Bronja stand langsam auf. Sie schien unsicher auf den Beinen. Nach einer Weile ging sie in die Küche, humpelnd.

Minsker sah sie von der Seite an. »Noch ein Opfer«, murmelte er.

Er streckte sich wieder auf dem Sofa aus. Ich muss Geld verdienen!, ermahnte er sich. Ich werde einfach Tellerwäscher. Das kann ich bestimmt. Er begann, über die Arbeit nachzudenken, an der er schon seit Jahren schrieb und deren erster Teil so gut wie fertig war.

Als er neu in Amerika war, hatte ihm ein Maler namens Aaron Deiches viel Hoffnung gemacht. Der hatte ihm versichert, dass man leicht einen Verleger finden könne und jemanden, der das Buch aus dem Hebräischen ins Englische übersetzte. Man müsse nur eine Synopse einschicken. Minsker brauche sich nur einen Agenten zu suchen. Aber bis jetzt hatte sich noch nichts ergeben. Kein Agent wollte sich für ein in einer fremden Sprache geschriebenes Werk einsetzen. Minsker hatte sich sagen lassen, dass amerikanische Verleger selten nur den ersten Band eines Werks publizierten. Hier in Amerika schätzte man vollendete Sachen. Er hatte eine Art Synopse verfasst und übersetzen lassen, aber mehrere Verleger hatten erwidert, sie müssten wenigstens einen Teil des Werks in englischer Übersetzung sehen.

Minsker hatte wochenlag an der Synopse gearbeitet, aber sie war nicht gut geworden. Man konnte unmöglich unter einen Hut bringen, was Minsker predigte – eine Kombination aus spinozistischem Hedonismus, kabbalistischem Mystizismus und sogar einer Prise wiederbelebter Abgötterei. Er behauptete, Vergnügen und Religion seien ein und dasselbe. Man müsse nur die Gottesfurcht genießen. Er träumte von Synagogen, wo die Gläubigen »Seelenausflüge« organisieren konnten. Er wollte, dass die Religion eine Art Labor würde, in dem man mit den Möglichkeiten physischer und spiritueller Freude experimentierte. Jeder würde Gott individuell und mit anderen zusammen dienen. Gott und Abgott seien kein Widerspruch, schrieb Minsker. Gott müsse seinen Dienern all die Befriedigungen verschaffen, die ihnen die Abgötter gewährt hatten.

Minsker versuchte in seinem Werk, die Lehre Sabbatai Zwis aufzuwerten, und in den Aphorismen Jacob Franks fand er tiefsinnige Gedankenverbindungen. Er rechtfertigte sogar sexuelle Perversionen, solange sie dem Empfänger kein Leid zufügten. Alles ist die Liebe Gottes, schrieb Minsker. Der himmlische Vater wünschte sich, dass seine Kinder spielten, und wie sie dabei verfuhren, war ihm gleich. Er verlangte nur, dass kein Kind sein Glück auf dem Leid eines anderen aufbauen solle. Alle Wissenschaften, Soziallehren, alle menschlichen Mühen sollten sich die Verwirklichung dieses Prinzips zum Ziel setzen. Als Losung nutzte Minsker die Worte Jesajas: »Lernet Gutes tun«. Eine Wissenschaft müsse entwickelt werden, die lehre, wie man sich und anderen Gutes tue. Der moderne Mensch sei auf diesem Gebiet praktisch ahnungslos. Millionen historischer Fakten seien ihm bekannt, aber er habe vergessen, wie seine eigenen Vorfahren spielten.

Zu Beginn der Arbeit an dem Buch hatte Minsker sich vorgenommen, selbst zu praktizieren, was er predigte. Eine Zeitlang führte er sogar ein Tagebuch, das seine Theorie zugleich am Beispiel darstellen und kommentieren sollte. Aber dabei hatte er sich in sein Werk und in sein Leben verstrickt. Statt Glück zu bringen, hatte er Unglück bewirkt. Er quälte sich und fand nicht einen Tag lang Frieden. Er war der verkörperte Widerspruch zu seiner Lehre geworden.

Bronja rief ihn zum Essen in die Küche, aber er hatte keinen Hunger. Träge erhob er sich. Die ganze Institution Ehe ist antireligiös, sagte er sich.

»Hertz, das Fleisch wird kalt.«

DRITTES KAPITEL

1.

Morris Calisher hatte außer Hertz und Bronja noch zwei andere Paare und zwei Einzelpersonen eingeladen. Auf Minna konnte er sich verlassen. Wenn seine erste Frau Essensgäste eingeladen hatte, geriet sie in Panik, aber Minna plante alles im Voraus. Sie ließ die Zutaten liefern, heuerte eine Frau an, die in Polen für Hochzeiten gekocht hatte, und eine zweite als Serviererin. Minna selbst musste keinen Finger krumm machen.

Punkt sechs war alles fertig: Hors d'œuvres, Menü und Cocktails. Im Esszimmer war der Tisch mit Platzkarten gedeckt.

Am Tag der Party las Minna die ganze Zeit ein jiddisches Buch. Sie schrieb sogar zwei Gedichte. Um halb sechs zog sie sich um, richtete ihr Haar und legte Schmuck an. Sie besprühte sich mit einem Parfum, das Minsker mochte. Begegnungen mit Bronja waren für Minna stets heikel. Die andere war immer noch hübsch und bezauberte die Männer. Aber Minna wusste, dass Bronja vor lauter Kummer und Sorgen frigide geworden war. Außerdem hatte Minsker ihr geschworen, dass blonde Frauen ihn physisch noch nie angezogen hatten. Dazu kam, dass Minna Bronja töricht fand. Am liebsten hätte sie laut darüber gelacht, dass sie dieser hochmütigen, assimilierten Tochter aus wohlhabender Familie einen Ehemann stehlen konnte. Sie behielt die Oberhand über beide, Morris und Minsker. Der Betrug hatte sie zu einer Schauspielerin gemacht, und sie spielte ihre Rolle mit großer Sicherheit. Proben musste sie nicht, da ihr alles zuflog.

Als Erste kamen Albert Krupp und seine Frau Flora. Krupp war in Polen Anwalt gewesen, aber in Amerika Börsenspekulant geworden. Er hatte es geschafft, Polen ein paar Jahre vor dem Krieg zu verlassen und die Tochter eines reichen Mannes zu heiraten.

Als Albert Krupp in Amerika ankam, waren die Aktien an der Wall Street auf dem Tiefstand, aber Albert hatte die Theorie, dass sie steigen würden. Er war wie besessen von seiner Überzeugung. Er legte sein ganzes Geld in Aktien an. Noch hatte er keinen Profit gemacht, aber jetzt sah es so aus, als würde er ein reicher Mann werden. Im Moment lebte er von den Dividenden und von dem Gewinn, den eine von Flora betriebene Korsettfabrik abwarf.

Albert Krupp kam aus einer betuchten chassidischen Familie in Zywardow. Als Jurist war er nie gut gewesen. Er redete langsam und schwerfällig und hatte abartige Ideen. In Polen hatte ihn jahrelang sein Vater finanziert. Krupp ging spät zu Bett, stand spät auf und lief den ganzen Tag in Bademantel und Pantoffeln herum. Er war zwanzig Jahre älter als seine Frau und färbte sich das Haar.

Albert Krupp war kurz und füllig, hatte ein eckiges Gesicht, eine breite Nase, dicke Lippen und einen dichten mattschwarzen Haarschopf. Sein Gesicht war voller Dellen und Furchen. Er sprach Polnisch mit jüdischem Akzent, die Wörter kollerten ihm schwer wie Steine aus dem Mund. Oft hielt er mitten im Satz inne und hob gleichzeitig den Zeigefinger, um zu signalisieren, dass er noch nicht fertig war.

Er war bekannt als Angeber und als einer, der die absurdesten Gedanken äußerte. Morris Calisher nannte ihn den »mit der lockeren Schraube«.

Flora war nicht größer als ihr Mann, aber schlank und schnell. Meist trug sie Schuhe mit hohen Absätzen. So schwerfällig und voller abwegiger Ideen Albert war, so beweglich, energiegeladen und anpassungsfähig erschien Flora. Sie hatte mehrere aus Polen geflohene Frauen in mittleren Jahren in ihrer Fabrik angestellt, und diese arbeiteten viele Stunden für wenig Geld und waren ihr treu ergeben. Sie hatte reiche Damen aus der Park Avenue als Stammkundinnen angeworben.

Ihre Liebe zu Albert war so unerschütterlich, dass alle sich wunderten. Sie verteidigte sein verrücktes Gerede und seine Übertreibungen. Obwohl sie selbst nüchtern und praktisch dachte, billigte sie doch – wenigstens theoretisch – alle Meinungen Alberts über Politik, Finanzen und Strategien. Albert hatte zu allem eine Meinung, sogar zu der Frage, wie man Babys ernähren sollte, deren Mütter sie nicht mehr stillen konnten. Wenn Albert krank war, heilte er sich selbst.

Flora hatte ein schmales Gesicht, fahle Haut, einen langen Hals, eine Nase wie einen Vogelschnabel und Vogelaugen. Ihr schwarzes Haar trug sie hochgesteckt, und es schimmerte samtig. Sie kleidete sich immer schwarz, schwarz waren sogar ihre Strümpfe. Sie redete schnell und so leise, dass man kaum verstehen konnte, was sie sagte. Aber ganz plötzlich konnte sie einen Schrei wie ein wütender Vogel ausstoßen. Die polnischen Flüchtlinge kannten Floras Fähigkeiten genau. Sie hatte Zeit für alles: das Haus, die Fabrik, Englischkurse am City College und für Gäste. Für ihre Kochkünste war sie berühmt. Man hatte das Gefühl, dass

Flora mit einem normalen Ehemann in Amerika Millionärin geworden wäre. Albert Krupp konnte vieles nicht, auch keine Kinder zeugen, sein Samen war »tot«.

Er trank nur eine Sorte Alkohol: Wodka. Whiskey hielt er für ein tödliches Gift und zählte alle möglichen Fakten auf, die belegten, dass Cocktails Magengeschwüre hervorriefen.

Minna schenkte ihm ein Glas Wodka ein, und er leerte es in einem Zuge. Hors d'œuvres überzeugten Albert nicht. Er hatte das Prinzip, vor dem Hauptgang nichts zu kosten. Er ließ sich in einem Sessel nieder, legte seine klobigen Hände auf die Armlehnen und begann sofort eine Suada über das Faktum, dass Roosevelt und Hitler eine geheime Absprache getroffen hätten. Aber mittendrin wurde er unterbrochen, weil ein anderes Paar eintraf, Zeinvel Amsterdam und seine Frau Matilda.

Zeinvel Amsterdam war hochgewachsen, mager, hatte ein eingefallenes Gesicht, einen spitz zulaufenden Schädel ohne ein einziges Haar, einen langen Hals mit vorstehendem Adamsapfel, eine spitze Nase und ein spitziges Kinn, das immer Schnitte trug und verpflastert war, weil Zeinvel nie genug Zeit oder Geduld zum Rasieren aufbrachte. Matilda sagte, Zeinvel rasiere sich nicht, sondern ziehe sich die Haut ab. Seine Augen waren gelb und starr. Zeinvel Amsterdam war in Warschau Immobilienmakler gewesen, aber hier in New York hatte er selbst Häuser. Mehrere Gebäude besaß er gemeinsam mit Morris Calisher. Zeinvels Spezialgebiete waren der Kauf und die Renovierung oder, wie er es nannte, das Zusammenflicken halb verfallener Gebäude. Er hielt immer eine kalte Zigarre zwischen den zusammengepressten Lippen und ließ sie geschickt nach oben und unten, links und rechts wandern.

Zeinvel Amsterdam konnte nur Jiddisch, sonst keine Sprache. Er kam aus einer so abgelegenen polnischen Kleinstadt, dass selbst in Polen kaum einer je ihren Namen gehört hatte. Er hatte es eilig mit dem Reichwerden. Mrs Amsterdam, Matilda, war seine zweite Frau; die erste war in Armut gestorben. Matilda kam aus Galizien, sie war die Witwe des Gemeindepräsidenten einer großen Stadt. Sie sprach ein deutsches Jiddisch.

Matilda war klein und breit und watschelte. Sie sprach affektiert und lächelte freundlich mit ihren falschen Zähnen. Sie hatte eine kurze Nase, blasse Augen, ein breites Doppelkinn und einen so ausladenden Busen, dass sie den Boden nicht sehen konnte, weshalb sie alle paar Wochen stürzte und sich die dünnen, schwächlichen Beine aufschürfte. Unter den Flüchtlingen erzählte man sich, dass Matilda eine bessere Nase für Geschäftliches hatte als Zeinvel. Ohne sie schloss er keinen Handel ab. Wenn er Matilda um Rat bat, ob er eine Immobilie kaufen sollte oder nicht, sagte sie wahrscheinlich: »Du weißt alles, und ich weiß nichts. Aber da du fragst, würde ich sagen, das ist ja fast geschenkt.«

Dann musste Zeinvel Amsterdam nicht mehr gedrängt werden. Er schlug auf den Tisch und rief: »Abgemacht! Ich kaufe!«

2.

Nach den Amsterdams kamen noch zwei einzelne Gäste: der Maler Aaron Deiches und Hannah Sephard, Rabbinertochter und Hebräischlehrerin.

Aaron Deiches war noch keine Fünfzig, man hielt ihn aber für viel älter, da seine Gemälde seit über dreißig Jahren im Gespräch waren. Er war in Lublin ein Wunderkind gewesen und hatte so viel Talent gezeigt, dass er, schon bevor er ordentlich Lesen und Schreiben gelernt hatte, als Student in die Warschauer Akademie aufgenommen worden war. Als Zwölfjähriger hatte er in der Zachęta National Galerie ausgestellt. Reiche Leute hatten seine Gemälde gekauft. Später war er nach Deutschland gegangen und dort berühmt geworden. Anfang der dreißiger Jahre war er ganz plötzlich – so schien es jedenfalls – zum Modernisten geworden oder hatte jedenfalls eine eigene Schule der Malerei gegründet.

1939 kam er nach Amerika. Er stellte seine Bilder aus, wurde aber von den Kritikern verrissen. Zum ersten Mal erlebte Aaron Deiches einen Fehlschlag. Er wollte schon nach Paris zurückkehren, aber da brach der Krieg aus. Alles wurde schwierig für ihn. Er verkaufte keine Gemälde mehr. Er hatte Probleme mit dem Magen. Er wurde melancholisch. Er wohnte irgendwo in Greenwich Village in einer Dachkammer und malte fast gar nicht mehr. Er entdeckte ausgerechnet den Zohar für sich – in einer französischen Übersetzung – und bemerkte bei jeder Gelegenheit, dass er seine Rolle schon zu Ende gespielt habe. Er ging sogar in eine Synagoge und kaufte sich eine Grabstelle. Aaron Deiches kannte Hertz Minsker aus Europa. Dort hatten sie sich angefreundet.

Aaron Deiches war untersetzt, hatte ein blasses Gesicht, helle Augen und einen lockigen blonden Haarschopf, der ihn wie ein Kind aussehen ließ. Er sprach selten und mit leiser, kaum hörbarer Stimme. Wenn er lächelte, bildeten sich Grübchen in seinen Wangen. Niemand hatte je erlebt, dass Aaron die Fassung verlor, ein böses Wort über jemanden sagte oder auch nur eine Spur Bitterkeit zeigte. Jetzt als Gescheiterter war er genauso wie in der Zeit seines größten Erfolges. In Künstlerkreisen diskutierte man oft darüber, ob Aaron Deiches von Natur aus so liebenswürdig war oder ob er sich antrainiert hatte, so zu erscheinen.

Deiches war ein entfernter Verwandter von Morris Calishers erster Frau, und Morris hatte versucht, ihm durch Bilderkäufe zu helfen, aber Aaron Deiches nahm keinen Pfennig von ihm an. Er wollte nicht einmal ein Porträt von Morris malen. Jedes Mal wenn Morris ihm ein Gemälde abkaufen wollte, sagte Aaron Deiches: »Ach, komm, du brauchst es nicht.«

Minna hatte ihn dazu überreden können, sie zu malen, aber als das Bild fertig war, weigerte sich Aaron, Geld dafür zu nehmen. Morris Calisher schimpfte immer mit ihm: »Arele, du bist überhaupt nicht amerikanisch. Wenn ich Onkel Sam wäre, würde ich dich nicht ins Land lassen.«

Jetzt kam er mit Blumen für Minna. Er trug einen altmodischen schwarzen Anzug aus Europa, einen steifen Kragen mit Krawatte und schwarze Lacklederschuhe. Aaron Deiches war schon sein Leben lang Vegetarier und trank nie Alkohol. Er war mit einer Deutschen verheiratet gewesen, aber sie hatte sich scheiden lassen, und seitdem lebte er im Zölibat. Hertz Minsker sagte gern: »Er ist all das, was ich immer sein wollte.«

Nachdem er alle begrüßt, den Damen die Hand geküsst und ein paar liebenswürdige Bemerkungen verloren hatte, setzte sich Aaron Deiches und verstummte. Er starrte vor sich hin mit dem Gleichmut eines Menschen, der das Seine getan hat und sich nun wieder in seine Grübeleien versenken kann. Mit einem Ohr lauschte er Albert Krupp.

Nach einer Weile traf Hannah Sephard ein. Sie war Hebräischlehrerin und geschieden. Als Letzte kamen Hertz Minsker und Bronja.

Wie immer belebte Bronjas Auftreten die Männer. Zeinvel Amsterdam klatschte in die Hände und rief: »Schaut her, eine Schönheit aus Hollywood.«

Albert Krupp unterbrach seinen Vortrag. Er sprang auf, kam zu Bronja, nahm ihre Hand und küsste sie schmatzend. Aaron Deiches lächelte und entblößte weit auseinanderstehende Zähne. Er erhob sich, ging zu Bronja, küsste ihr ebenfalls die Hand und sagte: »Schön wie immer.«

Morris Calisher stapfte auf seinen kurzen Beinen davon und holte ihr einen Stuhl.

Die Frauen blieben sitzen, wie niedergedrückt. Matilda Amsterdam streifte Bronja mit einem kritischen Blick. Ihre Augen schienen zu fragen: Was starren sie so erregt, diese Idioten?

Flora Krupp musterte Bronja von Kopf bis Fuß, wiederholt, und zuckte die Achseln. Hannah Sephard lächelte halb freundlich, halb verlegen und schüttelte den Kopf im Gedanken an die immer wieder neue alte Wahrheit: Männer bewundern das hübsche Gesicht einer Frau mehr als die schönste Seele.

Minna hatte Bronja schon im Flur begrüßt, und sie hatten einen Kuss getauscht. Ein Auge richtete sie triumphierend auf die Männer, als wolle sie sagen: Seht mal, was ich euch Schönes gebracht habe! Mit dem anderen blinzelte sie den Frauen zu.

Bronja hatte den ganzen Tag in der Fabrik gearbeitet, sich aber zu Hause fünfzehn Minuten ausgeruht, ein Bad genommen und ein Kleid angezogen. Sie kam drei viertel

Stunden zu spät und wäre noch später gekommen, wenn Hertz nicht darauf bestanden hätte, ein Taxi zu nehmen.

Auch Hertz hatte Blumen mitgebracht. Er hatte nach dem Lunch zwei Stunden lang geschlummert und war dann zum Friseur gegangen, um sich Haar und Backenbart kürzen zu lassen. Obwohl er Minna geschworen hatte, er liebe Bronja nicht mehr und die Heirat sei ein Fehler gewesen – und einen Fehler könne man immer korrigieren –, schmeichelte es ihm, dass Bronja eine solche Aufregung unter den Männern hervorrief. Das stärkte sein Selbstbewusstsein. Er schaute Minna mit einem zärtlichen Blick an.

Minna dankte ihm für die Blumen, und Hertz Minsker sagte: »Das ist für deine unsterblichen Gedichte.«

»Na, hört sich jedenfalls hübsch an.«

Sobald Minsker seinen Cocktail getrunken hatte, sagte die Köchin, das Essen sei bereit.

Nach europäischer Sitte geleitete Minsker Minna zu Tisch. Dabei drückte er ihren Arm, und Minna murmelte: »Ich hab mich den ganzen Tag nach dir gesehnt.«

»Ich auch«, log Minsker.

Morris Calisher nahm Bronjas Arm, ließ ihn aber schnell wieder fahren. Ihm hafteten immer noch Spuren von chassidischer Demut an. Zeinvel Amsterdam hatte Bronjas Begleiter sein wollen, aber Morris hatte sie ihm weggeschnappt, und so nahm er stattdessen Floras Arm. Aaron Deiches half Matilda Amsterdam beim Aufstehen, da ihre Beine zu dünn und schwach waren. Albert Krupp hätte Hannah Sephard geleiten sollen, aber der ließ auf sich warten, und sie ging allein voraus.

Bald hatten alle am Tisch Platz genommen. Minna hatte eigens ein teures neues Tischtuch gekauft und ein neues

Service aufdecken lassen. Prompt begannen die Frauen, sich über die hübschen neuen Dinge auszulassen.

Obwohl es Brauch ist, dass der Gastgeber am Kopfende der Tafel sitzt, platzierte Morris Calisher Hertz Minsker dort. Hertz versuchte, das abzulehnen, aber Morris rief aus: »Für mich bist du der Pilsener Rabbi.«

Ein Rabbi, der mit deiner Frau schläft, antwortete ihm Minsker unhörbar. Er war beklommen und dachte an seinen Vater. Morris' Worte hatten ihn getroffen wie eine Entweihung, wie Blasphemie.

Minsker blickte auf, und Minna lächelte ihn süß und verräterisch an.

»Sicher«, sagte sie. »Ein Rabbi muss den Ehrenplatz haben.«

3.

Nach dem Dinner begann Morris Calisher, Aaron Deiches nach seiner Arbeit auszufragen. Deiches antwortete freimütig – Malerei sei nicht notwendig. Warum malen? Die Tora habe es mit Recht verboten. Es sei Idolatrie.

Morris Calisher lächelte: »Da Sie an die Tora glauben, befolgen Sie auch ihre anderen Gebote?«

Minsker schritt ein. Er behauptete, der Mensch habe das Recht, diejenigen guten Taten zu tun, die nach seinem Sinn waren. Auch beim Sündigen müsse man freie Wahl haben, sagte er. Er betonte, dass selbst die Propheten der Praktik des Menschenopfers abgeschworen hatten. Da alle Religionen nur Sprossen auf der Leiter waren, die der Suche nach Gott dient, habe jeder das Recht, auf seine Art zu suchen, vorausgesetzt, er gehorche den Gesetzen der Moralität und begehe auch sonst kein Übel. Minsker verglich die Religionen mit wissenschaftlichen Theorien. Man könne sie annehmen oder ablehnen, man könne eine gegen eine andere austauschen, aber das heiße nicht, dass man die Wissenschaft ablehne. Diesen Fehler machten alle Atheisten. Indem sie die eine oder andere Autorität ablehnten, meinten sie Gott zu leugnen. So wie die Wissenschaft nicht aufhörte, Wissenschaft zu sein, als Aristoteles' Physik oder Biologie abgelehnt worden waren, werde auch Religion nach der Zurückweisung der Offenbarungen des Moses, Buddha oder Jesus noch Bestand haben.

Aaron Deiches sagte: »Ohne Disziplin kann es keine Religion geben.«

»Disziplin kann man auch abändern. In allen Kasernen macht man das.«

Mitten in der Diskussion meldete sich Minna.

»Hertz, hast du mein Porträt schon gesehen?«

»Mehrere Male schon.«

»Komm, sieh es dir noch einmal an, und sag mir dann, ob Malen eine solche Sünde ist.«

Hertz Minsker stand widerstrebend auf. »Na ja, der Gastgeberin muss man sich fügen.«

In der Diele brummte er: »Warum tust du das?«

»Ich muss dich küssen.«

»Das wäre Wahnsinn.«

»Ich bin wahnsinnig.«

Minna hatte vorsorglich ihren Lippenstift abgewischt. Sie presste die Lippen auf Minskers Mund, und er wurde wütend. Warum dieses Risiko eingehen? Das waren kindische Albernheiten. Er wollte so schnell wie möglich ins

Wohnzimmer zurück, aber sie insistierte: »Hab's nicht so eilig. Zittere nicht so. Niemand hat einen Verdacht.«

Nach ein paar Minuten kamen sie wieder, und Minsker sagte zu Deiches: »Ein Bild wie dieses kann man wirklich nicht für eine Sünde halten. Man sieht immer etwas Neues darin.«

»Was sehen Sie? Nichts.«

»Nu ja, unser Freund Deiches ist seltsam verstimmt«, sagte Morris Calisher. »Das vergeht wieder. Es ist sicher gut, die Tora zu studieren und sich moralisch einwandfrei zu verhalten. Aber ist man schon ein moderner Mensch, dann geht Kunst im Allgemeinen besser als Kartenspielen. Schließlich ist jedes Talent ein Himmelsgeschenk.«

»Und was ist mit den Talenten, die Abgötter schnitzten?«

»Heute betet keiner Abgötter an. Höchstens die Nazis.«

»Menschen zu dienen und Idolen zu dienen, ist das Gleiche«, sagte Minsker.

»Wenn das so ist, dann sind die Kommunisten die schlimmsten Götzendiener«, rief Albert Krupp laut. Er hatte schon seit einer ganzen Weile versucht, sich einzuschalten, und sogar einen Finger gehoben, aber niemand hatte ihn beachtet. »Es gibt keinen übleren Abgott als Stalin«, fuhr er fort.

»Richtig, aber eine Spur Abgötterei steckt in jedem Menschen«, behauptete Hertz Minsker. »Liebe zum Beispiel ist eine Form von Abgötterei, was sonst?«

»Jetzt übertreibst du aber«, sagte Morris Calisher. »Auch die Erzväter liebten, Jakob hat Rahel geliebt.«

»In Wirklichkeit hat er vierzehn Jahre gedient, um sie zu erringen.«

»Das hält die Tora nicht für eine Sünde. Im Gegenteil.«

»Die Tora bestimmt, dass man das Ohr eines Sklaven durchbohren muss, wenn er für immer dienen soll.«

»Wirklich Minsker, du spielst mit Worten!«, protestierte Minna. »Wenn Liebe Abgötterei ist, bin ich auch eine Götzendienerin. Seit ich sieben war, habe ich immer jemanden geliebt.«

»Man kann lieben, ohne zum Sklaven zu werden.«

»Nein, das kann man nicht.«

»Nu, Minnele, jetzt übertreibst du. Ihr übertreibt alle!«, sagte Morris Calisher, unsicher, wie er seinen Einwand formulieren sollte. »Die Wahrheit ist, dass man alles mit Maß tun muss. Im Ersten Weltkrieg sammelten österreichische Offiziere irgendwo eine Hure auf, steckten sie in eine Badewanne voller Champagner und soffen bis zum Umfallen. Das ist Götzendienst im übelsten Sinn. Aber wer heiratet, wie das Gesetz es befiehlt, und in Frieden lebt, der treibt keinen Götzendienst. So geht es in allen Dingen. Maimonides hat uns gelehrt, dass man immer den goldenen Mittelweg gehen soll. Das ist Jüdischsein. Nimm uns zum Beispiel, Minnele. Ich liebe dich, und ich denke, du liebst mich auch, sonst hättest du mich doch nicht geheiratet. Aber wir feiern keine Orgien, Gott behüte. Mein Vater hat bestimmt keine Orgien mit meiner Mutter begangen – mögen sie ein heiliges Paradies finden.«

»Unsere Väter und Großväter verstanden nichts von der Liebe«, sagte Aaron Deiches.

»Das ist schon wieder eine Übertreibung, sie wären füreinander durchs Feuer gegangen.«

»Ich meine, dieses Ding Liebe gibt es überhaupt gar nicht«, rief Albert Krupp dazwischen. »Ich kannte ein Paar, die beiden liebten sich so sehr, dass sie alle in den Wahnsinn trieben. Vielleicht gehört es sich nicht, so etwas zu sagen, aber sie leckte ihm gern die Füße. Das hat er mir selbst erzählt. Eine perverse Anwandlung von ihr war das – oder weiß der Teufel, was sonst. Wenn er verschwitzt und verdreckt von einer Reise zurückkam, wollte er zuerst baden oder duschen, aber sie setzte sich auf den Fußboden, zog ihm Schuhe und Strümpfe aus und –«

»Albert, vielleicht hörst du lieber auf, von derart widerlichen Dingen zu reden«, sagte Flora. »Das ist kein Gesprächsstoff für Unterhaltungen.«

»Es ist die Wahrheit.«

»Die Wahrheit kann auch schmutzig sein.«

»Ich möchte noch zum springenden Punkt kommen. Eines Tages wurde der Ehemann krank und starb. Er hinterließ ihr ein Vermögen. Ich war bei der Beerdigung, und sie wollte sich tatsächlich ins Grab werfen. Man musste sie mit Gewalt zurückhalten. Ein solches Geschrei und Gehabe hatte ich noch nie gehört. Ich war sicher, die Frau würde Selbstmord begehen. Stellen Sie sich meine Überraschung vor, als ich ein halbes Jahr später hörte, dass sie einen Pferdehändler geheiratet hatte, einen Flegel, einen ganz gewöhnlichen Rüpel. Ich hatte nie etwas mit ihr zu tun, aber ich bin sicher, dass –«

»Schon gut, aber wir reden über normale Menschen, nicht über Irre«, unterbrach ihn Morris Calisher. »Jeder weiß, dass Verrückte aller Arten herumlaufen. In unserer Stadt haben sie mal einen Bauern eingesperrt, weil er mit einem Schwein zusammenlebte. Aber was beweist das schon? Normale Leute lieben normal, und so ist es in allen Lebensbereichen. Die Tora lehrt uns, alles in Maßen zu tun. So machen es Juden –«

Albert Krupp hob einen Finger. »Was ist mit den Menschen, die gemetzelt werden sollten, wie die Tora befahl – Männer, Frauen und Kinder ohne Unterschied? Und was ist mit den Völkern, deren Männer und alte Frauen auf Befehl der Tora erschlagen, deren junge Frauen und Besitztümer jedoch als Beute behalten werden sollten? Ich habe den Pentateuch studiert, und ich weiß Bescheid. Würden Sie all diese Befehle Mäßigung nennen, Mr Calisher?«

»Das war in der Vergangenheit.«

»Besagt das nicht, dass es Zeit für eine neue Tora ist?«, fragte Hertz Minsker.

Eine Weile sprach niemand.

»Was für eine Tora? Jesus Christus hat geraten, man solle die andere Wange hinhalten, aber die Christen haben sich seit zweitausend Jahren gegenseitig abgeschlachtet. Selbst die Päpste haben Kriege geführt und Blut in Strömen vergossen«, sagte Morris Calisher.

»Dann brauchen wir vielleicht eine dritte Tora?«

»Wozu soll eine dritte Tora gut sein? Nicht die Worte zählen, sondern die Taten«, rief Morris Calisher. »Tatsache ist, dass Juden seit zweitausend Jahren kein Blut vergossen haben. Im Gegenteil, ihr Blut wurde vergossen.«

»Gebt ihnen Macht, überlasst ihnen Israel, und sie werden Krieg gegen die Araber führen.«

»Ich bin kein Zionist.«

»Die Wahrheit ist, dass die Religion ganz wie die Wissenschaft noch kaum aus den Windeln ist«, sagte Minsker. »All die Toras sind voller Widersprüche. Nehmen Sie zum Beispiel unsere Tora. Hier heißt es: Du sollst nicht töten, und wenig später: ›Keine Seele soll leben.‹ Hier sagt sie: ›Du sollst nicht stehlen‹, und da will sie, dass du die Frauen des

Feindes nimmst. So ist es mit allen Geboten. Die Religion hat sich generell nie mit der menschlichen Natur und den Lebensumständen abgegeben. Von Anfang an hat sie vom Kommen des Messias geredet und deshalb die Menschen so magnetisch angezogen. Die Bhagavad-Gita ist ein großartiges poetisches Werk, aber auch sie ist keine in sich konsistente Religion. Meine Einstellung ist: Gott offenbart sich niemandem, so wenig wie die Wissenschaft. Das Gesetz der Schwerkraft hat sich Newton nicht in einem brennenden Busch offenbart. Nach religiösen Wahrheiten muss man genauso suchen, wie man nach den Naturgesetzen sucht. Beide sind in der Tat Teil ein und derselben Wahrheit.«

»Wie sucht man nach Religion?«

»Es gibt Wege.«

»Und was ist in der Zwischenzeit zu tun?«

4.

Auch Zeinvel Amsterdam, Morris Calishers Geschäftspartner, wollte etwas sagen, aber man ließ ihn nicht zu Wort kommen. Die Frauen, alle bis auf Minna, versuchten gar nicht erst, sich in die Diskussion einzuschalten. Bronja lehnte den Kopf an die Sessellehne und ruhte sich nach dem harten Arbeitstag aus. Sie konnte sich kaum wach halten. Sie gehörte zu jenen Schönheiten, die auch unter ungünstigsten Bedingungen ihr Aussehen nicht einbüßen. Sie hatte Gewicht verloren und wirkte müde, aber das unterstrich nur ihre Jugend und Attraktivität. Das schwarze Kleid, das sie aus Warschau mitgebracht hatte, war schon aus der Mode, aber es stand ihr. Sie hatte ein einziges Schmuckstück behalten, eine Perlenkette, die sie jetzt trug. Bronja schien ohne jeden Ehrgeiz zu sein. Was bedeutete ihr diese Diskussion? Sie hatte eine Sünde begangen, und sie war gestraft worden. Sie wusste sehr wohl, dass Minna Hertz schöne Augen machte. Sie verstand, warum Minna ihn aufgefordert hatte, das Porträt zu betrachten. Aber zwei Kinder den Nazis in Warschau auszuliefern, war eine solche Tragödie, dass alle anderen Probleme daneben verblassten. Die Frauen betrachteten sie stumm. Sie suchten nach wenigstens einem Makel, aber alles an ihr, Nase, Mund, Hals, war vollkommen. Hier in Amerika hätte sie leicht Model werden können, aber das war ihr nie eingefallen. In dem vornehmen Haus, in dem sie aufgewachsen war, hielt man Models für eine Art Straßenmädchen. Bronja hatte eine schwere Sünde begangen: Sie hatte Władek und die Kinder verlassen und Minsker geheiratet. Sie verglich sich mit jenen Insekten, die in der Zeit ihrer Fruchtbarkeit fliegen, eine Weile in ekstatischem Sex flattern und dann zum Tod verurteilt sind. Von Zeit zu Zeit schnaufte sie wie im Schlaf, fing sich aber schnell und entschuldigte sich.

»Ach, ich bin schrecklich müde, aber es ist so gemütlich hier«, sagte sie.

»Möchten Sie sich auf mein Bett legen?«, fragte Minna. »Wenn Sie müde sind, dann ist es eben so. Dafür müssen Sie sich nicht schämen.«

»Nein danke. Wenn ich nur hier sitzen kann, geht es mir gut.«

»Darf ich fragen, wie viel man Ihnen in der Fabrik bezahlt?«, fragte Matilda Amsterdam.

»Jetzt vierzehn Dollar die Woche. Später werden es ein paar Dollar mehr werden.«

»Lohnt es sich denn, für vierzehn Dollar pro Woche zu arbeiten?«

»Ich brauche das Geld.«

»Was für eine Ausbeutung!«, fiel Flora Krupp ein. »Ausbeutung, das gibt den Kommunisten so viel Macht.«

»In Russland bezahlen sie noch weniger«, sagte Zeinvel Amsterdam. Da die Männer ihn nicht an ihrer Diskussion teilnehmen ließen, hatte er den Frauen zugehört.

»Wir sind in Amerika, nicht in Russland.«

»Ich habe keine Ansprüche. Wenn ich nur meine Kinder hier hätte.«

Die Frauen verstummten eine Weile und hörten Hertz Minsker sagen: »In der Religion muss man wie in der Philosophie und in allen anderen Wissenschaften mit Zweifeln beginnen. Vielleicht gibt es einen Gott, vielleicht auch nicht. Vielleicht hat der Mensch eine Seele, vielleicht ist er eine Maschine. Vielleicht haben Gebete eine Wirkung, vielleicht auch nicht. Das war und ist meine Methode. Vielleicht hat Moses auf dem Berg Sinai gestanden und die Stimme Gottes gehört, aber da ich das nicht beweisen kann, verlasse ich mich nicht darauf. Gerade weil es solche Beweise nicht gibt, glaube ich, dass alle die Toras und die Wunder von Menschen gemacht sind. Nur wenn ich mit eigenen Augen Dinge gesehen habe, für die keine logische Erklärung möglich ist und die beweisen, dass es in der Natur einen Zweck und eine spirituelle Kraft gibt, nur dann habe ich das Recht, Schlüsse zu ziehen. Da mein Vater – gesegnet sei sein Andenken – eines Morgens aufstand und ankündigte, Haim Einbinder werde im Lotto gewinnen, und tatsächlich drei Tage später ein Telegramm bestätigte, dass er gewonnen hatte, kann ich diese Geschichte nicht als Folklore abtun oder als den Willen zu glauben oder etwas Ähnliches. Als mein Vater Haim Einbinders Lottogewinn vorhersagte, waren die Lottozahlen noch gar nicht gezogen. Seine Gewinnchancen waren wahrscheinlich eins zu hunderttausend. Mein Vater hatte nicht einmal einen Lottoschein gekauft. Dies beweist nichts, außer dass irgendwo oder irgendwie schon festgelegt worden war, dass Haim Einbinders Zahlen gezogen würden. Und dass irgendeine Kraft meinem Vater diese Information übermittelt hatte. Allein dieses Faktum entkräftet alle materialistischen Theorien. Wenn es Tatsache ist, dann tappen alle nur im Dunkeln – Darwin und Karl Marx und Hegel, und sogar Einstein. Gleichzeitig, meine Herren, möchte ich Ihnen sagen, dass dies kein isoliertes Vorkommnis ist. Derartige Dinge sind zu Tausenden und Abertausenden geschehen. Sie müssen nur die Berichte von Parapsychologen lesen. Die sind die wahren Gottsucher unserer Zeit –«

»Ich habe Haim Einbinder gekannt und ich weiß, dass er in der Lotterie gewonnen hat!«, rief Morris Calisher. »Ich weiß es noch wie heute.«

Albert Krupp hob den Finger. »Darf ich Sie etwas fragen, Dr. Minsker?«

»Sie dürfen.«

»Wer war dabei, als Ihr Vater, möge er in Frieden ruhen, dies gesagt hat?«

»Ich habe es mit eigenen Ohren gehört.«

»Wer noch?«

»Nur ich. Vielleicht noch jemand, aber das weiß ich nicht mehr.«

»Dr. Minsker, da Sie sich nicht erlauben, all den heiligen Büchern, all der über vier Jahrtausende gesammelten Evidenz Glauben zu schenken, vielmehr behaupten, es handle sich dabei womöglich nur um Folklore, frage ich mich bei aller Hochachtung für Sie doch, warum ich Ihre Geschichte glauben sollte. Verstehen Sie mich nicht falsch. Ich glaube Ihnen, aber das ist reine Privatsache. Ein Ausdruck des Respekts für Ihren Vater sozusagen. Aber warum sollten andere Ihnen glauben? Deren Väter haben nichts vorhergesagt. Mein Vater – er ruhe in Frieden – hat, soviel ich weiß, nie etwas prophezeit. Selbst wenn er jemandem Pech wünschte, weil der ein Konkurrent war, passierte das Gegenteil: Der andere wurde Millionär, und –«

»Sie müssen mir nicht glauben.«

»Worauf sollte ich meinen Glauben also gründen?«

»Ich bin nicht der Einzige. Es gibt reichlich Literatur zum Thema. Haben Sie je Flammarion gelesen? Schon mal von Edmund Gurney gehört? Wissen Sie, dass eine Gesellschaft in England sich diesem Forschungsgebiet schon seit fast sechzig Jahren widmet? Wenn Sie sich Jahr für Jahr mit dem Thema beschäftigen, kommen Sie zu gewissen Schlussfolgerungen. Gerichte verurteilen Menschen zum Tod auf Grund einer einzigen Zeugenaussage oder der Aussage eines halben Zeugen, oder ihnen genügt sogar bloß die Meinung eines Experten. Schauen Sie, der Tischler Bruno Hauptmann endete auf dem elektrischen Stuhl, nur weil das Holz seiner Leiter das Gleiche war wie die Bretter auf seinem Dachboden.«

Minna brach in Lachen aus.

»Humor hat er auch noch!«

»Warten Sie, ich bin noch nicht am Ende«, rief Albert Krupp. »Lassen wir für den Moment gelten, dass alles, was Sie uns erzählt haben, vollkommen wahr ist. Ihr Vater hat es vorhergesagt, und Haim Einbinder hat gewonnen. Sagen wir mal, hundert Leute wie Ihr Vater haben es vorausgesagt und Hunderte Einbinders haben gewonnen. Heißt das, am Samstag soll man kein Geld bei sich haben, oder man soll keine Gebetsriemen und keine Schaufäden tragen?«

»Das habe ich nicht gesagt.«

Plötzlich stand Aaron Deiches auf.

»In meinem Leben ist etwas Ähnliches geschehen.«

»Was ist geschehen?«

»Es ist so fantastisch, dass ich es nicht erzählen kann, ich schäme mich zu sehr. Sie würden wirklich nicht meinen, dass –«

»Ich weiß schon, das ist die Geschichte mit den Chanukka-Kerzen. Erzählen Sie nur. Zuhören lohnt sich«, sagte Minsker.

Alle rückten mit den Stühlen näher heran. Sogar die Frauen wurden neugierig. Aaron Deiches war kein Lügner. Er hustete und räusperte sich, zog ein Taschentuch hervor und wischte sich den Mund ab. Er lächelte scheu und bereute offensichtlich, dass er sich in die Zwangslage manövriert hatte, seine Geschichte erzählen zu müssen.

Zeinvel Amsterdam nutzte das Schweigen, um in die Hände zu klatschen und zu verkünden: »Hört, hört, ein Abend der Wunder!«

»Sei still, Zeinvel!«; mahnte Morris Calisher. »Jeder Tag, jede Stunde, jede Minute ist voller Wunder.«

»Und warum tut Gott kein Wunder in Polen?«

»Na, wie gefällt dir dies: Von heute an wird Gott sich von Zeinvel Amsterdam belehren lassen?«

»Es war kein Wunder, ganz sicher nicht«, sagte Aaron
Deiches. »Wo sehen Leute wie wir denn Wunder? Aber
sonderbar war es trotzdem. Ich muss hier an etwas Per-
sönliches rühren. Ich habe einmal eine Frau geliebt. Nicht
die, welche ich geheiratet habe, eine andere. Warum ich
sie nicht geheiratet habe, weiß ich nicht. Vielleicht gerade,
weil ich sie so sehr liebte. Ein physikalisches Gesetz sagt,
dass jede Aktion eine Reaktion auslöst. Das gilt auch in
der Psychologie. Wer liebt, hegt auch eine Menge Groll
gegen den geliebten Menschen, und bald ist die Wut fast
ebenso groß oder sogar größer als die Liebe. Die Wahrheit
erkennt man erst, wenn es schon zu spät ist. Die geliebte
Frau wurde plötzlich krank und starb. Das Ganze war nur
ein perverser Trick, mehr nicht. Es war in München. Aus
dem einen oder anderen Grund gehen dort Frauen nicht zu
Beerdigungen. Drei Männer, einer davon ich, folgten dem
Sarg. Ein kalter Wintertag, der erste Tag des Chanukka-
Festes. Dass Chanukka war, wusste ich, weil mir ein paar
Wochen zuvor jemand einen Chanukka-Leuchter, eine
Chanukkia, geschenkt hatte. In jenem Jahr wollte ich die
Kerzen anzünden, nicht aus Frömmigkeit, sondern nur so.
Da ich den Leuchter nun einmal hatte, wollte ich ihn auch
verwenden. Die Kerzen hatte ich schon gekauft und in die
acht Halter gesteckt und dazu eine große als Schamasch.

Aber dann war sie so krank geworden, und ich hatte das
Ganze vergessen. Ich will Sie nicht langweilen, aber ich
habe diese Frau bis zur Verzweiflung geliebt. Ich liebe sie
immer noch und denke jeden Tag, jede Minute an sie. In

solchen Dingen kann man nicht zu genau sein. Der Weg zum Friedhof in München war lang. Dichter Schnee war gefallen, und Frost lag in der Luft. Ich will Ihnen nicht die ganze Beerdigungszeremonie beschreiben, auch nicht meine Gefühle dabei. Sie hackten ein Loch in den Schnee und versenkten darin die Person, die mir das Liebste auf der Welt war. Ein Totengräber sagte mit heiserer Stimme das Kaddisch, und dann war alles schon vorbei. Ich ging nach Hause wie zerschmettert. Sie können verstehen, wie es war – alles war so schnell gegangen.

Ich ging in mein Zimmer – mein Atelier. Es war schon Abend, aber ich wollte keine Lampe anzünden. In mir war alles stockdunkel, wie hätte ich Licht machen können? Eine solche innere Düsternis hatte ich noch nie erlebt. Ich saß in Mantel und Hut da, umklammerte einen Regenschirm, den ich, warum auch immer, mitgenommen hatte, und sah zu, wie es Nacht wurde.

Plötzlich fiel mein Blick auf die Chanukkia, und ich erinnerte mich, dass es Zeit für die erste Kerze war. Ohnehin wollte ich für ihre ewige Seele eine Kerze anzünden. Ich hatte Streichhölzer bei mir und steckte eine Kerze an. Im Licht dieser einen Flamme schien das Atelier noch dunkler zu sein. Mir gegenüber hing ihr Porträt – das beste Bild, das ich je gemalt hatte –, und ihr Gesicht lächelte auf mich herab. Ich habe vergessen zu erwähnen, dass sie im Tod gelächelt hatte; für mich hatte es jedenfalls so ausgesehen. In solchen Fällen ist das Wort eines Menschen nicht sehr zuverlässig. Alles ist schrecklich subjektiv. Jedenfalls zündete ich die Kerze an, sagte aber keinen Segensspruch.

Ich stand da, schaute in die einzelne Flamme, und ein Gedanke schoss mir durch den Kopf: ›Wenn deine Seele noch hier schwebt, Nemi – sie hieß Nemi –, dann beweise es mir, indem du alle acht Kerzen anzündest.‹ Das war nur so ein plötzlicher Einfall. Tief im Inneren sind alle Menschen Gläubige. Meine ich jedenfalls. Gleichzeitig sind alle – ebenso tief im Inneren – Ketzer und glauben nicht an Wunder. Welches Gefühl stärker ist, weiß ich nicht. Beide sind äußerst machtvoll.

Aber schon während mir der Gedanke durch den Kopf ging, wusste ich, dass niemand die anderen Kerzen anzünden würde und dass die eine herunterbrennen würde wie gewöhnlich.

Unterdessen überwältigte mich diese furchtbare Müdigkeit. Ich hatte in der Nacht zuvor keinen Schlaf gefunden und fiel auf mein Bett, das in einem Alkoven stand. Ich hatte noch Mantel und Galoschen an und schlief auf der Stelle ein. Ich schlief wie ein Toter. Bis ein Uhr morgens lag ich so da. Das weiß ich, weil ich eine Uhr mit Leuchtzifferblatt hatte, diese Uhr hier. Feuer im Ofen hatte ich nicht gemacht, und es war scheußlich kalt im Zimmer, aber ich trug einen dicken Mantel und darunter einen Pullover. Meine Beine waren wie gelähmt. Ich stand auf und ging ins Atelier. Ich sah mich um und traute meinen Augen nicht. In der Chanukkia waren sechs Kerzen heruntergebrannt.«

»Sechs?«, fragten mehrere Stimmen gleichzeitig.

»Ja, sechs. Zwei Kerzen standen noch in ihren Haltern. Wenn Sie so etwas erklären möchten, könnten Sie sagen, dass ein Wind die Flamme von Kerze zu Kerze trug. Aber erstens war das Fenster geschlossen, und es war auch kein Wind aufgekommen. Zweitens überzeugte ich mich, dass die Flamme nicht von einer Kerze zur anderen übergesprungen wäre, selbst wenn ein Wind geweht hätte. Ich machte auf der Stelle ein Experiment. Ich zündete die siebte Kerze an und versuchte, die Flamme zur achten hinüberzublasen. Ich musste lange und heftig blasen, bevor die siebte die achte ansteckte. Und hier waren sechs Kerzen völlig niedergebrannt. Ich war so erstaunt, ich habe keine Worte dafür. ›Nemi‹, sagte ich. ›Du warst hier und hast meine Gedanken gelesen, du hast mir ein Zeichen gegeben.‹«

»Wenn sie schon sechs Kerzen anzünden konnte, warum dann nicht alle acht?«, fragte Zeinvel Amsterdam.

»Das weiß ich nicht, ich weiß es nicht. Das habe ich mich auch gefragt. Aber dies sind die Tatsachen. Nach einer Weile kamen mir genau die gleichen Zweifel. Warum hat sie nicht alle acht angezündet? Aber die sechs Kerzen, die niederbrannten, während ich schlief, waren kein gewöhnlicher Vorfall.«

Eine Weile lang sagte niemand etwas.

»Womöglich sind die Geister der Toten schrecklich eingeschränkt und begrenzt«, bemerkte Minsker. »Der Sterbende schlägt die Tür hinter sich zu. Sonst gäbe es gar keinen freien Willen. Es geschieht nicht selten, dass die Toten Zeichen geben. Lesen Sie *The Phantasms of the Living* (*Gespenster lebender Personen und andere telepathische Erscheinungen*). Es hat Hunderte solcher Fälle gegeben.«

Albert Krupp hob einen Finger. »Ich glaube dennoch, dass ein Zugwind im Atelier wehte und dass eine Kerze die andere angezündet hat. Sie sagen selbst, dass es draußen kalt war und schneite. Wahrscheinlich war es auch windig. Ein Atelier hat gewöhnlich eine Menge Fenster. Sie sagen, es war kalt. Na ja, also wehte ein Wind durch die Ritzen.«

»Soweit ich mich erinnere, wehte kein Wind.«

»Vielleicht erinnern Sie sich, was geschah, als Sie wach

waren, aber Sie können unmöglich wissen, was passierte, als Sie schliefen wie ein Toter.«

»Richtig, aber der Wind hätte von ganz besonderer Art sein müssen: nicht stark genug, um die Kerzen auszublasen, aber so kräftig in einer Richtung wehend, dass er die Flamme übertragen konnte. Ich habe das ein paar Mal versucht.«

»Sie haben weiter nichts von ihr gehört?«, fragte Zeinvel Amsterdam.

Er fragte so, dass er die anderen zum Lachen brachte. Niemand konnte sich beherrschen, sogar Aaron Deiches selbst lächelte, allerdings mit feuchten Augen. Die Frauen kicherten und hielten sich beschämt die Hände vors Gesicht. Nur Bronja lachte nicht – sie war eingenickt.

Minna zeigte auf sie. »Minsker, deine bessere Hälfte schläft.«

Minsker betrachtete seine Frau einen Augenblick.

»Sie ist müde. Glücklich sind die, die schlafen können.«

VIERTES KAPITEL

1.

Hertz Minsker wusste, dass alles ein Trickbetrug war. An Bessie Kimmels okkulte Kräfte hatte er nie geglaubt. Er hatte sie bei zahllosen Lügen ertappt. Die Frau war ein einziges Konglomerat aus Hysterie, Selbsttäuschung und Wahnsinn.

Man kann an Geister glauben, ohne an Bessie Kimmel zu glauben, dachte Hertz Minsker. Selbst wenn Bessie irgendwann eine Art okkulter Kraft besessen hatte, so hatte sie diese längst verspielt und zunichtegemacht mit ihren falschen Theorien, leeren Prahlereien und einem Größenwahn, der ihr vorgaukelte, dass die himmlischen Herrscher, die Schutzengel, in ununterbrochenem Kontakt mit ihr stünden. Sie hatte Minsker sogar von ihren Besuchen auf dem Mars erzählt. Offenkundig waren die Séancen, die sie für ihn arrangierte, und die Dinge, die sich dabei ereigneten, von Anfang bis Ende ein einziger Schwindel. Aber die Tatsache, dass Bessie Kimmel so ausführliche Vorbereitungen und womöglich sogar Kosten auf sich nahm, war aus psychologischer Sicht hochinteressant.

In einem Punkt war sich Minsker mit Spinoza einig: In der Natur gibt es keine Lügen. Hinter jeder Lüge verbirgt sich eine Wahrheit. Ideen können nicht falsch, sondern nur fragmentarisch und deformiert sein, denn woher würden Lügen kommen, wenn Gott selbst Wahrheit war? In dieser Frage hatte Spinoza Zuflucht bei der Kabbala gesucht.

Nein, Verbindungen zu Geistern hatte Bessie Kimmel nicht, aber ihre Hauptleidenschaft war die Vereinigung mit ihnen. Nein, das Gesicht, das sich Minsker in der Dunkelheit gezeigt hatte, war nicht Frieda – sie ruhe in Frieden –, sondern eine junge Frau, die Bessie wahrscheinlich für diese Rolle angeworben hatte. Aber warum hatte Bessie sich die Mühe gemacht? Was erhoffte sie sich davon? Ihre Tat, ihre Motive, der Drang zur Täuschung stellten sicherlich eine tiefe menschliche Wahrheit dar, die so alt war wie die Menschheit selbst.

Nie hatte Minsker sich so geschämt wie wegen seiner Teilnahme an diesen lachhaften Séancen. Damit besudelte er Friedas Andenken. Wenn Bessie Kimmel annahm, er glaube an diese angebliche Erscheinung aus dem Geisterreich, dann hielt sie ihn offenbar für einen Idioten. Minsker fürchtete auch, dass die junge Frau, die Bessie engagiert hatte, um Frieda zu spielen, auf die Idee kommen könnte, ihn zu erpressen. Wer weiß, wie sie ihn anschwärzen würden. Seit er nach Amerika gekommen war, plagte ihn die Vorahnung, dass er hier in ein Netz geriete: vor Gericht gestellt, gefangen gesetzt, abgeschoben würde.

Aber wenn Bronja schlafen ging und Bessie Kimmel an seine Tür klopfte und ihn zum Tischrücken einlud oder um Hilfe mit dem Ouija-Brett bat, brachte er es nicht über sich, nein zu sagen. Er konnte nicht so früh zu Bett gehen wie Bronja. Die Geduld zum Lesen hatte er in New York ganz und gar verloren. Seine zweite Leidenschaft war die Neugier auf den Okkultismus, und nicht selten kam ihm der Gedanke, dass sie auf den ersten Platz vorrücken könnte. Sogar seine Affären waren mit ihr verbunden. Er suchte immer das Irrationale in einer Frau. Wie ein Kabbalist entdeckte er in der Liebe und dem Trieb zum Kopulieren das Mysterium der höheren Welten.

Bis die Séance begann, blieb die Stehlampe eingeschaltet, und Bessie brachte ihm Tee, Kaffee, Saft und alle möglichen Snacks. Und kaum hatten er und Bessie die Hände auf den Tisch gelegt, fing der an, sich zu bewegen und auf mysteriöse Weise zu vibrieren. Natürlich wusste Minsker, dass hier das Unterbewusste ins Spiel kam, aber das Unterbewusste war selbst ein tiefes Geheimnis.

Bessie war schon älter – Minsker schätzte sie auf mindestens sechzig Jahre. Sie war klein und rund wie ein Fass. Sie hatte fast keinen Hals, ihr Kopf saß auf den Schultern, ein großer eckiger Kopf mit zerzaustem Haar, das all seinen Glanz verloren hatte, weil es allzu oft gefärbt und gewellt worden war. Ihre Nase war platt, die Nasenlöcher groß, die dicken Lippen entblößten falsche Zähne. Auf ihrem Kinn spross ein Bart. Ihr Gesicht hatte Pockennarben, die von schweren Lidern halb verdeckten, kleinen braunen Augen standen weit auseinander. Sie strahlten Verlogenheit aus, Starrsinn, die Besessenheit eines Menschen, den eine fixe Idee umtreibt und der sich in einem Gewirr verfangen hat, aus dem er sich nicht befreien kann.

Bessie Kimmel war viermal verheiratet gewesen. Von einer Versicherung bezog sie eine Jahresrente. Sie versuchte sich an der Börse, und jedes Mal wenn Minsker mit ihr Tischrücken praktizierte, fragte sie, ob die Aktien steigen oder fallen würden und ob sie verkaufen solle oder nicht. Bessie fragte jede Aktie einzeln ab, und der Tisch hörte nicht auf, Antworten zu klopfen. Manchmal hatte man sogar den Eindruck, der Tisch verliere die Geduld. Er begann, zu schnell zu klopfen, und hielt sich nicht mehr an die verabredete Formel. Einmal sagte Bessie, der Tisch – oder der Geist, der ihn bewegt hatte – habe sie betrogen. Der Tisch habe einen Boom vorhergesagt, aber eingetreten sei ein Kurssturz. Minsker hatte sogar gehört, wie Bessie den Tisch anbrüllte: »Du lügst. Du betrügst mich!« Und sie beschimpfte ihn mit einem Wort, das einem Sendboten der himmlischen Engel nicht gebührte.

Nach einer Phase des Tischrückens schlug Bessie eine Séance vor. Im Lauf der Séancen fand Minsker heraus, wie das Verfahren funktionierte. Das Mädchen – wer immer es war – hatte einen Wohnungsschlüssel. Sie schlüpfte leise herein, während Bessie eine Hymne sang und auf dem Klavier hämmerte, und schlich sich ins Bad. Dort zog sie sich um und wartete, bis sie gerufen wurde. Sie hatte weder Friedas Figur noch ihre Stimme, aber sie sprach fließend Polnisch und war vermutlich ein Flüchtling aus Polen. Sie küsste Minsker und wisperte ihm ins Ohr, wie schön es in der anderen Welt sei. Diese angebliche Frieda behauptete, ihren Vater, die Mutter, die Schwestern und Brüder und unzählige Freunde dort oben wiedergesehen zu haben. Sie gab vor, neu ankommende Seelen als Lehrerin in die Geisterwelt einzuweisen. Sie selbst steige in immer höhere Sphären des Paradieses auf. In Warschau wache sie über Lena. Ja, Lena sei am Leben und gesund und noch Jungfrau. Hertz brauche sich keine Sorgen um sie zu machen. Das Leben in Polen sei bitter, aber Lena werde alles gut überstehen, Minsker werde sie nach Amerika holen, wo der Mann, der ihr vorbestimmt sei, schon auf sie warte.

»Frieda« sagte Mal für Mal das Gleiche. Wenn sie auf eine Frage Minskers keine Antwort wusste, schwieg sie oder wich aus. Am Tag danach lenkte Bessie dann die Rede auf den fraglichen Punkt und versuchte, ihm die fehlende Information zu entlocken.

Soweit Minsker wusste, trug das Mädchen ein Nacht-hemd und weiße Slipper. Sie roch nach Schweiß und Parfum. Ihre Wendigkeit erstaunte Minsker. Sie küsste ihn, ließ sich aber nicht küssen. Er versuchte, sie zu umarmen, aber sie entwand sich ihm geschickt. Einmal griff er ihr an die Brust, aber sie schlug seine Hand weg und schimpfte ihn einen bösen Buben – alles im heiseren Flüsterton einer Schauspielerin, die eine Rolle spielt, aber nicht zu vertraut mit ihrem Mitspieler werden will. Nach einer Weile begann Bessie Kimmel – vorgeblich in Trance – zu stöhnen, und das war das Zeichen für das Mädchen, sich zu verabschieden und ins Bad zurückzuziehen.

Manchmal hätte Minsker gern zu Bessie gesagt: »Wozu brauchst du diesen Unfug? Wem hilfst du damit? Welchen Sinn hat das Ganze? Welchen Zweck?« Nach Minskers Ansicht schadeten derartige Vorspiegelungen nur der Para-psychologie und verwandelten das Ganze in eine Farce.

Gleichzeitig wusste Minsker aber, dass er es nicht wa-gen würde, ihr diese Fragen vorzulegen. Sie hätten seine freundschaftliche Beziehung zu Bessie zerstören können. Womöglich hätte sie ihn aufgefordert, auszuziehen. Die-ser Unfug – wie allerhand anderer Unfug, in den sie sich einmischte – war offenbar die Substanz von Bessies Leben. Ihr Haus war ihr Tempel, die Geister ihre Idole und sie die Priesterin.

Zeitweilig hatten viele Gäste an Bessie Kimmels Séancen teilgenommen. Aber seit Minsker bei ihr eingezogen war, richtete sie ihre ganze Kraft ausschließlich auf ihn.

Das Phantom Frieda versuchte, ihn zu trösten. Seine

Tochter Lena schickte ihm Grüße aus dem vom Krieg verwüsteten Warschau, und die himmlischen Herren boten ihm alle möglichen anderen Beweise an.

Sogar sein Vater, der Pilsener Rabbi, schickte Minsker Grüße. Er sprach Englisch und teilte Minsker mit, dass man da, wo er, der Rabbi, jetzt residiere, keine Unterschiede mehr mache zwischen Rassen, Nationalitäten und Religionen. Alle dienten einem Gott. Alle heiligen Seelen freuten sich gemeinsam am großen Licht. Moses, Jesus, Buddha und Konfuzius saßen in einem Tempel zusammen und diskutierten über Theologie und Metaphysik.

Der Pilsener Rabbi ließ Minsker auf dem Weg über einen Kontrollgeist wissen, dass der Krieg gegen Hitler der endgültige Konflikt sei, der Kampf zwischen Gog und Magog. Bald danach werde die Zeit der Erlösung für die gesamte Menschheit kommen.

2.

Das Telefon klingelte, und Minsker nahm den Hörer ab. Er hörte Minnas Stimme: »Hertz, mein Schatz, ich bin's, dein Ein und Alles.«

»Wie geht's dir?«

»Es ist was passiert, aber ich habe Angst, es dir zu erzählen.«

»Wovor hast du Angst? Ich habe kein Gewehr bei mir.«

»Vor dir habe ich mehr Angst als vor einem Mann mit Gewehr. Hör zu, Hertz, wir haben einen Besucher in der Stadt. Krimsky ist hier. Kannst du dir das vorstellen?«

Minskys Denken setzte aus. Krimsky war Minnas ehema-

liger Ehemann. Sie sagte, Zygmunt Krimsky sei ein Psycho-
path, degeneriert, ein Abschaum. Angefangen hatte er als
jiddischer Schauspieler und war dann Geldwechsler geworden. Eine Weile hatte er mit Minna in Paris gelebt, mit Gemälden gehandelt und sich als Mäzen gebärdet.

Jetzt erzählte Minna, Krimsky sei über Casablanca nach
New York gekommen. Er habe sich in einem Hotel am
Broadway nicht weit von Minsker einquartiert.

Minna jammerte: »Stell dir vor! Das Telefon klingelt, und
ich nehme den Anruf an. Ich war sicher, dass du am Apparat
bist. Plötzlich höre ich eine Stimme, die fremd und vertraut
zugleich ist. Als mir klar wurde, wer es ist, wollte ich auflegen. Nach allem, was er mir angetan hat, ist es ein starkes
Stück, dass dieser Mensch sich traut, mich anzurufen. Aber
ich bin so ein Mäuschen, dass ich es nicht mal fertigbringe,
ihm die Meinung zu sagen, wo er doch keinen Menschen
hier kennt. Er hat angefangen, mit mir zu reden, als wäre
nichts zwischen uns vorgefallen. Von tausend Wundern,
die ihm zugestoßen sind, hat er mir erzählt. Er ist beinahe
den Nazis in die Hände gefallen. Unmittelbar neben ihm
ist eine Bombe explodiert. Er hat alles verloren und nur die
nackte Haut gerettet. Aber als er immer weiter redete, ist
mir aufgegangen, dass er auch in Casablanca gleich wieder
krumme Dinger gedreht hat. Bilder von berühmten französischen Malern hätte er mitgebracht, behauptet er. Die
Namen hab ich vergessen. Wahrscheinlich hat er sie den
Künstlern abgeschwatzt oder gar gestohlen. Dieser Mann
ist zu allem fähig.

Ich habe ihm unverblümt gesagt: ›Ich habe einen Ehemann, ich bin verheiratet.‹ Das würde ihn abschrecken,
dachte ich, aber weniger überrascht hätte er nicht sein

können. ›Na, herzlichen Glückwunsch‹, hat er gesagt. Dann fing er an, mir zu erzählen, wie viel er von mir und meinem Talent für Literatur hält. Als ich ihm eröffnet habe, wer mein Ehemann ist, brüllte er so laut, dass ich beinahe taub geworden bin. Er kennt Morris Calisher. Er hat ihm mal ein Bild verkauft.

Hertz, mein Schatz, ich will dich nicht zu lange aufhalten, aber ich musste ihm schwören, dass ich mich mit ihm treffe. Jemand hatte ihm Grüße für mich aufgetragen. Er hat auch alte Zeitungsausschnitte meiner Gedichte, die ich nicht mehr habe. Ich weiß nicht, warum er sie aufgehoben hat – jeder hat so seine Marotten. Ich wollte ihm sagen, dass ich sein hässliches Gesicht nie mehr sehen möchte, habe es aber nicht über mich gebracht. Kurz, ich dachte, schließlich sind wir zivilisierte Menschen. Er wird mich nicht beißen. Also traf ich ihn in einer Cafeteria am Broadway, es war nicht die, in der du oft mit Morris sitzt, sondern weiter unten. Ich komme gerade von dort. Ich hab erst gedacht, ich könnte dir all das nicht erzählen. Ich hatte Angst, du drehst durch. Aber verschweigen kann ich es dir auch nicht.

Die ganze Zeit, als ich mit ihm da saß, hab ich an dich gedacht. Was wäre, wenn du plötzlich hereinkämst? Schließlich gehst du zum Kaffeetrinken gern in verschiedene Cafés. Ich hatte so schreckliche Angst, dass in mir alles zitterte und bebte. Ich wurde ganz sonderbar nervös. Ich hab immerfort gedacht, du suchst nur nach einer Gelegenheit, mich loszuwerden. Ich weiß überhaupt nicht, wovon ich rede. Du bist ein Psychologe, aber was in meinem Kopf vorgeht, kannst du dir nicht vorstellen.«

Minsker schwieg einen Moment.

»Na, und wie sieht er aus?«

»Wie soll er schon aussehen? So wie er am Telefon klang, dachte ich, er wäre alt und grau. Durch eine solche Hölle zu gehen, ist das nichts? Aber wie heißt das Sprichwort: ›Unkraut verdirbt nicht‹? Er ist stark wie ein Ochse. Kein einziges graues Haar. Er hätte alles verloren, behauptet er, aber er war geschniegelt und gebügelt. Eine Schande, dass ich mich an einen Tisch mit ihm gesetzt habe. Nach allem, was dieser Mann mir angetan hat, hätte ich ihm ins Gesicht spucken müssen. Jetzt macht er sich zum Heiligen, aber mich kann er nicht mehr hinters Licht führen. Um es kurz zu machen, er will nur eines: dass Morris ihm ein Bild abkauft. Er hatte die Frechheit, mir zuzumuten, dass ich Juwelen von ihm kaufe. Offenbar hat er Diamanten eingeschmuggelt. Ich weiß wirklich nicht, warum ich dir all das erzähle. Ich hab ihm Sachen an den Kopf geworfen, die sich keiner außer ihm hätte bieten lassen, jeder andere wäre auf der Stelle gegangen. Aber solche wie ihn kann man nicht beleidigen. Ich dachte, er würde mir die Gedichte mitbringen, und ich könnte ein paar davon in mein Buch aufnehmen, aber offenbar will er mich damit erpressen und behält sie als Faustpfand. Das hab ich jemandem erzählen müssen, und wem außer dir kann ich solche Dinge erzählen? Ich komme mir vor wie mit einem Fass Gülle begossen.«

»Hat er nicht wieder geheiratet?«

»Er sagt nein, aber was heißt das schon? Hat das bei Leuten wie ihm irgendwas zu bedeuten? Was meinst du – soll ich es Morris erzählen oder nicht? Er könnte etwas ahnen. Zweitens, Krimsky verkauft Morris vielleicht wirklich ein Bild, und ich möchte nicht, dass irgendwelches Geld von Morris bei ihm landet. Sagen sollte ich es wahrscheinlich nicht, aber es ist zu schade, dass er nicht geblieben ist, wo er war. Gute Menschen schaffen die Flucht vor Hitler nicht, aber Abschaum wie er rettet sich.«

»So ist es immer.«

»Was soll ich machen? Er hat meine Telefonnummer. Ich habe Angst, dass er mich nicht in Ruhe lässt.«

»Er kann dich zu nichts zwingen, was du nicht willst.«

»Wer weiß, was für verlogenes Zeug einer wie der über mich verbreiten kann? Er hat Briefe von mir.«

»Hat er das gesagt?«

»Angedeutet.«

»Wer würde denn Interesse an deinen Briefen haben?«

»Er ist imstande und dreht mir bei Morris einen Strick daraus. Wer weiß, was eine Person in einem Brief findet, wenn sie betrogen wird.«

Lange Zeit schwiegen beide.

Na, das fängt ja schon an, kompliziert zu werden, sagte sich Minsker. Die Komplikationen in seinem Leben machten ihm Angst, gefielen ihm aber auch auf perverse Weise. Minsker war in einen Kampf mit einer ganzen Bande von Kobolden, Waldschraten und Dämonen verstrickt. Oft stellte er sich vor, er spiele Schach mit ihnen. Er machte einen Zug und sie antworteten mit einem Gegenzug. Sie versuchten andauernd, ihn in die Ecke zu treiben und schachmatt zu setzen.

Dass Krimsky in Amerika auftauchte, hatte eigentlich keine besonderen Probleme für Minsker zur Folge. Trotzdem würden die Dinge nun noch komplizierter werden, das wusste er. Minna schwor ihm zwar bei jeder Gelegenheit ewige Liebe, aber er traute dieser Frau mit ihren schlechten Gedichten und ihrer Redseligkeit nicht. Sie zog ihn an und stieß ihn gleichzeitig ab.

Minsker hatte das Gefühl, Minna sei ein klassisches Beispiel für das Weib, das Otto Weininger in *Geschlecht und
Charakter* beschrieb. Wenn sie die Wahrheit sagte, war es
eine Lüge. Noch betrog sie nur ihren Ehemann. Aber sie
war im Begriff, auch Minsker zu betrügen. Sie war sogar
imstande, die Beziehung zu diesem Krimsky, den sie so
leidenschaftlich hasste, wieder aufzunehmen.

Na, höchste Zeit, mich aus diesem Schleim herauszuwin-
den, dachte Minsker.

Laut sagte er: »Was hätte er davon, dir das Leben zu
ruinieren?«

»Frag einen Dreckskerl nach Gründen für das, was er an-
richtet.«

»Er wird es nicht tun.«

»Entweder tut er's oder nicht. So oder so macht es mir
nichts aus. Ich sage es dir ganz offen – mit Morris, das ist
kein Leben. Es ist leicht, aber es hat kein Aroma. Ich möchte
nur eines wissen – wenn ich ihn verlasse, kann ich dann zu
dir kommen? Wenn ich nur wüsste, dass ich das kann, wäre
mir alles andere ganz egal.«

»Bis jetzt ist Bronja noch bei mir.«

»Wie lange willst du es noch mit ihr aushalten? Verzeih,
dass ich das sage, aber da sie erklärt, sie möchte nach Polen
zurück, warum lässt du sie nicht gehen? Schließlich gehört
eine Mutter zu ihren Kindern.«

»Darüber steht uns kein Urteil zu.«

»Und doch urteilen Menschen. Warum mutet sie dir
diese Last zu? Ihr zwei seid seltsam.«

3.

Morris Calisher hatte den ganzen Tag gearbeitet. Zum Dinner hätte er zu Hause sein sollen, aber er rief Minna an und sagte, er werde in einem Restaurant in der Delancy Street essen. Wenn sie Lust habe, könne sie ihm dort Gesellschaft leisten. Minna erzählte ihm, sie gehe zu einem Bankett zu Ehren eines jiddischen Schriftstellers, dessen siebzigster Geburtstag gefeiert werde. Morris Calisher erinnerte sich, dass er in der Zeitung etwas darüber gelesen hatte.

Zwar bewunderte Calisher Minnas Talent, verachtete aber Dichter generell. Das Dichten war in seinen Augen ein Beruf für Frauen und Dilettanten, nicht für einen Mann, schon gar nicht einen über siebzigjährigen. Mit siebzig sollte man nicht Reime schmieden, sondern anfangen, Frieden mit Gott zu schließen, dachte Morris. Worauf warteten sie denn noch – dass der Todesengel mit seinem Messer erschien?

Trotzdem hatte er nichts dagegen, dass Minna einen Abend mit Schriftstellern verbrachte. Von solchen Abenden kam sie immer sehr angeregt zurück und erzählte ihm von den Komplimenten, die sie eingeheimst hatte. Morris begleitete sie sogar zum Café Royal an der Second Avenue. Allerdings aß er dort nichts, weil die Küche nicht koscher war, er trank nur ein Glas Tee.

Er saß da und sah sich die Kunden an: die Schriftsteller, Schauspieler und Schauspielerinnen. Ein langhaariger Mann kam zu Minna und lobte eines ihrer Gedichte. Ein grauer kleiner Mensch verkaufte Morris einen Band mit Lyrik. Später in der U-Bahn versuchte Morris, darin zu lesen, konnte sich aber keinen Reim darauf machen. Minna sagte ihm, der Mann sei ein sehr bedeutender Dichter.

Na ja, was soll's. Jeder hatte so seine Idiosynkrasien, befand Morris Calisher. Die Leidenschaft machte jeden zum Narren, aber jeden anders.

Morris Calisher blieb bis neun Uhr mit den Geschäftsleuten im Restaurant an der Delancy Street zusammen. Sie machten Pläne für den Kauf eines Gebäudes. Er schrieb Zahlen auf das Tischtuch, genoss Grütze mit Brühe, Rindfleisch, Kischkes, Karotten und Tee mit Zuckerkuchen. Danach mussten sie nur noch nach Brooklyn und das Gebäude von einem Fachmann prüfen lassen, der den Boiler und die Rohrleitungen untersuchen würde. Erst um elf Uhr waren alle gegangen.

Morris Calisher war müde vom Reden, vom zu schweren Essen und zu vielen Zigarren und nahm ein Taxi nach Hause.

Gewöhnlich empfing ihn Minna an der Tür, wenn er nach Hause kam, aber diesmal klingelte er vergeblich, niemand öffnete ihm. Er ließ sich mit seinem Schlüssel ein und schaltete das Licht im Flur an. Er hatte die Zeitungen vom folgenden Tag gekauft. Die jiddischen Zeitungen hatten begonnen, die englischen nachzuahmen, und druckten eine Morgenausgabe schon am Abend vorher, weil in Amerika alles schneller, immer schneller gehen musste, dachte sich Morris Calisher. Bis zum nächsten Tag konnten die Amerikaner nicht warten. Die Zeitung beschrieb die Bombenteppiche, die von den Deutschen über England abgeworfen wurden. Zwischen Stalin und Hitler herrschte noch Frieden, aber wie lange würde der vorhalten? In England, in Griechenland wurde Blut vergossen. In Polen waren die Juden in Gettos getrieben worden. Man zwang sie, eine Armbinde mit dem

Davidstern zu tragen. Sie wurden geschlagen. Afrika und Palästina waren in Gefahr.

»Eine Tragödie ist das, eine Tragödie!«, stöhnte Morris Calisher.

Eine Weile saß er auf dem Sofa im Wohnzimmer und las, dass ein ehemaliger Kommunist von Stalin nach Sibirien zur Arbeit in den Goldminen geschickt worden war. Dann las er, dass eine Mutter mit drei Kindern in einem Brand auf Staten Island umgekommen war.

»Furchtbare Dinge passieren!«, ächzte er.

Er wusste wohl, dass man sich nicht über den Allmächtigen beklagen darf, aber jedes Mal, wenn er Zeitung las, empörte er sich. Welche Schuld hatten diese kleinen Kinder? Womit hatten sie einen solchen Tod verdient? Und die Juden in Europa? So viel Verheerung und Bitterkeit hatte es seit der Zerstörung des Tempels nicht mehr gegeben.

»Mörder! Mörder!«, schrie Morris Calisher. »Millionen Mörder streunen herum, nur um Böses zu tun! Alle wollen sie sich dem Bösen opfern, denn die Nazis und die Bolschewiken wird man am Ende auch umbringen. Wie heißt es? ›Ein Auge hingeben, um dem anderen beide auszustechen!‹ Das nennt der Zohar Lust am Abscheulichen.«

Morris Calishers Gedanken richteten sich auf Minsker. Der war ein eindrucksvoller Mann. Nicht nur der Sohn des Pilsener Rabbis, sondern von hohem Rang aus eigener Kraft. Und doch war er aus der Gnade gefallen, in eine gewisse Engstirnigkeit zurückgesunken.

Rabbi hätte Hertz werden sollen, Herr eines Hofes, sinnierte Morris Calisher, ein Führer Israels. Er besaß alles: Wissen, Weisheit, Gefühl. Sogar Glauben. Aber es war, als hätte sich in ihm alles auf den Kopf gestellt. Was hatte er zum

Beispiel mit dieser Bronja im Sinn? Offensichtlich liebte er sie nicht, warum also musste er sie von Mann und Kindern wegreißen?

Das Telefon klingelte, und Morris Calisher hastete in sein Arbeitszimmer. Er machte Licht. Wer rief so spät noch an?

Er nahm den Hörer auf und sagte atemlos: »Hallo?«

Einen Moment lang kam keine Antwort.

Dann sagte eine Männerstimme. »Mr Calisher?«

»Ja, ich bin's.«

»Krimsky mein Name, Zygmunt Krimsky. Ihre Frau war einmal –«

»Ich weiß, ich weiß«, unterbrach ihn Morris Calisher. »Sind Sie in New York? Ich dachte, Sie hätten in Paris festgesessen.«

»Beinahe wäre es so gewesen. Aber anscheinend war ich zum Überleben bestimmt. Ich bin gerade aus Casablanca gekommen. Das ist in Afrika.«

»Das weiß ich, weiß ich doch«, unterbrach Morris Calisher.

»Vielleicht haben Sie's schon vergessen, aber Sie haben mir mal ein Bild abgekauft.«

»Ich habe es nicht vergessen. Es hängt jetzt in meinem Wohnzimmer, ein Bild von Simchat Tora und dem Festzug der Juden, die mit der Torarolle durch die Synagoge ziehen.«

»Wie gut, dass Sie es noch haben. Ich habe beinahe meine ganze Sammlung verloren, aber ein paar Stücke konnte ich retten – Werke, die mir besonders am Herzen liegen, könnte man sagen. Vielleicht glauben Sie mir nicht, Monsieur – Mr Calisher, meine ich –, aber für diese Gemälde habe ich mein Leben riskiert. Sie können sich nicht vorstellen, was es heißt, mit Gemälden vor Hitler zu fliehen. Alles habe ich zurückgelassen, Kleider, Bettzeug, Sachen, die mir lieb und wert waren, aber von diesen Gemälden konnte ich mich nicht trennen. Ich bin verrückt, könnte man sagen.«

»Gott behüte! Unser Erzvater Jakob ist zurückgegangen über den Jordan, um ein paar kleine Krüge zu holen.«

»Ist das so? Irgendwann hab ich auch studiert, aber ich habe schon alles vergessen. Sie erinnern sich noch an die Heilige Schrift, merke ich.«

»Von Zeit zu Zeit schaue ich in ein Buch.«

»Ja, das ist gut. Ich wünschte, ich wüsste diese Sachen, aber mein Hirn funktioniert anscheinend nicht mehr. Ein kranker Mann bin ich – mögen Sie verschont bleiben –, und diese Flucht vor Hitler hat mir den Rest gegeben. Was wir durchgemacht haben, will ich gar nicht erst anfangen zu erzählen. Wie geht es Minna? Schließlich haben wir uns als Freunde getrennt.«

»Minna? Gott sei Dank ganz ordentlich. Sie schreibt Gedichte, möchte ein Buch veröffentlichen.«

»Gut. Talent hat sie. Ich war übrigens der Einzige, der ihr Mut zum Schreiben gemacht hat. Sie sieht das Leben aus einer interessanten Perspektive und hat einen delikaten Stil. Ich hab sogar eine ganze Reihe von ihren Gedichten mitgebracht, die ich aufbewahrt hatte. Es ist wahrscheinlich schwierig, hier Exemplare der jiddischen Zeitungen und Zeitschriften aufzutreiben, die vor Jahren in Paris gedruckt wurden.«

»Ja, dass manche ihrer Gedichte verlorengegangen sind, hat sie mir erzählt.«

Eine Weile schwiegen beide, dann sagte Krimsky: »Ich würde mich gern mit Ihnen treffen. Ganz abgesehen von der Tatsache, dass wir sozusagen eine Freundschaft teilen … eine Person, die … man kann die Vergangenheit nicht aus-

löschen ... was bleibt, ist ein Gefühl wie für eine Schwester ... und da Sie ihr Ehemann sind, ist es, als wären wir
Verwandte ... nahe Verwandte.«

»Weiß Minna, dass Sie hier sind?«, fragte Morris Calisher.

Der andere zögerte einen Augenblick.

»Nein, nein. Ich habe Ihre Telefonnummer erst heute
herausgefunden.«

4.

Morris Calisher hatte sich mit Zygmunt Krimsky für den
nächsten Morgen um zehn Uhr in seinem Hotel verabredet. Krimsky war dermaßen beharrlich gewesen, hatte so
lange und in so sentimentalen Phrasen geredet, dass Morris
Calisher ihn so schnell wie möglich loswerden wollte. Er
versprach Krimsky, sich mit ihm zu treffen, und legte den
Hörer auf.

Das Gespräch weckte Scham und Ekel in Morris. Krimsky
hatte die Hitler-Katastrophe ausgenutzt, um ein Gemälde
zu verkaufen. Er jammerte Morris von seiner Krankheit vor,
als seien sie tatsächlich verwandt. Morris Calisher erinnerte
sich noch aus der Zeit in Paris an ihn. Krimsky hatte den
Ruf eines Spielers und Schürzenjägers. Man munkelte sogar,
er lasse sich von einer älteren Frau aushalten.

Jetzt, da Aaron Deiches, ein wirklich großer Künstler,
in Amerika war, dachte Morris Calisher gar nicht daran,
anderen Künstlern Bilder abzukaufen. Deiches war mit
Sicherheit seine erste Wahl. Er hatte mehr Talent als all die
anderen, auch wenn sie noch so sehr angaben. Trotzdem

würde er Krimsky nicht ungerupft entkommen, das wusste Morris Calisher. Krimsky schleimte wie ein erfahrener Schnorrer – und ein Lügner war er auch. Wenn ihm die Gemälde wirklich so viel bedeuteten, dass er sein Leben für sie riskierte, warum wollte er sie jetzt verkaufen?

»Nu, ich werd ihm einen Knochen hinschmeißen«, knurrte Morris Calisher.

Er nahm sich eine Zigarre, zündete sie an und begann, durch den Raum zu wandern. Es fiel ihm schwer, hinzunehmen, dass Minna einmal mit einem derartigen Individuum verheiratet gewesen war und jahrelang mit ihm gelebt hatte. Er warf den Kopf hin und her, als könnte er die lähmenden Gedanken so abschütteln.

Und was ist der Mensch denn schon?, fragte sich Morris Calisher. Wie hatte Krimsky gesagt? Das Leben war ein einziger Tanz auf den Gräbern anderer. An einem Tag starb der Ehemann, am andern Tag macht sich sein geliebtes Weib auf, wieder zu heiraten. Sie brachte dem nächsten Gatten sogar das Geld, das der erste Mann gespart oder vielleicht gestohlen hatte, als Mitgift in die Ehe. Wenn die Toten wüssten, was ihre Lieben trieben, würden sie sich im Grabe umdrehen.

Am späten Abend neigte Morris zu moralisierenden Spekulationen. All die Bücher über Ethik, die er je studiert hatte, erhoben ihre Stimmen, und ihm war, als höre er mehrere Prediger gleichzeitig.

»Nu, worauf wartest du noch, Moyschele?«, fragte eine Stimme. »Du bist kein junger Spund mehr. Noch gar nicht so lang her, dass der Doktor dir von deinem hohen Blutdruck und vergrößerten Herzen erzählt hat. Wie lange willst du dich also noch mit deinen Geschäften und dem anderen Unfug abgeben? Wenn du was Lohnendes machen willst, dann pack es jetzt an, solange deine Augen noch offen sind.«

Seine Tage verbrachte er wie berauscht vom Geschäftemachen. Nur in den Nächten wurde er nüchtern.

»Ich bin ein alter Mann, und das ist die bittere Wahrheit. Von einem Augenblick zum anderen könnte es aus sein mit mir.«

Morris Calisher ging in sein Arbeitszimmer und öffnete die Tür eines Bücherschrankes. Hinter den Glasscheiben verstaut war seine Sammlung jüdischer Kultgegenstände und Antiquitäten: Chanukka-Leuchter, Gewürzdosen, Kästchen für die Sukkot Etrogim, Kidduschbecher, alle möglichen Leuchter. Hier bewahrte er ein Tora-Titelblatt auf, einen Tora-Zeiger, ein zeremonielles Brotmesser, das auf seinem Perlmuttgriff die Aufschrift »Heiliger Sabbat« trug, ein Zwillingsmaß für Salz und Honig und ein silbernes Löschhütchen für Kerzen.

In diesem Bücherschrank hatte Morris Calisher auch einen eigenen Stapel Holzstäbe zum Aufrollen der Tora, Schutzhüllen für heilige Gegenstände und allerhand Schmuck und Ornamente aus Synagogen in Polen, Deutschland und sogar dem Osten.

Morris Calisher liebte Objekte, die mit dem Judentum verbunden waren. Er glaubte an das Bibelwort: »Das ist mein Gott und ich will ihn preisen« (»in einen Schrein legen«). Für solche Stücke war er bereit, eine Menge Geld auszugeben. Seine Bücherschränke waren voller seltener Ausgaben, antiker Manuskripte, illustrierter Haggadas und Gebetbücher.

Aber das Sammeln von Antiquitäten hatte mehr mit

dieser Welt zu tun als mit der kommenden. Hier in Amerika konnte man viel Geld damit machen.

Morris Calisher hatte das dringende Bedürfnis, jetzt in ein heiliges Buch zu schauen, sich Rat zu holen in der Frage, die ihn umtrieb. Er zog ein Sabbat-Buch mit Morallehren heraus, schlug es in der Mitte auf und las:

»Wenn nun ein Mann vor seiner Zeit stirbt, kann seine Seele nicht sofort zum letzten Gericht in den Himmel aufsteigen, da seine Erdentage verkürzt worden sind. Sie verharrt am Fuße des Paradieses oder andernorts und empfindet weder Kummer noch Zufriedenheit. Aber wenn sie sich an die Seligkeit erinnert, die sie empfand, bevor sie vom Throne der Herrlichkeit fort und in die Tiefe geschickt wurde, leidet sie natürlich Qualen.«

»Na ja, am Fuß des Paradieses verharren dürfen ist wenigstens etwas«, murmelte Morris Calisher. »Alles ist besser als die Gehenna.«

Er schloss das Buch und küsste den Einband, sah sich dann im Haus um. Was würde Minna mit seinen Habseligkeiten anfangen, wenn er nicht mehr war? Sie würde alles wegwerfen. Und die Kinder? Die würden seine Bücher wahrscheinlich als Einwickelpapier verkaufen.

»Ich muss mein Testament machen!«, rief er aus. »Warum habe ich das aufgeschoben?«

Plötzlich war er müde und beschloss, nicht auf Minna zu warten. Er wusch sich die Hände, sprach sein Nachtgebet, zog dann die Tagesdecke vom Bett. Im Zimmer standen zwei Betten, ein schmales und ein breites. Minna nannte sie im Scherz Krieg und Frieden.

Morris hatte vorgehabt, sich in das schmale Bett zu legen, aber aus Gründen, die er selbst nicht durchschaute, begann er, die Decke des breiten Betts zurückzuschlagen. Da entdeckte er ein Taschentuch, das zwischen Matratze und Bettkante steckte. Es war das Taschentuch eines Mannes, aber nicht seines. Es hatte eine rote Borte, ganz ungewöhnlich für ein amerikanisches Produkt.

Wie kommt dieses Ding hierher?, fragte sich Morris.

Er nahm es in die Hand. Es war schmutzig. Er starrte es an, roch dann daran. Er stand da wie vom Donner gerührt. War das möglich? Eine Last senkte sich auf ihn.

Nu, warum nicht?, sagte er sich.

Da sie nicht an Gott glauben, der Tora nicht gehorchen und Unsterblichkeit in einem Gedichtband suchen, können sie doch jede Sünde begehen, oder nicht?

Plötzlich fiel ihm ein, dass Krimsky auf die Frage, ob Minna wisse, dass er in New York sei, mit der Antwort gezögert und gestottert hatte. Das war wie ein Schlag ins Gesicht für Morris Calisher. Buchstäblich erschütterte es ihm das Hirn im Schädel. Entsetzt stand er da, bis auf die Knochen beschämt und dennoch unfähig zu glauben, dass tatsächlich wahr sein könne, was er befürchtete.

Er redete sich zu: Na komm, mach keinen Riesenaufstand! Womöglich war er schon lange in New York. Er dachte an Krimsky. Der kam wahrscheinlich ins Haus, während er, Morris, unterwegs war und ein Vermögen für Minna zusammenkratzte. Ja, meine Schuld, alles meine Schuld!, lamentierte Morris. Kinder hab ich großgezogen, die Ketzer sind, und freiwillig hab ich diese Person geheiratet. Mir war doch klar, dass sie nicht an ein Jüdischsein glaubt. Dass sie ein liederliches Leben geführt hat, weiß ich von ihr selbst. Wie hätte sie auf einmal eine Heilige werden sollen?

Sind doch alle Huren, diese modernen Frauen von heute!,

schrie eine Stimme in seinem Inneren. Wenn eine jüdische Tochter Gott aufgegeben hat, wird sie auf der Stelle zur Hure.

Das war ihm nicht neu. Geschichten von Verführern, gewieften Schurken und allen möglichen Schlaumeiern hatte er immer wieder gehört. Sowie der Ehemann den Rücken drehte, betrog ihn seine Frau. Sie gaben damit sogar bei ihren Freundinnen an. Auch an Morris selbst war diese Versuchung mehr als einmal herangetreten. Ehefrauen von Männern, die jünger waren, besser aussahen und gebildeter waren als er, hatten sich ihm buchstäblich in die Arme geworfen wie Potiphars Weib, hatten sich ihm unverblümt angeboten. Einmal hatte sogar eine Rebbetzin versucht, ihn zu verführen. Wenn so etwas möglich war, was konnte man dann noch hoffen? Warum sollte Minna eine Ausnahme sein? Weil sie redete wie eine Dame und über religiöse Themen schrieb? Das waren nur Worte, leere Worte. Gott, Judentum, nur ein Spiel mit Worten für diese Menschen. Genauso wie der Schriftsteller, der ein dickes Buch über die Heiligkeit des Sabbat zusammenschrieb, und das am Sabbat selbst, und dabei auch noch rauchte! Alle waren sie Ketzer aus reiner Perversität, und das war die schlichte Wahrheit.

5.

Morris Calisher warf einen Blick auf das Telefon. Am liebsten hätte er sofort Minsker angerufen und ihm erzählt, was passiert war, aber er beherrschte sich. Nein, noch riskiere ich nicht, etwas zu sagen, auch nicht zu Hertz, beschloss er. Diese Sache muss ich selbst untersuchen.

Morris hatte jahrelang daran gearbeitet, sich Wutanfälle

abzugewöhnen, aber jetzt kochte Ärger in ihm hoch. Wenn sein Verdacht zutraf, würde sie leiden müssen. Sie würde in Stücke gerissen wie das treulose Weib im Sprichwort. »Der Tempel mag zerstört werden, aber Gott bleibt, der er ist!«, sprach etwas in ihm.

Morris hatte das Taschentuch verlegt und suchte es jetzt. Wo konnte es sein? Weder in seiner rechten noch in der linken Hosentasche fand es sich. Morris tastete seine Brusttasche ab, aber da war es auch nicht. Auch auf dem Tisch, den Stühlen, sogar im Bücherschrank suchte er vergeblich.

Hab ich den Verstand verloren, oder was ist los?, fragte er sich. Nu, hat nicht sollen sein, dass ich in meinem Alter Frieden finde! Seine Liebe zu Minna hatte sich auf der Stelle in Hass verwandelt.

Im Bücherschrank sah er ein jiddisches Buch, das ihm einer von diesen Schmierfinken verkauft hatte. Er ergriff es, schlug es auf und begann es auseinanderzuzerren, mit einer Kraft, die ihn selbst erstaunte. Es war ein Sakrileg, solchen Schund neben den heiligen Büchern stehen zu lassen! Obszönität und Unrat war das! Er riss das Buch in zwei Teile und erinnerte sich dabei an die Geschichte, wie Samson den Löwen mit bloßen Händen zerriss. Er spie auf die Papierschnipsel, warf sie in den Papierkorb und deckte sie mit anderem Papier zu, sodass Minna nicht sah, was er getan hatte. Am Morgen würde er den Müll selbst hinaustragen.

Ihn überkam eine moralische Entrüstung wie seinen Vater damals. Sein Vater – er ruhe in Frieden – hatte einst Morris' Bücher, nachdem er einen Blick auf ihren unmoralischen Inhalt geworfen hatte, genauso zerrissen.

Und dann fand Morris das Schnupftuch. Es lag unter dem Telefonbuch.

Er betrachtete es und schnüffelte noch einmal daran. Es roch irgendwie verdächtig. Er schnitt eine Grimasse, als müsse er niesen.

»Also sei's drum, du selbstgerechtes Biest, du Schlampe!«, murmelte er. Es drängte ihn, sie, sobald sie über die Schwelle trat, an den Haaren durchs Haus zu zerren, sie zu schlagen, zu prügeln, zu zertreten wie einen Wurm.

Aber die Vernunft, die stärker ist als alle Leidenschaft, befahl ihm das genaue Gegenteil. Ich gehe nach Israel, ich will nicht in diesem abscheulichen Amerika bleiben. Freilich haben sie Israel jetzt auch beschmutzt. Ich werd mich einfach irgendwo in Mea Shearim niederlassen. Schluss mit dem Geschäftemachen! Von Brot und Wasser werd ich leben und dem Allmächtigen dienen! Für diesen Abschaum muss ich kein Haus bauen!

Sein Zorn richtete sich gegen seine Kinder Leon und Fania. Leon war irgendwo in Zürich und studierte, um Ingenieur zu werden, Ein Abtrünniger! Ein Heide! Ein durch und durch Assimilierter! Und Fania? Die war verrückt. Zog in ein Hotel und machte dort weiß-der-Teufel-was. Judenhasser waren die beiden – das war die bittere Wahrheit.

Morris Calisher stand mitten im Zimmer und starrte wie benommen ins Leere.

Wie konnte ich es nur so weit kommen lassen? Ohne je Widerstand zu leisten?, fragte er sich. Ich hab sie ins Gymnasium geschickt. Ich hab sogar verlangt, dass sie sich dort hervortun. Meine Demütigung habe ich mir selbst zuzuschreiben!

Er ging zum Fenster und schob die Vorhänge zur Seite. Vom Fenster aus sah man den Broadway. Er stand da und starrte auf die Straße hinunter, die ihm fremder war als alle

Straßen, in denen er in Polen, Deutschland und Frankreich gewohnt hatte. Obwohl er hier ins Geschäft gekommen und reich geworden war, Zeitungen las und sich mit Juden sowie mit Nichtjuden angefreundet hatte, kam er sich in Amerika immer noch wie auf einem fremden Planeten vor. Dem Anschein nach war alles das Gleiche wie in Warschau, Berlin oder Paris – und doch irgendwie anders.

Die Sommernacht war so heiß wie der Tag. Die Luft stank nach Benzin, Staub und etwas anderem, etwas Schwelendem, Qualmendem, als ob die Stadt im Inneren brennen würde und kurz davor stand, zu explodieren wie eine Bombe. Der Himmel glühte, auch wenn kein Mond und keine Sterne da waren – als wären die Planeten geflohen, bevor er barst.

In Europa hatte Morris ab und zu gern in erleuchtete Fenster geschaut. Sie strahlten Häuslichkeit aus, zeigten eheliche Vorbereitungen auf die Schlafenszeit. Oft saß ein Kind an seinen Schulaufgaben. Aber hier in New York waren in den Sommernächten fast alle Fenster dunkel, und selbst wenn Licht brannte, waren keine Menschen zu sehen.

Unten, sechzehn Stockwerke tiefer, rollte eine hell erleuchtete Straßenbahn vorbei, ohne Oberleitung, ohne Stromkabel. Autos in Rudeln rasten mit quietschenden Reifen, versuchten einander zu überholen, wanden sich und zogen sich zusammen wie eine riesige Schlange.

Obwohl der Vermieter Morris Calisher versichert hatte, die Wohnung sei leise, drang der Lärm von Stimmen, Maschinen, Rädern, Hupen und Klingeln bis zu ihm hinauf. Man konnte sogar das Rattern der U-Bahnen hören. Manchmal spürte Morris buchstäblich, wie das Gebäude in sämtlichen achtzehn Stockwerken wankte und vibrierte. Seit der Krieg ausgebrochen war und die Zeitungen die schwere

Bombardierung Londons schilderten, wurde Morris von der Angst verfolgt, dass New York zerbombt werden könnte. Er sah die Wolkenkratzer einknicken und fallen und ganze Straßen unter ihren Trümmern begraben. Aus den Zement- und Stahlbergen stiegen gewaltige Rauch- und Feuersäulen auf wie in Sodom und Gomorrha.

Morris versuchte, New York nicht in Augenschein zu nehmen. Obwohl er hier wohnte und arbeitete, wusste er nicht genau, wie die Straßen aussahen. Auch seine eigenen Häuser streifte er kaum mit einem Blick. Er verglich New York mit einem Buch, das zu dick und zu schwer zum Lesen ist. Wie eine Enzyklopädie, die man durchblättern konnte, die aber für immer ein Rätsel blieb.

In allen anderen Städten, in denen Morris Calisher sich niedergelassen hatte, war es ihm wichtig gewesen, eine Wohnung mit Balkon zu finden, aber hier in New York waren Balkone so gut wie nicht vorhanden, und selbst wenn man einen fand, was konnte man schon vom sechzehnten Stock aus erblicken? Menschen sahen wie Ameisen aus und Autos wie Spielzeug. Die Luft kam einem tödlichen Gift gleich. Wochenlang ging Morris nicht zum Fenster, aber jetzt stand er da und sah hinunter, lehnte sich sogar hinaus. Schlafen konnte er nicht, lesen auch nicht. Sollte er springen? Der Gedanke schoss ihm durch den Kopf. Aber seine Hände umklammerten den Fensterrahmen, und er presste die Knie gegen die Heizung. Nein, so schlecht stand es noch nicht.

Wenn sie eine liederliche Schlampe war, würde er sie verlassen. Er würde es sogar so drehen, dass er ihr keine Alimente zahlen musste.

Viertel vor ein Uhr, und Minna war immer noch nicht nach Hause gekommen. Morris Calisher ging ins Schlafzimmer. Das breite Bett wollte er nicht einmal ansehen. Er betete.

Schon lange hatte Morris Calisher seine Nachtgebete nicht mehr mit solcher Inbrunst gesprochen. Als er das Höre Israel aufsagte, schloss er die Augen. Seufzend betete er »In deine Hände befehle ich meinen Geist«. Gute Freunde hatten ihn davor gewarnt, Minna zu heiraten. Schon damals kursierten alle möglichen Gerüchte über sie. Aber er hatte seiner Leidenschaft nachgegeben. Wie hieß das Sprichwort? Wie man sich bettet, so liegt man. Er hätte eine anständige jüdische Tochter aus einer Rabbinerfamilie ehelichen sollen, die ihm treu gewesen wäre und sich nicht mit Scharlatanen aller Art herumgetrieben hätte.

Morris warf sich vor dem Allmächtigen nieder. Fast schämte er sich, die heiligen Worte über seine Lippen zu lassen.

»Ich tauge nichts, tauge nichts«, murmelte er. »Ich habe Israel gekränkt, ein Sünder bin ich. Vater im Himmel, die Zuchtrute habe ich verdient– alles, was über mich kommt.«

Er zog sich aus und stieg ins Bett. Schlafen konnte er nicht, aber wach war er auch nicht. Er lag still da wie ein Fisch zur Nachtruhe in seinem Glas. Er war vorbereitet auf jede Strafe, die ihn treffen mochte.

Er nickte ein und träumte, er hätte ein Haus gekauft, das zur Hälfte in New York und zur Hälfte in Warschau stand. Wie kann das sein?, fragte er sich. Könnte es auf der Grenze stehen? Aber dazwischen liegt ein Ozean … Na ja, es war nur ein Traum.

Wieder wachte er auf. Einen Augenblick lang war ihm zum Lachen zumute, aber gleich wurde er wieder ernst. Ihm war, als drücke ihm eine Last aufs Herz.

6.

Es klingelte an der Tür, aber Morris Calisher reagierte nicht. Minna war es gewohnt, dass er aufblieb, wenn sie abends ausging, und auf sie wartete, bis sie von den Banketten oder wer weiß woher wiederkam, aber diesmal lag er im Bett. Nach einer Weile hörte er den Schlüssel in der Tür. Sie machte im Korridor Licht, stieß die Tür auf und rief: »Morris, wo bist du? Schläfst du schon?«

Sie griff schon nach dem Lichtschalter im Schlafzimmer, da meldete er sich, halb knurrend, halb stöhnend: »Mach kein Licht!«

»Schatz, bist du schon im Bett? Was ist denn? Fehlt dir was?«

»Mir geht's gut.«

»Es ist spät, aber sonst bleibst du doch immer auf, bis ich komme. Wenn sie mit den Reden anfangen, wissen sie nicht mehr, wann es Zeit zum Aufhören ist. Sie plappern bis zum Umfallen. Aber mittendrin wegzugehen, wäre nicht freundlich. Ich kenne dort alle, und alle kennen mich. Der Ehrengast persönlich hat sich zu mir bemüht und mir gedankt, dass ich zu seinem Festessen gekommen bin. Sie wollten sogar, dass ich ein paar Worte sage, aber ich hasse es, Reden zu halten. Was ich zu sagen habe, sage ich in meinen Gedichten. Am Ende hat der Ehrengast so lange geredet, dass ich dachte, er hört nie mehr auf. Ein Glück, dass mich jemand im Auto mitgenommen hat. Mit der U-Bahn wäre ich nicht vor dem Morgen nach Hause gekommen. Du bist also ohne mich zu Bett gegangen? Das sieht dir gar nicht ähnlich.«

»Ich war müde.«

»Du bist zu umtriebig. Du reibst dich auf mit diesen dauernden Geschäften. Tausendmal hab ich dir gesagt, deine Gesundheit ist wichtiger. Ich bin keine von diesen Frauen, die reich sein wollen. Ich bin zufrieden mit dem, was wir haben. Und lass die Zigarren sein. Sowie du ins Haus kommst, riecht man den Zigarrenrauch. Die Ärzte sagen alle, es ist ungesund. Hast du was zu dir genommen, bevor du ins Bett gegangen bist?«

»Was hätte ich denn nehmen sollen?«

»Ein Glas Milch. Einen Schluck Orangensaft. Im Kühlschrank sind alle möglichen guten Sachen. Manche Männer nehmen sich selbst was zu essen, aber du willst immer nur, dass ich dich bediene. Ich bring dir was. Was möchtest du haben?«

»Ich brauche nichts.«

»Was ist los? Dein Ton gefällt mir nicht.«

Morris gab keine Antwort. Minna schwieg auch und wartete. Sie ging ins Bad, und er konnte hören, wie Wasser lief. In der Diele waren die Lampen an. Sie entkleidete sich nicht an einem einzigen Ort, sondern ließ im Gehen ihre Hüllen eine nach der anderen fallen. Morgens fand er in einem Zimmer ihr Kleid, das Korsett in einem anderen, die Schuhe in einem dritten. Sie lief gerne nackt in Pantoffeln herum, bevor sie zu Bett ging. Morris lag da und betrachtete ihre Figur, die Brüste, die Hüften, den nackten Bauch.

Minna knallte Türen, zapfte Wasser, klapperte mit Töpfen und Tellern. Sie hatte ihr Haar gelöst, und es hing auf ihre Schultern herab. Sie wusch sich, putzte Zähne, tupfte Parfum auf. An ihrem Verhalten merkte Morris, dass sie zu ihm ins Bett wollte, aber er hatte schon entschieden, dass er ihr nicht nahekommen würde, bevor er die Wahrheit erfahren hatte.

Krimskys Worte fielen ihm wieder ein. Schwer zu sagen, ob er gewollt hatte, dass Minna von dem Anruf erfahren oder nichts davon wissen sollte. Auch Morris hatte sich nicht entschieden, ob er es ihr erzählen sollte. Wahrscheinlich wusste sie es ohnehin. Je weniger ich erzähle, desto besser. Sie halten mich jetzt schon für einen Idioten, sagte er sich.

Von Kummer verzehrt lag er da. Er wusste, dass er in dieser Nacht keine Ruhe finden würde. Nach einer Weile tauchte Minna im Türrahmen auf, diesmal im Nachthemd.

»Warum liegst du im schmalen Bett?«, fragte sie. »Komm her zu mir.«

»Irgendwie bin ich heute Nacht nicht ich selbst.«

»Was ist mit dir?«, fragte sie erschrocken. »Ich habe gleich gesehen, dass es dir nicht gut geht.«

»Ich erhole mich schon.«

»Tut dir was weh?«

»Ein wenig. Innerlich.«

»Na ja, du rennst tagelang immerfort herum, du isst allen möglichen Mist«, schalt sie ihn wie eine besorgte Ehefrau. »Ich habe dich gewarnt, Morris. In New York musst du wählerisch mit den Lokalen sein, in denen du isst. Wenn du hier nicht vorsichtig bist, kannst du sehr krank werden. Das Fleisch heben sie hier ein Jahr lang auf. Wo tut es dir weh? Im Magen oder weiter unten?«

»Ich weiß nicht.«

»Nimm was dagegen. Warte, ich hole dir ein Alka-Seltzer.«

»Nicht nötig.«

»Warum nicht? Wahrscheinlich hast du Blähungen.«

»Ich bin müde. Ich muss mich ausruhen.«

»Warum bist du so müde? Na gut, ruh dich aus … Eigentlich war mir danach, heute Nacht mit dir im Bett zu sein. Als ich all diese verlogenen Reden und leeren Komplimente hörte, war ich stolz, dass ich nicht mit einem von diesen Blendern verheiratet bin, sondern mit einem geradlinigen Mann, der diese Tricks nicht spielt. Hinter dem Rücken sagt einer den übelsten Dreck über den anderen, aber sobald sie auf dem Podium stehen, schmeicheln sie, dass einem übel wird. Man kann sie nicht mal Lügner nennen. Das Lügen ist ihnen angeboren. In einem Augenblick bist du ein Gigant, im nächsten ein Wurm. Sie drehen alles so, dass es ihnen passt. Wahrscheinlich bilden sie sich ein, sie würden jemanden an der Nase herumführen, aber alle durchschauen die Tricks. Du wirst es nicht glauben, mein Schatz, aber während sie den Ehrengast rühmten, stachen sie zugleich mit tausend Nadeln. Ich hatte schon bereut, dass ich überhaupt hingegangen bin. Andererseits wird man nicht alle Tage siebzig. Vielleicht ist er kein besonders großartiger Dichter, aber er hat eine Rolle gespielt. Irgendwo muss man schließlich anfangen. Aber als ich vor die Tür trat und die frische Luft atmete, fiel die Beklemmung von mir ab. Von da an hast du mir gefehlt. Warum kommst du nicht hierher zu mir? Ich beiß dich nicht, Gott behüte.«

»Nein, hier geht's mir besser.«

»Na, wenn es dir dort besser geht, dann bleib dort. Oder hast du dich über mich geärgert? Wenn ja, dann sprich's aus. Geheimnisse und verborgenen Groll hasse ich.«

»Kein Groll.«

»Hat jemand angerufen?«

»Was? … Nein.«

»Irgendwas ist passiert, aber wenn du's mir nicht sagen willst, dränge ich dich nicht. Egal, was passiert ist, und egal, was du vielleicht denkst, Morris, eins musst du wissen: Ich habe anständig gehandelt. Wegen des Geldes habe ich dich nicht geheiratet, Gott behüte, ich hätte einen reicheren und jüngeren Mann haben können als dich. Als ich mit Krimsky gebrochen habe, hatte er schon Geld. Er war wüst und ein elender Schuft, aber er hat mich geliebt. Er wollte mich nicht gehen lassen. Gekniet hat er vor mir und mir die Füße geküsst. Das ist die Wahrheit. Aber ich hatte genug von seinen Lügen und üblen Tricks. Ich wollte einen Mann wie meinen Vater und Großvater – einen redlichen –, und als ich dich näher kannte, hab ich mir gesagt, dass du der Richtige bist. Dass Gott uns geholfen hat und dass du reich geworden bist, ist schon gut. Aber nicht das Wichtigste.«

»Wo ist er?«, fragte Morris zu seiner eigenen Überraschung.

»Wer denn?«

»Er … dein Mann.«

»Krimsky?«

»Ja.«

Lange Zeit sagte Minna nichts.

»Warum fragst du?«

»Ohne Grund.«

Sie verstummte wieder

»Wenn du schon fragst, kann ich dir's auch sagen. Er ist hier, mitten in New York.«

»Machst du Witze, oder was?«, stieß Morris Calisher hervor.

»Kein Witz.«

»Wann ist er gekommen? Warum hast du es mir nicht gesagt?«

Sie überlegte,

»Eines Tages kommt ein Anruf. Er sei hier. Natürlich war ich froh, dass er in Sicherheit ist. Von Hitler umgebracht zu werden, das verdient keiner. Aber ich wäre genauso glücklich gewesen, ihn in London oder Gott weiß wo in Sicherheit zu wissen. Ich sag dir die Wahrheit: Hier wollte ich ihn nicht haben. Seine Stimme wollte ich nie wieder hören. Aber was sollte ich machen? Er fing an, mir von allen möglichen Wundern zu erzählen, die ihm zugestoßen waren. ›Ich bin verheiratet, ich habe einen Mann, den ich liebe‹, habe ich ihm ganz unverblümt erklärt. Er wollte, dass ich mich auf der Stelle mit ihm treffe, aber das habe ich abgelehnt. ›Wir sind uns jetzt fremd‹, hab ich ihm gesagt. Ich habe geschwankt, ob ich es dir erzählen soll. Welchen Sinn hätte es, die Vergangenheit ans Licht zu zerren? Was könnte es dir bringen, wenn du weißt, dass ein gewisser Krimsky in New York ist? Die Stadt ist groß und voll mit allen möglichen Leuten …«

»Trotzdem hättest du mir das nicht verheimlichen sollen.«

»Ich wollte nicht, dass du dich aufregst. Du nimmst dir jede Kleinigkeit zu Herzen.«

»Also hast du ihn wirklich nicht gesehen?«

»Nein.«

Na, das ist sonnenklar, sagte sich Morris Calisher. Er erzählt mir, er habe gerade meine Telefonnummer erfahren, und sie gibt zu, dass sie schon mit ihm gesprochen hat … nicht mal eine gute Lüge können sie sich zusammen ausdenken.

Morris Calisher legte sich die Hand auf die Brust.

»Es ist spät. Ich würde gern heute Nacht etwas schlafen.«

»Schlaf, meinen Segen hast du. Mein Pech, dass ich für alles blechen muss.«

»Bis jetzt hast du noch gar nichts bezahlt.«

»Wenn du wütend bist, zahle ich mit meiner Gesundheit und meinem Leben.«

Was für eine Schauspielerin! Wie die beiden Theater spielen!, dachte Morris Calisher. Er hatte sich entschieden, Minna nichts von Krimskys Anruf zu erzählen, aber ob das die richtige Entscheidung war, wusste er nicht. Er musste sich mit aller Kraft beherrschen, um ihr nicht doch alles zu erzählen. Er zog die Decke hoch, drehte das Gesicht zur Wand und machte die Augen zu. Heute Nacht wird es keine Ruhe geben, sagte er sich.

»Schläfst du schon?«

»Ich schnarche.«

»Ist es meine Sünde, dass er hergekommen ist? Hätte ich den amerikanischen Konsul hindern können, ihm ein Visum auszustellen? Fair muss schließlich fair bleiben, Morris. Du kannst mich nicht für Dinge bestrafen, die ich getan habe, bevor wir uns begegnet sind.«

»Die Macht zum Strafen hat nur der Allmächtige.«

»Der Allmächtige hat Erbarmen mit seinen Geschöpfen, aber sie quälen sich gegenseitig.«

»Sie wissen, dass dein Exmann heute mit mir telefoniert hat«, platzte Morris Calisher heraus – und war selbst überrascht.

Minna antwortete sehr lange nicht.

»Ist das wahr?«

»Ich bin kein Lügner.«

»Wenn das stimmt, dann weiß ich wirklich nicht mehr, was vorgeht.«

Morris gab keine Antwort.

»Was wollte er denn? Was hat er gesagt?«

»Ein Gemälde verkaufen wollte er mir. Er hat gesagt, er sei gerade erst nach New York gekommen, und unsere Telefonnummer hätte er eben erst erfahren.«

Minna sagte eine volle Minute lang nichts mehr.

»Also wenn ich jetzt nicht den Verstand verliere, dann muss ich schon härter als Eisen sein. Dieser Mann ist der übelste Lügner, der verrückteste Mensch, dem ich je begegnet bin. Mein Heim will er mir zerschlagen, nichts sonst. Er ist eifersüchtig, weil ich es geschafft habe, ein bisschen Frieden zu finden, das ist es ...«

»Da die Katze aus dem Sack ist, sag mir die Wahrheit: Hast du dich mit ihm getroffen, ja oder nein?«

Und Morris Calisher setzte sich so abrupt auf, dass die Matratze unter ihm ächzte und der Bettrahmen knarrte.

Minna zögerte lange und sagte dann: »Ja, wir haben uns getroffen.«

»Eben hast du noch nein gesagt.«

»Ich wollte keinen Wirbel machen. Wozu auch? Aber da du dich aufführst wie ein Spion und er versucht, mich anzuschwärzen und reinzulegen, ist es schon besser, wenn ich dir alles erzähle. Er hat angerufen und mir in den Ohren gelegen, dass er mich unbedingt sehen will. Ich habe ihm erklärt, er könne mir am Telefon sagen, was immer er mitzuteilen habe, aber er hat geschworen, er müsse es mir persönlich sagen. Er hat mir auch erzählt, dass er meine Manuskripte mitgebracht hat. Ich hatte keine Wahl. Ich wusste, er würde mich Tag und Nacht anrufen. Ich wollte nicht, dass er dir Ärger macht. So habe ich zugesagt, mich ein einziges Mal mit ihm zu treffen. In einer Cafeteria. Hier am Broadway übrigens. Er hat versprochen, dass er mich dann nie wieder anrufen oder belästigen würde. So war es verabredet. Aber jetzt sehe ich, dass der Mensch mich einfach ruinieren will. Das wird er auch schaffen, denn ich bin so angreifbar, dass jeder Beliebige mir Schaden zufügen kann. Seit Jahren geht mir das schon so. Irgendwie war ich immer wie ein Blatt Papier, das jede Brise überallhin wehen kann. Na ja, ich sehe, ich habe schon verloren. Was wollte er von dir?«

»Mit mir will er sich auch treffen.«

»Ja, ja, und dann sitzt er mit dir zusammen und erzählt dir alle möglichen Lügengeschichten über mich. Danach kommst du nach Hause und spuckst mich an. Hör zu, Morris, ein Mensch kann leiden, bis das Maß voll ist, länger nicht. Ich hab immer gewusst, welches Ende es mit mir nehmen wird. Ich habe versucht, es zu verdrängen, aber jetzt ist die Zeit anscheinend gekommen. Geh hin, triff ihn, hör dir alles an, was er dir erzählt. Ich bin eigentlich schon so gut wie tot. Du musst nicht mal mein Begräbnis bezahlen, weil mein *landsleit* Verein schon eine Grabstelle für mich besorgt hat. Das war das erste Geschenk für mich, gleich bei meiner Ankunft hier im Land. Die Amerikaner sind sehr praktische Leute. Sie wissen, was eine Person braucht. Für sie ist eine Grabstelle ein echtes Grundstück. Was hab ich also zu fürchten? Nicht mal Krimsky kann mir meine vier Ellen Land nehmen, und mehr brauche ich ohnehin nicht.«

»Er will mir ein Bild verkaufen, nicht dich verleumden.«

»Einen heiligen Eid hat er geschworen, dass er nicht wieder anrufen wird. Wenn er so einen Schwur bricht, dann macht er vor gar nichts halt.«

»Was für einen Schwur?«

»Das kann dir egal sein. Einen Schwur, der ihm heilig war.«

»Was ist euch Leuten denn heilig? Nichts.«

»Er ist keiner von ›meinen Leuten‹. Beim Grab seiner Mutter hat er geschworen. Das ist einer seiner Komplexe.«

»Was für ein Komplex? Blödsinn. Lasterhaften wie euch ist nichts heilig. Was kann er schon Schlechtes über dich sagen? Dass du mal seine Frau warst, weiß ich. Es sei denn, er erzählt mir, dass du jetzt wieder seine Frau bist.«

Minna sprang so heftig auf, dass die Bettfedern quietschten.

»Was noch? Schleuder weiter Dreck, nur zu. Ich hab alles verdient, was du auf mich kippst.«

»Wer mit Lügnern umgeht, dem glaubt man nicht alles.«

»Recht hast du, Morris, ja. Ich hätte mich nicht mit ihm treffen sollen. Ich hätte den Hörer auflegen und dir von dem Anruf erzählen sollen. Aber nicht jeder Mensch ist so stark. Jetzt, nachdem du mich so angeschuldigt hast, ist es aus zwischen uns. Das weißt du selbst.«

»Er war hier in diesem Haus?«, sagte Morris halb als Frage, halb als Feststellung.

»Was? Ja, sicher, ich bekenne, ich bekenne. Alles. Bucharin hat auch bekannt. Als der Richter ihn fragte, was er während der drei Tage seines Japanaufenthaltes getan habe, antwortete er: ›Ich war damit befasst, die Sowjetunion auszuspionieren.‹«

FÜNFTES KAPITEL

1.

Hertz Minsker schlief in dieser Nacht nicht. Es war – in seinen Worten – eine von »jenen Nächten«. Während der Séance hatte die angebliche Frieda ihn auf den Mund geküsst. Anscheinend hatte die junge Frau die Geisterrolle aufgegeben. Sie hatte ihn geküsst und geknufft.

Bisher hatte Minsker sie nicht verlockend gefunden, aber ihr Kuss hatte ihn erregt. Ihm war, als klebe diese Provokation ihm am Mund, womöglich zusammen mit dem Geschmack ihres Speichels. Er leckte sich ständig die Lippen. Er trank Tee und biss sogar in einen Keks, aber der Kuss wollte nicht vergehen.

Nu, es fängt schon wieder an, sagte sich Minsker. Er hatte Angst, eine neue Affäre zu beginnen, und sehnte sich doch danach. Allen Komplikationen zum Trotz litt er hier in New York an Langeweile wie noch nie zuvor. Wenn er ein angeblich interessantes Buch aufschlug, langweilte es ihn, und er konnte sich nicht konzentrieren. Minna faszinierte ihn zwar noch, doch allmählich wurde sie lästig. Von Bronja ging eine Langeweile aus, die ihn physisch schmerzte. Sie hatte nichts zu bieten, nur ihre Tragödie. Nacht für Nacht wiederholte sie sich, und immer so, als sage sie etwas Neues.

Sogar die Straßen in New York kamen Minsker eintöniger vor als die Straßen in anderen Städten. Häuser, Menschen,

Kleider – allem fehlte jene Prise Individualität, die jedes Ding besitzen sollte. In Minskers Augen litt das Land an einem geistigen Skorbut, der sich langsam über die ganze Welt ausbreitete. Selbst die Bäume hatten keine Persönlichkeit, und dem Wetter fehlte jede Individualität.

Minsker hatte zwar allerhand Theorien zur Erklärung dieses Phänomens, aber sein Gefühl sagte ihm, dass es alles in allem doch ein Rätsel blieb. Es war irgendwie mit Esprit verbunden. Dem Land fehlte jener Zauber, der das Leben erträglich macht, zur Strafe oder aus einem anderen metaphysischen Grund. Amerika war ein Land ohne Illusionen. Minsker hatte hier alle Hoffnung, allen Wahn verloren. Er hatte begonnen, seine Jahre zu zählen, einzuschätzen, wie viel Zeit ihm noch blieb, bevor er sechzig wurde. Er stand buchstäblich an der Schwelle zum Alter.

Nur eines konnte ihm Amerika nicht rauben: seine Gier nach Frauen – eine Art Drogensucht. Immer noch starrte er Frauen an, auf der Straße und in der U-Bahn. Frauenbeine, Frauenknie signalisierten ihm immer noch ein Versprechen, obwohl er tief im Inneren wusste, dass es ein Handel mit Wechseln ohne Deckung war.

Der mutwillige Kuss dieser Hexe, die Bessie half, ihre idiotische Rolle zu spielen, hatte ihn aufgeschreckt. Er wusste, was er jetzt zu tun hatte: Während der nächsten Séance würde er ihr einen Zettel mit der Frage nach ihrer Adresse und Telefonnummer in die Hand schmuggeln. Alles Weitere war dann ihr überlassen.

Lade ich mir eben noch eine Last auf, dachte Minsker. Wer weiß? Vielleicht kannte sie Tricks oder Perversionen, die ihm noch nicht begegnet waren. Vielleicht sprach sie Wörter aus, die er noch nie gehört hatte. Schließlich war sie keine Amerikanerin, sondern Polin und durchtränkt mit der Essenz ihres Landes ...

Minsker wollte schlafen, aber seine Augen schlossen sich nicht. Sein Hirn arbeitete schnell, war überwach. Im Geist unterhielt er sich mit Lebenden und Toten, mit Frauen, von denen er nicht wusste, ob sie noch am Leben oder schon im Jenseits waren. Tagträume wie schon in der Kindheit hatte er immer noch, Träume von allen möglichen glücklichen Fügungen, Zauberkräften, Hexereien und Entdeckungen. Wieder und wieder stellte er sich Siege über Hitler und Mussolini vor. Er verbrannte deren Armeen mit Strahlen. Er fischte ihre Kriegsschiffe aus dem Meer und setzte sie zum Spaß in den Lake George und Lake Placid. Er flog in seinem selbstgebauten Flugzeug zum Mond und zu den Planeten, entdeckte dort Siedlungen und Nahrung und Heilmittel, die das Leben um Jahrmillionen verlängerten.

Minsker schämte sich dieser Fantastereien. Sie waren wie geistige Masturbation. Aber wenn er schlaflos im Bett lag, hatte er keine Kontrolle über seine Gedanken. Sein Hirn mahlte wie eine Maschine. Er konnte buchstäblich hören, wie die Zellen sich aneinander rieben.

Bei Tagesanbruch schlief Minsker ein. Er erwachte zerschlagen, mit zittrigen Gliedern und Druck auf dem Magen. Die Uhr zeigte ein Viertel vor sieben. Ein paar Minuten später klingelte Bronjas Wecker. Sie wachte auf und streckte die Hand aus, um den Alarm abzustellen. Auch Minsker streckte eine Hand aus, und die Finger der beiden verschränkten sich einen Augenblick, bevor Bronja das Klingeln abstellte. Sie stand auf – eine halbnackte Schönheit, die keine Wirkung mehr auf ihn hatte. Sie weckte keine Illusionen mehr in Minsker.

»Wie spät ist es? Ich stelle den Wecker immer auf halb sieben, aber er klingelt immer um sieben. Ich muss sofort ins Bad.«

Sie sprach mit ihm und mit sich selbst. Ihr Kommentar verlangte keine Antwort.

Minsker setzte sich auf.

Na, was machen wir denn heute?, fragte er sich. Nach Essen oder Lesen war ihm nicht zumute, er hatte auch keine Lust, seine Manuskripte zu korrigieren. Und warum überhaupt die Mühe mit der Korrektur? Für wen? Warum sollte er aus dem Bett aufstehen? Er sah keinen Grund. Jetzt am Morgen hatte nicht einmal der Kuss der jungen Frau von der vergangenen Nacht noch Bedeutung. Für sie war es nur ein Scherz. Vielleicht hatte sie ihn dazu provozieren wollen, ihr eine Notiz zuzustecken. Menschen wie sie waren sogar fähig zu – wie sagte man? – Erpressung.

Minsker war nicht schläfrig, legte sich aber wieder in die Kissen. Bronja kam aus dem Bad.

»Die Vermieterin ist ein Schmutzfink … das Bad ist ein Schweinestall.«

»Na ja, so ist es eben.«

»Kannst du heute drei viertel Pfund Gehacktes kaufen? Und Gemüse.«

»Welches Gemüse genau?«

»Spinat, Salat, was du eben finden kannst.«

»Hier in New York kann man allerhand finden.«

»Für dein sarkastisches Gerede hab ich keine Zeit.«

»Komm, frühstücke mit mir.«

»Ich hab keinen Hunger.«

»Ich bin immer allein. Trink ein Glas Tee.«

»Bessie wird gleich kommen.«

»Warum hast du solche Angst vor ihr? Du sitzt in der Nacht bis ein Uhr bei ihr.«

»In der Nacht, wenn die Geister kommen …«

Bronja mühte sich mit ihrem Korsett ab. Anscheinend konnte sie es nicht hochziehen, und Minsker stand aus dem Bett auf, um ihr zu helfen. Er zog einen Bademantel und Pantoffeln an und folgte ihr in die Küche. Schon jetzt in der Frühe war es dort heiß.

Bronja zündete den Gaskocher an und sagte, halb zu Minsker, halb zum Teekessel gewendet: »Wie lange kann es dauern?«

»Was?«

»Der Krieg, du weißt schon.«

»Das weiß keiner, keiner weiß es.«

»Hitler hält Wort, das sag ich dir. Er bringt alle um. Selbst wenn er verliert, wird von den Juden in Polen keiner überleben.«

Minsker senkte den Kopf. »Wir können nichts tun. Ein Ding regiert die Welt: Macht.«

»Aber wenn sich die ganze Welt vereint gegen ihn stellt, würde er aufgeben.«

»Die Welt kümmert sich nicht um Schurken. Wer töten will, der tötet.«

»Warum soll man dann weiterleben? Ich habe nicht gewusst, dass die Welt so ist.«

»Wenn du die Geschichte studiert hättest, würdest du es wissen.«

»Dann gibt es keinen Gott.«

»Doch, den gibt es. Wer sagt, dass Gott gut ist? Er selbst ist grausam. Er tötet nicht nur hier auf der Erde, sondern auch auf Milliarden von Trillionen anderer Planeten.«

»Trotzdem, manchmal kommen Pakete nach Warschau durch. Nur meine Pakete kommen nie an.«

2.

Sobald Bronja gegangen war, klingelte das Telefon in der Diele. Bessie war auch schon fort. Minsker war sicher, dass der Anruf nicht ihm galt – wer würde schon so früh am Morgen mit ihm telefonieren? Trotzdem stürzte er zum Telefon und nahm den Hörer auf. Sofort hörte er Morris Calishers Stimme, allerdings klang sie etwas anders als sonst – tiefer, heiserer, als sei der Mann sehr verärgert oder erschüttert.

»Hertz, ich muss mit dir reden«, sagte Morris Calisher.

»So früh? Na gut, leg los. Rede.«

»Am Telefon geht das nicht. Kann ich zu dir kommen? Hab ich dich geweckt?«

»Nein, ich war in der Küche.«

»Gut, in Ordnung. Weißt du was? Treffen wir uns irgendwo. Komm schon, frühstücken wir zusammen, falls ich was essen kann. Vielleicht nehme ich einen Kaffee.«

»Was ist passiert? Ist was mit den Kindern?«

»Nein, die Kinder sind's nicht.«

»Was Geschäftliches?«

»Du wirst es schon hören.«

»Wo treffen wir uns?«

Morris gab Hertz die Adresse und sagte ihm, er solle ein Taxi nehmen – auf seine, Morris', Kosten. Hertz setzte sich in Bewegung. Er rasierte sich, badete und zog sich schnell an.

Na ja, wieder ein Morgen dahin!, brummte er. Auf die Morgenzeiten setzte er immer große Hoffnung. Vielleicht würde er etwas Gutes schreiben oder eine nützliche Korrektur machen. Aber daraus wurde nie etwas. Insgeheim war er froh, das Haus zu verlassen. Außerdem fuhr er gern Taxi.

Bevor er ging, warf er noch einen Blick ins Wohnzimmer. Auf Wiedersehen, Geister, sagte er im Scherz.

Etwas an seinem frühen Aufbruch störte ihn – die Post war nicht gekommen. Minsker erwartete immer einen wichtigen Brief, der sein Leben ändern würde. Ach, der Brief wird nicht weglaufen, tröstete er sich. Er trug einen hellen Anzug und einen Strohhut, kaufte sich eine Zeitung und hielt schnell ein Taxi an.

Die Straßen waren schon vor Tagesanbruch von der Straßenreinigung mit Wasser besprengt worden. Warme Winde wehten durch das offene Taxifenster, und die Sonne brannte.

Nun ja, die Natur nimmt ihren Lauf, murmelte Minsker vor sich hin. Unvorstellbar, dass sie auch nur ein einziges Mal vergäße, die Erde zu drehen. Seit Jahrmilliarden wirbelt sie den Erdball pausenlos um die Sonne. Dahinter muss doch irgendeine Absicht stecken.

Die Luft roch nach Asphalt, Früchten, Benzin und außerdem süß und sommerlich.

Was wäre, wenn ich jetzt eine Million Dollar hätte?, fragte sich Minsker. Meine Verabredung mit Morris würde ich nicht absagen, aber ich würde ihn nicht für das Taxi zahlen lassen. Was würde ich noch tun? In New York bleiben oder wegziehen? Wohin zum Beispiel? Nach Kalifornien? Und was würde ich in Kalifornien machen? Was ist dort besser als hier? Etwas, was ich dort machen würde: mich hinsetzen und in Ruhe arbeiten. Andererseits, wer hindert mich daran, es hier und jetzt zu tun?

Minsker warf einen Blick auf die Zeitung. Krieg, Krieg …

Während er hier im Taxi saß, fielen Bomben, und Menschen, die ihr Leben genauso liebten wie er, mussten sterben – junge Menschen sogar. Plötzlich spürte er den Horror des Krieges. Wie hatten sie zugelassen, dass es so weit kam? Bronja hatte recht: Sie werden uns alle auslöschen. Und was tut Gott? Holt er die Seelen in den Himmel? Legt er Hitler auf die Folterbank? Hätte er das Universum nicht anders ordnen können?

Das Taxi hielt vor einem Restaurant am Broadway. Minsker stieg aus und sah Morris am Eingang stehen, Er wirkte breiter, älter, zerzaust.

Er rief Minsker zu: »Sie machen erst mittags auf«, und zeigte auf das Restaurant.

»Also gehen wir in ein anderes.«

»Ja.«

Morris Calisher und Hertz Minsker gingen in eine Cafeteria. Morris bestellte sich nur ein Glas Tee mit Zitrone, weil das Café nicht koscher war, aber Hertz hatte kein Problem mit nicht koscherem Essen. Sie setzten sich an ein Fenster. Nur wenige Leute waren da. Hertz nahm eine halbe Grapefruit, ein Stück Apfelkuchen und eine Tasse Kaffee.

Morris zündete sich eine Zigarre an.

»Was ist passiert?«, fragte Hertz.

Morris Calisher nahm einen tiefen Zug aus der Zigarre, legte sie dann in den Aschenbecher.

»Hertz, es steht nicht gut! Hertz, als die Juden sich von der Tora abwendeten, haben sie alles verloren – die Jüdischkeit, die Menschlichkeit. Wir sind schlimmer als Zigeuner. Das sollte ich nicht sagen, aber wenn es um den modernen Juden geht, dann haben unsere Feinde ganz recht. Alles, was sie sagen, ist wahr.«

Minsker starrte ihn an. Solche Reden hätte er von Morris Calisher nicht erwartet. Es war, als spräche er aus, was Minsker dachte. Offenbar war Calisher von seinen Partnern hereingelegt worden, schloss Minsker.

»Das sind die Zeiten, darüber klagen alle«, sagte er.

»Was nützt das Klagen? Ich spreche nicht von dir, sondern von denen, die sich gegen die Religion vergehen. ›Er kennt den Herrn und will sich gegen ihn auflehnen.‹«

»Was verlangst du von dir? Immerhin bist du orthodox.«

»Ein Ochs bin ich, nicht orthodox. Ein wahrer Jude schert sich nicht den Bart und heiratet keine Schlampe, die sich in allem möglichen Dreck gesuhlt hat. Keinen Pfennig ist meine Orthodoxie wert. Ein Heuchler bin ich noch dazu, so ist das. Was will ich mit Geschäften, Häusern und dem ganzen anderen Müll? Warum will ich mittendrin noch eine Fabrik eröffnen? Wofür zum Teufel brauche ich eine Fabrik? Ein alter Mann bin ich, ein seniler Idiot. Ich habe Kinder großgezogen, die schlimmer sind als Marranen. Fania ist eine Antisemitin, eine Judenhasserin. Sie sagt Dinge, die man von Goebbels erwarten würde, das ist die bittere Wahrheit. Wer weiß, wie sie jetzt lebt? Anständig sicher nicht, darauf kannst du wetten. Ich habe immer Angst, dass sie einen Goi heiratet, aber ist es besser, wenn sie nur mit ihnen schläft? Weh uns und unseren Kindern! Mörder und Huren haben wir großgezogen – das ist die schlichte Wahrheit. Auch Minna ist eine Hure, ein Dreckstück. ›Sie verschlingt und wischt ihr Maul und spricht: Ich habe kein Böses getan.‹ Ich bin ein Lüstling, ein Treuloser, ein Feind Israels, das ist es, was ich bin!«

Und Morris Calisher stieß einen Laut zwischen Husten und Knurren aus.

Hertz wurde bleich.

»Warum sprichst du so von Minna?«, fragte er mit zittriger Stimme.

»Ihr Exmann ist hier. Wie heißt er noch, dieser Scharlatan? Sie ist bei ihm! Sie schläft mit ihm! Zertreten sollte man die beiden, möge sein Name ausgelöscht sein!«

»Woher weißt du das, woher? Warum sollte sie eine Affäre mit ihrem Exmann haben?«

»Warum nicht? ›Was könnte der Sohn tun, um die Sünde zu meiden?‹ Was hält noch irgendeinen zurück? Wenn es keinen Gott und kein Gesetz gibt – dann ist alles erlaubt. Sie reden über Faschismus, Hitlerismus. Aber Tatsache ist, sie sind selbst Nazis, alle, auch die Juden von heute. Wer sich von Gott abwendet, ist ein Nazi, nichts sonst. Das ist nicht nur Rhetorik oder Übertreibung. Sie machen schöne Worte, aber für das kleinste Gefühl sind sie bereit, zu besudeln oder zu zerstören. Tatsächlich hat sie in Paris mit ihm gebrochen, weil Sünder nicht zusammenleben können. Sachen über ihn hat sie mir erzählt, dass dir die Haare zu Berge stehen. Er könnte wahrscheinlich das Gleiche über sie erzählen. Jetzt ist er hier und ein neuer Mensch – also warum nicht? Diese Leute faseln Tag und Nacht über die Liebe, aber was das Wort bedeutet, wissen sie nicht. Lieben kann nur ein anständiger Jude. Alles was sie können, ist Unzucht treiben.«

Morris Calisher griff nach einem Salzstreuer und schlug damit so heftig auf den Tisch, dass die Leute in der Cafeteria sich umsahen.

»Was tust du? Hast du einen Beweis für das, was du behauptest, oder ist es nur ein Verdacht?«

»Ich habe den Beweis. Ich rede nicht, nur um mich reden zu hören.«

»Was ist das für ein Beweis?«

3.

»Sag ich dir gleich. Gleich sag ich's dir, lass mich nur erst zu Atem kommen«, erwiderte Morris Calisher. »Die ganze Nacht hab ich kein Auge zugetan. Was ich in der Nacht durchgemacht habe, kann ich dir nicht beschreiben. Der Schlag hätte mich treffen müssen, dass es nicht passiert ist, heißt, ich bin stärker als Eisen. Für dich ist das wahrscheinlich nur ein Witz, aber für mich eine Katastrophe. Das kann ich nicht vertragen. Ich glaube immer noch, eine Ehefrau soll treu sein.«

»Woher weißt du denn, dass sie mit ihm schläft?«, fragte Minsker heiser. Seine Kehle war ausgetrocknet, und innerlich schäumte er. Verwunderlich, aber auch ihn schüttelten Wut und Scham. Wenn die Geschichte stimmte, war auch Minsker betrogen. Die Möglichkeit alarmierte ihn. Am Ende beichtete sie Morris alles. Das ist also das Zeug, aus dem sie gemacht ist, grübelte er. Morris hat recht ..., wir sind Nazis ... beschnittene Nazis ... ich bin eine Laus, so eine gibt es nicht nochmal auf der Welt.

Da saß er, finster, beschämt, fassungslos über die eigene Verworfenheit. Ihm war speiübel, und er zog ein Schnupftuch aus der Tasche.

Morris' Augen weiteten sich. Fast lachten sie.

»Wo hast du das Schnupftuch her?«, fragte er.

Minsker fuhr zusammen: »Was?«

»Das ist kein amerikanisches Schnupftuch.«

»Ich habe es in Paris gekauft. Warum? Gefällt es dir nicht?«

Und Minsker schnitt eine Grimasse, als wolle er sagen: Hast du keine anderen Sorgen?

»Hast du nur eins von dieser Sorte?«, fragte Morris.

»Ich hatte ein ganzes Dutzend, aber ein paar habe ich verloren. Wenn es dir gefällt, gebe ich es dir. Was gefällt dir daran – die rote Borte?«

»Ja, die rote Borte.«

»Also, was hast du gegen sie in der Hand?«

Morris Calisher antwortete nicht. Er saß sprachlos da, als hätten der Verdacht und der Schmerz ihn plötzlich verlassen. Er sah Hertz nicht ins Gesicht, sondern an ihm vorbei auf ein schlecht gemaltes Wandbild mit Früchten, Pferden und Wagen in grellen Farben, die Kunst, die man an den Wänden billiger Restaurants und Cafeterien findet. Es schien, als sei Morris Calisher plötzlich in Gedanken versunken, die nichts mit dem Grund für ihr Treffen zu tun hatten.

Minsker schaute ihn erwartungsvoll und erstaunt an. Gewöhnlich konnte er Morris jede Regung vom Gesicht ablesen. Oft wusste er, schon bevor Morris den Mund aufmachte, was er sagen würde. Aber diesmal kam ihm dessen Gesicht ganz fremd vor. Ein Auge lächelte, das andere war starr.

Morris nahm die Zigarre aus dem Aschenbecher, streifte etwas Asche ab, führte sie an die Lippen, besann sich plötzlich anders und legte die Zigarre wieder zurück. Er griff nach dem Glas Tee, aber nicht, um zu trinken, sondern nur, um sich die Hände zu wärmen.

Minsker fürchtete, er müsse rülpsen, was immer geschah, wenn er nervös wurde. Allem Anschein nach hatte sie an allen Fronten betrogen.

»Alle Männer sind Lügner.«

»Ach ja?«

Und Morris senkte den Kopf.

»Du hast mir immer noch nicht erzählt, was du gegen sie in der Hand hast«, sagte Minsker.

»Was macht das schon aus? Jetzt habe ich nichts mehr. Keinen Freund, keine Frau, keine Kinder – alles ist plötzlich zu nichts geworden. Verzeih mir, dass ich dich hierhergerufen habe, Hertz. Ich hatte mit dir reden wollen, aber das hat jetzt keinen Sinn mehr. Trink deinen Kaffee.«

»Traust du mir nicht mehr?«, fragte Minsker und schämte sich wegen dieser Worte.

»Ja, wem sonst kann ich trauen? Schließlich bist du mein Freund, mein Kumpel. Wenn ich dir nicht trauen könnte, wem dann? Aber es gibt Zeiten, da muss man schweigen. ›Jedes Ding hat seine Zeit. Für das Reden gibt es eine Zeit und eine Zeit für das Schweigen.‹«

»Wie du meinst. Ich dachte, ich könnte dir helfen.«

»Nein, das kannst du nicht. Wie kannst du mir helfen, wenn du nicht mal dir selbst helfen kannst? Ich brauche jetzt jemanden wie deinen Vater, er ruhe in Frieden. Du bist sein Sohn, richtig, aber du bist nicht er … ganz und gar nicht.«

»Du sagst mir nichts Neues.«

»Wenn es dich nicht kränkt, Hertz, sage ich dir jetzt Lebwohl. Das Geld für die Rechnung gebe ich dir.«

»Ich habe Geld.«

»Wie viel denn? Nein, hast du nicht, hast du nicht. Du vergeudest zu viel Zeit mit deinen Frauen, und davon kannst du nicht leben. Was willst du mit so vielen Frauen? Alles muss eine Grenze haben.«

Und Morris Calisher lächelte auf eine Art, die für ihn ganz ungewöhnlich war: halb spöttisch, halb väterlich.

Minsker hörte Verachtung in Calishers Ton. Aber wie konnte das sein? Eben hatte er noch ganz anders gesprochen.

Innerhalb von Sekunden hatte er sich verändert. Rätselhaft, rätselhaft, murmelte Minsker. Es war, als wäre zwischen ihnen plötzlich eine Tür zugefallen. Sie saßen dicht nebeneinander, aber wie durch eine Wand getrennt.

Morris zog seine Brieftasche hervor. »Vielleicht kannst du ein paar Dollar brauchen?«

»Nein danke, Morris.«

»Nimm, nimm! Jetzt gebe ich. Später ist es vielleicht zu spät. Man sagt doch: ›Lehne nie etwas ab.‹«

Er ist wütend auf mich, sagte sich Minsker. So hatte er Morris noch nie reden hören.

»Nein, Morris, ich will kein Geld.«

»Mag sein, aber du brauchst es trotzdem. Deine Frauen da, die werden dich wohl nicht bezahlen. Oder doch?«

Minsker wiegte den Kopf.

»Warum lässt du deinen Zorn an mir aus? Ich bin auch nicht so glücklich über die Geschichte.«

»Was berührt dich das? Sie ist meine Frau, nicht deine. Sie hat mir Hörner aufgesetzt, wie der Schlauberger sagt.«

»Wenn sie die Sünderin ist, bist du nicht der, der Hörner trägt.«

»Nach deinem Maßstab schon. Wer das Böse tut, ist immer im Recht, und das Opfer ist der Dumme.«

»Das ist nicht mein Maßstab, Morris.«

»Ich meine nicht dich persönlich. Mich schließe ich auch ein. Ich bin in deiner Klasse, selbst wenn ich ziemlich schwer von Begriff bin. Ich bin einfach ein Narr. Ich wollte sein wie du, aber das konnte ich nicht. Du hast einen besseren Verstand, und du gefällst den Frauen. Ich gefalle niemandem. Warum eigentlich nicht? Bin ich so hässlich? Oder habe ich fauligen Atem? Sag mir die Wahrheit.«

»In meinen Augen bist du nicht hässlich, und Mund-
geruch hab ich nie an dir bemerkt. Du riechst nach Zigarren,
aber oft mögen Frauen das.«

»Meine Zigarren mögen sie nicht. Minna sagt, sie stin-
ken.«

»Wenn dein Verdacht stimmt, dann ist sie diejenige, die
stinkt.«

»Das ist der Kummer. Jeder kann nur den Gestank der
anderen riechen. Mach's gut, Hertz. Hier hast du zwanzig
Dollar.«

»Das Geld nehme ich nicht, ich will es nicht. Was ist los
mit dir? Gehst du irgendwohin?«

»Ich gehe nirgendwohin. Wohin auch? Hitler hat die Welt
verschlossen.«

»Du hast schon angefangen, mir zu erzählen, lass mich
doch jetzt nicht hängen.«

»Mich hat man auch hängenlassen. Tun wir zusammen
Buße, Hertz. Jung sind wir beide nicht mehr. Bald werden
wir aufgerufen, Rechenschaft abzulegen über uns.«

Und Morris Calisher bewegte sich eilig zum Ausgang.
Erst als er gegangen war, sah Hertz Minsker, dass er den
Zwanzig-Dollar-Schein auf dem Tisch liegen gelassen hatte.

4.

Morris ging durch Straßen, wusste aber nicht, ob er nach
Norden, Süden, Osten oder Westen lief. Vor seinen Augen
hüpfte und waberte etwas, eine Luftblase, die zu pulsieren
schien. So, wie Farben wechseln und Funken sprühen, wenn
man die Finger auf die Augenlider presst.

So ist das also, sagte er sich. Die Worte wiederholte er immerfort. Zuvor war der Schmerz überwältigend gewesen. Jetzt war es die Scham, die sich anfühlte wie ein Schlag ins Gesicht. Ganz wie in den Romanen, murmelte Morris Calisher vor sich hin, genau wie in einem Theaterstück …

So seltsam es auch war, Morris hatte oft mit Minna darüber gesprochen, dass sie sich womöglich in Minsker verlieben würde. Ein frivoles Spiel, das sich selbst fromme Männer gelegentlich mit ihren Frauen erlauben – perverse Bemerkungen, die Lust auf Sex wecken sollen. Morris sagte dann immer, wenn Minna schon gezwungen sei, sich in einen anderen Mann zu verlieben, dann fände er es am besten, wenn Hertz dieser andere wäre. Minna versicherte ihm jedes Mal, Hertz sei nicht ihr Typ. Er sei ihr zu oberflächlich. Sie könne nur einen grundsoliden Mann lieben. Was für Reden Eheleute in Momenten der Leidenschaft führen können!

Morris hatte nie auch nur den leisesten Verdacht gegen Hertz gehegt, dem es nicht an Geliebten fehlte. Hertz beklagte sich immer bei Morris, dass er an all seinen romantischen Verstrickungen ersticke. Er erzählte ihm seine sämtlichen Abenteuer und nannte sich selbst einen Verrückten, einen Wüstling, einen Verkommenen. Aber diese Sorte hatte offenbar keine Skrupel. Morris hatte ihn Jahr für Jahr unterstützt, und zum Dank schlief Hertz mit Minna.

Und Minna – sie war eine Hure, Abschaum, tiefer als tief gesunken. Mit ihrem Ehemann schlief sie, mit Hertz auch, und Gott weiß mit wem noch.

Ach, ich stecke im Sumpf, im Sumpf, lamentierte Morris. Bis zum Hals im Dreck!

Er erinnerte sich an seine Verabredung mit Krimsky, aber

er war nicht in der Stimmung, ihm gegenüberzutreten. Später am Tag erwarteten ihn auch einige Geschäftspartner, aber was bedeuteten ihm all diese Abschlüsse jetzt? Wem sollte er sein Geld vererben, einer Handvoll Ehebrecherinnen?

Morris fiel wieder ein, was er in einem chassidischen Buch über Rabbi Zadok HaKohen von Lublin gelesen hatte. Dessen erste Frau hatte ein Geschäft für gebrauchte Kleider, und Reb Zadok hatte gehört, sie habe einem Offizier die Hand gegeben. Daraufhin verließ er auf der Stelle seine Frau und das Haus ihrer Eltern und wollte sich scheiden lassen. Sie verweigerte ihre Einwilligung, und er wanderte von Stadt zu Stadt, bis er von hundert Rabbinern die Erlaubnis zur Scheidung hatte.

Als Morris diese Geschichte zum ersten Mal las, fand er Rabbi Zadoks Verhalten töricht. Seine Frau war wahrscheinlich eine brave jüdische Tochter gewesen. Ein Offizier hatte ihr die Hand entgegengestreckt, und sie war zu schüchtern oder zu ängstlich gewesen, sie auszuschlagen. Damals meinte Morris, Rabbi Zadok sei ein Fanatiker gewesen.

Aber jetzt begriff er, dass der Rabbi recht gehabt hatte. Diese Juden kannten die Wahrheit. Vom Händeschütteln zum Ehebruch war es nur ein Schritt. Die von den Weisen und den späteren Rechtslehrern festgelegten strengen Regeln und Verbote beruhten auf einem tiefen Verständnis menschlicher Schwächen.

Also, aus und vorbei ist es jetzt! Als Geschäftsmann und Mann von Welt bin ich erledigt. Solange ich's noch kann, will ich fliehen vor dieser Pest. Für mich gibt es nur noch einen Ort – das Bethaus, und die Gemara.

Bei diesem Gedanken überkam ihn die Sehnsucht nach einem Bethaus. Er blieb stehen und wischte sich die Augen.

Er war auf dem Broadway. Zehn Blocks nordwärts war er gelaufen.

Wo fand sich in dieser Gegend ein Bethaus? In New York gab es zahllose Synagogen, aber tagsüber waren sie alle geschlossen. Kein heiliges Buch konnte man dort finden, nicht für Geld und gute Worte. Aber Morris brauchte ein Lehrhaus oder ein chassidisches *stibl*, wo Männer den ganzen Tag lang saßen und studierten.

Ein Taxi kam vorbei, und Morris hielt es an. Er sagte dem Fahrer, er solle zum East Broadway fahren.

Ich hatte kein Recht, von dort wegzugehen! Ein Schritt weg vom Bethaus, und der Jude sinkt die neunundvierzig Stufen der Unreinheit hinab!

Morris Calisher lehnte den Kopf gegen das Wagenfenster. Erst jetzt merkte er, wie heiß es war. Sein Herz fühlte sich an, als stünde es buchstäblich in Flammen. Sein Kopf brannte, und ein Bein zitterte.

Er machte sich Vorwürfe: Warum habe ich Hertz nichts gesagt? Ich hätte ihn zur Rede stellen sollen. Stattdessen hab ich ihm zwanzig Dollar dagelassen. Na, nie mehr kommt das vor, nie mehr. Wenigstens werde ich meine letzten Jahre nicht wie ein Idiot hinbringen.

Morris lauschte seinem inneren Tumult. In seinem Kopf wirbelte alles durcheinander. Unbestimmte Schmerzen plagten ihn überall. Er fühlte sich ausgedörrt und rasend vor Zorn zugleich. Er hatte Angst, dass er nicht einmal in der Tora Trost finden würde. Was soll ich tun? Wo soll ich hin? An wen mich wenden? Er bereute schon, dass er dem Fahrer gesagt hatte, Richtung Downtown zu fahren. Ich hätte irgendwo ein Hotelzimmer nehmen sollen. Aber was mache ich allein in einem Hotel? Sterben soll sie, das hat sie verdient. Beide hätten es verdient. Nach dem Gesetz könnte ich beide töten, dachte Morris, wusste aber, dass das nicht erlaubt war. Wenigstens könnte ich ihr alle Zähne ausschlagen.

Er wollte dem Fahrer sagen, er solle umdrehen, ließ aber die Hand wieder fallen, die er schon erhoben hatte, um dem Mann auf die Schulter zu tippen.

Nu, gewalttätig bin ich nicht ..., aber ich kann ihr nicht mehr ins Gesicht sehen. Gott bewahre mich vor einem Herzschlag!, klagte er. So schwerer Ärger ist Gift für mich.

Er lehnte sich zurück und schloss die Augen. Und wenn ich schon gestorben und auf dem Weg zu meinem Grab wäre? Was kann ein Leichnam machen? ›Unter den Toten bin ich frei.‹ Ein Toter muss alles der Vorsehung überlassen.

Dieser Gedanke beruhigte ihn etwas, aber nur oberflächlich. Ich muss mir einen Anwalt suchen. Hier in Amerika kann man keinen Schritt ohne Anwalt tun, dachte er. Sonst nehmen sie mir alles, was ich habe, und bringen mich an den Bettelstab, Gott behüte. Morris Calisher hatte einen Anwalt, aber der war nicht auf Scheidungsrecht spezialisiert.

Außerdem hätte sich Morris zu sehr geschämt, ihm zu berichten, was in seinem Haus vor sich ging.

Na, ich muss alles durchdenken. Vorläufig habe ich die Oberhand, nicht die beiden. Ich werde die Dinge so drehen, dass ich davon profitiere, nicht diese Sünder. Nur gut, dass ich ihr nichts überschrieben habe. Wenn ich Geld geben muss, dann für einen guten Zweck, nicht für Ehebruch.

Morris sah aus dem Fenster. Das Taxi kroch die Park Avenue hinunter. An diesem frühen Hochsommermorgen sah die baumlose Straße mit ihren roten Backsteinbauten verstaubt aus und seltsam nackt. Morris hatte das Gefühl, geröstet zu werden in der Hitze, die Mauern, Asphalt und der schmale Streifen Himmel über den Dächern ausströmten. Alle paar Sekunden stoppte das Taxi. Vor und hinter ihm hatte sich eine ganze Wagenkarawane gebildet.

Ist das die materielle Welt?, fragte sich Morris. Habe ich dafür gearbeitet? Und wenn eins oder mehrere von diesen Häusern mir gehörten, was hätte ich davon? Würde ich zwei Portionen Lunch essen? Minna hätte nur mehr Geld, um es für Juwelen und Liebhaber zu verschleudern. Hurenböcke: Das sind die Leute von heute!

Morris erinnerte sich an die Antwort der Gemara, als die Völker der Welt vor den Allmächtigen traten und Lohn für ihre Leistungen verlangten. Gott antwortete: ›Ihr habt Märkte eingerichtet, um sie mit Prostituierten zu füllen.‹ Ja, die Weisen hatten die Abtrünnigen und ihre Gefolgsleute gekannt. Die Krönung und Verherrlichung des Ehebruchs, das war der Kern aller Zivilisation. Nie hatte die Welt dem Götzendienst abgeschworen. Ein Schritt vom Bethaus, und schon wurde man zum Götzendiener.

Wie kann es sein, dass ich davon bis jetzt nichts gewusst habe?, fragte sich Morris. Doch, ich habe es gewusst. Ich habe es sogar mehr als einmal mit Hertz besprochen. Er hat genau das Gleiche gesagt, nur mit mehr Herz und mehr Bildung als ich. Aber das ist das Trauerspiel – man weiß, dass man Staub frisst, aber man hört nicht auf damit, weil man sich daran gewöhnt hat und weil er angeblich gut gewürzt ist …

Morris lehnte sich aus dem Fenster und spie aus.

Ich hab es nicht verdient, am Leben zu sein! Ein Abschaum bin ich, von allen Verruchten der Verruchteste, murmelte er vor sich hin.

Sobald Morris gegangen war, versuchte Hertz, Minna zu erreichen, aber die Leitung war belegt. Er versuchte es wieder und wieder, aber nach einer Dreiviertelstunde hatte sie den Hörer immer noch nicht aufgelegt.

Hertz nagte an seinen Lippen. So lange kann sie nur mit ihrem Exmann reden, murmelte er. Hertz konnte es selbst nicht glauben, aber er war tatsächlich eifersüchtig. Diese Regung hatte er seit Jahren nicht mehr gespürt. Er hatte immer dafür gesorgt, dass andere ihr zum Opfer fielen, aber jetzt war er nicht nur eifersüchtig, sondern auch angeekelt.

So eine Ware ist sie also, sagte er sich. Na ja, das ist das Ende. Ich mache Schluss mit ihr, auf der Stelle. Das wollte er ihr am Telefon sagen, aber jedes Mal, wenn er ihre Nummer wählte, ertönte das Besetztzeichen. Ich hoffe, der Trottel Morris bleibt nicht bei ihr. Soll sie doch zurück zu Krimsky gehen, diesem dreckigen Luden!

Hertz setzte sich wieder an den Tisch und versuchte, Zeitung zu lesen, fand aber nur Berichte von Nazisiegen. Außerdem konnte er sich auf keine einzige Zeile konzentrieren. Plötzlich fiel ihm ein, dass sie vermutlich Morris alles von ihrer Affäre mit Hertz erzählen würde, wenn sie mit dem Rücken zur Wand stand. Falls das passierte, hätte er keine Wahl, er müsste sich umbringen. Na ja, ich bin wie die Gangster, die von der Polizei gesucht werden und untereinander Streit anfangen. Daraus kann nichts Gutes mehr kommen.

Hertz hatte sich einen Kaffee bestellt, aber der war kalt geworden. Er hatte den Zwanzig-Dollar-Schein, den Morris ihm dagelassen hatte, zu einem Papierschiffchen gefaltet, so wie vor vielen Jahren im Cheder. Nein, am besten jetzt keinen Ärger machen, beschloss Hertz Minsker. Ich muss abwarten und sehen, was passiert.

Er ging wieder zum Telefon. Dieses Mal kam kein Besetztzeichen, aber niemand nahm den Anruf an. Offenbar hatte sie inzwischen das Haus verlassen.

Also, das halte ich nicht mehr aus, sagte sich Hertz. Dieses Amerika wird mir Seele und Leib endgültig zermürben.

Hertz hatte jahrelang ein liederliches Leben geführt, aber liederliche Frauen verachtete er. Er verlangte immer reine Liebe.

Wie ist das möglich? Wie ist es nur möglich?, fragte er sich. Sie benimmt sich doch, als wäre sie ganz verrückt nach mir. Sie macht mir Szenen wegen Bronja. Sie hat übles Zeug über Krimsky erzählt, sie muss die verderbteste Person sein, die mir je begegnet ist, sagte Hertz zu seiner Kaffeetasse.

Abscheu und Verlangen zugleich hatten ihn im Griff. Er dachte an jene Perversen, die es genießen, wenn sie von ihren Liebhabern betrogen, gedemütigt, ausgepeitscht werden.

Ich muss hier weg, sofort weg von diesem Ort, beschloss er. Ich lasse alles zurück und gehe. Ich will mich irgendwo auf einer Farm vergraben und nur für ein Stück Brot arbeiten. Schluss mit der Liebe! Schluss mit dem Sex! Aus und vorbei!

Er rief Minna wieder an, wohl wissend, dass niemand ans Telefon gehen würde, und verließ dann die Cafeteria. Morris schien ihm jetzt näher zu stehen als je zuvor – diese Tragödie durchlebten sie tatsächlich beide.

Hertz wusste nicht, was er mit sich anfangen sollte. Nach Hause gehen? Einen Spaziergang im Central Park machen? Vielleicht für 25 Cent ins Kino gehen? Tagsüber war der

Eintritt billiger. Er blieb vor einem Kino stehen und sah sich das Plakat an. Ein Mann mit borstigem Haar und aufgerissenen Augen hielt ein Gewehr in der einen und ein bewusstloses Mädchen in der anderen Hand. Rotes Blut quoll aus beiden. Ja, das ist das richtige Bild für meinesgleichen. Hollywood spiegelt wirklich die heutige Generation. Die Karikatur ist zur Realität geworden, kicherte eine Stimme in Hertz.

Er hatte schon die Hand in die Gesäßtasche gesteckt und kramte nach der Münze, ging dann aber doch weiter. Vielleicht sollte er in die Bücherei an der Forty-Second Street gehen? Aber was wollte er dort? Da war kein Buch, das ihn interessierte. In anderen Ländern konnte ein Mann problemlos zu einer Bordsteinschwalbe gehen, um sich etwas zu entspannen. Aber die Amerikaner hatten auch das verboten. Sie hatten nur ein Heilmittel gegen alles: Whiskey.

Ich muss eine Frau finden, einen neuen Bettschatz, dachte Minsker. Sonst macht mich diese Minna zum Hanswurst. Und das nennen sie dann die Emanzipation der Frau.

Minsker malte sich aus, er sei ein König und habe befohlen, Minna zu enthaupten. Heinrich VIII., der war ein echter Mann gewesen – die heutigen Angelsachsen waren geistig kastriert, lauter Tunten. Deshalb würde Hitler sie vernichten.

Der Anfang vom Ende war gekommen, wenn Frauen begannen, ein Land zu regieren. Auch in Rom kam eine Frau an die Herrschaft, und unmittelbar danach zerstörten die Barbaren die Stadt. Was war Amerika denn anderes als eine Welt der Absurditäten? Zahllose Absurditäten, um die Frau zu verehren und den Mann geistig impotent zu machen. Butter wollten sie statt Kanonen. Butterweich waren sie selbst. Und die modernen Juden? Die waren alles, was die Antisemiten in ihnen sahen, und noch schlimmer.

Minsker schämte sich dieser Gedanken, konnte aber sein Denken nicht mehr unter Kontrolle halten. Der Nazi-Spruch Kinder, Küche, Kirche fiel ihm ein. Hatten sie nicht ganz recht damit, die Mörder? Wenn die Frauen nicht in die Küchen zurückgetrieben wurden, würden sie den Geist mit ihren Nylons erwürgen, Gott in Parfum ertränken und die Himmel mit ihren Kosmetika entweihen.

In diese Gedanken versunken, hörte Minsker ein Geräusch über seinem Kopf. Er sah nach oben und erblickte ein Flugzeug, das den Namen eines Sodawassers in den Himmel schrieb. Ja, sie werden es schaffen, ein Schild an den Thron der Herrlichkeit zu hängen.

Gott werden sie ein Plakat auf den Rücken heften.

Minsker hatte nicht darauf geachtet, wohin ihn die Füße trugen. Er sah sich um und stellte erstaunt fest, dass er vor Morris Calishers Haus stand.

Ist es schon so weit mit mir gekommen? Das ist schlimm, sehr schlimm.

Plötzlich ging ihm auf, dass Minna vielleicht gar nicht aus dem Haus gegangen war, sondern mit Krimsky im Bett lag. Wenn Minsker sie besuchte, legte sie oft den Hörer neben den Apparat. Minsker strebte mit langen Schritten vom Haus fort. Minna war zuzutrauen, dass sie ihn vom Fenster aus erspähte. Selbstmitleid überwältigte ihn. Es war, als sei er in die albernen Mätzchen und Malheurs seiner Jugend zurückgefallen.

Ich sollte mich kastrieren lassen, das wäre das Beste. Nur dann würde ich Frieden finden. Buße tun? Vor wem? Es gibt einen Gott, es gibt ihn, aber so wie wir Ihn beschreiben, ist Er mit größter Wahrscheinlichkeit nicht. Er ist eine Art Denkmaschine, ein Spinoza-Monster oder vielleicht sogar eine Monade. Nein, doch nicht. Vielleicht ein ewiges Tier. Nein, auch nicht. Eins ist sicher: Er verlangt von Menschen nicht, dass sie die Gemara studieren oder Gebetsriemen anlegen. Es mag viele Götter geben. Wie die Psalmen sagen: ›Gott ist Richter unter den Richtern‹. Frevel werfen sie den anderen Göttern vor. Der ganze Monotheismus ist eine jüdische Erfindung. Die alten Griechen haben es richtig gemacht.

Minsker ging heimwärts. Diese Sache mit Minna war eine unerwartete Tragödie geworden, seine erste Demütigung in einem ganzen Leben romantischer Abenteuer.

6.

Zygmunt Krimsky wanderte im Zimmer auf und ab. Er hatte ein halbes Dutzend Gemälde für Morris Calisher aufgebaut, die sämtlich jüdische Themen darstellten: den neunten Av, den Rosh-Haschana-Brauch, symbolisch Sünden ins Wasser zu werfen, das Federvieh, das man am Jom Kippur über dem Kopf durch die Luft wirbelt, bevor es geopfert wird, einen jüdischen Krieger, ein Begräbnis. In einem Koffer lagen mehrere Antiquitäten, die Krimsky Morris unbedingt zeigen wollte: eine Gewürzdose aus dem fünfzehnten Jahrhundert, ein im Jemen geschriebenes Buch Esther, ein Exemplar der Heiligen Schrift mit handschriftlichen Randbemerkungen des Gaons von Wilna. Krimsky hatte den Künstlern diese Gemälde für die Galerie abgeschwatzt, die er angeblich in Paris eröffnen würde – eine Lüge. Die Antiquitäten waren glatte Fälschungen. Aber die ganze Welt war in Aufruhr, wer kümmerte sich da noch um Moral?

Krimsky brauchte dringend Geld. Er hatte sein Zimmer im Hotel Marseilles schon seit zwei Wochen nicht mehr bezahlt. Und er musste Pepi aushelfen, die ein Zimmer im selben Stockwerk bewohnte. Die Reise von Casablanca nach New York in Kriegszeiten und mit Gemälden im Gepäck war dermaßen schwierig gewesen, dass Krimsky sich immer noch fragte, wie er sie überstanden hatte. Er hatte sich geschworen, in Amerika zum Millionär zu werden, und hatte mit Pepi einen detaillierten Plan dafür entwickelt. Aber aller Anfang ist schwer, besonders in einem neuen Land, dessen Sprache man nicht beherrscht. Er hatte Jahre gebraucht, um korrektes Französisch zu lernen. Nun würde er Englisch lernen müssen. Ein altes Sprachlehrbuch für Englisch lag schon bei ihm auf dem Tisch. Gekauft hatte er es in Paris, erschienen war es aber mit dem Titel *Do You Speak English?* in Warschau. Krimsky war bewusst, dass es ein altmodisches Buch war, aber es war immer noch besser als nichts.

Pepi ging bereits zu Sprachkursen für Erwachsene, nicht in erster Linie, um Englisch zu lernen, sondern um Leute zu treffen.

Krimsky fischte Kekse aus einer Dose und steckte sie in den Mund. Gleichzeitig rauchte er eine Zigarette und wiederholte englische Vokabeln, »table«, »window«, »horse«. Er unterstrich die Wörter mit einem Rotstift. Von Zeit zu Zeit blieb er vor dem Spiegel stehen und musterte sein Spiegelbild: Volles pechschwarzes Haar, eine niedrige Stirn, zusammengewachsene Brauen über kohlschwarzen, leicht schrägen Augen von jüdischer Intensität und weltlicher Frivolität. Sein Erscheinungsbild gefiel ihm. Er hatte einen

Mund, der Frauen zum Küssen verlockte, und ein Grübchen im Kinn, das ihm kessen Charme verlieh. Hätte sein Körper zum Gesicht gepasst, wäre Krimsky mit seinen achtundvierzig ein Apollo gewesen. Aber seine Beine waren zu kurz, »jüdische Beine«, die nicht mit seinem Rumpf harmonierten. Auch waren seine Hüften etwas ausladend. Nirgendwo waren ihm seine körperlichen Mängel so deutlich geworden wie hier in Amerika. Weder in Polen noch in Frankreich war er auf die Idee gekommen, er sei zu kurz geraten. Aber Amerika war von Riesen bewohnt, solchen wie im Pentateuch erwähnt. Zwölfjährige Mädchen waren größer als er. »Shorty«, Kurzer, hatte ihm sogar schon jemand nachgerufen. Außerdem kamen ihm die Kleider, die er mitgebracht hatte und die in Paris und Casablanca so elegant gewirkt hatten, hier spießig vor, auffallend und komisch. Er musste sich neue Garderobe kaufen. Auch seine Goldzähne musste er ersetzen lassen – man hatte ihm gesagt, Amerikaner fänden Goldzähne lächerlich. Und aus dem Hotel musste er ausziehen, denn es kostete acht Dollar pro Tag für ihn und Pepi – umgerechnet in Francs eine gewaltige Summe.

Krimsky war überzeugt, dass er in Amerika Erfolg haben würde. Hier wimmelte es nur so von reichen mittelalten Matronen, die nach Kunst, Liebe und Möglichkeiten zur Verjüngung hungerten. Pepi hatte sich schon mit einer ältlichen, verkrüppelten Hutmacherin angefreundet.

Zygmunt Krimsky war wild entschlossen, Morris Calisher ein, zwei Gemälde zu verkaufen. Tausend Dollar waren hier keine große Summe. Aber im Moment waren sie der Betrag, den er brauchte. Er würde eine Wohnung mieten, Kleidung kaufen und seine Zähne in Ordnung bringen lassen. Der Rest würde sich schon ergeben.

Aber Morris Calisher verspätete sich. Schon fast elf Uhr, und er war immer noch nicht aufgetaucht. Zygmunt Krimsky machte sich Vorwürfe. Er hätte sich nicht mit Minna verabreden sollen. Gestern hatte er Morris am Telefon erzählt, er habe seine Nummer gerade erst erfahren, aber wie sicher konnte man sein, dass Minna, dieser Dummkopf, das Geheimnis nicht ausgeplaudert hatte? Das Telefon klingelte, und Krimsky nahm den Anruf an.

Es war Pepi.

»Na, ist er schon da?«, fragte sie.

»Morris Calisher? Nein, noch nicht«, antwortete er.

»Hast du ihm die richtige Adresse gegeben?«

»Was denkst du denn?«

»Hier in Amerika sind sie verwöhnt, sage ich dir. Hier brauchst du Dollars und nicht Kunst.«

»Ich brauche auch Dollars. Wenn er nicht kommt, weiß ich nicht, was ich machen soll. Der Buchhalter hat mich schon aufgefordert, die Rechnung zu bezahlen.«

»Dann warten sie eben noch einen Tag.«

»Dies ist New York, nicht Paris.«

»Verlier nicht den Mut, mein Schatz. Bald kommen bessere Zeiten.«

»Wann denn? Geh aus der Leitung, kann sein, dass er versucht, mich anzurufen.«

Krimsky legte wütend auf und begann ein Selbstgespräch.

Stinker, Windbeutel, mieses Pack! Das sind sie! Bilder brauchen sie so wenig wie ich ein Loch im Kopf. Gib ihnen Wechselstuben, Schwarzmarkt, Spekulationen. Synagogen bauen sie hier. Kein einziges Café, um jemanden zu treffen. Eine Stadt wie New York ohne Café! Wer in Paris könnte das glauben? Nichts brauchen sie hier, nur koscheres Fleisch und fette Frauen. Aber ich werde ihnen die stinkenden Dollars aus der Nase ziehen! Heulen werden sie, aber zahlen. Sie kennen Zygmunt Krimsky noch nicht, diese Schweinebäuche, die Pest soll sie holen!

Krimsky hämmerte mit der Faust auf die Kommode. Die Zigarette in seinem Mund war ausgegangen, und er zündete sie wieder an. Er hatte weite Nasenlöcher und stieß den Rauch mit der Kraft einer Dampfmaschine aus. Ein Auge zwinkerte, das andere lächelte wissend, verschlagen, arrogant. Krimsky betrog alle, Freunde, Verwandte, Geliebte, Partner. Aber unterm Strich hatte er sich selbst betrogen. Alle seine Opfer hatten es geschafft, sich zu retten, aber er saß in der Patsche. Minna zum Beispiel. Hätte Morris Calisher nicht was Besseres finden können als diese Kritzeltante, diese Trauerweide, diese abgenutzte alte Hure?

Sie hatte sich hier in Amerika verjüngt, die Haare gefärbt und trat als Schriftstellerin auf, obwohl sie keinen Satz zusammenbrachte, ohne mindestens sieben Fehler zu machen! Krimsky hatte vorgeschlagen, dass sie zu ihm ins Hotel käme – die Gräber der Vorfahren besuche, hatte er gewitzelt –, aber sie hatte ihn abblitzen lassen wie die Keuschheit in Person. Sie wolle ihrem Morris treu sein, hatte sie gesagt.

Na, wer wollte das glauben, dachte Krimsky verärgert. Was für eine Heuchlerin, man hätte sie bei lebendigem Leib häuten und ihr Fleisch den Hunden zum Fraß vorwerfen sollen.

Wieder klingelte das Telefon, und Krimsky hechtete zum Apparat mit einem langen Satz, anmutig wie ein Tier, das seine Beute fängt.

Er nahm den Hörer auf: »Hallo?«

Die Antwort kam nicht gleich. Die Person am anderen

Ende zögerte, stotterte, schien mit sich zu kämpfen, ob sie sprechen oder auflegen solle.

Nach einer Weile hörte Krimsky Minnas Stimme.

»Krimsky, bist du das?«

»Ja, wer sonst?«

»Warum hast du das getan, warum?«, stellte sie ihn zur Rede. »Bist du deshalb nach Amerika gekommen, um mir mein Leben zu ruinieren?«

Krimsky war einen Moment sprachlos.

»Was zum Teufel willst du?«

»Was willst du? Hast du mich in Europa noch nicht genug gequält? Bist du hergekommen, um mich ganz zu erledigen? Wenn du das vorhast, sollst du wissen, dass ich dir jedenfalls nicht den Hals hinstrecke wie die Taube dem Schlachter. Wir sind hier in Amerika, nicht in Europa. Hier steckt man Leute wie dich lebenslänglich ins Gefängnis.«

Die letzten Worte kreischte sie so laut, dass er den Hörer vom Ohr weghalten musste.

7.

»Was ist los? Warum brüllst du wie ein sterbendes Kalb?«, fragte Krimsky halb besorgt, halb frech. »Was hab ich dir getan – dir deinen letzten Dollar geklaut?«

»Warum hast du meinen Mann angerufen und so einen Schlamassel angerichtet? Ich habe keinen Augenblick geschlafen heute Nacht. Ich kam nach Hause und fand mich in einem Irrenhaus. Was hast du zu ihm gesagt? Als wir uns getroffen haben, hast du mir geschworen, dass du mich in Ruhe lassen wirst. Das war die Bedingung.«

»Was hab ich dir denn getan? Ich wollte ihm ein Gemälde verkaufen.«

»Kannst du in ganz New York keinem außer meinem Mann Bilder verkaufen? Du hast mir feierlich geschworen, dass du mir keinen Ärger machen wirst. Ich gehe abends aus dem Haus, lasse alles friedlich und ruhig zurück. Ich komme wieder, und er ist außer sich und macht mir die Hölle heiß. Was hast du ihm erzählt? Wenn er ein Bild von dir kauft, bin ich die Königin von Spanien. Nach deinem Anruf war er so wütend, wie ich noch nie einen Mann gesehen habe. Er ist krank, und du bist schuld, wenn der Schlag ihn trifft, Gott behüte. Wenn Gott dir geholfen hat, dich aus Hitlers Klauen zu winden, darfst du nicht herkommen und Menschen kaputt machen. Gott wartet lange, aber er straft hart. Auch deine Zeit kommt, Krimsky, das sag ich dir. Da du versuchst, mich fertigzumachen, wehre ich mich mit Zähnen und Klauen. Ich nehme mir einen Anwalt. Ich gehe nach Washington und erzähle dort, was du bist. Du wirst auf der Stelle abgeschoben, denn du bist ein Dieb, ein Fälscher, Anarchist, Kommunist und obendrein noch ein Bigamist. Was ich über dich weiß, reicht, um dich für den Rest deines elenden Lebens abzuschieben!«

All das sagte Minna nicht, sondern sie schrie es heraus. Krimsky hielt den Hörer weit weg vom Ohr. Eine scharfe Falte bildete sich auf seiner Stirn, und seine schwarzen Augen blickten wütend, grimmig, voller Abscheu. Er öffnete den Mund und zeigte seine schiefen Zähne, manche golden, manche schwärzlich, mit vielen Füllungen. Sein Gesicht wurde fahl, verfiel. Er sackte zusammen, wollte antworten, aber seine Kehle war ausgetrocknet, sein Hals wie zugeschnürt.

»Ich habe nicht gewusst, dass du in Amerika zur Denun-
ziantin geworden bist«, stieß er mühsam hervor.

»Wenn jemand dich umbringen will, komm du ihm zuvor.
Das sagt die Tora!«, schrie Minna. »Mir hat es oft leidgetan,
dass du unter diesen Mördern festgesessen hast, auch wenn
ich ganz genau wusste, dass du nicht besser bist als die. Was
du bist, Krimsky, weiß nur eine Person auf der Welt, und
die Person bin ich. Mein Unglück, dass ich die Frau des
miesesten lebenden Juden war. Deine Betrügereien habe ich
nicht vergessen, ich nicht. Du hast hinterher ja sogar damit angegeben. Mit Huren warst du in meinem Bett, wenn
ich zu Besuch bei meiner kranken Schwester war. Wie ich
heil und in einem Stück aus deinen Klauen gekommen bin,
weiß ich bis heute nicht. Anscheinend gibt es einen Gott,
und mir war nicht bestimmt, schon jetzt zu sterben. Aber
trotz alldem fand ich, es wäre schändlich, wenn die Nazis
dich töten würden. Weh mir, bis ich gemerkt habe, was du
wirklich bist, habe ich dich sogar geliebt. In der letzten Zeit
hoffte ich, dass du mit den Jahren milder geworden bist.
Schließlich waren wir damals alle jung und heißblütig. Aber
da du wie ein Mörder hierhergekommen bist, um alles zu
zerschmettern und kaputt zu machen, hast du einen Krieg
angefangen, merk dir das. Ich bin eine amerikanische
Staatsbürgerin und eine Dame. Hier in Amerika spuckt
man eine Frau nicht an. Hier blickt man zu einer Frau auf.
Wer hier einer Frau Unrecht tut, geht ins Gefängnis, selbst
wenn er ein Staatsbürger ist. Mit einem Greenhorn, wie
du es bist, macht man kurzen Prozess. Was ich über dich
zu sagen habe, wird dir nicht guttun, das kannst du mir
glauben, Krimsky.«

Und Minna schien zu kichern.

»In Ordnung? Bist du jetzt fertig?«, fragte Krimsky.

»Ja, ich bin fertig.«

»Gut. Dann lass dir gesagt sein, dass ich keine Ahnung habe, warum du so ausrastest. Was ich in der Vergangenheit angestellt habe, steht auf einem anderen Blatt. Aber hier habe ich nichts Böses getan. Ich wollte deinem Mann ein Gemälde verkaufen, weil ich wusste, dass er Kunst wertschätzt. Er hat mir selbst erzählt, dass das Bild, das ich ihm verkauft habe, in seinem Arbeitszimmer hängt. Er war ganz freundlich, und wir waren hier für zehn Uhr verabredet. Ich habe keinen Ärger gemacht, und ich habe keinen Schimmer, wovon du redest –«

»Wahrscheinlich hast du etwas gesagt, was ihn misstrauisch gemacht hat.«

»Nein.«

»Dann weiß ich nicht. Jetzt weiß ich gar nichts mehr. Ich bin so durcheinander, dass ich nicht weiß, was um mich herum vorgeht. Eine Nacht wie die letzte würde ich meinen Feinden nicht wünschen. Ich habe heute noch nichts gegessen. Mir tut der Kopf so weh, als würde mir der Schädel platzen. Ich habe schon wer weiß wie viele Aspirin genommen. Und wenn du so ein Unschuldslamm bist, wie kommt es dann, dass er vor meinen Augen so in Rage geriet? So habe ich ihn noch nie gesehen. Er hat sich die ganze Nacht hin- und hergewälzt. Ich habe versucht, mit ihm zu reden, aber er hätte mich in der Luft zerrissen. Irgendwas musst du ihm angetan haben, Krimsky. Launen hat er nicht. Er ist ein grundsolider Mensch, kein Luftikus. Wenn so einer dermaßen in Wut gerät, muss es einen Grund dafür geben.«

»Den Grund kenne ich nicht. Vielleicht hast du ja einen Liebhaber, und jemand hat es ihm gesteckt.«

Minna stockte einen Augenblick.

»Was für einen Liebhaber? Wovon redest du? Du hast ihn gestern angerufen, und damit fing das Ganze an.«

»Ich habe kein einziges falsches Wort gesagt. Ich habe nur erwähnt, dass ich ein paar von deinen Gedichten im Gepäck mitgebracht habe. Er hat mir sogar gedankt.«

»Ich weiß nicht, ich weiß nicht. Aber wenn du nicht aus Amerika abgeschoben werden willst, lass mich und meinen Mann in Ruhe. Du und ich, wir sind geschieden. Unsere Beziehung ist zu Ende. Unsere Rechnungen beglichen. Ich bin keine junge Frau mehr. Ich brauche ein Zuhause. Ich brauche Frieden und etwas Sicherheit. Es muss Millionen Juden in Amerika geben, die Bilder kaufen oder was sonst du anzubieten hast. Du hättest nicht zu meinem Mann gehen und alte Wunden aufreißen dürfen –«

»Was für Wunden? Gut, ich verspreche dir, dass ich mich weder mit dir noch mit ihm weiter abgeben werde. Da du schon so tief gesunken bist, werde ich dich meiden wie die Pest. Von jetzt ab sind wir Fremde. Wenn du deine Gedichte haben willst, schicke ich sie dir mit der Post –«

»Was ist mit meinen Briefen? Du weißt, wie man so etwas in Amerika nennt? Erpressung.«

»Was für Briefe? Deine Briefe habe ich längst verbrannt.«

»Da bin ich nicht so sicher. Solche wie du sind zu allem fähig.«

»Wofür sollen mir deine Briefe nützen? Welchen Schaden könnten deine Briefe noch anrichten, nachdem du so viele Jahre lang mit mir verheiratet warst? Verzeihung, Minna, aber du redest wie nicht gescheit.«

»Kann sein, kann sein. Aber ich habe Angst, nach allem was ich durchgemacht habe. Gebranntes Kind scheut das

Feuer. Ja, jetzt weiß ich es wieder! Als wir uns getroffen haben, waren wir uns einig, dass es ein Geheimnis bleiben soll. Wieso hast du ihm doch davon erzählt?«

»Ich habe es ihm nicht erzählt. Er fragte mich, ob du weißt, dass ich hier bin, und ich sagte, nein, ich sei gerade erst angekommen.«

»Wahrscheinlich ist es ihm zugetragen worden. Er hat so geredet, dass ich unser Treffen zugeben musste. Aber das kann nicht der einzige Grund sein, warum er so außer sich war. Er hat wohl einen Verdacht. Wahrscheinlich glaubt er, wir wären wieder zusammen –«

»Was kann ich da machen? Jeder kann jeden beliebigen Verdacht haben.«

Eine Weile schwiegen beide. Dann rief Krimsky aus: »Minna, ich stecke in der Klemme. Wenn ich nicht sofort ein paar hundert Dollar aufbringe, setzen sie mich auf die Straße.«

Minna antwortete nicht sofort.

»Was willst du von mir?«

»Du musst mir irgendwie helfen.«

8.

Die Fabrikhalle, in der Bronja arbeitete, hatte keine Tür. Wenn der Fahrstuhl hielt, konnte man direkt hineinblicken. Der Fahrstuhl kam, und Bronja sah Morris Calisher.

Ist das Morris, oder habe ich Halluzinationen, fragte sich Bronja. Kommt er herein?

Morris machte einen Schritt und befand sich zwischen Arbeitern und Maschinen in der Fabrik. Bronja schämte sich wegen ihrer Kleider, der Flusen in ihrem Haar, der Gerüche. Plötzlich fiel ihr ein: Vielleicht bringt er Nachrichten aus Warschau?

Der Vorarbeiter ging zu Morris, aber Morris sprach Bronja mit dröhnender Stimme direkt an.

»Bronja, ich muss mit Ihnen sprechen! Es ist sehr wichtig!«

Die Arbeiter fingen an zu kichern, und der Vorarbeiter sagte: »Dies ist eine Fabrik, Sie stören hier!«

»Kommen Sie mit! Sie brauchen die Fabrik nicht!«, rief Morris Calisher Bronja zu. »Dies ist kein Ort für Sie!«

»Du kannst nicht mitten in der Schicht aufhören«, warnte der Vorarbeiter Bronja. »Wenn du jetzt gehst, bekommst du deinen Wochenlohn nicht.«

»Ich bezahle sie!«, rief Morris. »Ich scheiß auf eure Löhne! Hier ist es so heiß, dass man erstickt.«

Bronja legte die Arbeit aus der Hand und nahm die Schürze ab. Sie redete mit dem Vorarbeiter, bat ihn anscheinend um etwas. Die anderen Arbeiter schüttelten sich vor Lachen. Der Fahrstuhl kam und Morris stieg ein, sagte dem Fahrstuhlführer, er solle warten, und wies auf Bronja, die ihre Tasche holen musste. Sie kam schnell zurück.

Der Vorarbeiter brüllte ihr etwas nach und schüttelte sogar die Faust.

Bronja fragte: »Was ist passiert? Ist was mit Hertz, Gott behüte?«

»Sie müssen nicht zittern, ihm geht's gut. Ihm ist nichts passiert.«

»Was dann?«

»Hier kann ich nicht sprechen. Kommen Sie, gehen wir irgendwohin. Vielleicht ist in der Nähe ein Park oder so. Wir können uns auch in eine Cafeteria setzen.«

»Ihretwegen habe ich jetzt meine Arbeit verloren.«

»Machen Sie sich keine Sorgen. Das ist keine Arbeit für Sie. Ich gebe Ihnen eine andere.«

»Ach ja, dies ist ein seltsamer Tag ...«

Sie gingen hinaus.

Gegenüber der Fabrik war eine Cafeteria. Morris zog zwei Bons aus dem Automaten, der zweimal klingelte. Er ging zur Theke und holte zwei Gläser Tee mit Zitrone. Inzwischen setzte sich Bronja an einen Tisch, zog einen Taschenspiegel hervor und ordnete ihr Haar. An ihrer Nase war ein Farbfleck, den sie mit einem Fingernagel wegwischte.

Zwei Männer an einem Nachbartisch, die in der Zeitung Rennergebnisse gelesen und sich auf einem Blatt Papier Notizen gemacht hatten, schauten zu Bronja hinüber. Einer blinzelte ihr sogar zu.

Anscheinend bin ich noch nicht hässlich, dachte Bronja, aber zufrieden stimmte sie das Wissen nicht. Seit der Krieg begonnen hatte und ihre Kinder in Warschau unter den Deutschen allein zurückgeblieben waren, dachte sie nur noch daran. Die Sorge um die Kinder blendete alles andere aus ihrem Denken aus. Sogar dass Morris Calisher sie mitten am Tag aus der Fabrik geholt hatte, war ihr gleichgültig. Sie sah zu, wie Morris in jeder Hand ein Glas Tee trug und mit seinen kleinen Füßen in viel zu großen Schuhen über den Boden zu schlurfen schien. An seiner Weste baumelte eine altmodische Uhr an der Kette.

Was kann er denn wollen?, fragte sie sich. Irgendetwas muss passiert sein.

Morris stellte die beiden Gläser behutsam auf den Tisch. Gleichzeitig hielt er zwischen Zeige- und Mittelfinger der rechten Hand eine Zigarre. Auf die Zitronenscheibe war eine Spur Asche gefallen. Dass er so unbeholfen war, rührte Bronja. Er erinnerte sie an ihren Vater.

»Möchten Sie vielleicht etwas dazu essen?«, fragte er. »Ein Stück Kuchen oder ein Brötchen? Ich esse in Cafeterien nichts, aber Sie müssen sich um *Kaschrut*-Regeln keine Gedanken machen.«

»Nein danke. Seit meinem Frühstück ist es schließlich noch nicht lange her.«

»Ich habe schlechte Nachrichten für Sie, aber vielleicht kommt etwas Gutes dabei heraus«, sagte Morris Calisher und tauchte den Teebeutel ein. »Keine Sorge, alle sind gesund, Gott sei Dank. Ihr Mann schläft mit meiner Frau, ich möchte, dass Sie das wissen. Er ist ihr Liebhaber – das ist es. Dass Ihr Mann ein Schürzenjäger ist, ist nichts Neues. Aber dass er sich mit meiner Frau einlässt – mich betrügt, seinen alten Kumpel, seinen besten Freund, wie er sagt –, das habe ich nicht erwartet. Ich dachte, dass auch Betrüger und Scharlatane eine Art Ehrenkodex haben. Ein Dieb würde schließlich nicht seinen eigenen Bruder bestehlen. Aber Hertz nimmt darauf keine Rücksicht. Ich will nicht aufzählen, was ich für diesen Mann getan und wie ich ihn wieder und wieder buchstäblich gerettet habe. Das sind alles Kleinigkeiten. Hertz Minsker ist auf seine Art ein bedeutender Mann, und bedeutende Menschen können sich nicht um uns kleine Leute kümmern. Für die sind wir wie Ameisen. Und auch wenn er selbst wertlos ist, hatte er doch einen bedeutenden Mann zum Vater. Und gewiss ist er sehr gebildet. Aber wie er so etwas tun konnte, ist mir ein Rätsel. Was war's? Hatte er nicht genug Frauen? Es ist wie die Geschichte in der Heiligen Schrift, die Geschichte vom reichen Mann, der dem Armen sein einziges Schaf wegnimmt. Ich dachte, Sie sollten das auch wissen. Schließlich haben Sie ihm ein so großes Opfer gebracht. Wenigstens sollen Sie wissen, wie er sich benimmt. Wir beide sitzen im selben Boot, könnte man sagen.«

Und Morris verstummte. Er nahm die Zuckerdose und schüttete sich Zucker ins Glas. Er zündete seine Zigarre wieder an, zog einmal lange daran und lehnte sie an den Rand des Aschenbechers.

Bronja musste fast lachen. Ihre Augen wurden feucht. Eine tiefe Gleichgültigkeit hüllte sie ein, die sie sich selbst nicht erklären konnte.

Heißt das, dass ich ihn nicht mehr liebe?, fragte sie sich.

Eigentlich hatte sie schon lange den Verdacht gehabt, Hertz habe eine Affäre mit Minna, die sich Dichterin nannte. Jetzt blickte Bronja Morris so ernst und gleichmütig an, als hätten seine Worte nicht die geringste Auswirkung auf ihr Leben.

»Wie haben Sie es herausgefunden?«, fragte sie.

»Er hat ein Taschentuch in ihrem Bett vergessen. Entschuldigen Sie, dass ich das sage, aber dieses Schnupftuch habe ich bei mir. Ich zeig's Ihnen.«

Und Morris zog das Schnupftuch hervor, das inzwischen immer schmuddeliger geworden war.

Bronja warf nur einen kurzen Blick darauf. »Ja, das ist sein Tuch.«

»Ich hab es in Minnas Bett gefunden!«

Und Morris griff wieder nach der Zigarre.

»Ja, ja ...«

»Was sagen Sie dazu?«

»Was soll ich sagen? Keine Strafe, die Gott mir schickt, ist genug.«

»Das ist nicht die richtige Einstellung. Der Mensch sündigt, aber er möchte, dass Gott ihm vergibt. Darum ist Er ein barmherziger Gott. Schließlich haben Sie Hertz wirklich geliebt. Sie haben sich von Ihrem Ehemann scheiden lassen und alles aufgegeben, nur um mit ihm zusammen zu sein. Sie konnten nicht wissen, dass Hitler – möge sein Name ausgelöscht sein – Warschau besetzen würde.«

»Aber meine Kinder sind dort – wenn sie noch leben.«

»Sie leben und sind gesund, und sie werden Hitler überdauern. Ich fand, Sie müssten die Wahrheit erfahren. Was hilft uns ein Leben der Täuschung?«

SECHSTES KAPITEL

1.

Hertz Minsker versuchte wieder und wieder, Minna anzurufen, erreichte sie aber nicht. Offenbar war sie ausgegangen und verbrachte den Tag anderswo. Wer weiß? Vielleicht ist sie mit diesem Krimsky durchgebrannt?, spekulierte Hertz. Solche Leute sind komplett verrückt, murmelte er und wusste selbst nicht, wen er mit »solchen Leuten« meinte.

An diesem Abend war wieder eine Séance angesetzt. Eigentlich hatte Hertz keine Lust auf Gesellschaft, weder von Lebenden noch von »Geistern«. Er sehnte sich nur danach, allein zu sein oder von allen Gedanken befreit zu schlafen. Aber er erinnerte sich, dass er Bronja versprochen hatte, ihr ein Pfund Hackfleisch und etwas Gemüse mitzubringen. Nein, jetzt hatte er außer Bronja niemanden mehr. Auf einen Schlag hatte er eine Geliebte verloren, Minna, die für ihn entbrannt war – so hatte es bis jetzt ausgesehen –, und einen alten Freund, der ihm in seinen schlimmsten Krisen geholfen hatte und hier in New York seine einzige Unterstützung war.

Wie ist das möglich? Warum musste ich zwei solche Schicksalsschläge erleiden? Und was mache ich jetzt? Ich werde einfach verhungern müssen, das ist mein Schicksal.

Hertz ging in eine Metzgerei und kaufte ein Pfund Fleisch. Er ging in einen Gemüseladen und kaufte einen Blumenkohl, Tomaten und grüne Bohnen.

Er hatte sich Zeit gelassen und war sicher, dass Bronja schon wartete und ärgerlich war, weil er sich verspätete. Aber sie war weder in der Küche noch im gemeinsamen Zimmer.

»Was ist passiert?«, fragte Hertz laut. »Hat sie mich auch schon verlassen?«

Er räumte das Fleisch in den Eiskasten, ging in sein Zimmer und wartete auf Bronja. Warum laufen mir auf einmal alle weg?, fragte er sich mit einem Lachen. Er dachte an eine Geschichte von Rabbi Nachman von Breslav. Zu Beginn ist die Rede von einem Land, in dem sich ein Massenexodus ereignete. »Alle flohen, der König, die hohen Herren, die Kaufleute ...«

Hertz hatte sich oft gefragt, wie Rabbi Nachman solche Geschichten hatte schreiben können, ohne eine Erklärung dafür zu geben. Was war zum Beispiel ein Massen-Exodus? Wann und wo hätte es geschehen können, dass die Einwohner eines ganzen Landes auf einmal flohen? Trotzdem übten seine Worte eine seltsame Wirkung aus und besaßen so viel Kraft wie Träume. Ja, wahrscheinlich hatte sich so etwas irgendwann einmal in der langen Geschichte der Menschheit tatsächlich ereignet. Völkerwanderungen hatte es genauso gegeben wie Kriege, Revolutionen und Bürgerkriege. Ein Exodus war eine Massenflucht, was sonst? Ein ganzes Volk wollte seine Lebensbedingungen nicht mehr hinnehmen. Hunderttausende oder gar Millionen Menschen machten sich plötzlich auf und zogen los wie die Lemminge.

Der Abend kam, und das Licht vor den Fensterscheiben in Hertz' Zimmer wurde blau. Er hatte Hunger. Die Uhr zeigte schon zwanzig vor zehn.

Seltsam, dass er Bessies Schritte nicht hörte, sie lief weder in der Küche noch im Flur herum. Gewöhnlich wanderte sie gegen neun Uhr durch den Korridor, räusperte sich, um ihn wissen zu lassen, dass sie für die Séance bereit sei. Manchmal stieß sie sogar die Tür auf und rief ihn. Aber diesmal war es totenstill im Haus. Was geht hier vor? Was für eine Verschwörung haben sie gegen mich angezettelt?

Hertz spürte buchstäblich, wie Gegenkräfte auf ihn einwirkten. Nicht jene, die Bessie angeblich in ihrer Trance herbeirief, sondern andere, reale. Wer weiß? Vielleicht ist schon mein Ende gekommen?, fragte er sich. Ihm war, als atme er den Gestank des Zerfalls ein. Außerirdische Termiten hatten lautlos das Fundament untergraben, unter seinen Füßen brach der Boden ein, und der Abgrund wartete auf ihn – der Schlund, in dem alle jene enden, die das Schicksal herausfordern und mehr Freude suchen, als ihnen zusteht. Na schön, aber was war wirklich passiert? Auch die Launen des Schicksals mussten eine Spur Logik enthalten, und sei sie noch so oberflächlich und irreführend.

Ich werfe einen kurzen Blick in Bessies Räume, beschloss Hertz.

Er öffnete die Tür zum Wohnzimmer, wo die Séancen gewöhnlich stattfanden, aber dort war es dunkel. Er schaute sogar in ihr Schlafzimmer, doch Bessie war nicht zu Hause.

Ein Rätsel, ein Rätsel, wiederholte Hertz. Die Menschen versuchen Gott und Sein Tun zu verstehen, aber sie können nicht einmal erklären, was in ihrer eigenen kleinen Welt vor sich geht. Kaum läuft etwas quer zu ihrer Routine, sind sie vollkommen hilflos. Mehr als einmal hatte er einen Brief oder ein Manuskript irgendwo abgelegt und nie wieder gefunden, sosehr er auch danach gesucht hatte. Einmal hatte er einen ganzen Morgen damit vergeudet, ein Paar Slipper zu suchen, die Bronja oben auf die Heizung gestellt hatte. Wohl gab es irgendeinen Trost, früher oder später fand sich eine Antwort, und oft war sie so einfach, wie sie vorher kompliziert gewirkt hatte. Vielleicht würden sich auf diese Weise auch die ewigen Fragen klären, wenn der Mensch den Blick in eine Richtung lenken durfte, in die er bis jetzt nicht zu blicken gewagt hatte.

Plötzlich hörte Hertz ein Schaben, das Geräusch eines Schlüssels, der leise und vorsichtig in das Schlüsselloch der Hintertür gesteckt wurde, durch die man ins Treppenhaus kam. Er wusste sofort, wer da kam – die falsche Frieda, der »Geist«, den Bessie engagiert hatte, um ihm eine Materialisierung der Verstorbenen vorzutäuschen.

Hertz hatte schon längst herausgefunden, wie das Theater inszeniert war. Die junge Frau kam durch die Hintertür. Bessie, die hellhörig wie ein Tier war, fing dann an, Lärm zu machen, während die Frau sich leise in das kleine Dienstbotenbad stahl und wartete, bis Bessie ihr das Zeichen zum Auftritt gab. Das Ganze war so plump organisiert, dass jeder Idiot es hätte durchschauen können, aber Vorführungen von dieser Art hatten Persönlichkeiten wie Sir Oliver Lodge, Sir William Crookes, Flammarion, Lombroso und selbst William James hinters Licht geführt, der in seinem Essay *Der Wille zum Glauben* die Diagnose seines eigenen Glaubens geliefert hat.

In dieser Sekunde kam Hertz zu einer Entscheidung. Da Bessie nicht zu Hause war, hatte er jetzt die beste Gelegenheit, den »Geist« kennenzulernen und ein für alle Mal herauszufinden, wer sie war und was sie dazu bewegte, diese Tragikomödie aufzuführen.

Er schlich auf Zehenspitzen Richtung Bad, um dort zu sein, bevor sie kam. Seine Augen hatten sich an die Dunkelheit gewöhnt, und wenn nötig, konnte er sich so lautlos bewegen wie eine Katze.

Im Nu war alles klar. Mit wenigen Schritten erreichte er die Tür zum Bad. Sie stand einen Spalt offen und er schloss sie von innen. Es bestand die Gefahr, dass die Tür knarrte, aber sie schloss sich leise. Das Bad hatte ein kleines Fenster mit einer Mattglasscheibe, das auf einen engen Hof ging.

Hertz kam sich vor wie ein Raubtier. So lauerte ein Löwe einem Zebra auf, das nachts zum Trinken an eine Wasserstelle kam.

Dann passierte alles schneller, als er denken konnte.

Sowie Hertz die Tür geschlossen hatte, drückte die Frau sie vorsichtig auf.

Hertz tat etwas nicht Geplantes. Er zog an der Kordel und schaltete die Deckenlampe ein. Er hatte eigentlich vorgehabt, die Hände der Frau zu ergreifen, aber in diesem Sekundenbruchteil begriff er, dass sie womöglich vor Schreck in Ohnmacht fallen würde.

Hertz stand da und starrte.

Vor ihm stand eine junge Frau, vielleicht etwas über dreißig und kleiner, als sie in ihrer Verkleidung gewirkt hatte, sie trug ein schwarzes Kleid, schwarze Strümpfe und schwarze Schuhe und hatte ihr langes schwarzes Haar hochgesteckt. Ihr Gesicht war blass und rund, die Nase kurz und die Augen groß und schwarz. Nur ihr Mund wirkte unverhältnismäßig breit. Sie trug in einer Hand eine Tasche und in der anderen einen Korb.

Sie stieß einen kurzen Schrei aus und blieb verwirrt auf der Schwelle stehen. Auch er war im ersten Moment sprachlos. Hertz hatte sich den unbekannten Scharlatan nächtelang ausgemalt, hatte sich ein Bild von einem billigen Individuum gemacht, einer Schauspielerin oder gar einer Zirkusartistin. Er hatte angenommen, dass sie noch jung war, in den Zwanzigern, aber hier stand eine achtbare jüdische Frau vor ihm, die altmodische Kleider trug – so wie die Frauen vor Jahren in der alten Heimat.

Sie brauchte nur einen Moment, um sich zu erholen, in ihren Augen zeigte sich ein spielerisches Lächeln. Sofort wirkte ihr Gesicht jünger, hochmütiger, verlockender. In ihrer Wange kam sogar ein Grübchen zum Vorschein.

»Sie sind das also!«, rief Hertz.

»Ja, die Katze ist aus dem Sack«, entgegnete, sie, frech wie ein Dieb, der in flagranti ertappt ist und nichts mehr abstreiten kann.

Nach einer Weile ergänzte sie: »Sie kennen mich nicht, aber ich kenne Sie.«

»Wie das?«

»Ich gehe immer zu Ihren Vorträgen.«

»Ach, wirklich?«

»Ja, wirklich.«

Und sie zwinkerte mit dem linken Auge.

2.

»Kommen Sie«, sagte Hertz. »Mrs Kimmel kann jeden Augenblick wieder da sein.«

»Aha.«

»Wir könnten ihr im Fahrstuhl in die Arme laufen.«

»Ich nehme die Treppe.«

»Na gut. Warten Sie draußen auf mich, aber nicht vor dem Haus. Auf der anderen Straßenseite.«

»Ja, ich warte.«

Sie machte schnell kehrt, um so zurückzugehen, wie sie gekommen war, aber sie lächelte und zwinkerte ihm noch einmal zu.

Hertz schaltete das Licht im Bad aus.

Er horchte einen Moment und wartete. Verrücktes Zeug passiert mir, sagte er sich. Diese Komplikationen waren für ihn – wie so oft in seinem Leben – zugleich bedrückend und faszinierend. Was war das? Was würde daraus werden?

Er ging zur selben Tür wie »der Geist«, ließ sich aber Zeit, damit er sie nicht auf der Treppe überholte. Dieb oder Safeknacker hätte ich werden sollen, dachte er, während er leise die Treppe hinunterschlich. Er versuchte, die Schritte der Frau weiter unten zu hören, aber sie bewegte sich offenbar genauso lautlos wie er. Eine Gefahr blieb: dass er in der Eingangshalle auf Bessie oder Bronja treffen würde.

Hertz öffnete die Tür zur Halle einen Spalt breit, schlüpfte schnell hindurch und auf die Straße hinaus. Draußen war es dunkel. Die puerto-ricanischen Kinder hatten den Hydranten geöffnet und den Rinnstein unter Wasser gesetzt. Im Dunkeln sah er aus wie ein Fluss. Die Häuser mit ihren erleuchteten Fenstern und sogar der Himmel spiegelten sich darin. Splitternackte Kinder tanzten unter dem Wasserstrahl, rollten über den Boden und ruderten mit Armen und Beinen, als würden sie schwimmen. Männer in Unterhemden oder ganz ohne Hemd saßen neben Frauen in Badeanzügen, hockten auf Treppenstufen, Kisten und Stühlen, alle unterhielten sich in rasantem Spanisch und riefen den Kindern Warnungen zu. Ein Auto versuchte, sich einen Weg durch die Flut zu bahnen, und die alarmierten Mütter schrien auf.

Wo kann sie sein? Auch weggelaufen?, fragte sich Hertz.

Er krempelte die Hosenbeine hoch, damit sie nicht nass würden, sah aber, dass es nichts half. Er ging einen halben Block Richtung Broadway, überquerte die Straße, und dort wartete die falsche Frieda mit Tasche und Korb auf ihn. Sie lächelte verlegen und wissend zugleich, und er hatte plötzlich das Gefühl, dass er sie von früher kannte, mit ihr gesprochen hatte – nicht nur im Dunkeln oder im gedämpften Licht von Bessies mit roten Krepp umhüllter Lampe, sondern anderswo bei normaler Beleuchtung. Er erinnerte sich, dass sie gesagt hatte, sie sei zu seinen Vorträgen gekommen.

Er stand einen Augenblick hoch aufgerichtet da, beugte sich dann etwas zu ihr hinunter und sagte in vertraulichem Ton: »Sie können mir Ihren richtigen Namen verraten.«

»Ich bin Miriam Kowalda.«

»Kowalda? So heißen Händler.«

»Mein Urgroßvater muss Schmied gewesen sein.«

»Kommen Sie aus Warschau?«

»Ja und nein.«

»Was bedeutet das?«, fragte er.

»Es bedeutet, dass mein Vater Litauer war und meine Mutter Polin. Ich bin in Suwałki geboren, kam aber mit acht Jahren nach Warschau.«

»Sie sprechen Jiddisch.«

»Warum nicht?«

»Also, hier können wir nicht stehen bleiben. Gehen wir irgendwohin.«

»Ja, machen wir das.«

Im Halbdunkel schienen ihre Augen zu lachen.

Hertz Minsker fasste Miriam Kowalda knapp über dem Handgelenk an der Hand und führte sie Richtung Riverside Drive. Sie kam ihm nicht vor wie eine Fremde, der er eben erst begegnet war. Er fühlte sich ihr so nahe wie einer Verwandten oder einer Freundin. Der Tag hatte unerwartete Schicksalsschläge und schwierige Rätsel gebracht, aber alles hatte zu dieser Begegnung geführt, von der er in vielen Nächten geträumt hatte. Eine fatalistische Gleichgültigkeit überkam ihn, seine alte Überzeugung, dass die Vorsehung bei all seinen Angelegenheiten die Hand im Spiel hatte, ganz gleich, wie trivial oder sündig sie sein mochten.

Jetzt hatte Hertz das dringende Bedürfnis, Bessie wie Bronja möglichst auf Abstand zu halten. Für einen Moment vergaß er sogar, sich Sorgen wegen Minna zu machen. Wenn sie fähig war, ihn gegen diesen Krimsky einzutauschen, dann war die ganze Affäre mit ihr ein schrecklicher Fehler gewesen. Ich werde mich ein für alle Mal von Morris und dieser Frau befreien. Ich muss einen Weg finden, mir hier in Amerika mein Brot zu verdienen, nahm er sich vor.

Hertz und Miriam – für ihn war sie immer noch »der Geist« – waren am Riverside Drive angekommen und gingen in Richtung Downtown weiter. Der Tag war heiß gewesen, aber jetzt wehte eine warme Brise vom Hudson. Die Luft roch nach Rauch, Öl und etwas anderem, etwas Städtischem und Ungesundem. Schwer vorzustellen, dass sich nur ein, zwei Stunden Bahnfahrt von hier Felder und Wälder erstreckten und dass der Atlantik nur ein paar hundert Blocks entfernt war.

Ich habe mein Leben ruiniert, dachte Hertz.

Der Frau sagte er: »Jetzt können Sie mir auch die ganze Wahrheit sagen.«

Miriam zögerte einen Augenblick, blieb dann stehen.

»Die ganze Wahrheit ist nicht so einfach.«

»Was war denn der Grund für das Ganze?«

»Was weiß ich? Bevor Sie eingezogen sind, habe ich bei Mrs Kimmel gewohnt. Wir kamen uns nahe, sehr nahe. Sie ist eine ungewöhnliche Frau, aber im Grunde gutherzig. Sie macht Menschen Mut, tröstet. Ich bin in der gleichen Lage wie Sie«, sagte Miriam, in verändertem Ton. »Sie haben eine Frau in Warschau zurückgelassen, ich einen Mann. Ich kam hierher, um bei einer Tante zu wohnen, aber sie ist einen Tag vor meiner Ankunft gestorben, und für ihre Kinder, meine Kusinen, bin ich eine Fremde. Meine Tante hatte mir geschrieben, sie würde mir in ihrem Testament Geld vermachen, aber das Testament wurde nicht gefunden, und den Brief habe ich verloren. In ihren letzten Lebensjahren war sie gelähmt, und sie schickte mir das Affidavit und das Geld für die Überfahrt – 1939 war das –, und ehe ich überhaupt an eine Rückkehr denken konnte, war der Krieg ausgebrochen. Ich bin zu Mrs Kimmel gezogen, und sie hat unsagbar viel für mich getan. Sie hat einen Freund, der Zahntechniker ist, der hat mir einen Job gegeben, obwohl ich keine Ahnung von seiner Arbeit hatte. An den Abenden saßen wir zusammen wie zwei verlorene Seelen, Mrs Kimmel und ich, und beschäftigten uns mit Tischrücken und dem Ouija-Brett. Ich habe immer an diese Dinge geglaubt, obwohl ich weiß, dass sie zu neunzig Prozent Einbildung und Wunschdenken sind. Die Toten stehen nicht den ganzen Tag herum und warten, dass man sie ruft. Auch ein Telefon ist nicht dauernd besetzt. Sie versuchen, Moses, Buddha und wer weiß wen noch zu beschwören. Das alles ist ganz komisch, aber ich bin überzeugt, dass ein Körnchen Wahrheit darin stecken muss. Dazu wäre viel zu sagen. Tatsache ist, dass auch Sie darauf hereingefallen sind, wenigstens anfangs«, sagte sie mit nur halb verhohlenem Gelächter.

»Ich? Keinen Augenblick!«

»Warum waren Sie dann so genervt? In den ersten Séancen haben Sie ganz verängstigt ausgesehen.«

»Wie konnten Sie meine Angst denn im Dunkeln sehen?«

»Oh, ich habe Katzenaugen.«

»Ich wollte nur wissen, wie es gemacht wird.«

»Na ja, man macht's eben. Mrs Kimmel hat mir erzählt, dass Sie niedergeschlagen sind, Selbstmordgedanken haben. Ich habe Sie im Labor Temple über spirituelle Vitamine sprechen hören. Nach dem Vortrag wollte ich ein paar Worte zu Ihnen sagen, aber Sie waren so von Bewunderern umlagert, vor allem von Frauen, dass ich nicht in Ihre Nähe kommen konnte. Drängeln kann ich nicht. Was Sie damals sagten, hat mich sehr beeindruckt. Seit ich in New York lebe, bin ich schrecklich einsam, und ich gehe zu Vorträgen. Aber die meisten Redner sind so kalte, gleichgültige Menschen, was sie zu sagen haben, wurde schon tausend Mal gesagt, und man kann es in jedem Taschenbuch lesen. Ich wundere mich oft, wie eine Person es fertigbringt, sich vor Leute hinzustellen und Dinge zu verkünden, die diese Leute wissen, seit sie zwölf Jahre alt sind: ›Amerika ist eine Demokratie‹, ›Freiheit ist besser als Sklaverei‹, ›Die Antisemiten sind keine netten Menschen‹ und mehr solcher Offenbarungen. Ihr Vortrag war interessant. Ich hätte gerne immer weiter zugehört. Da war ich schon bei Mrs Kimmel ausgezogen. Ich wollte eine

Bleibe für mich allein, blieb aber in Kontakt mit ihr. Eines Tages rief sie mich an und sagte: ›Weißt du, wer bei mir eingezogen ist? Dr. Minsker!‹ Ich hatte ihr von Ihnen und Ihren Vorträgen erzählt. So hat alles angefangen. Wenn ich Sie irgendwie irregeführt habe, bitte ich um Verzeihung.«

»Mich irregeführt? Nein, aber warum der Betrug, wenn Mrs Kimmel so fest an Geister glaubt und jedes Mal in Trance fällt? Das ist doch schlicht eine Lüge.«

»Sie ist eine komplizierte Frau. Manchmal scheint sie mir – wie sagt man – nicht ganz richtig im Kopf zu sein. Wie so viele heutzutage glaubt sie, der Zweck heiligt die Mittel. Ich dagegen –«

»Ja, was ist mit Ihnen?«

»Wer weiß? Vielleicht hatte ich mich in Sie verliebt, und dies war eine Gelegenheit, jede Woche ein paar Minuten mit Ihnen zusammen zu sein. Welche Chance hätte ich sonst gehabt? Sie sind immer von Frauen umgeben, jungen und hübschen Frauen, und ich bin weder jung noch hübsch –«

»Setzen Sie sich nicht herab. Wohin möchten Sie gehen?«

»Ist mir egal. Mit Ihnen würde ich überallhin gehen.«

»Danke. Es gefällt mir, wenn eine Frau unverblümt spricht. Also gut, irgendwohin werden wir schon gehen. Sie sind zur rechten Zeit zu mir gekommen. Wie steht es mit Ihrem Mann?«

»Mein Mann hatte ein Verhältnis, als ich aus Warschau wegging, und ich schulde ihm keinerlei Loyalität.«

»Was ist er? Ich meine, welchen Beruf hat er?«

»Wir hatten ein Reisebüro am Napoleonplatz.«

»Sind Sie wenigstens gereist?«

»Nur einmal. Ich war eine Woche in Paris.«

»Haben Sie Kinder?«

»Ich hatte eine fünfzehnjährige Tochter mit ihm. Er hatte eine Mutter, und das Mädchen war ihr Augenstern. Deshalb –«

»Haben Sie irgendwelche Nachrichten von ihnen?«

»Kein Wort.«

»Was hat Ihnen das ganze falsche Spiel eingebracht?«

»Das habe ich Ihnen doch erklärt.«

Sie drückte ihre Schulter an seinen Arm, und beide verstummten. Er ging voran und starrte auf die Bäume und die Straßenlaternen, in deren Schein die nächtliche Dunkelheit noch undurchdringlicher wirkte. Er schaute in den Himmel hinauf, den der Widerschein der Lichter New Yorks bräunlich violett färbte.

Wohin soll ich sie mitnehmen?, fragte er sich. In ein Hotel? Er hatte Morris Calishers Zwanzig-Dollar-Schein bei sich, wusste aber kein Hotel in der Nähe. Plötzlich tauchte das Hotel Marseilles vor ihm auf. Da werde ich ein Zimmer nehmen, beschloss er, sie sieht wie eine achtbare Frau aus. Niemand wird Verdacht schöpfen.

»Möchten Sie mit mir ins Hotel Marseilles gehen?«, fragte er sie.

Sie antwortete nicht gleich. »Warum in ein Hotel? Warum nicht zu mir?«

»Ja, Sie haben ganz recht. Wo wohnen Sie?«

»In der Seventy-Fifth Street in der Nähe der West End Avenue.«

»In Ordnung. Aber ich möchte noch einen Anruf machen. Kommen Sie einen Augenblick mit mir in die Lobby«, sagte Hertz.

Ihm war, als spräche sein Mund aus eigenem Antrieb. Er hatte keine Ahnung, wen er anrufen sollte, bis er sich besann, dass er mit Bronja und vielleicht auch mit Minna sprechen wollte. Bronja würde sich Sorgen machen, wenn sie ihn nicht zu Hause fände. Mit Minna war es anders: Ihr wollte er dringend erklären, wie mies sie war, und sich damit brüsten, dass er sie schon gegen eine andere ausgetauscht habe. Er wollte ihre lüsterne Stimme hören. Er musste ihr den entscheidenden Schlag versetzen, den sie bis zu dem Tag, da man ihr die Scherben auf die Augenlider legte, nicht vergessen würde. Insgeheim hoffte er auch, dass Morris zu Hause war. Dass Morris am Vormittag in der Cafeteria so seltsam gesprochen und dass er zwanzig Dollar auf dem Tisch liegen gelassen hatte, als sei Hertz ein Kellner oder ein Bettler, das war kein Zufall gewesen. Hertz rief sich wieder in Erinnerung, wie freundlich und vertraut Morris morgens am Telefon geklungen hatte und wie er plötzlich, buchstäblich innerhalb einer Sekunde, ganz verändert gewesen war. Er musste mit allen darüber reden – mit Morris, Minna, Bronja, sogar mit Bessie Kimmel. Er griff in seine Hosentasche, um zu prüfen, ob er genug Münzgeld für ein Telefongespräch hatte. Miriam Kowalda hatte anscheinend keine große Lust, mit ihm in ein Hotel zu gehen. Ihre Schritte waren immer zögernder geworden, bis es so aussah, als würde sie stehen bleiben. Trotzdem ging sie weiter, allerdings langsam und widerstrebend.

Die Hotellobby war laut und überfüllt. Was ist denn das, eine Versammlung?, fragte sich Hertz. Er sah sich nach einem freien Sessel oder Sofa um, wo seine Begleiterin Platz nehmen und auf ihn warten konnte.

Plötzlich entdeckte Hertz Minna und erschauerte. Sie saß auf einem Stuhl neben einem Mann. Hertz spürte, dass sie den Mann kannte. Das ist Krimsky, ihr Exmann, schrie eine innere Stimme. Minna hatte ihm einmal ein Foto von Krimsky gezeigt. Die beiden Geschiedenen schienen über irgendwas zu zanken oder zu streiten. Minna wedelte mit den Händen. Krimsky versuchte offenbar, sie zu unterbrechen, aber sie ließ ihn nicht zu Wort kommen und schimpfte ununterbrochen auf ihn ein.

Hertz hatte Minna nie so erregt gesehen. Der Mann schüttelte den Kopf verneinend. Er hatte dichtes, zerrauftes Haar. Sein Jackett war rötlich, eine Farbe, die man in Amerika nicht trug, und es war zu knapp für seine breiten Schultern. Seine Hosen waren kariert. Sein Gesicht erschien entweder pockennarbig oder einfach nur zerfurcht.

Auf einmal hörte Hertz, wie er auf Jiddisch rief: »Idiotin, hör mir doch mal einen Moment zu, ja?«

Hertz stand mit offenem Mund da. Ihm war, als hätte ihm jemand ins Gesicht geschlagen.

Es ist aus und vorbei, Gott sei Dank!, sagte er vor sich hin, ohne zu verstehen, warum er Gott gedankt hatte. Was er jetzt erlebte, war nicht einfach Eifersucht, sondern er fühlte sich gedemütigt, vor sich selbst, vor Gott und vor der ganzen Menschheit.

Hitler!, dachte Hertz. Wir ernten, was wir gesät haben.

»Warum starren Sie die beiden so an?«, fragte Miriam. »Wer ist das?«

Hertz zitterte. »Nichts. Ich dachte, ich würde sie kennen. Kommen Sie, wir finden einen Sitzplatz für Sie.«

»Ich brauche keinen Sitzplatz. Ich gehe auf und ab, bis Sie fertig sind.«

»Na gut. Ich bin gleich wieder da.«

Hertz ging auf die Telefonzellen zu, sah aber schon von weitem, dass sie alle besetzt waren. Minna brauchte er ohnehin nicht mehr anzurufen. Er richtete sich aufs Warten ein.

Er beobachtete die Leute in den Zellen. Eine fette Frau redete und lachte. Anscheinend lutschte sie außerdem noch ein Bonbon oder ein Stück Schokolade. Ein junger Mann hielt in der einen Hand den Hörer und gestikulierte mit der anderen. Er trommelte sich mit der Hand auf die Brust, aus Ärger über jemanden oder weil er sich rechtfertigte. Ein schwergewichtiger Mann, der Hertz an eine Gestalt aus der Unterwelt erinnerte, steckte allerhand Münzen in den Schlitz, wohl um ein Ferngespräch zu führen. Hertz betrachtete die Szene wissend und mit einer Mischung aus Ekel und Mitleid.

Was plapperten sie denn? Was würde bei all dem Geschwätz herauskommen? Alles endete sowieso im Grab.

Er hatte einen bitteren Geschmack im Mund, und seine Kehle war trocken.

Bruder, du suhlst dich bis zum Kinn im Schlamm, brummte er vor sich hin.

4.

Hertz wählte die Nummer und hörte Bessie Kimmels Stimme am anderen Ende.

»Bessie, ich bin's, Hertz.«

»Hertz? Du hättest zu Hause sein müssen«, sagte Bessie, halb als Feststellung, halb als Frage. Am Telefon klang ihre Stimme noch heiserer und kratziger als im Gespräch von Angesicht zu Angesicht.

»Ich hatte etwas zu erledigen«, sagte Hertz. »Ich habe

immer wieder versucht, dich anzurufen, aber du warst nicht zu Hause.«

»Wir hatten einen Zwischenfall. Ich habe einen Zahn gezogen, und die Patientin bekam eine Blutung. Ich habe versucht, dich zu erreichen, aber vergeblich.«

»Wie geht es der Patientin?«

»Alles gut.«

»Also, wir müssen die Séance absagen«, begann Hertz, unsicher, was er als Nächstes sagen sollte. »In der letzten Zeit habe ich sowieso nur wenig Informatives empfangen.«

»Welche Informationen hättest du denn gern?«, fragte Bessie zurück, als wären Hertz' Worte eine üble Kränkung für sie gewesen. »Dort gibt es keine Reporter. Du hast eine grundsätzlich falsche Vorstellung vom Ganzen. Das ist dein Pech. Wenn du zur anderen Seite überwechselst, bist du nicht mehr an diese Welt und ihre Angelegenheiten gebunden. Im Jenseits führen sie ihr eigenes Leben. Ihre Interessen sind unendlich viel erhabener als unsere diesseitigen. Du kannst nicht erwarten, dass sie dich mit den neusten Nachrichten versorgen, die du auch im Radio hören kannst –«

»Ich meine Informationen über ihr Dasein.«

»Auch davon kannst du nicht zu viel verlangen. Ein Neuankömmling fühlt sich dort genauso fremd und verwirrt wie ein Greenhorn hier. Manche wissen nicht mal, was ihnen zugestoßen ist. Einmal habe ich Kontakt zu einem Mädchen hergestellt, das meinte, krank oder im Koma, aber noch hier auf der Erde zu sein. Die Seelen brauchen Zeit, bis sie entdecken, wo sie sind und wohin sie gehören. Nach einer Katastrophe wie jetzt in Europa befinden sich die Seelen in den unteren Sphären buchstäblich zwischen Himmel und Erde – verwirrter als je zuvor. Geister mit Erfahrung,

die sozusagen ihren Ort gefunden haben, müssen die Neu-
ankömmlinge lehren, wie sie sich zu verhalten haben, und
nicht alle Geister sind dabei gleich geschickt. Ich spreche
nicht von deiner früheren Frau!«, rief Bessie laut. »Sie ist
noch bei uns, aber trotzdem ist ein Phantom nicht das
Gleiche wie ein Wesen aus Fleisch und Blut. Der Astralleib,
mein lieber Dr. Minsker, hat seine eigenen Eigenschaften.
Er ist gleichzeitig hier und dort. Ich bitte dich dringend, mir
nächstes Mal, wenn du nicht sicher weißt, ob du zu Hause
sein wirst, ein oder zwei Tage vorher Bescheid zu geben«,
sagte Bessie, wieder in einem anderen Ton. »Wenn ich mich
auf eine Séance vorbereite, verbringe ich den ganzen Tag davor in einem Übergangszustand. Die Séance ist die Klimax
einer ganzen Reihe von spirituellen Abläufen, und es ist
nicht gut, wenn all das verpufft. Das ist nicht nur für mich
enttäuschend, sondern auch für die, die sich materialisieren
möchten.«

Wenn die alte Hexe wüsste, was heute passiert ist, würde
sie sich aufhängen, dachte Minsker.

Laut sagte er: »Ist Bronja zu Hause?«

»Ich weiß nicht. Ich glaube, ja. Ich bin an ihrem Zimmer
vorbeigegangen, und da brannte Licht.«

»Könntest du sie vielleicht ans Telefon holen?«

»Ja, gut.«

Bessie ging Bronja holen. Hertz hatte sich auf den kleinen
Hocker gesetzt und sah über die Schulter zur Glastür. Das
wird alles zu einer einzigen Farce, einem verrückten Misch-
masch, sinnierte er. Nach einer Weile hörte er Bronjas
Stimme. Sie sagte nur Ja, brachte aber in dieser einen Silbe
ein Seufzen und einen Vorwurf unter.

»Bronja, Liebes«, sagte er, »mir ist etwas Geschäftliches

dazwischengekommen, und ich muss noch lange hierbleiben.«

»Was für ein Geschäft?«

»Oh, man hat mir eine Stelle an einer Universität angeboten.«

»Wo? Hier in New York?«

»Nein, im Westen.«

»Minna hat angerufen«, stieß Bronja nach einer Weile hervor. »Sie wollte, dass du zurückrufst. Es ist sehr, sehr wichtig.«

Hertz hörte verdeckten Sarkasmus in Bronjas Stimme und ärgerte sich. »Wann hat sie angerufen?«

»Vor einer halben Stunde. Ich kam gerade herein, da klingelte das Telefon. Es ist ganz, ganz wichtig«, wiederholte Bronja, und wieder schienen die Worte von Ironie zu triefen.

»Du bist heute selbst spät gekommen«, sagte Hertz. »Ich habe das Hackfleisch und das Gemüse besorgt, aber du warst nicht da.«

»Ach, ich habe meinen Job verloren.«

»Warum?«

»Sie haben einfach gesagt, ich soll gehen.«

»Haben sie dich wenigstens bezahlt?«

»Ja, bezahlt haben sie mich.«

»Na ja, so einen Job kannst du jederzeit finden«, sagte Hertz.

»So einfach ist das nicht. Ich habe eine Zeitung gekauft und die Stellenanzeigen durchgesehen. Wann kommst du nach Hause?«

»Nicht vor elf.«

»Mrs Kimmel hat ein paar Mal die Tür aufgemacht. Die Geister warten auf dich.«

»Sollen sie warten. Adieu!«

Und Hertz legte den Hörer auf. Warum will sie mich noch anrufen, die Schlampe?, fragte er sich im Gedanken an Minna. Er steckte die Hand in die Tasche und zog noch eine Münze heraus.

Hertz wusste ganz genau, dass nur wenig Aussicht bestand, Morris um diese Zeit zu Hause zu finden, versuchte es aber trotzdem. Das Telefon klingelte sieben oder acht Mal, und er wollte schon auflegen, da hörte er Morris' Stimme, rau und ärgerlich, als habe man ihn mitten in einem Krawall unterbrochen.

»Hallo!«

»Ich bin's, Hertz.«

Ein lastendes, bedrückendes Schweigen herrschte am anderen Ende, dann fragte Morris: »Woher weißt du, dass ich zu Hause bin?«

»Das hat mir der Heilige Geist verraten.«

»Ist das so? Nu, und was willst du?«

Verrückt ist er, kocht vor Wut, schloss Hertz. »Morris, wir sind alte Freunde«, sagte er, »und zwischen uns sollte es keine Missverständnisse geben. Du hast mich heute früh angerufen, und ich bin gekommen. Du hast mir etwas erzählt, das mir an die Nieren ging. Ganz plötzlich bist du dann feindselig geworden und einfach gegangen, ohne Abschied. Was ist passiert? Habe ich dich irgendwie beleidigt? Habe ich etwas gesagt, was ich nicht hätte sagen sollen? Man ist nur ein Mensch und imstande, mit etwas Dämlichem herauszuplatzen. Verzeih mir, wenn ich was Verletzendes gesagt habe –«

»Verletzt bin ich«, erwiderte Morris, »aber nicht durch ein Wort von dir.«

»Warum bist du so wütend weggegangen?«

»Ich bin wütend auf mich.« Und Morris sagte nichts mehr. Hertz suchte nach einer weiteren Münze, falls das Gespräch sich hinzog und die Vermittlung noch einen Nickel verlangte.

»Sie hat gesündigt, du nicht«, sagt Hertz ohne jede Einleitung. »Du bist immer ein anständiger Jude gewesen und geblieben. Vielleicht sollte ich es nicht sagen, aber da du es ohnehin weißt, ist es kein Klatschen und erst recht kein Verleumden. Ich kam am Hotel Marseilles vorbei und ging hinein, um dich anzurufen. Ich habe den ganzen Tag versucht, dich zu erreichen, aber du warst nie da. Ich habe mich umgesehen, und da sehe ich deine Frau mit ihrem Ex, diesem Krimsky. Ich habe ihn erkannt, weil Minna mir irgendwann ein Foto von ihm in ihrem Album gezeigt hat. Sie saßen da und stritten wie ein altes Ehepaar. Ehrlich, Morris, ich kann sie nicht verstehen. Sie hat das übelste Zeug über ihn erzählt. Wenn auch nur ein Hundertstel davon stimmt, wäre er der mieseste Dreckskerl auf der Welt. Außerdem hat er sie geschlagen und ausgeplündert und Huren in ihr Bett gezerrt. Plötzlich kommt er wieder, und alles fängt von vorne an. Sie ist wirklich eine Frau ohne jeden Charakter. Wenn es um sie geht, bist du mit der Wahrheit besser dran. Warum willst du dich täuschen? So ist die Frau von heute.«

Und Hertz verstummte. Morris antwortete nicht gleich. Hertz hörte, wie er hustete und sich räusperte. Dann fragte er, in klarem, aber hartem Ton. »Hat sie dich gesehen?«

»Nein, hat sie nicht.«

»Nu, was soll mir das? Ich habe alles verloren.«

»Sei nicht so niedergeschlagen. Auch in Amerika kann

man einen Ehemann nicht zwingen, mit seiner Frau zu leben, wenn er sie nicht haben will. Im schlimmsten Fall wirst du verurteilt, ihr Unterhalt zu zahlen. Wenn du sie in flagranti ertappst, kannst du sogar im Staat New York eine Scheidung erreichen. Du brauchst nur einen Detektiv …«

»Bitte werfen Sie einen Nickel ein«, zwitscherte die Vermittlung. Hertz warf die Münze ein. Er bereute seine letzten Worte.

Morris war still, aber Hertz hörte ihn schwer atmen. Es war, als würde er am anderen Ende der Leitung tonlos sprechen.

»Morris, hörst du mich?«, rief Hertz.

»Ja, ich höre dich. Ich hör dich, aber ich traue meinen Ohren nicht. Würde ein anderer diese Sachen zu mir sagen, würde ich meinen, das kann nicht sein. Der Weise hatte recht, als er riet: ›Sage nichts, was man nicht hören soll, denn am Ende wird man es hören.‹ Von nun an glaube ich, dass alles möglich ist. Käme einer und erzählte mir, dass du eine Falschgeldfabrik für Dollars hast, würde ich nicht mehr sagen, dass das unmöglich ist.«

»Vielleicht habe ich ja eine. Diese zwanzig Dollar heute hättest du mir nicht geben müssen. Wozu brauche ich echtes Geld, wenn ich Falschgeld drucken kann?«

»Wenn die Fälscher losgehen und ihre schmutzigen Scheine ausgeben, mischen sie echtes Geld mit falschem. So geht es immer.«

»Wann sehen wir uns wieder? Bronja ist heute gefeuert worden.«

»Ist das so? Sie wird einen anderen Job finden. Das ist doch nichts für eine Frau, den ganzen Tag da sitzen und solch schmutzige Arbeit tun. Ich kann etwas Besseres für sie finden. Das werde ich auch machen. Wann hast du gehört, dass sie gefeuert ist, heute?«

»Ja, heute.«

»Kam sie dir enttäuscht vor?«, fragte Morris.

»Ich habe sie noch nicht gesehen. Sie ist spät nach Hause gekommen, und ich musste gehen, bevor sie da war. Ich habe mit ihr telefoniert.«

»War heute keine – wie sagt man – keine Séance?«

»Nein, es wird auch keine mehr geben.«

»Warum nicht?«

»Ich bin diese Lügen leid.«

»Wenn die Wahrheit nichts wert ist und die Lüge nichts wert, was bleibt dann noch?«, fragte Morris in einem frommen Singsang.

»Nichts hat irgendeinen Wert. Wann wollen wir uns treffen?«

»Hertz, wir werden uns nie mehr sehen.«

Hertz hatte das Gefühl, etwas habe ihn im Innersten versengt.

»Warum nicht?«

»Nur so. Ich bin in einem Zustand angekommen, in dem ich mit Verrücktheiten nichts mehr zu tun haben will. Ich bin ein alter Mann und werde wahrscheinlich bald Rechenschaft ablegen müssen. All diese Possen sind für junge Leute oder solche, die hoffen, sie würden ewig leben. Ich hege keine solchen Illusionen. Jeden Tag hole ich die Zeitung und lese Todesanzeigen von Leuten, mit denen ich vor ein paar Tagen noch zusammen war. Hier in Amerika geht alles schnell, auch das Sterben. Dies ist ein Land der Eile. Auch ich habe die Wahrheit beiseitegeschoben und mich, ohne nachzudenken, ins Geschäftemachen gestürzt. Wenn du vergisst, wo und was du bist, dann bist du verrückt. Aber was jetzt passiert ist, das hat mir ins Gedächtnis gerufen, wo die Wahrheit liegt. Du bist auch nicht mehr jung, Hertz, und doch handelst du noch immer wie ein junger Mann. Ich aber will mich nicht mit deiner Gehenna abfinden. Was ist das für eine Freundschaft zwischen uns? Du glaubst noch an materielle Dinge. Du hältst es noch für eine Eroberung, wenn du mit einer Frau schläfst, die schon ein Dutzend Männer hatte und jederzeit wieder haben könnte. Aber ich sehe das offene Grab und sehe, wie sie deine Leiche an Ketten hinunterlassen und anschließend in ihre Limousinen steigen und zum Essen nach Hause fahren. Ich bitte dich, Hertz, lass mich in Ruhe. Ruf mich nicht mehr an. Vergiss mich. Stell dir vor, ich wäre schon verschieden und in der anderen Welt.«

Hertz hatte das Gefühl, ihm würde die Kehle zugedrückt. »Moyschele, ich bin nicht der Todesengel. Ich bin so anfällig für alles wie du.«

»Ich möchte schlicht und einfach Buße tun. Ich habe mich mein Leben lang im Dreck gesuhlt, und ich möchte mich reinigen, bevor ich abberufen werde. Das kannst du die Leichenwäsche vor dem Begräbnis nennen. Solche Dinge erledigt man am besten allein.«

5.

Na ja, alles zerfällt. Morris habe ich auch schon verloren, sagte sich Minsker.

Er verließ die Telefonzelle und sah sich in der Lobby um, aber Minna und Krimsky waren verschwunden. Er suchte

Miriam Kowalda, aber auch sie war nicht mehr da. Wohin konnte sie gegangen sein?

Ist das Ganze nur eine Halluzination?, fragte sich Hertz. Er stand da wie vom Donner gerührt. Warum lässt er seine Wut an mir aus? Ist es meine Schuld, dass sie zu Krimsky zurückgegangen ist? Er hat ja recht, recht hat er. Wir sind alte Männer. Ich mache mich für nichts und wieder nichts zum Narren ... Hat sie es sich im letzten Augenblick anders überlegt?, fragte sich Hertz im Gedanken an Miriam Kowalda. War sie gekränkt, weil ich zum Telefonieren gegangen bin? Ach, heute Nacht steht alles auf dem Kopf. Vielleicht ist dies meine letzte Nacht auf Erden, sagte sich Hertz.

Die Hotellobby füllte sich immer mehr. Hertz hörte die Gäste Deutsch, Polnisch, Jiddisch, Englisch, sogar Französisch sprechen. Jemand hatte diesen Ort das Vierte Reich getauft. Warum schreien sie alle so? Was soll das hektische Treiben? Reich werden wollen sie hier in Amerika, das ist die Wahrheit. Alle diese Flüchtlinge, sie werden nicht ruhen, bis sie Millionäre geworden sind. Diese Habgier ist die Ursache für alle jüdischen Probleme.

Hertz erspähte Miriam. Sie war wohl zur Toilette gegangen. Ihr Gesicht sah anders aus – sie hatte Puder oder Rouge aufgelegt. Er war überglücklich, sie zu sehen, Diesen tragischen Abend konnte er nicht allein oder gar in Bronjas Gesellschaft verbringen.

Er nahm Miriams Arm, und sie gingen wieder hinaus.

»Soll ich ein Taxi rufen?«, fragte er.

»Wozu? Die Nacht ist angenehm. Kommen Sie, wir laufen. Oder sind Sie müde?«

»Wovon soll ich müde sein? Ich arbeite doch nichts.«

»Diese Rolle habe ich nicht gern gespielt, ich möchte,

dass Sie das wissen«, sagte Miriam. »Sie hat mich oft geärgert. Mein einziger Trost war, dass Sie ohnehin nicht an Geister geglaubt haben und dass das Ganze nur ein Scherz für Sie war. Aber warum Bessie so etwas tut, das steht auf einem anderen Blatt. Sie hat sich in Sie verliebt, alt und hässlich, wie sie ist, und offenbar hat sie sich überlegt, dass dies der einzige Weg sei, Sie festzuhalten. Verliebte Frauen machen das verrückteste Zeug. Ich bin das beste Beispiel dafür. Aber eigentlich wollte ich etwas ganz anderes sagen. Ich habe das Gefühl – und weiß nicht, woher es kommt –, dass Ihre Frieda noch lebendig und gesund ist und dass Ihre Tochter sich auch hat retten können. Fragen Sie mich nicht, woher ich das weiß, aber ich bin mir sicher.«

»Wie können Sie sicher sein? Ich bin mir nicht mal sicher, dass die Dinge da sind, die ich sehe.«

»Manchmal hat ein Mensch ein inneres Wissen. Als ich aus Warschau wegging, schien die politische Lage besser zu sein als im Jahr davor. Hitler und Rydz-Śmigły würden sich allem Anschein nach einigen. Aber als ich mich am Wiener Bahnhof von meinem Mann verabschiedete, wusste ich, dass ich ihn nicht mehr wiedersehen würde.«

»Das heißt, Sie glauben an übersinnliche Mächte.«

»Ja, unbedingt.«

»Ich glaube an fast gar nichts mehr.«

»Es gibt magnetische Kräfte. Der Abend, an dem ich Ihren Vortrag im Labor Temple hörte, war einer der einsamsten in meinem ganzen Leben. Ich bin durch die Straßen gewandert, und alles in mir war wie tot. Ich hatte den ganzen Tag nichts gegessen, aber wenn ich in einem Schaufenster Lebensmittel sah – Kuchen, Kekse, Heringe, Lachs –, wurde mir übel. Ich bin gelaufen und gelaufen und kam zum Labor

Temple. Ich sah, dass Leute hineingingen, und sie sprachen Jiddisch. Ich dachte, es sei ein jiddisches Theaterstück oder etwas in der Art. Ich war auf meinem Weg durch die Second Avenue mit ihren jiddischen Theatern gewandert und hatte nicht die geringste Lust gehabt, in eine Vorstellung zu gehen. Jetzt fühlte ich mich plötzlich hineingezogen. Ich habe eine Eintrittskarte gekauft, obwohl ich nicht recht wusste, was ich dort sehen oder hören würde. Sie begannen zu sprechen, und plötzlich entspannte ich mich, und alles erschien wieder sinnvoll. Ich habe sofort gedacht: Wie stellt man es an, diese Person kennenzulernen? Ich habe Ihren Namen im Telefonbuch gesucht, aber Sie stehen nicht drin. Ich habe die Zeitungen durchgeblättert, um zu sehen, ob Sie noch anderswo in New York Vorträge halten. Während ich das tat, habe ich mich ständig gefragt: Warum machst du dich so zum Narren, und wo soll das hinführen? Und dann kam Bessie Kimmel mit ihrem Vorschlag. Als ob der Himmel meine Gebete erhört hätte – obwohl ich schon seit langem nicht mehr zu Gott bete. Wie können Sie das erklären?«

»Ich kann gar nichts erklären. Ich habe auch über Sie nachgedacht, seit Sie sich mir zum ersten Mal zeigten.«

»Sie haben nie geglaubt, ich sei ein Geist?«

»Nicht eine Minute.«

»Das heißt, auch Sie haben eine Rolle gespielt.«

»Dass Bessie Kimmel Geister materialisieren kann, glaube ich nicht, dazu bin ich nicht naiv genug.«

»Wie können Sie so sicher sein? Wenn es Geister gibt, kann sie auch jemand materialisieren. Bessie ist eine Frau mit ungewöhnlichen Kräften. Sie ist eine Schwindlerin, richtig, aber die Bilder, die sie automatisch malt, und ihre

Musik haben etwas Geheimnisvolles an sich. Ich habe Angst vor ihr, ich möchte, dass Sie das wissen. Ich bin sicher, sie merkt irgendwie, dass wir uns hier getroffen haben, und sie wird mich dafür bestrafen. Genauso sicher bin ich, dass sie mich heute Abend anrufen wird, und was soll ich dann sagen? Wenigstens sollten wir daran denken, ihr keine widersprüchlichen Angaben zu machen.«

»Da heute Abend keine Séance stattgefunden hat, ist doch klar, dass Sie sich nicht gezeigt haben.«

»Was soll ich ihr erzählen? Ach, mir wird schon was einfallen. Séancen werden jedenfalls nicht mehr stattfinden, so viel ist sicher. Erzählen Sie ihr, dass Sie genug davon haben. Leicht wird das nicht, denn sie möchte Sie nicht verlieren.«

»Was will sie denn mit mir? Ich muss sowieso bei ihr ausziehen. Meine Frau hat heute ihre Arbeit verloren, und ich kann nicht mal die Miete zahlen.«

»Bringen Ihnen Ihre Vorträge nicht genug ein?«

»Ich halte nur zwei oder drei im Jahr.«

»Wie kommt das? Ich möchte Sie nicht ausfragen oder so. Ich frage nur, weil Sie mich interessieren. Jemand wie Sie müsste in Amerika mit Gold überschüttet werden.«

»Ich werde nicht mal mit Silber überschüttet.«

»Warum denn nicht? Sie könnten ein Professor sein, und Ihre Bücher –«

»An den Universitäten will man Leute, die wiederholen oder interpretieren, was andere gesagt haben. Leider habe ich keine Bücher geschrieben, die für mich sprechen würden. Vor Jahren habe ich ein Werk begonnen, aber ich hatte keine Chance, es abzuschließen. Selbst wenn ich es zu Ende bringen würde, hätte ich keinen nennenswerten finanziellen Gewinn davon. Ich bin kein Romanschreiber –«

»Oh, aber Sie sind mehr als alle die Professoren und Romanschreiber zusammen. Ein Vortrag von Ihnen im Labor Temple könnte die Welt bewegen.«

»Die Welt wird nicht durch Ideen bewegt. Die Welt wird von Hitler, Stalin, Mussolini und ihresgleichen bewegt.«

»Die werden vergessen, aber an Sie wird man sich erinnern.«

»Im Gegenteil. Die Machthaber werden im Gedächtnis bleiben. Tausende von Büchern werden über sie geschrieben werden. Man wird sich allerhand Gutes zur Hitler einfallen lassen, ganz so, wie man Gutes über Napoleon zu sagen gewusst hat. Die Russen haben sogar Chmielnicki ein Denkmal gesetzt. Von mir wird nichts in Erinnerung bleiben.«

»Nun, Sie sind ein großer Mann. Man muss ein Großer sein, um so bescheiden zu sein. Mrs Kimmel hat mir erzählt, dass Sie einen Freund haben, der wie ein Bruder für Sie ist.«

»Ach, das ist auch vorbei.«

»Sie müssen wissen, dass ich Sie sehr bewundere.«

»Und, wie können Sie mir helfen? Jedenfalls danke ich Ihnen. Ich bin nicht religiös im üblichen Wortsinn. Ich lege keine Gebetsriemen an. Ich trage kein rituelles Kleidungsstück, ich verstoße sogar gegen die Zehn Gebote. Gleichzeitig weiß ich, dass es einen Schöpfer gibt und dass ich in all diesen Jahren gegen ihn gesündigt habe. Dafür straft er mich, und seine Strafe habe ich verdient, sogar viel mehr, als mir zuteil wird. Bei all Ihrem guten Willen können Sie Gott nicht davon abhalten, mich zu bestrafen. So stark sind Sie nicht.«

Hertz Minsker war selbst verblüfft, dass er diese Worte an eine Frau gerichtet hatte, die ihm im Grunde ganz fremd war. In letzter Zeit hatte er aufgehört, sein Leid als Ergebnis einer Strafe Gottes aufzufassen. Die Worte waren ihm gegen seine Überzeugung entschlüpft. Minnas Betrug und Morris Calishers scharfe Worte hatten ihm offenbar einen härteren Schlag zugefügt, als ihm bewusst war.

Na schön, diese Gelegenheit verderbe ich mir auch. Bis jetzt hatte er sich noch nie bei einer Frau über sein Los beklagt. Er war immer überzeugt gewesen, dass Frauen einen Mann nur wegen seiner Stärke bewundern. Aber es war zu spät, um die Stimmung, die seine Worte bewirkt hatten, zu ändern. Er senkte den Kopf und schritt in einem leichten Abstand von Miriam stumm weiter. Auch sie war verstummt.

Sie hatten die West End Avenue erreicht. Die riesigen roten Backsteinmauern, die Bürgersteige und der glühende Streifen Himmel über den Flachdächern strahlten Hitze aus. Die Laternen schienen kein Licht abzugeben, sich nur gerade so selbst zu beleuchten. Die Ampeln schalteten von Grün auf Rot und wieder auf Grün. Autos rasten durch die nächtliche Hitze, als wollten sie sich selbst und ihrem eigenen fiebrigen Gestank entkommen. Hätte sich ein Mensch vor fünfhundert Jahren eine solche Stadt, solche Straßen, einen derartigen Tumult vorstellen können? Und was würde in fünfhundert, in fünftausend Jahren sein? Was würde die Menschheit dann erreicht haben? Wahrscheinlich hätte sie Selbstmord begangen oder ein Ende im Wahnsinn genommen.

»Hier wohne ich.«

Miriam zeigte auf ein Haus an der Seventy-Fifth Street.

Hertz stieg mit ihr die wenigen Stufen hinauf, und sie schloss die Haustür auf. Sie gingen über mit einem abgetretenen Teppich bedeckte Stufen nach oben. Das Treppenhaus roch nach Gas und Kohle und dünstete den für alte Gebäude in New York typischen muffigen Geruch aus. Sie kamen ins oberste Stockwerk, und Miriam öffnete die Tür zu einem möblierten Zimmer mit einem Sofa, das offensichtlich auch als Bett benutzt wurde. Die Wohnung hatte einen Balkon zur Straße, auf dem ein paar Blumentöpfe standen. Die Deckenlampe warf gedämpftes Licht. Über dem Sofa hing das Foto eines Mädchens in Schuluniform.

Miriam ging ins Bad, und Hertz Minsker begann, im Zimmer auf und ab zu laufen. Auf dem Tisch lag ein Ouija-Brett. Hertz lächelte: Sie täuscht und glaubt zugleich. Er entdeckte ein Telefon, offenbar eines mit eigenem Anschluss, denn es hatte eine Wählscheibe für externe Gespräche. Fast ohne es selbst zu wissen, wählte er Minnas Nummer, in dem sicheren Gefühl, dass sie noch nicht zu Hause sein konnte, und bereit aufzulegen, falls Morris ans Telefon kam. Der Anschluss war besetzt, und Hertz legte den Hörer wieder auf die Gabel. Er starrte auf die Badezimmertür. Was machte sie so lange da drin?

Hertz lauschte seinen eigenen Grübeleien. Er hatte sich eine erotische Begegnung mit Miriam erträumt, aber jetzt wusste er nicht mehr, ob ihm Begehren und Potenz erhalten geblieben waren. Zu viel Aufregung war an diesem Tag über ihn hereingebrochen, und Hertz fürchtete ein sexuelles Debakel.

Er ging auf den Balkon, sah auf die dunkle Straße hinunter und auf die Fenster gegenüber, die überwiegend dunkel waren, ein Zeichen dafür, dass die Bewohner in Urlaub gefahren oder ins Ausland gereist waren. Die Fußgänger schienen vorbeizuschleichen. Hertz sinnierte, dass die Menschen hier keinen festen Wohnsitz hatten, sondern sich durchs Leben mogelten. Die Zivilisierung hatte die ganze Welt in ein einziges gewaltiges Getto verwandelt.

Hertz hörte die Badezimmertür, und Miriam kam in einem schwarzen Negligee und Pantoffeln heraus. Angesichts dieser unverhohlenen Weiblichkeit schämte er sich. Er sah auch, dass dies keine Promiskuität war, sondern das Verlangen einer Frau, die wirklich und eindeutig liebte.

Miriam löste ihr Haar. Ihre Augen kamen Hertz jetzt größer und leuchtender vor. Ihr Körper war wieder so schlank und jung, wie er während der Séancen ausgesehen hatte. Sie lächelte ihn halb schüchtern, halb überheblich an und sagte mit einem Augenzwinkern: »Hier ist dein ›Geist‹.«

Das hab ich schon mal gesehen, habe ich schon mal erlebt!, sagte sich Hertz. Wie nennt man das auf Französisch? Déjà-vu. Aber wann war das? Wie? In einem Traum? In einem anderen Dasein? Er schaute sie an und erkannte klar, dass diese Begegnung zu nichts führen würde. Er spürte nicht das mindeste Verlangen. Alles in ihm begann zu schrumpfen. Offenbar hatte er sogar die Sprache verloren. Ein jugendlicher Drang überkam ihn – die Tür aufzureißen und zu fliehen.

6.

Das Telefon klingelte. Hertz sprang erschrocken auf. Er wusste, es war Bessie.

Er hörte, wie Miriam im Dunkeln nach dem Hörer tastete und wie sie sagte: »Ja, Bessie.«

Schweigen – ein unheilschwangeres Schweigen –, dann sagte Miriam: »Nein, Bessie, absolut nicht. Ich weiß es nicht. Niemand war zu Hause, und ich bin wieder gegangen. Was? Unsinn! Warum sagst du das, Bessie? Wer? Ich war das nicht.

Wirklich, Bessie, du verdächtigst mich grundlos. Was soll ich jetzt machen? Mich langweilt das Ganze. Einen Moment bitte, lass mich ausreden! Zuerst war es ganz interessant, aber wie lange kann man eine solche Farce weiterspielen? Wirklich, Bessie, ich kann damit nicht weitermachen. Stimmt, ich hatte mal den Ehrgeiz, Schauspielerin zu sein, aber diese Art, Theater zu spielen, gefällt mir nicht. Also schön, rede weiter. Gut, ich unterbreche dich nicht.«

Wieder schwieg sie, und Hertz konnte Bessies kraftvolle raue Stimme hören. Ab und zu fing er ein Wort vom anderen Ende der Leitung auf. Bessie war verärgert, sie schimpfte, sie drohte Miriam sogar.

Hertz saß zusammengesunken da, das Kinn fast auf den Knien, beschämt über den Wahnsinn, der um ihn herumwirbelte. Eigentlich war es seine Schuld, dass Bessie sich so aufführte. Er hatte sie geküsst und ihr erzählt, er liebe sie. Er hatte sich Geld von ihr geliehen und nie zurückgezahlt. Er hatte alle möglichen Geschenke von ihr angenommen. Die Hauptsache war, dass er ihr keine Miete für das Zimmer zahlte, in dem er wohnte. Ich habe mich einfach prostituiert, bin ein Gigolo, noch dazu von der billigsten Sorte. Wenn ich mich wenigstens für einen anständigen Preis verkaufen würde, aber sogar dafür bin ich zu dämlich, dachte er.

Reue empfand er nicht. Er nahm nur deutlich wahr, was für ein mieser Charakter, wie tief gesunken er war. Er hörte Miriam sagen: »Bessie, ich bin dir dankbar für alles, was du für mich getan hast. Ich kann bei Gott nur hoffen, dass ich eines Tages in der Lage sein werde, dir alles zurückzuzahlen, was ich dir schulde, aber das sind Dinge, die – hier bei mir? Unsinn! Komm und sieh selbst. Was? Ich weiß nicht, mit wem er sich herumtreibt. Ich erklär dir schlicht und einfach:

Das Spiel ist aus. Was? Ich schätze deine Freundschaft sehr, aber –«

Bessies Redeschwall war wieder in Gang gekommen. Es war ein ziemlich langer Monolog. Mal klang ihre Stimme rau, grob, krächzend – dann wieder hatte sie einen flehenden Ton, war beinahe ein Lamento.

Hertz spürte heftige Bewegungen in seinem Inneren. Seit Kurzem war ihm seine Nervosität auf die Därme und die Blase geschlagen. Sein Bauch war ständig aufgebläht. In seinen Därmen blubberte und brodelte es. Der Drang zum Wasserlassen überkam ihn plötzlich und dermaßen heftig, dass er keinen Moment mehr warten konnte. Er wusste noch, wo die Toilette war, aber auf dem Weg dorthin lief er gegen einen Stuhl, einen Tisch, stieß fast einen Ständer mit einem Blumentopf um. Als er endlich angekommen war, fand er den Lichtschalter nicht. Er stieß eine Flasche oder einen Tiegel aus Miriams Medizinschränkchen um. Er tastete sich am Badewannenrand entlang, dann an den Wasserhähnen über dem Waschbecken, konnte aber die Kloschüssel nicht finden. Wie war das möglich? Nach einer Weile stieß er dagegen.

Na ja, ich falle auseinander, dachte Hertz. Er wusch sich im Dunkeln die Hände, trocknete sie mit einem Handtuch ab.

Als er aus dem Badezimmer kam, sagte Miriam: »Jetzt habe ich ein für alle Mal Schluss mit dieser Schreckschraube gemacht!«

»Was wollte sie denn?«

»Oh, sie hat mich verdächtigt, dass ich mit dir zusammen bin. Jemand hat uns gesehen.«

»Wer?«

»Deine Frau.«

»Kennt sie dich denn?«

»Sie hat dich mit einer Frau gesehen.«

»Ich habe mit Bronja telefoniert. Sie hat kein Wort davon gesagt.«

»Diese Bessie ist ordinär. Ein Marktweib hätte sie sein können, eine Hausiererin mit Handkarren in der Orchard Street. Sie ist imstande und taucht hier auf«, sagte Miriam in anderem Ton.

»Unsinn!«

»Sie ist fest überzeugt, dass wir zusammen sind«, sagte Miriam lachend.

»Wenn sie kommt, lassen wir sie einfach nicht rein.«

»Ach, das ist wirklich schlimm. Sie ist eine Idiotin, aber sie hat erstaunliche Instinkte. Gerade hat sie mir erzählt, sie habe eine Affäre mit dir und du hättest ihr sogar versprochen, mit ihr nach Miami zu fahren!«

Hertz antwortete nicht sofort. »Die Frau ist komplett verrückt«, sagte er schließlich.

»Wenn ich das gewusst hätte, hätte ich mich nicht auf dich eingelassen.«

»Wirklich, Miriam, du redest Unfug. So tief bin ich noch nicht gesunken, dass ich eine Affäre mit dieser alten Schachtel hätte.«

»Wer weiß, wozu Männer imstande sind.«

Hertz stand mitten im Zimmer. Er war gerade aus dem Bad gekommen, wäre aber am liebsten gleich wieder umgekehrt. In ihm schien sich etwas in Luft aufzulösen, jedes physische Begehren, jeder Drang, mit dieser Frau zusammen zu sein, die ihn Nacht für Nacht gereizt und provoziert hatte. Er war nur noch müde und schläfrig. Er spürte ein Kratzen im Hals, als bahne sich eine Erkältung an. Plötzlich war seine Nase verstopft. Ach ja, alle bösen Mächte suchen mich heute Nacht heim, sagte sich Hertz.

Lange schwiegen beide. Dann sagte Miriam: »Vielleicht wäre es besser, wenn wir heute nicht anfangen würden –«, und brach ab.

Hertz überlegte: »Wie du möchtest.«

»So geht's in meinem Leben«, sagte Miriam zu Hertz und zu sich selbst, »sowie etwas beginnt, zeigen sich Millionen Hindernisse. Nicht dein Fehler. Einfach mein Schicksal. Von unserer Begegnung hab ich geträumt, aber gleichzeitig wusste ich, dass sie uns nicht erlaubt würde. Es ist nicht Bessie. Die Mächte hinter ihr sind es.«

»Wie hätte sie erraten können, dass ich hier bei dir bin? Dazu muss man Hellseher sein. Ich bin jetzt eigentlich nicht in der Stimmung. Kann ich das Licht anmachen?«

»Wenn du möchtest.«

»Du bist auch nicht in der Stimmung«, sagte er.

Und Miriam schaltete die Lampe an. Sie saß in Negligee und Pantoffeln auf dem Sofa. Die Lampe auf einem Tisch neben dem Sofa gab ein trübes Licht.

Es ist nicht ihr Schicksal, sondern meines, sinnierte Hertz, aber ich lasse sie in dem Glauben.

Liebe zu dieser Frau überkam ihn. Er vergaß seine Magenprobleme, setzte sich neben sie und sagte: »Nein, Bessie kann uns nicht voneinander fernhalten. Unsere Freundschaft, die heute Nacht begonnen hat, wird dauern, solange ich lebe.«

Miriam warf ihm einen zugleich fragenden und spöttischen Blick zu. »Das Gleiche hast du wahrscheinlich zu Bessie gesagt.«

»Unsinn, Unsinn!«

»Du bist ein bedeutender Mann, aber offenbar ein Zyniker. Liebe ist für dich nur ein Spiel, weiter nichts. Deine Worte – wie du in deinem Vortrag selbst gesagt hast – sind wie Wechsel ohne Deckung. Wenn das so ist, wollen wir lieber keine Zeit vergeuden. Für mich ist Liebe eine ernste Angelegenheit, eine schrecklich ernste. Vielleicht zu ernst. Vielleicht ist das der Grund, warum mir so viele Hürden im Weg stehen.«

»Alles wird gut.«

»Wann denn? Ich muss einen Mann sehr lieben, um ihn einer anderen Frau wegnehmen zu können. Solche Situationen habe ich immer vermieden. Seit meinem vierten Jahr im Gymnasium waren ständig Männer hinter mir her. Hier in Amerika habe ich niemandem die Gelegenheit dazu gegeben. Der Zahntechniker, für den ich arbeite, hat mehrmals versucht, mich ins Theater, die Oper oder in ein Restaurant einzuladen, aber ich habe immer darauf bestanden, dass seine Frau mitkommt. Und dann plötzlich begegnen wir uns, und ich ziehe mich vor dir aus. Dass ich so leichtlebig sein könnte, hätte ich nie gedacht. Aber der Anruf hat alles verdorben. Deine Frau wartet ungeduldig auf dich. Beide sind imstande, hierherzukommen –«

Und Miriam lachte wieder. Einen Moment lang lachten ihre Augen, gleich danach blickte sie wieder finster.

»Keine wird kommen –«

Wieder klingelte das Telefon, und nach einer Weile hörte Hertz, wie Miriam sagte: »Ja, Bessie.«

SIEBTES KAPITEL

1.

Hertz war am Broadway angekommen und ging Richtung Uptown. Auf seiner Armbanduhr war es zwanzig vor eins. Er blieb stehen und wartete auf die Straßenbahn. Plötzlich sah er, dass in der Cafeteria auf der anderen Straßenseite noch Licht brannte. Er trat ein, als wolle er einen Kaffee trinken, aber in Wahrheit, weil er drinnen ein Münztelefon gesehen hatte. Er ging in die leere Kabine und wählte Minnas Nummer. Er war sicher, dass so spät niemand mehr das Gespräch annehmen oder dass er Morris' Stimme hören würde, aber Minna kam ans Telefon.

Er sagte: »Ich bin's, Minna –«

Und mehr konnte er nicht sagen, weil er nach Luft ringen musste.

Minna war einen Moment stumm, schrie dann auf: »Hertz, bist du das?«

Es war kein einfacher, sondern ein mit Tränen durchsetzter Aufschrei. Hertz spürte, wie ihm die Stimme versagte. »Ja, ich.«

»Gott im Himmel, den ganzen Tag hab ich dich gesucht. Was ist mit dir passiert? Ich rufe an und rufe an, und immer dasselbe – keiner da, keiner macht sich die Mühe, zu antworten. Was fängst du mit dir an, den ganzen Tag und die ganze Nacht? Die Hölle kann nicht so schlimm sein wie das, was ich seit gestern durchgemacht habe. Du Mörder!

Warum versteckst du dich vor mir, wenn es mich innerlich zerreißt? Du Sadist!«, kreischte Minna.

Krampfhaftes Schluchzen verzerrte ihre Stimme. Hertz musste den Hörer von seinem Ohr weghalten, damit ihm nicht das Trommelfell platzte. Mehrere Dinge auf einmal stürmten auf ihn ein: Ärger, der Drang zu weinen, zu lachen. Er merkte, wie seine Augen feucht wurden, und er brüllte: »Du hast es nicht anders verdient, du Hure, du Dreckstück, du Schlampe!«

Eine Weile war alles ruhig, und Hertz hörte nur ein unterdrücktes Wimmern.

Dann fragte Minna weinerlich: »Womit hab ich das verdient?«

»Weil du eine Lügnerin, Diebin, Hure und alles Mögliche sonst noch bist!«, sagte Hertz. »Fluch über den Tag, an dem ich zum ersten Mal in dein dreckiges Gesicht geschaut habe!«

Minna schnappte hörbar nach Luft. »Was hab ich getan, Hertz? Was hab ich denn getan?«

»Du weißt ganz genau, was du getan hast. Du hast eine Affäre mit diesem Exmann von dir, den du so lauthals beschimpft hast. Nicht genug, dass du Morris betrügst, jetzt musst du auch noch mich betrügen. Eine miesere Schlampe ist mir nie untergekommen. Schwindlerin, Hure, lausige Heuchlerin!«

Hertz hörte, dass Minna versuchte zu sprechen, aber nur einen Klagelaut, kein Wort herausbrachte. Sie weinte ins Telefon wie ein kleines Mädchen, dem man furchtbar Unrecht getan hat. Wieder und wieder wiederholte sie ein unverständliches Wort, wie ein Kind, das gerade sprechen gelernt hat. In Hertz verkrampfte sich alles. Noch nie hatte er Minna so bitterlich weinen hören.

Nach einer Weile sagte er: »Was führst du dich auf, als wäre Jom Kippur? Sag doch, was du sagen willst!«

»Oh, Hertz!«

Und ihr Weinen wurde noch lauter und heftiger. Er hörte ein Krachen und einen Klingelton. Offenbar war das Telefon in Minnas Wohnung vom Tisch gefallen.

Hertz rief sie, aber es kam keine Antwort. Er hörte ein Tasten, ein Rascheln und einige unterdrückte Schluchzer. Anscheinend versuchte Minna, den heruntergefallenen Apparat aufzuheben. Hertz meinte auch, im Hintergrund Morris' grollende Stimme zu hören.

Kann ein Mensch, der so schuldig ist wie sie, ein dermaßen überzeugendes Theater spielen?, fragte er sich. Wenn das stimmte, dann war die Lüge tausend Mal stärker als die Wahrheit. Er wartete, bis Minna das Telefon wieder aufgehoben hatte. In seinen Eingeweiden rumorte es erschreckend. Na, das wird schon wieder eine von diesen Nächten!, sagte er sich.

Dann hörte er Minna. Sie schrie: »Bist du noch da, Hertz?«

Das war der verzweifelte Schrei einer Ertrinkenden.

»Ja, ich bin hier«, antwortete Hertz.

Und seine Worte klangen ihm biblisch, prophetisch in den Ohren, als hätte er Hebräisch gesprochen und aus der Heiligen Schrift zitiert: *Hineni* – Hier bin ich.

Minna weinte nicht mehr, atmete aber schwer. Sie begann leise, heiser, ohne Dringlichkeit zu sprechen. »Auch einem Verurteilten erlaubt man ein letztes Wort.«

»Sag, was du sagen möchtest.«

»Warte eine Minute, ich muss zu Atem kommen ... mein Herz. Geh nicht weg, Hertz ... Geh nicht, bis du mich angehört hast. Das ist mein letzter Wunsch.«

»Red schon. Sei nicht so dramatisch!«

»Hertz, wenn ich irgendwas mit Krimsky oder irgendeinem anderen Mann zu schaffen hatte, seit ich dich kenne, dann soll meine Familie unter Hitler zugrunde gehen, dann soll ich den Druck meiner Gedichte nicht mehr erleben. Darauf schwöre ich, was anderes habe ich nicht … das ist alles.«

Hertz holte tief Luft.

»Ich habe dich mit ihm gesehen, mit eigenen Augen. Außerdem hat dein Mann mich heute früh angerufen und –«

»Hertz, um dich geht es, nicht um Krimsky. Morris weiß alles.«

»Wieso denn?«

»Er hat dein Schnupftuch in unserm Bett gefunden. Du selbst hast alles verraten. Das habe ich erst vor einer Stunde verstanden.«

»Was für ein Schnupftuch? Wovon redest du?«

»Von dem Taschentuch mit der roten Borte. Zuerst hatte er Krimsky in Verdacht, aber als er dich heute Morgen in der Cafeteria traf, hast du das Tuch aus der Tasche gezogen, und sowie er es sah, hat er alles gewusst.«

Hertz erwiderte nichts. Plötzlich war das ganze Rätsel gelöst.

Er erinnerte sich jetzt, dass Morris von dem Schnupftuch geredet und ihm das Ding sogar aus der Hand genommen hatte. Wie kommt es, dass ich das nicht sofort kapiert habe?, fragte sich Hertz. Also, ich bin ein Vollidiot. Demütigung und Scham überwältigten ihn. So werden wahrscheinlich im Jenseits alle Rätsel aufgelöst, dachte er.

Er sagte: »Warum hast du dich heute Abend mit Krimsky getroffen? Ich habe dich im Hotel Marseilles mit ihm gesehen.«

»Spionierst du mir jetzt nach? Ich hatte den Verdacht, dass Krimsky die ganze Aufregung angerührt hat, und bin zu ihm gegangen, um ihm die Meinung zu sagen. Er hat mir geschworen, dass er nicht wisse, wovon ich rede, aber ich habe ihn dermaßen beschimpft und verflucht, wie es Hitler verdient hätte. Ich kam nach Hause, und Morris hat mir alles erzählt. Er hat sogar deiner Frau das Taschentuch gezeigt und sich bestätigen lassen, dass es deins ist. Alles ist aus und vorbei, Hertz. Ich stehe wieder ohne ein Heim da, ohne ein Dach über dem Kopf, ohne einen Kanten Brot. Hättest du ein Messer genommen und mich erstochen, wäre ich weniger verletzt. Den ganzen Tag habe ich dich gesucht, aber du hattest dich in Luft aufgelöst! Wenn ich so einen Tag überleben kann, heißt das, ich bin stärker als Samson.«

»Wo ist Morris?«

»Er hat sich in seinem Zimmer eingeschlossen. Es ist ihm verboten, mich noch einmal anzurühren. Das sagt er.«

»Was sagt er über mich?«

»Was kann er sagen? Er lässt seine ganze Wut an mir aus. Ich kann ihm nicht widersprechen, das ist die Wahrheit. Er wird mir alles wegnehmen. Er hat schon einen Anwalt und wer weiß wen noch. Männer wie er sind gut, bis sie wütend werden, und dann sind sie nicht aufzuhalten. Hertz, ich muss jetzt sofort mit dir reden, aber nicht am Telefon. Wo bist du?«

»Ich dachte, das hätte ich dir schon gesagt. In einer Cafeteria am Broadway, in der Nähe der Eightieth Street.«

»Ich komme sofort. Ich habe niemanden außer dir. Ich will dir nicht lästig sein, aber Morris hat deiner Frau alles erzählt, und du kannst dir vorstellen, wie wütend sie ist. Du und ich, wir sitzen sozusagen im selben Boot. Ich habe bei

Gott gehofft, dass ich nach allem, was ich durchgemacht habe, doch noch ein bisschen Frieden finde, aber ich bin verdammt, bis zum bitteren Ende Höllenqualen zu leiden. Hertz, ich nehme ein Taxi und bin gleich bei dir. Wie heißt die Cafeteria?«

Hertz sagte es ihr.

»Ich bin gleich da. Von Schlaf zu reden hat keinen Sinn. Mir konnten keine Schlaftabletten helfen. In der letzten Nacht habe ich auch nicht geschlafen, obwohl ich mir das Hirn betäubt habe, bis es sich angefühlt hat wie ein Stück Holz. Ich will sterben, Hertz, bin bereit für den Tod.«

»Erzähl das dem Todesengel, nicht mir.«

Minna lachte. »Eine gute Idee. Aber mein Todesengel bist du, mein Liebster. Ich bin gleich da. Warte auf mich!«

Und Minna knallte den Hörer auf die Gabel.

Na, das wird wieder eine schlaflose Nacht, sagte sich Hertz. Er ging an die Theke und kaufte sich eine Tasse Kaffee, fand einen Tisch an der Wand und setzte sich. Komisch, aber die »Geistgestalt«, die so viel Begehren in ihm geweckt hatte, war in dieser Nacht nicht erregend gewesen. Er war froh, dass er sie hatte verlassen können. Aber Minna, eine Frau, mit der er schon so viele Male Sex gehabt und die jetzt tatsächlich dafür gesorgt hatte, dass er Hungers sterben würde, Minna weckte immer noch sexuelle Sehnsüchte und Illusionen in ihm. Hertz wusste, er hätte niedergeschlagen sein müssen, aber seine angeborene Frivolität ließ keine Sorgen zu. In einer Zeitschrift hatte er gelesen, dass jemand in einem medizinischen Experiment zehn Jahre lang nur von Milch und Kartoffeln gelebt hatte. Diese einseitige Ernährung hatte bei der Testperson keinerlei organische Leiden hervorgerufen. Das könnte ich doch auch, dachte sich Hertz. Mit Preisen kannte er sich nicht genau aus, wusste aber, dass er für fünfundzwanzig Cent pro Tag oder einen Dollar und fünfundsiebzig Cent pro Woche genug Kartoffeln und Milch kaufen konnte. Seine Kleidung und Unterwäsche würden noch mehrere Jahre halten. Bücher konnte er gratis in der Stadtbücherei und sogar den Universitätsbibliotheken ausleihen. Alles was er brauchte, war ein möbliertes Zimmer für vier oder fünf Dollar pro Woche. Ich gehe zur Fürsorge, beschloss er. Ein paar Dollar pro Woche könnte ich von der Flüchtlingshilfe bekommen.

Morris brauche ich nicht, Vorträge brauche ich nicht. Soll Bronja sich doch scheiden lassen. Soll sie denken, ich sei tot. Eigentlich bin ich ein wandelnder Leichnam. Wenn Minna mich wirklich liebt, wird sie mich nicht untergehen lassen. Wahrscheinlich zieht sie Morris ordentlich Geld für die Scheidung aus der Tasche, vielleicht sogar Alimente.

Hertz schüttelte den Kopf. Ich werde mich an die Arbeit setzen und schreiben, was ich immer schon schreiben wollte. Ich werde alle Hindernisse aus dem Weg räumen. Er sah sich um, und ihm fiel auf, dass auf allen Tischen Essensreste lagen, Kuchenstücke, ganze Brötchen, sogar Fleisch, Gemüse und Suppe. Wer nicht allzu wählerisch war, konnte in New York ohne Geld essen. Die Juden in Polen hätten sich gewünscht, an Hertz' Stelle zu sein. Er nippte weiter an seinem Kaffee. Soll Morris Calisher doch seine Millionen machen. Hertz brauchte nur Zeit und einen Menschen, der ihn liebte.

Hertz Minsker war schon vor langer Zeit zu dem Schluss gekommen, dass die Natur – oder welche Kräfte auch immer die Welt regierten – für jeden Mangel, jeden Schicksalsschlag, jede Katastrophe einen Ausgleich schuf.

Man führte Buch, und alles wurde ausgeglichen. In einer

Nacht hatte er Morris und wahrscheinlich auch Bronja verloren und Miriam gewonnen. Minna war jetzt bereit, für immer zu ihm zu kommen. Er würde seinem Wohltäter keine Liebe mehr stehlen müssen. Zufall? Nein, das war kein Zufall. Es war an der Zeit, das Wort aus dem Lexikon zu tilgen. Das Wort war ganz und gar leer. Selbst wenn es den sogenannten freien Willen gab, war doch alles, wie es sein sollte. Vielleicht fange ich gleich an?, fragte sich Hertz. Er stand auf, bereit, sich ein liegengelassenes Brötchen von einem Nachbartisch zu nehmen, aber in diesem Moment fegte eine Frau es weg.

Hertz betrachtete sie. Sie erinnerte ihn an einen Gutsherrn, den er in seinen frühen Jahren in Polen gekannt hatte. Sehr wahrscheinlich hatte sie schon mehr als einmal auf dieser Erde gelebt. Es gab so etwas wie Reinkarnation, ganz sicher sogar. Seelen wurden wieder und wieder hinuntergeschickt. Sie kamen, um eine Sache in Ordnung zu bringen, aber sie verdarben dabei eine andere. Wie nannten die Kabbalisten das? *Pogem,* beschädigt. Der Allmächtige regierte ein gewaltiges Unternehmen. In einer einzigen Milchstraße hatte Er Milliarden Sterne, zahllose Planeten und andere Astralleiber. Es gab Trillionen solcher Galaxien, Quadrillionen oder vielleicht unzählige davon. Newton hatte recht, nicht Einstein, der Raum war unendlich. Wie könnte Raum eine Grenze haben? Und Zeit einen Anfang? Unsere Begrifflichkeit war eine Annäherung an Wahrheit. Die Ewigkeit wartete an allen Seiten. Eine neue Philosophie war nötig. Spinoza, die Kabbalisten, Platon, Plotin, Kant müssten alle zu einem einzigen System auf der Basis einer dynamischen Gottheit und einer ultrahedonistischen Ethik zusammengefasst werden.

Hertz hatte immer noch Morris' Zwanzig-Dollar-Schein in der Gesäßtasche. Das ist meine Mitgift, überlegte er.

Er sah zur Tür. Minna wollte er so bald wie möglich sehen. Wahrscheinlich besaß sie Schmuck, und zweifellos hatte sie ein hübsches Sümmchen beiseitegelegt. Wer sich mit Hertz Minsker einlässt, soll dafür zahlen.

Er war schläfrig gewesen, aber der Kaffee hatte ihn wieder belebt. Jetzt fragte er sich, wie lange die Cafeteria wohl noch geöffnet war. Vielleicht die ganze Nacht? Dass Geschäfte und Restaurants nachts geschlossen blieben, war ein Akt der Barbarei. Die Menschen sollten aufhören, vor der Nacht Angst zu haben. In Zukunft würde die Teilung von Tag und Nacht aufgehoben werden. Es würde sein, wie es im Ersten Buch Mose heißt: »Da ward aus Abend und Morgen ein Tag.« Das Licht selbst würde Tag, und Tod würde Leben. Vielleicht würde man ein Telefon für die Gräber erfinden. Dann müsste man die Toten nicht mehr zu Séancen herauf-beschwören. Man würde sie über dieses Telefon erreichen, das auf eine andere Dimension ausgerichtet war. Man würde eine Möglichkeit finden, in der Zeit zurück zu reisen.

Während Minsker diesen Gedanken nachhing, ging sein Blick immer wieder zu einer Makrone auf einem Nachbar-tisch. Sie war angebissen. Er stand auf, aber die junge Polin versuchte, sich ihm in den Weg zu stellen. Er machte einen schnellen Schritt, und die Makrone war in seiner Hand. Er war gegen den Arm der jungen Frau gestoßen. Sie sah ihn erstaunt aus ihren weit auseinanderstehenden Augen an, die nicht grau und nicht braun waren, sondern silberweiß wirkten.

»Entschuldigung«, sagte er und fügte schnell auf Polnisch hinzu: »Przepraszac.«

Sie trat einen halben Schritt zurück: »Der Herr spricht Polnisch?«

»Ganz vergessen hab ich's noch nicht.«

»Woher kommt der Herr?«

»Von überall – Warschau, Lublin.«

»Ich bin aus Warschau. Wenn Sie arbeitslos sind, können Sie immer herkommen. Hier gibt's reichlich zu essen. Die Leute werfen bergeweise Reste weg. Jesus, Maria, wie viel hier in Amerika weggeworfen wird! Tausende könnten davon leben.«

»Wohl wahr.«

»Sind Sie Jude?«

»Ja, Jude.«

»Vor Hitler geflohen?«

»Ja, vor Hitler.«

»In der Hölle verrotten soll er! Ich habe meine Eltern dort zurückgelassen, Brüder und Schwestern auch, und ich höre nichts von ihnen. Wer weiß, ob sie noch am Leben sind.«

»Was kann man machen? Es ist Krieg.«

»Schon, aber so einen Krieg hat's noch nie gegeben. Sie sind mit ihren Flugzeugen über Warschau geflogen und haben Bomben vom Himmel abgeworfen. Sie haben alles kaputt gemacht. Ich lese die polnischen Zeitungen, und ich höre Radio.«

Die junge Frau wollte weiterreden, aber Hertz sah, dass Minna kam. Er sagte der jungen Frau: »Verzeihen Sie, aber hier will mich jemand sprechen. Vielleicht unterhalten wir uns ein andermal.«

Und er hastete zurück zu dem Tisch, an dem er gesessen hatte.

Minna hatte ihn schon entdeckt. Sie sah wütend aus. Sie

kam Hertz kleiner vor als sonst, schlanker und etwas zerzaust. Ihre schwarzen Augen blickten verschlagen, ängstlich, vorwurfsvoll.

»Hast du es schon geschafft, sie anzumachen?«, fragte Minna, noch bevor sie sich an den Tisch setzte.

»Mach dich nicht verrückt. Sie räumt die Tische ab.«

»Was schleichst du dich an andere Tische? Und warum schleppst du einen Teller herum? Bist du hier Hilfskellner geworden?«

Hertz antwortete nicht.

»Du machst Menschen kaputt, und es kümmert dich so viel wie der Schnee von gestern«, sagte Minna. »Warum musst du Schnupftücher ins Bett mitnehmen? Du hast alles getan, um mich zu ruinieren.«

»Minnele, fängst du schon wieder an? Wenn du Streit suchst, kann ich in dieser Sekunde gehen. Solche Beleidigungen muss ich mir nicht anhören.«

»Nein? Du wirst noch mehr davon hören. Warum musstest du dich in mein jämmerliches Leben einmischen? Was wolltest du von mir? Ich bin einem Lumpen weggelaufen, um auf den nächsten reinzufallen. Ich liege schon wieder so gut wie auf der Straße«, sagte Minna in anderem Ton. »Er ist ein reicher Mann. Er wird Anwälte auf mich hetzen und wer weiß wen noch. Ich muss schon verrückt gewesen sein, dass ich ihn betrogen habe, nachdem er so gut zu mir war. Jetzt ist es zu spät. Wo streunst du den ganzen Tag herum? Ich hab dich vielleicht hundert Mal angerufen, aber da war nur ›keine Stimme ohne Antwort‹. Sonst warst du wenigstens abends zu Hause mit den Geistern. Wer ist diese Hilfskellnerin?«

»Sei nicht albern.«

»Was hast du zu ihr gesagt? Und warum trägst du diese Makrone herum?«

»Minnele, was soll ich dir bringen? Tee, Kaffee?«

»Gift.«

»Ich bringe Kaffee. Etwas Reispudding?«

»Lauf nicht weg. Wo willst du hin? Ich brauche keinen Kaffee und keinen Reispudding, es ist mitten in der Nacht. Sie machen hier gleich zu. Wohin können wir gehen?«

»Ich kann dich in ein Hotel mitnehmen.«

»Was für ein Hotel? Wer ohne Gepäck kommt, wird nicht eingelassen, außer es ist eins von den Häusern für Bordsteinschwalben.«

»Woher soll ich mir denn so schnell Gepäck beschaffen?«

»Wohin gehst du denn mit deinen anderen Frauen?«

»Was für Frauen? Wovon redest du, Minna?«

»Ich weiß, wovon ich rede. Wollte Gott, ich wüsste es nicht. Die Welt ist kein rechtloser Ort, Hertz, ich möchte, dass du das weißt. Da du Morris vertrieben hast, liegt jetzt alles auf deinen Schultern. Jetzt bist du mein Ehemann. Wen du hast oder was du tun kannst, kümmert mich nicht. Jetzt müssen wir schon bis ans Ende unserer Tage zusammenbleiben. Ich hoffe, ich muss nicht zu lange auf den Tod warten. Ich werde ihn immer wie einen Gast willkommen heißen. Da du Bronja nicht liebst und behauptest, mich zu lieben, müssen wir zusammenleben und die Dinge hinnehmen, wie sie sind. Arbeiten kann ich nicht mehr, ich habe keine Kraft mehr, und du wirst mich unterstützen müssen, wenigstens mit einem Kanten Brot und Wasser. Wenn du meinst, du könntest mich loswerden, irrst du dich. Ich verlasse dich nicht.«

»Na gut, verlass mich nicht. Ich rate dir, was Hershele

Ostropoler seinem Schwiegersohn geraten hat: ›Nimm, was du kriegen kannst.‹«

»Lachst du mich aus? Du trampelst auf Menschen herum und lachst dabei. Genau wie die Nazis. Ich will nicht mehr zurück zu Morris. Ich kann ihm nicht mehr in sein erbostes Gesicht sehen, ich kann seine Anschuldigungen nicht mehr hören. Wir müssen sofort beginnen. Nimm mich zu deiner Frau.«

»Wovon redest du? ›Nimm mich zu deiner Frau‹, was soll das heißen?«

»Nach jüdischem Recht darfst du mehrere Ehefrauen haben. Nimm meinen Ring und sage: ›Durch diesen Ring bist du mir angelobt.‹ Wenn du von Bronja geschieden bist, werden wir nach dem Gesetz Moses' und Israels unter einer Chuppa stehen. Für mich war das Ganze eine Tragödie, eine schreckliche Tragödie, aber für dich war es ein Glück. Ich will dir eine hingebungsvolle Ehefrau sein, und all die Frauen werde ich dir austreiben, das kann ich dir sagen. Du musst dann jeden Tag fünf Stunden am Schreibtisch sitzen und schreiben. Ich werde die Tür abschließen und keinen hereinlassen. Morris kann mich nicht ganz ohne Abfindung in die Wüste schicken. Das wird er auch nicht. Wenn er eine jüdische Scheidung will, muss er mir einen Batzen Geld geben, und ohne jüdische Scheidung würde er nicht wieder heiraten. Ein paar Dollars hab ich auch gespart, und einigen Schmuck im Safe. Aktien auch. Viel wert sind sie zurzeit nicht, aber sie werden wieder steigen. Ich komme nicht mit leeren Händen zu dir.

Ich will auch nicht herumsitzen. Irgendwas werde ich tun. Ich weiß noch nicht, was. So wie du mich hier siehst, könnte ich ein Hotel führen, in den Catskills oder in Miami Beach.

So ein Schlamassel, wie du denkst, bin ich nicht. Die Hauptsache ist: Du musst die Finger von all deinen krummen Touren lassen. Das sage ich dir jetzt schon – von nun an hast du niemanden außer mir. Ich werde für dich kochen. Ich werde mit dir essen. Ich werde mit dir schlafen. Wenn ich tot bin, kannst du wieder mit all deinen verrückten Tricks anfangen, falls du dann noch die Kraft dafür hast.«

Bei diesen Worten änderte sich Minnas Gesichtsausdruck. Ihre Wangen färbten sich rot, ihre Augen spiegelten Zärtlichkeit und Hass zugleich. Hertz betrachtete sie mit einer Ekstase, die ihm selbst fremd war.

»Minnele, so muss eine Frau sprechen«, sagte er. »So hat Eva mit Adam gesprochen, bevor sie aus dem Paradies geflohen sind.«

»Geflohen? Na ja, kann sein. Was sagst du zu dem Ganzen?«

»Ich bin in deinen mörderischen Händen.«

»Ja, ich bin eine Mörderin. Du bist ein großer Gelehrter, aber, verzeih mir meine Offenheit, ein total charakterloser Mensch. Du hättest mittlerweile zwanzig Bücher veröffentlichen müssen. Professor an der Columbia-Universität hättest du sein sollen. Weltberühmt müsstest du sein. Stattdessen sitzt du in der Cafeteria und klatschst. Wie war das mit der Makrone? Hat die Hilfskellnerin sie dir gegeben?«

»Ich habe sie mir genommen.«

»Diesen Rest, den jemand liegengelassen hat?«

»Ja.«

»So einer bist du. Ein gefallener Mensch. Ohne mich würdest du in der Bowery enden. Ich glaube, ich übertreibe nicht. Neulich ist ein Trunkenbold auf der Straße dort gestorben, und später kam heraus, dass er ein berühmter

Schriftsteller war. Wenn es einmal anfängt, mit dir abwärts-zugehen, ist kein Halten mehr. Ich muss auf die Toilette.«

Minna stand auf und suchte die Toiletten.

Hertz Minsker brach ein Stück von der Makrone ab und steckte es in den Mund.

Das ist keine Frau, sondern ein Feuerbrand, sagte er sich. Aber hat sie nicht recht? Ich bin ein Waschlappen.

Diese Miriam ist nichts für mich – reine Verschwendung, Mit Bronja ist auch alles zu Ende. Na, dann lebe ich mein Leben halt mit dieser Frau. Ich werde mich an die Arbeit set-zen, vier Stunden am Schreibtisch absitzen, ob ich schreibe oder nicht. Jedenfalls werde ich nicht verhungern.

Die junge Frau mit der kurzen Schürze und dem Tablett kam wieder.

»Der Herr hat Gesellschaft?«

»Ja, eine Freundin.«

»Wie eine Arme sieht sie nicht aus. Sie trägt einen Ring mit einem Diamanten so groß wie eine Limabohne.«

»Das ist mir nicht aufgefallen.«

»Wenn Sie so ein Schätzchen haben, gehen Sie in Ame-rika nicht unter. Haben Sie eine Familie in Polen zurück-gelassen?«

»Eine Tochter.«

»Ihre Frau ist tot?«

»Tot, ja.«

»Kommen Sie doch manchmal hierher. Es tut gut, ab und zu mit jemandem Polnisch zu sprechen. Hier vergisst man die polnische Sprache. Dieses Englisch geht mir nicht leicht von den Lippen. Ich stamme nicht von kleinen Leuten ab. In Warschau bin ich ins Gymnasium gegangen. Ich war mit einem Leutnant verlobt. Wer weiß, was aus ihm geworden ist. Manchmal gehe ich ins polnische Konsulat, aber die wissen selbst nichts. Wo wohnen Sie? Haben Sie Telefon?«

»Leider habe ich im Augenblick keine Wohnung, aber ich komme wieder hierher.«

»Was will Hitler von den Juden? Was haben sie ihm getan? Gestatten Sie, dass ich mich vorstelle. Ich bin Miss Mariana Polczynska. Mein Vater war Zollbeamter.«

»Wie haben Sie es überhaupt nach Amerika geschafft?«, fragte Hertz.

»Das ist eine lange Geschichte. Der Erste Maschinist auf der Batory ist ein Vetter von mir und hat mich mitgenommen. Ich habe einen Onkel in Chicago.«

»Aha. Meine Freundin ist sehr eifersüchtig. Wenn sie zurückkommt und sieht, dass wir uns unterhalten, wird sie eine Szene machen.«

»Keine Angst, je eifersüchtiger sie sind, umso leidenschaftlicher werden sie. Ich habe meinen Verlobten immer mal eifersüchtig gemacht. Sein Vorgesetzter, ein Major, ist mir jedes Mal nahe gerückt, wenn er etwas getrunken hatte, und mein Verlobter wurde schrecklich wütend. Beinahe hätten sie sich duelliert. Und jetzt räume ich in New York schmutziges Geschirr ab, und alles ist vernichtet und verbrannt. Wann kommen Sie wieder? Kommen Sie gegen neun Uhr. Dann beginnt meine Schicht. Ich wohne in einem möblierten Zimmer in der West Eighty-Third Street nahe an der Columbus Avenue. Dieses Lokal hat die ganze Nacht geöffnet, und in meinem Leben steht alles auf dem Kopf. Ich arbeite in der Nacht und schlafe am Tag. Mein Zimmer ist dunkel, sodass man sowieso keinen Unterschied zwischen Tag und Nacht sieht. Das ist mein Leben. Was machen Sie?«

»Ich bin Schriftsteller.«

»Schreiben Sie Romane?«

»Nein, Essays. Über Philosophie.«

»Meine Güte! Kommen Sie wieder. Ihr Polnisch ist noch gut, nur altmodisch. Sie erinnern mich an einen Onkel, der –«

Minna war wieder da. Die Frau streifte sie mit einem Seitenblick und verschwand mit dem Tablett.

Minna schnitt eine Grimasse. »Ich mache mich zum Narren, für nichts. Du bist ein Scharlatan. Ich sollte mich in den Hudson werfen – das wäre besser.«

»Du spinnst, sie ist aus Polen, und als sie hörte, dass ich auch von dort komme, wollte sie sich ein wenig aussprechen. Sie hat einen Verlobten zurückgelassen, einen Offizier der polnischen Armee.«

»Von mir aus hätte sie ihren Kopf zurücklassen können. Schande und Demütigung, das ist alles, was du mir gibst. Gott im Himmel, all das habe ich verdient – all das Unglück, das du auf mir ablädst. Ich gehe.«

»Verrücktes Weib, geh nicht! Ich schwöre dir, ich komme nie wieder hierher.«

»Wenn nicht hierher, dann zu einem anderen Stelldich-ein. Dreck zieht dich an. Das ist ganz klar. Hertz, ich sitze nicht die ganze Nacht hier im Wettstreit mit der Hilfskell-nerin. Wenn wir noch irgendwohin gehen wollen, dann jetzt, sofort. Meine Kräfte verlassen mich.«

»Komm, gehen wir. Ich wollte einen Kaffee mit dir trin-ken.«

»Nicht hier. Wohin willst du eigentlich?«

»Ich kenne ein Hotel in der Forty-Second Street am Times Square. Da habe ich gewöhnlich gewohnt. Wir können ver-suchen, dort einzuchecken.«

»Mein Mann hetzt wahrscheinlich Detektive auf mich. Wenn die uns in dem Hotel zusammen sehen, bekomme ich keinen Pfennig von ihm. Aber das riskiere ich. Ich muss mich irgendwo ausruhen. Wir wollen weggehen. Ich habe genug von dem ganzen verrotteten New York. Wir lassen uns irgendwo in einer Kleinstadt nieder. Ich mache noch einen Mann aus dir, ob du willst oder nicht. Wenn du nicht willst, können wir immer noch zusammen Selbstmord begehen.«

»Heute nicht.«

»Warum nicht heute? Ich habe genug Schlaftabletten für uns beide. Morris wird wahrscheinlich deine Bronja heiraten, und alles wird gut und schön. Im Grunde sind wir aus demselben Zeug gemacht. Eigentlich ist er selbst für alles verantwortlich. Er hat nachts dagelegen und dich in den höchsten Tönen gepriesen, es war nicht zum Aushalten. So viele Wunder hat er dir und deinen Frauen zugeschrieben, dass ich hellhörig wurde. Wenn Morris ein solcher Heiliger ist, warum begeistert ihn dann jemand wie du so sehr? Oft hat er so von dir geschwärmt, dass man meinen konnte, er sei wahnsinnig in dich verliebt. Wer weiß, was in einer Menschenseele vorgeht?

Krimsky hat mir heute erzählt, dass er eine Frau namens Pepi aus Casablanca mitgebracht hat und dass sie im Hotel Marseilles wohnt. Sie haben getrennte Zimmer, aber einer wie Krimsky weiß, wie er es deichselt. Sie ist Witwe oder geschieden, weiß der Teufel. Mich würde er aber auch nicht von der Bettkante stoßen. Was ist aus uns Juden geworden? Was ist aus der Welt geworden? Alles wird ein bitteres Ende nehmen. Selbst wenn Hitler vernichtend geschlagen wird, kommen andere Hitlers. Ist Stalin in irgendeiner Weise besser als Hitler?«

»Hurerei und Gemetzel wird es geben, entschuldige. Übrig bleiben nur die Orthodoxen in Williamsburg, sonst niemand vom jüdischen Volk.«

»Auch die werden abgeschlachtet.«

»Was bleibt denn dann?«

»Ein einziger Misthaufen.«

»Und darüber willst du schreiben? Na gut, schreib's. Die Menschen wollen Scheiß, also sollen sie ihn haben. Für mich ist schon alles so gut wie vergangen. Wie heißt das Hotel? Komm, gehen wir hin.«

»Hast du schon zu Abend gegessen?«

»Gegessen habe ich nichts, und essen will ich nichts, Ich brauche nur eines – dich.«

ACHTES KAPITEL

1.

Morris Calisher war in Kleidern auf dem Sofa eingeschlafen. Die aufgehende Sonne schien ihm ins Gesicht und weckte ihn. Er wachte schweißgebadet und erschrocken auf. Eine Weile wusste er nicht mehr, warum er angezogen in seinem Arbeitszimmer geschlafen hatte, aber bald fiel es ihm wieder ein. Er spürte einen Schmerz und einen Druck unter dem Herzen.

So, alles ist verloren. Unrein ist sie, unrein, sagte Morris sich. Er erinnerte sich an das Gesetz aus der Gemara: »Verboten für ihren Ehemann und verboten für ihren Liebhaber«. Nu, alles ist zerrissen, alles vorbei.

Obwohl ihm heiß war, lief ihm ein kalter Schauer über den Rücken. Was jetzt?, fragte er sich. Ich muss sofort ausziehen.

Er ging ins Schlafzimmer, um Minna zu wecken und ihr zu sagen, dass er ausziehe, aber ihr Bett war unbenutzt und Minna nicht da. Offensichtlich hatte sie die Wohnung mitten in der Nacht verlassen.

Morris rieb sich die Augen mit beiden Fäusten. Wollte sie so weit gehen? Er erinnerte sich an die Stelle aus der Gemara: ›Wer so frech handelt, kann nur ein Frevler sein.‹ Er umschrieb die Worte mit: »Sie ist eine Hure.« Jüdische Sünderinnen sind nicht weniger schlimm als andere, murmelte Morris.

Obwohl Minna seine Frau war und Hertz Minsker ein Fremder, verletzte ihn dessen Betrug mehr als Minnas. Sie war eine Ignorantin. Abgesehen von den paar Gedichten, in denen sie jedes siebte Wort falsch schrieb, war sie zu nichts gut. Eine ungebildete, ungeschliffene Person, die sich an den Klatsch und die Rhetorik der Schriftsteller hielt. Aber Hertz, Haiml, war der Sohn des Pilsener Rabbis, ein Gelehrter, Kabbalist, ein Chassidismus-Forscher. Wenn der so tief sinken konnte, war das Ende der Welt nahe.

Nu ja, Elisha ben Abuja war ein bedeutenderer Gelehrter, dachte Morris Calisher und versuchte sich damit zu trösten, und Jerobeam ben Nabat war auch kein Bübchen. Der Allmächtige hatte ihm geraten, Buße zu tun, aber er weigerte sich, weil König David beim Gang durchs Himmelreich Vortritt vor ihm haben würde.

Ich muss mich wieder fangen!, rief ihm eine innere Stimme zu. Das ist die schwerste Prüfung in meinem ganzen Leben!

Aber was konnte er praktisch tun? Wo anfangen? Das *Schma Jisroel* beten? Dafür war es zu früh. Sein Gewissen musste er prüfen. Er war selbst schuld, dass er von einer solchen Tragödie heimgesucht wurde. Er hatte sich den Bart gekürzt und den heiligen Namen Moses in Morris umgewandelt. Seine Kinder hatte er aufs Gymnasium geschickt.

Er hatte versucht, dem Allmächtigen Kompromisse abzuhandeln.

»Ich muss ein Jude werden«, rief Morris laut. »Ich habe mich lang genug im Schlamm gesuhlt. Ich werde meinen Bart wachsen lassen. Ich werde einen langen Kaftan tragen. Ich werde die Schaufäden des Tallit nie mehr in meinem

Hosenbund verstecken. Ich werde fromme Juden unterstützen.«

Morris ging wieder in sein Arbeitszimmer. Er warf einen
Blick auf das Telefon, wollte dringend Sam Malkes, seinen
Anwalt, anrufen, erkannte aber schnell, dass noch kein Büro
geöffnet sein würde. So früh konnte er wirklich gar nichts
tun. Er setzte sich aufs Sofa und starrte in dumpfer Hilf-
losigkeit vor sich hin. Was die beiden wohl jetzt machen,
fragte er sich. Hertz taugt zu gar nichts. Was sie ihm nicht
gibt, das hat er nicht.

Nach einer Weile überkam ihn Müdigkeit, und er legte
sich wieder hin. Er schlief ein und träumte, er hätte eine
Fabrik gekauft. Räder drehten sich, Getriebe rasten, Maschinen ratterten, aber Morris wusste weder, was für eine
Art Fabrik es war, noch, was produziert wurde. Wie kann
das sein?, fragte er sich. Er wollte einen der Arbeiter fragen,
schämte sich aber zu sehr. Sie würden ihn auslachen. Der
Aufseher oder wer immer zuständig war, würde ihn bis aufs
Hemd ausplündern. Wie konnte er nur so einen Riesen-
fehler machen? Er würde pleitegehen.

In seinem Traum gab es immer neue Komplikationen.
Die Fabrik lief unter falschem Namen. Offenbar wurde dort
irgendeine Konterbande produziert. Man wird mich noch
ins Gefängnis werfen. Im Kittchen werde ich verrotten. Gott
behüte. Alles kommt von meiner Habgier.

Das Telefon klingelte, und Morris wachte auf. Sein rechter
Fuß war eingeschlafen, und er konnte nur mit Mühe zum
Telefon humpeln. Er hob den Hörer ab und sagte heiser:
»Proszę?«, als wäre er noch in Polen.

»Mr Calisher«, sagte eine Frau, auch auf Polnisch. »Hab
ich Sie geweckt? Woher wussten Sie, dass Polnisch gefragt

war? Mr Calisher, mein Mann ist letzte Nacht nicht nach Hause gekommen«, sagte sie dann, und ihre Stimme klang plötzlich erstickt, gebrochen. »Hier ist Bronja Minsker.«

Morris Calisher, noch halb im Schlaf, schwieg zunächst und überlegte, was die Worte bedeuteten.

»Meine Frau ist auch nicht zu Hause. Sie sind zusammen fortgegangen.«

»Was soll ich machen? Ich habe sonst niemanden, an den ich mich wenden kann, und ich dachte, Sie –«

»Richtig, richtig, wer könnte Ihre Probleme so gut verstehen wie ich? Ich lasse meine Frau nicht wieder herein. Ich riskiere nicht, unter einem Dach mit ihr zu leben. Nach dem Gesetz ist sie schlimmer als eine Hure. Mit einer Hure darf man unter einem Dach leben, aber nicht mit so einer. Für Ihren Ehemann sagt das Gesetz etwas anderes. Sie dürfen mit ihm leben, wenn er zurückkommt und Sie ihm verzeihen, aber –«

»Er kommt nicht zurück, und es gibt nichts zu verzeihen«, sagte Bronja. »Unser Zusammenleben war von Anfang an falsch. Es war mir bestimmt, dass ich alles verlieren soll, meine Kinder, mein Zuhause. Meine Ehre. Ich kann es nicht mehr ertragen. Mr Calisher, mir ist etwas zugestoßen, es ist eine schreckliche Tragödie, ich kann nicht darüber sprechen, ich schäme mich so sehr.«

»Wenn es eine Tragödie ist, was schämen Sie sich dann? Menschen sind anfällig für alle möglichen Katastrophen.«

»Ich habe die ganze Nacht kein Auge zugetan, und plötzlich fiel mir ein, dass meine Periode, die immer ganz pünktlich kommt, ausgeblieben ist. Ich verstehe nicht, dass ich das so lange vergessen konnte. Es sind schon gut zwei Monate.«

»Sie sind noch eine junge Frau. Sie sind schwanger.«

»Lieber sterbe ich, als unter solchen Verhältnissen ein Baby auf die Welt zu bringen.«

»Was? Solche Dinge schickt der Himmel. Hertz ist, der er ist, aber sein Vater ist der Pilsener Rabbi. Es ist keine Schande, sein Kind zu haben. Schließlich hat ein Rabbi Ihre Ehe geschlossen.«

»Ja, aber – gerade jetzt, wenn er mit einer anderen gegangen ist – und wozu sind Kinder gut für uns? Dass Hitler noch mehr Menschen martern kann? Es wäre auch ein Verrat an meinen Kindern, ob sie noch leben oder nicht … Mr Calisher, wenn ich sage, lieber will ich sterben, übertreibe ich nicht.«

»Bronja – verzeihen Sie, dass ich Sie mit Ihrem Vornamen anrede –, so etwas dürfen Sie nicht sagen. Wir haben die Welt nicht geschaffen. Und wir kennen ihre Geheimnisse nicht. Ein Kind ist ein Kind. Womöglich schlägt es seinem Großvater nach, nicht dem Vater. Hertz ist ein Nachfahre von Märtyrern, er ist von vornehmer Herkunft. In diesen Zeiten ist jede jüdische Seele kostbar. Der Allmächtige straft die Juden, aber er hat sie nicht verlassen, Gott behüte. Sie sind noch immer sein auserwähltes Volk.«

»Es ist gut, dass Sie an all das noch glauben können, Mr Calisher. Aber ich bin immer noch eine Skeptikerin.«

»Warum eine Skeptikerin? Wer hat die Welt geschaffen? Während Sie mit mir sprechen, wächst ein menschliches Wesen in Ihnen. Es hat Augen, Ohren, ein Hirn, Nerven. Kann es ein größeres Wunder geben? Die Häretiker sagen, die Natur ist Gott und meinen, damit hätten sie die Antwort auf alle Fragen gefunden. Aber was ist diese Natur? Wie kann sie es einrichten, dass ein Kind seiner Mutter und seinem Vater ähnlich sieht? Was geschieht mit dieser Generation? Unterbrechen Sie mich nicht, ich bin ein paar Jahre älter als Sie. Ich könnte sogar Ihr Vater sein. Ich weiß sehr gut, was Sie durchmachen, aber ein Kind darf man nicht verweigern. Ich will Ihnen helfen, sosehr ich kann. Jetzt, da sie fort ist, brauche ich jemanden, der sich um meinen Haushalt kümmert. Nötig ist nur eins: Die *Kaschrut* müssen beachtet werden. Wissen Sie, wie man einen koscheren Haushalt führt?«

»Ja, aber –«

»Das Fleisch muss gewässert und gesalzen werden. In meinem Haus werden Fleisch und Milchiges nicht auf dem gleichen Herd gekocht. Ich habe eine elektrische Kochplatte für die Milch. Ich werde zusätzlich ein Dienstmädchen einstellen. Kommen Sie zu mir, wohnen Sie hier. Es gibt eine englische Übersetzung des *Schulchan Aruch*, da können Sie alle die Gesetze nachlesen. Ich bin ein Abtrünniger geworden, darum wurden mir all diese Strafen auferlegt, aber von jetzt an will ich wieder ein Jude im strengen Sinn des Wortes sein. All unsere Kümmernisse kommen daher, dass wir Gott verlassen haben.«

»Mr Calisher, Sie sprechen sehr weise und ernst, und ich achte, was Sie sagen, aber ich kann mich nicht von einem Tag zum anderen verändern. Ich bin so erzogen worden, dass …, vielleicht hätte ich es Ihnen nicht erzählen sollen, aber Sie sind der einzige Mensch, den ich in New York habe. Ich brauche zwischen drei- und fünfhundert Dollar. Früher besaß ich etwas Schmuck, aber Hertz hat alles verkauft.«

»Wofür brauchen Sie das Geld? Wollen Sie das Kind umbringen?«

»Ich kann mich auf solche Dinge nicht mehr einlassen.«

»Geizig bin ich nicht, aber für das Töten eines Menschenwesens werde ich Ihnen kein Geld geben. Das ist, als würden Sie von mir eine Axt verlangen, um jemandem den Kopf abzuhacken.«

»Gut, ich verstehe.«

»Nehmen Sie's mir nicht übel. Ich bin bereit, alles Mögliche für Sie zu tun. Ich kenne Sie, und obwohl Sie eine moderne Frau sind, sehe ich eine echte jüdische Tochter in Ihnen. Manche Menschen werden mit reinen Seelen geboren, und –«

»Wie können Sie das sagen? Ich habe einen Ehemann und zwei Kinder verlassen, nur um meiner Lust zu leben. Was könnte schlimmer sein?«

»Er hat Sie verführt. Hertz hat ungewöhnliche Kräfte. Wie nennt man es? Hypnose. Ein bedeutender Mann hätte er sein können, ein führender Kopf unter den Juden, aber er hat seine ganze Energie für Sünden vergeudet. Ihnen hat er ohne Zweifel den Mond und die Sterne versprochen. Ich kenne ihn schon seit vierzig Jahren oder mehr, und ich weiß, welche Kräfte er hat. Er hat Gräfinnen verführt. Wie hätten Sie ihm widerstehen können? Mein Rat ist: Rückkehr zu Gott. Ich sorge dafür, dass Hertz Ihnen den Scheidebrief gibt. Unnötig leiden lassen wird er niemanden, so weit ist er noch nicht gesunken. Auf Hebräisch nennt man ihn *mumar l'teavon*, einen Abtrünnigen aus Leidenschaft, nicht aus dem Drang, sich gegen Gott aufzulehnen. Tief im Inneren ist er ein gläubiger Mensch, aber sein Blut wischt alle Überzeugungen weg. In ihm brennen Höllenfeuer. Bronja, eines möchte ich Ihnen sagen – wenn Sie auf dem rechten Weg gehen, stehen Ihnen alle meine Türen offen. Wie ein Vater werde ich sein, wie ein Bruder.«

»Ich danke Ihnen, danke. Ich wünsche mir bei Gott,

ich könnte Ihre Ideen teilen, aber ich habe meine eigenen Ansichten. An Gott glaube ich wohl. Aber wie könnte ich wissen, was Gott will? Seit Hitler die Welt angreift, bin ich ganz und gar verwirrt. Wie kann ein guter Gott solches Leiden zulassen? Ich möchte nicht mehr leben. Das ist die Wahrheit.«

»Was sagen Sie da, Bronja? Sie sind doch noch jung. Ihre Kinder leben, und mit Gottes Hilfe werden sie Hitler und Stalin und die anderen Übeltäter überleben. Sie brauchen eine Mutter.«

»Was für eine Mutter bin ich? Wenn sie noch am Leben sind, hassen sie mich mehr als die Nazis.«

»Sagen Sie das nicht. Kinder haben Seelen und verstehen Liebe und Leidenschaft, ganz egal, wie jung und naiv sie sind. Die Kinder von heute lernen das schon in der Wiege. Bronja, ich will Sie nicht am Telefon festhalten, aber ich wiederhole noch einmal, was ich gesagt habe: Alle meine Türen stehen Ihnen offen. Ich will Sie wie eine Schwester, wie eine Tochter behandeln. Ich fühle mit Ihnen. Ihr Gram ist mein Gram.«

»Ja, vielen Dank, danke.«

»Sie müssen nur ein Wort sagen, und –«

»Ich danke Ihnen, Sie sind ein guter Mensch. Da ist jemand an der Tür, adieu.«

»Adieu. Bitte, lassen Sie von sich hören.«

Die letzten Worte brüllte Morris Calisher ins Telefon. Er legte den Hörer auf und schlug die Hände zusammen.

»Ja, sie vernichten die Welt.«

2.

Nach dem Telefongespräch mit Bronja begann Morris Calisher, einen Raum nach dem andern abzuschreiten, und blickte sich suchend um, als habe er den Verdacht, dass sich jemand dort verstecke. Gestern hatte die Wohnung trotz des bitteren Streits mit Minna noch Leben beherbergt. Heute drang zwar der Lärm vom Broadway durch, aber trotzdem konnte man eine Stille hören, wie sie eintritt, nachdem ein Leichnam aus einem Haus abtransportiert wurde.

Was jetzt? Was kommt zuerst? Beten, ja, Aber was mache ich, wenn ich gebetet habe? Er wusste, im Kühlschrank waren Milch, Butter, Käse, Eier, vielleicht sogar Lachs und koschere Salami. Aber er konnte sich nicht allein ins Esszimmer an den Tisch setzen, an dem er Tag für Tag mit Minna gegessen hatte. In der Nachbarschaft war ein koscheres Restaurant für Milchprodukte, aber Morris fand es peinlich, dort beim Frühstück gesehen zu werden. Dann wäre sofort klar, dass seine Frau ihn verlassen hatte.

Sogar das Beten war schal, wenn man allein war. Ob er in die Synagoge gehen sollte? Seine Synagoge war zu weit weg. Außerdem kam an Wochentagen selten ein Quorum zustande. Man war hier nicht in Warschau oder Lublin. Es sei denn, er nahm ein Taxi und fuhr zum Beten nach Williamsburg. Nu, bete ich eben einfach hier, entschied Morris.

Er legte den Gebetsschal und die Gebetsriemen an und seufzte. Er wollte an den Zweck seiner Worte denken, aber böse Gedanken überkamen ihn. Warum sollte der Allmächtige, der zulassen konnte, dass Millionen anständiger Juden in Gettos und Konzentrationslager gesperrt wurden, ausgerechnet barmherzig gegen Morris sein? In den vergangenen dreißig Jahren war nicht das Judesein, sondern das Geld seine wahre Leidenschaft gewesen. Was Minna ihm angetan hatte, schmerzte ihn mehr als das Los der Juden. Ein Egoist war er, nur auf Häuser, Aktien, Antiquitäten, materielle Güter aller Art fixiert. Eine Zeitlang konnte man noch Visa für Juden in Polen besorgen, aber er, Morris, hatte alles vernachlässigt, selbst seine eigenen Verwandten. Durfte er dann Gebetsriemen auf sein unreines Haupt schnallen?

Morris konnte nicht an einer Stelle stehen bleiben. Er betete und wanderte von Zimmer zu Zimmer. Er murmelte die heiligen Wörter und stritt in Gedanken mit Hertz: Was hast du angerichtet, Haiml? Hast du in ganz New York keine andere Frau finden können als meine Minna? Ist das dein Sinn für Gerechtigkeit? Hast du eine Vorstellung davon, wie viel Leid du andern zufügst? Kann man so intelligent sein wie du und trotzdem so gefühllos? Wenn es so ist, was kann man dann noch gegen Hitler, Stalin und die anderen Schurken haben? Haiml, das wird dir noch leidtun. Du hast dich selbst erledigt. Ich war bereit, hier in Amerika eine Menge für dich zu tun. Ich bin gerade dabei, ein richtig reicher Mann zu werden.

Morris hielt inne, um das Achtzehngebet zu sprechen, und war entschlossen, das Gebet nicht durch befremdliche Gedanken zu stören, aber er wusste einfach nicht, was er sagte. »Du bist heilig, und Dein Name ist heilig, und Heilige preisen Dich jeden Tag. Selah.« Na gut, die Märtyrer preisen Dich, aber was tust Du für die Märtyrer, Vater im Himmel? »Du begnadest den Menschen mit Erkenntnis und lehrst den Menschen Einsicht.« Ist das wahr? Wo ist Hertz' Einsicht?

Und Minnas? Jeder Satz, den er sagte, weckte Zweifel in Morris. In ihm widersprach etwas den Segenssprüchen, den Schlüssen der Versammlung der Weisen. Weh mir, ich werde auch zum Abtrünnigen!

Beim »wir haben gesündigt« und »wir haben Deine Gebote übertreten« schlug sich Morris an die Brust. Er kniff die Lider zu, um eine Teilung zwischen sich und der Außerwelt herzustellen. Als er sich beim Dankgebet verbeugte, prallte er aus Versehen mit dem Schädel gegen die Wand. Er schüttelte den Kopf. Nu, sie haben mich ganz kaputt gemacht!

Nach dem Gebet ging Morris aus und suchte ein Frühstücksrestaurant, aber er hatte keinen Appetit. Er wanderte den Broadway entlang. Tauben pickten im Pferdemist. Es würde ein warmer Tag werden.

Morris war mit einem Geschäftspartner verabredet, er hatte ein Dutzend Abschlüsse in Arbeit, aber warum sollte er noch mehr Geld machen? Wann würde er es ausgeben?

Plötzlich fiel ihm seine Tochter ein. Was machte sie – Feige oder Fania – eigentlich in dem Hotel, in das sie gezogen war? Da nun keine Stiefmutter mehr da war, kam sie vielleicht wieder zu ihrem Vater zurück? Morris hielt ein Taxi an und ließ sich zu dem Hotel fahren, einem riesigen Kasten mit über vierzig Stockwerken nicht weit vom Times Square.

Am Morgen wirkte der Theaterbezirk ganz anders als bei Nacht, wenn die Gehwege voller Menschen und die Straßen voller Autos waren. Jetzt waren fast alle Restaurants und Geschäfte geschlossen. Die Passanten bewegten sich wie im Halbschlaf. Die wenigen eingeschalteten Neonreklamen wirkten in der Sonne fahl. Morris dachte an den Spruch aus der Gemara: »Was ist eine Kerze gegen die Sonne?«

Der Morgen hatte alles weggewischt, die Eitelkeiten und

Illusionen, die eingebildeten Leidenschaften, das ganze Pantheon des Gespötts, der Obszönität und falscher Hoffnungen, dem moderne Menschen so zugeneigt sind. Morris hörte sogar Vögel zwitschern, die ihre Nester hier, mitten auf dem brodelnden Broadway, gebaut hatten.

Das Taxi hielt vor dem Hotel. Morris ging in die Lobby und rief seine Tochter auf dem Haustelefon an. Es klingelte lange, dann hörte er eine verschlafene, heisere, fremd klingende Stimme:

»Hallo?«

»Fanjele, ich bin's, dein Vater.«

Lange Zeit herrschte Schweigen, dann fragte die Stimme vorwurfsvoll: »Warum rufst du so früh am Morgen an?«

»Fanjele, es ist etwas passiert, Deine Stiefmutter hat mich verlassen. Ich muss mit dir reden.«

»Wo ist sie hin?«

»Sie ist mit Hertz Minsker durchgebrannt.«

Fania knurrte und gähnte.

»Und das sind deine Freunde! Ich hab immer gesagt, er ist ein mieser Schmarotzer.«

»Na ja, das ist er. Kann ich heraufkommen?«

»Nein, Papa, das geht nicht.«

»Warum nicht? Ich würde dich auch nicht stören.«

»Jetzt nicht, Papa.«

»Wann?«

»Später, morgen.«

»Tochter, ich muss mit dir reden, Ich hab die ganze Nacht nicht geschlafen. Ich bin wirklich ganz kaputt.«

»Warum bist du so kaputt? Eine wie die findest du allemal wieder. Ich bin mitten in der Nacht nach Hause gekommen. Ich kann dich jetzt nicht sehen.«

»Warum nicht? Schlafen kannst du später. Ich möchte, dass du wieder zu mir ziehst.«

»Kommt nicht in Frage. Aber ruf mich auf jeden Fall heute Abend an. Wiedersehen.«

Und Fania legte auf.

Wahrscheinlich ist sie nicht allein. Sie hat einen Mann bei sich, sagte sich Morris. Das kommt dabei heraus, wenn man heutzutage Töchter großzieht. Sie werden Huren, die ihren Großeltern im Himmel Schande machen. In einer einzigen Generation zertrümmern sie, was mehr als zehn Generationen mit der Tora, mit Gebeten, Reinheit und Aufopferung aufgebaut haben. Sie entweihen alles. Sie verstoßen gegen alles. Sie tun den jüdischen Seelen an, was Hitler den jüdischen Körpern antut. Sie kippen die Tora auf den Misthaufen.

Bitterer Schmerz und Scham überkamen Morris. Hatte er sich dafür abgearbeitet und das Hirn zermartert, nur um seine Millionen solchen Wüstlingen zu hinterlassen? Ich rufe sie nicht mehr an. Ich schicke ihr kein Geld mehr. Sie ist eine Hure, soll sie doch von der Prostitution leben. Meinem Sohn schicke ich auch kein Geld mehr in die Schweiz. Sie sind Ketzer mit ketzerischem Herzen. Die ganze Hitler-Katastrophe bedeutet ihnen weniger als der Schnee von gestern. Solange sie keinen Schaden nehmen, könnte man ruhig das ganze Volk Israel auslöschen.

Ein widerlich bitterer Geschmack sammelte sich in seinem Mund. Er war dabei, sich eine Zigarre anzuzünden, aber selbst die Lust zum Rauchen war ihm vergangen. Er zog sein Taschentuch hervor und spie hinein. Allmächtiger Gott, wenn du uns nicht den Messias schicken kannst, dann zerstöre die Welt.

Morris verließ das Hotel und schaute nach rechts und links. Wohin jetzt? In ein Bethaus? Welches Bethaus? In ganz New York gab es keinen Ort, an dem ein Jude wie er in Ruhe eine Seite aus der Gemara studieren konnte. Sobald man ihn entdeckte, belagerte man ihn mit Bitten um Geld. Die Orthodoxen waren nicht weniger habgierig als die Ketzer. Sie wollten nur Schecks, sonst nichts.

Plötzlich fiel Morris der Maler und Büßer Aaron Deiches ein. Wie konnte ich ihn nur vergessen?, fragte er sich.

Er hielt ein Taxi an. Aaron Deiches' Adresse wusste er nicht mehr, sagte aber dem Fahrer, er solle Richtung Downtown fahren, und fischte ein Adressbuch aus seiner Tasche. Aaron Deiches wohnte irgendwo im Greenwich Village. Bitte, lasst ihn zu Hause sein!, flehte er die Mächte an, die alle Gedanken, Sorgen und Nöte verstehen.

Ich werde ihn an Kindes statt annehmen, er soll sein wie mein eigener Sohn, beschloss Morris. Ich werde ihn mit allem versorgen, was er braucht, und mehr, wie Issachar und Sebulon. Wir werden gemeinsam zu Gott zurückkehren.

Der Lärm nahm zu, je weiter sie nach Süden kamen. Riesige Laster blockierten die Straße. Arbeiter schoben Karren voller Kleidung. Im Modeviertel lagen die Damenkleider für den Winter schon bereit. Die Luft stank nach Asphalt, Öl und Benzin. Mäntel, Kostüme, Jacken und alle möglichen Stoffballen in verschiedenen Farben tanzten Morris vor den Augen.

In den riesigen Gebäuden surrten die Maschinen. Etwas weiter weg belagerten Frauen in Scharen die Türen der Kaufhäuser, die gerade öffneten. Habgier war ihnen ins Gesicht geschrieben, eine hemmungslose Leidenschaft, Unnützes zu erwerben.

Polizisten versuchten, den Verkehr zu regeln, aber Personenwagen und Laster waren in einem Labyrinth gefangen. Hupen dröhnten. Die Fahrer schrien und verfluchten sich gegenseitig. Aus den Gullys in den Rinnsteinen stiegen übelriechende Dämpfe auf.

Tauben flatterten mitten im Getümmel, unschuldige Opfer einer wahnwitzigen Zivilisation. Wie lange können sie sich hier noch halten? Sie werden vernichtet, ausgelöscht, grübelte Morris. Ich muss fort von hier, solange noch Zeit ist. Selbst die Grabsteine werden umgestürzt werden.

Die Straße in Greenwich Village war so eng, dass das Taxi kaum hineinfahren konnte. Halbnackte Leute wanderten umher, manche mit Bärten, manche mit langen Haaren, manche mit Tätowierungen auf Arm und Brust. Mädchen in Hosen und Männerhaarschnitten streunten barfuß umher, Zigaretten zwischen den Lippen. In allen Augen spiegelte sich die Benommenheit, die auf eine Katastrophe folgt. Sie leiden, leiden, sagte sich Morris, all das Trinken und die Ausschweifungen helfen ihnen nicht.

Ein Mann lag wie hingegossen in einer Einfahrt und schaute in ein Buch. Was mag er lesen? Was steht drin? Dass im Himmel Jahrmarkt ist.

Morris bezahlte den Taxifahrer und stieg das enge Treppenhaus hinauf zu Aaron Deiches' Atelier. Die Türen zu den Wohnungen standen offen, ein Papagei kreischte. Ein Mädchen sang ein monotones Klagelied voller Beschwerden an den Schöpfer. Überall herrschte ein Gestank nach Schweiß, Terpentin und etwas anderem, Feuchtwarmem.

Aaron Deiches wohnte im Dachgeschoss. Wenn das Schicksal will, dass in diesem Haus Feuer ausbricht, wird es niederbrennen, bevor man zu einer Tür oder einem Fenster kommen kann, überlegte Morris. Ich werde ihn aus dieser Feuerfalle herausholen.

Er klopfte, aber niemand antwortete. Dann stieß er die Tür auf und trat in einen großen Raum, der Atelier, Schlafzimmer und Küche in einem war. Das Oberlicht war von Ruß und Taubenmist verklebt. Leinwände waren zusammen mit halb fertigen Rahmen und Staffeleien an den Wänden gestapelt. Auf dem Tisch lagen Messer, Löffel, Bücher, Briefe, altbackene Brötchen und Stifte zwischen Paletten mit eingetrockneten Farben. Neben einem Sofa mit zerknüllten Kissen und einem schmutzigen Laken stand Aaron Deiches, angetan mit Gebetsschal und Gebetsriemen, und betete.

Morris blieb erstaunt stehen. Ihn überschwemmte eine Welle neuer Zuneigung zu diesem großen Künstler, der seine Kunst aufgegeben hatte und die wahre Bedeutung des Lebens erfasste.

Von nun an werden wir sein wie David und Jonathan!, jubelte Morris innerlich. Mein Sohn wird er sein, mein Bruder, mein Rabbi.

Aaron schaute Morris an, konnte aber offenbar nicht sprechen. Er bewegte nur die Lippen. Erst jetzt bemerkte Morris, dass Aaron Deiches sich einen Bart stehen ließ. Er war spärlich, halb blond, halb grau.

Morris schritt auf und ab. Aaron Deiches hatte alle seine Gemälde von den Wänden genommen, man sah nur noch die Umrisse als helle Flecken. Offenbar hatte er die Bilder weggeworfen. Auch wenn Morris Calisher wusste, dass Aaron Deiches das Gesetz, dass man sich keine Bildnisse von Menschen oder Tieren machen dürfe, richtig interpretierte, bekümmerte ihn doch diese Vergeudung von Talent. Schließlich wollte niemand Aaron Deiches' Gemälde als Götzenbilder verehren. Er hatte eine enorme Begabung. Aber wenn man sich Gott zuwendete, konnte man keine Kompromisse schließen …

Das war Morris' Unglück. Er hatte, wie die Aufgeklärten es nannten, zu Hause Jude und auf der Straße Häretiker sein wollen. Ich will mir den Bart nicht mehr scheren. Ich werde mir Schläfenlocken wachsen lassen. Ich werde meine Jahre mit der Tora, mit Gebeten und guten Werken beschließen: »Und wandelt nicht in den Satzungen der Heiden.«

Aaron Deiches begann, das Achtzehngebet zu sprechen. Morris klatschte in die Hände.

»Ich werde ihn nie mehr verlassen.«

3.

Aaron Deiches wollte nicht in ein Restaurant gehen. Er zeigte Morris, dass er Brot und eine Flasche Milch im Eisschrank hatte. Er hielt sich nicht nur an die Vorschriften für die *Kaschrut*, sondern war außerdem noch Vegetarier.

Er erzählte Morris: »Ich wollte immer einer sein. Wie kann man Gottes Barmherzigkeit mit dem Schlachten vereinbaren? Man kann nicht töten und dann Gott um Erbarmen bitten.«

»Die Tora gebietet das Schlachten von Tieren.«

»Die Tora gebietet auch Tieropfer und Sündenböcke. Warum nur die Vorschriften befolgen, die bequem sind?«

»Die größten Heiligen haben Fleisch gegessen. Wenn man einen Segen über ein Fleischgericht spricht, erhöht man die Seele, die auf ihrer Wanderung dort angekommen ist.«

»Ich weiß nicht, Morris, als Jude bin ich nicht von der gleichen Art wie Sie.«

»Von welcher Art denn?«

»Das sage ich lieber nicht.«

»Was ist das? Gibt es zwei Arten von jüdischem Glauben?«

Aaron Deiches griff sich an den Kopf. Er runzelte die Stirn, als wolle er sagen: Wie kann ich es ihm verständlich machen?

Er strich sich seinen sprießenden Bart und sagte zögernd: »Mein Glaube ist anders.«

»Welcher Art Glaube ist es?«

»Morris, ich denke schon seit Jahren über diese Dinge nach. Ich habe nachts wach gelegen und gegrübelt. Und ich bin zu seltsamen Ergebnissen gekommen. Vielleicht werden Sie mich jetzt für verrückt halten und sicher für einen Häretiker, aber dies ist mein Zugang.«

»Was für ein Zugang denn? Da Sie beten, sind Sie der ideale Jude.«

»Ich glaube an eine Allmacht, aber ich bin mir nicht so gewiss. Himmel und Erde zu erschaffen, ist das eine, aber Allwissenheit ist etwas anderes. Die Tora sagt nichts über Gottes Omnipotenz. Die ganze Vorstellung stammt aus dem Mittelalter, von den Dialektikern. Sie hatten recht – ein Allmächtiger müsste auch Selbstmord begehen können. Er müsste ungeschehen machen können, was geschehen ist. Und warum sollte ein Allmächtiger Qualen zulassen? Wenn ein Wesen zu allem fähig ist, dürfte nicht das Leiden anderer Wesen die Bedingung für seine Großartigkeit sein.

Ich meine, dass sie alle, vom letzten Engel bis hin zu Gott selbst, ihre Grenzen haben. Warten Sie, unterbrechen Sie mich nicht! Der ganze Monotheismus muss noch immer revidiert werden. Was heißt das: ›Denn der Herrgott ist größer als alle Götter‹? Und was will der Psalm mit dem Satz sagen: ›Gott steht in der Gottesgemeinde‹? Die Alten glaubten, Jehovah sei der größte, aber nicht der einzige Gott. Sicher finden sich Widersprüche – die Schreiber waren Menschen mit menschlichen Vorstellungen. Meiner Ansicht nach gibt es viele Gottheiten. Der jüdische Gott ist als Gott ein Heiliger, aber er ist schwach. Die anderen Götter sind Antisemiten oder einfach böse. Ruhig, Morris, das wird in den Psalmen ausdrücklich gesagt: ›Gott steht in der Gottesgemeinde und ist Richter unter den Göttern – wie lange wollt ihr noch ungerecht richten‹?

Und wenn Satan kein Gott wäre? Und was ist mit Samael und Asmodeus? Der jüdische Gott wird eines Tages vielleicht über alle triumphieren, aber noch ist er ein schwacher, ein unterdrückter Gott. Er sitzt irgendwo in einem himmlischen Getto und trägt einen gelben Flicken. Auf der Erde und vielleicht auch auf anderen Planeten hat er eine Reihe Schüler – damit meine ich die Juden –, aber helfen kann er ihnen kaum. Er hat ihnen die Tora gegeben, aber Seine Gesetze und die der anderen Götter passen nicht zusammen. Er möchte aufbauen, und sie möchten zerstören. Er ist ein Philosoph, ein sozialer Denker, ein Fürsprecher der Liebe, sie dagegen sind Generäle, Strategen, Sklaventreiber. Sie führen ewige Kriege.«

»Auch unser Gott ist ein Krieger«, sagte Morris.

»Nur, wenn er keine Wahl mehr hat.«

»Reb Aaron, solche Gedanken sind vielleicht gut für Sie, aber nicht für mich«, sagte Morris. »Ich bin ein schlichter Mensch. Ich muss der Tora gehorchen, aber nicht versuchen, mich in das Problem von ›Oben und Unten‹ zu vertiefen.«

»Sie können nicht ganz und gar auf die Schriftgelehrten bauen. Sie waren Menschen. Sie haben ihre eigenen Hypothesen entwickelt.«

»Warum haben Sie dann Gebetsriemen angelegt?«

»Na ja, das ist ein Zeichen, dass ich auf Seiten des Gottes von Israel bin. Er braucht Gefolgsleute. Allein auf sich gestellt, kann er keine Gerechtigkeit bringen.«

»›Das Geheimnis ist des Herrn, unseres Gottes; was aber offenbart ist, das ist unser und unserer Kinder‹«, zitierte Morris aus der Tora. »Sie sind ein Künstler, und Künstler haben ihre eigenen Besonderheiten. Nehmen Sie Hertz Minsker als Beispiel. Er hat eine Million Theorien, aber mittendrin lässt er sich mit der Frau seines besten Freundes ein.«

Aaron Deiches hörte auf zu kauen.

»Wessen Frau?«

»Meine.«

»Minna ist mit ihm zusammen?«

»Gestern Nacht mit ihm verschwunden. Deshalb bin ich hier.«

Aaron Deiches machte ein Gesicht, als habe er einen großen Brocken im Ganzen verschluckt.

»Er hat Götzendienst gepredigt. Er hat immer gesagt, wir Juden sollten uns wieder Moloch, Baal und Astaroth zuwenden.«

»Wer weiß, was er gesagt hat! Ein tiefer Denker mit einem chaotischen Verstand. Von ihm wird nichts mehr kommen. Ich habe für ihn getan, was ich konnte, und so hat er's mir gelohnt. Ich dachte, Sie, Reb Aaron, wollten ein wahrer Jude werden. All dies Grübeln führt zu nichts. Es wäre schon besser, Sie würden wieder malen. Kunst ist Kunst.«

»Kunst ist Idolatrie. Die Götter, die Unrecht begehen,

sind Künstler. Wo sind die deutschen Künstler jetzt? Warum schweigen sie? Und was ist mit den Künstlern in anderen Ländern? Sie malen immer weiter ihre Bilder und kritzeln ihre Gedichte, auch wenn die Welt untergeht. Was haben sie in Sodom gemacht? Wahrscheinlich auch da immer weiter gemalt, gemeißelt und geschrieben.«

»Reb Aaron, Sie sprechen wie ein intelligenter Mann, aber Sie können sich nicht von der Quelle abkehren, und die Quelle ist die Tora, ist die Gemara, ist der *Schulchan Aruch*. Ohne den Glauben an den Einen Gott kann es kein Judesein geben. Ich bin nicht ohne Grund gekommen. Ich habe eine schreckliche Nacht hinter mir, möge Ihnen so etwas erspart bleiben. Ich habe gedacht, das ist mein Ende, Gott behüte. Ich habe alles verloren, meine Frau, meine Kinder. Die sind nichts wert. Die beleidigen ihr Erbe. Plötzlich habe ich an Sie gedacht. Ich möchte etwas für Sie tun. Ich möchte Ihnen helfen, so gut ich irgend kann. Deshalb bin ich gekommen. Da Sie ein Jude sein wollen und Ihre Gebetsriemen angelegt haben, lassen Sie uns doch rechte Juden sein, ohne Sophisterei, ohne Philosophie. Ich möchte eine Jeschiwa gründen, und ich möchte, dass Sie mir dabei helfen. Vielleicht sollte ich es Ihnen nicht sagen, aber ich werde Ihnen einen großen Teil von meinem Vermögen hinterlassen. Ich möchte nicht, dass mein Nachlass von Scharlatanen verschleudert wird.«

Aaron Deiches biss sich auf die Lippen.

»Ich bin nicht viel jünger als Sie. Sie werden mich bestimmt überleben.«

»Warum sagen Sie so was? Sie sind ein junger Mann.«

»So jung auch wieder nicht. Ich habe tragische Fehler gemacht. Ich habe nie davon gesprochen, aber mein Sohn ist ein Nazi. Die Mutter hat vor Gericht geschworen, dass er nicht mein Kind ist, aber das ist eine Lüge. Er sieht mir und sogar meiner Mutter ähnlich, sie ruhe in Frieden. Die Frau hat mit der Lüge wahrscheinlich versucht, sein und ihr Leben zu retten. Aber was weiß ein Junge? Wahrscheinlich zieht er mit den Hitler-Rowdys herum und singt das Horst-Wessel-Lied. Vielleicht ist er sogar bei der Wehrmacht und verprügelt die Juden in Polen.«

»Das ist nicht Ihre Schuld, Reb Aaron.«

»Wessen Schuld ist es? Ich bin den Juden davongelaufen, ich wollte Europäer sein. Mich haben die Starken angezogen. Jetzt bin ich zum Judesein zurückgekehrt, kann aber meinen früheren Glauben, dass jedes Wort im Schulchan Aruch die absolute Wahrheit ist, nicht wiedergewinnen. Ich habe mir mein eigenes Judesein zurechtgelegt. Wie kann ich bei einer Jeschiwa helfen? Ein Mann wie ich muss allein leben.«

»Wie lange kann man allein leben?«

»Bis zum Tod.«

»›Nicht so.‹ Sie sind ein großer Künstler. Sie haben die besten Jahre noch vor sich. Bei den Juden gibt's keine Mönche. ›Die Tora führt zum Leben, durch sie soll man leben, nicht sterben.‹ Das sagt die Gemara. Sie sollten heiraten und wieder zu Ihrer Arbeit zurückkehren. Freilich verbietet das Gesetz das Schaffen von Bildnissen, aber die Idolatrie von heute ist nicht die gleiche wie in alten Zeiten. Heute besteht sie aus Ideen – wie Faschismus, Kommunismus, sonstigen Irrglauben. Im Heiligen Tempel gab es sogar gemeißelte Cherubim.«

»Ja, aber in mir ist etwas verdorrt. Ich habe allen Ehrgeiz verloren. Um Kunst zu schaffen, muss man sich Illusionen bewahren. Meine ehemaligen Kollegen können sich immer noch für eine Rezension, ein Bild in der Zeitung oder Geld begeistern. Aber ich habe mich ganz und gar von diesen Bedürfnissen befreit. Dieses Zimmer hier genügt mir vollkommen. Ich würde es nicht gegen einen Palast eintauschen. Zweimal am Tag esse ich Kartoffeln mit Milch oder Grütze und Milch oder Brot mit Olivenöl. Wenn ich Ihnen meine Ausgaben vorrechnete, würden Sie mir nicht glauben.«

»Sie sind noch kein alter Mann. Brauchen Sie denn nie eine Frau?«

Aaron Deiches errötete, wurde dann plötzlich blass.

»Gelegentlich. Nicht allzu oft. Welche Frau würde dieses Leben mit mir teilen wollen? Und was hätte ich ihr zu sagen? Ich sitze hier allein und bin zufrieden, da ich weiß, dass ich niemandem Schaden zufüge. Eine Frau möchte Kinder haben, und ich möchte keine neuen Generationen zur Welt bringen. Sie wachsen entfremdet von ihrer Erbschaft auf. Warum Hitler sie verachtet, können sie nicht einmal im Ansatz verstehen. Stalin ist für viele von ihnen ein ruhmreicher Führer. Ich werde schon irgendwie durch mein Leben kommen.«

»Ich bin tief enttäuscht von Ihnen, wirklich tief. Ich bin ein gebrochener Mann. An Minna habe ich mich schon gewöhnt. Man muss jemanden haben, zu dem man heimkommen kann. Ich möchte zum jüdischen Leben zurückfinden, aber auch davon bin ich schon zu weit entfernt. Ich kann nicht den ganzen Tag vor einem heiligen Buch sitzen.«

»Sie werden sich scheiden lassen und wieder heiraten.«

»Wen denn? Ich habe daran gedacht, nach Eretz Israel zu gehen, aber ist das jetzt möglich? Hitler wetzt die Krallen, um auch dort zuzugreifen. Er möchte alles an den Wurzeln ausreißen. Was kann ich für Sie tun, Reb Aaron?«

»Danke. Nichts. Gar nichts.«

»Es gibt hier eine Kommission zur Rettung von Juden, aber was sie mit dem Geld machen, weiß ich nicht. Jemand hat mir erzählt – aber das wiederhole ich lieber nicht. Sie sind ordentliche Leute, aber nur auf Geld aus. Hier in Amerika sind ihre Bedürfnisse stark gewachsen. Sie sind nur eine Partei wie jede beliebige andere. Sie haben ein Budget, und es nimmt zu. Man geht zu einer solchen Organisation und sieht Mädchen, die Zigaretten rauchen und mit rotem Nagellack auf den Fingern Schreibmaschine schreiben. Das ist alles nötig, aber trotzdem nicht das Gleiche wie die Wohltätigkeit in alten Zeiten oder die Befreiung von Gefangenen. Die Verwaltung verschlingt so viel, dass für die Bedürftigen nichts mehr übrig bleibt. So ist Amerika.«

»So ist die ganze Welt. Vielleicht geht's im Himmel genauso zu«, sagte Aaron Deiches. »Bürokratie haben sie da oben auch. Die Gemara sagt selbst, dass jeder Grashalm seinen eigenen Engel hat. Jedem Engel ist die Verantwortung für einen eigenen Bereich zugeteilt. Davon ist in der Kabbala ständig die Rede. Hitler hat seinen Schutzengel und Stalin auch. Der Existenzkampf geht nicht nur hier unten immer weiter, sondern auch im Jenseits. Die Gemara erwähnt sogar Jakobs Kampf mit Esaus Engel.«

Morris Calisher rieb sich die Bartstoppeln. »Und wo bleibt da die Gerechtigkeit?«

4.

Als Hertz Minsker einschlief, dämmerte schon der Morgen. Die wilden Reden, die extravaganten Versprechungen, die feierlichen Schwüre, vorbei. Die Matratze war schadhaft, die

Bettfedern ragten heraus, und die Mitte sackte durch. Das Hotelzimmer roch penetrant nach Farbe und Ungeziefer-spray gegen Wanzen. Minna murmelte immer noch irgend-was, aber Hertz hörte nicht zu. Sie schmiegte ihre feuchten Brüste an seinen Rücken. Er wollte sie bitten, ihre Stellung zu ändern, aber er wusste, dass das nicht möglich war.

Hertz schlief ein, und die Träume überfielen ihn wie Heuschrecken. Das Keuchen eines Lastwagens weckte ihn. Die Maschine klapperte und ratterte, als liege sie in den letzten Zügen. Die Sonne schien und warf Lichtflecken auf die Wand, den schäbigen Stuhl mit der zerlumpten Pols-terung und auf das billige Sofa. Vom Fenster aus sah man die Feuerleiter. Minna ächzte im Schlaf. Der Wasserhahn im Bad tropfte. Hertz schloss die Augen wieder.

Er begann erneut zu träumen und träumte, er verfasse einen Essay. Er schrieb: Wüsste der Mensch, dass er un-sterblich ist, würde er sich nicht um seine Gesundheit küm-mern, und die Natur müsste die Körper zu oft auswechseln. Die Natur war mit den Tieren großzügiger, weil ihre Ge-hirne weniger kompliziert sind als das menschliche Hirn. Je komplexer das Nervensystem, umso ökonomischer war die Natur, und diese Ökonomie ist die Angst vor dem Tod.

Selbstmörder verstehen diesen Betrug der Natur. Deren Faulheit, die Neigung zur Massenproduktion. Die Natur ist eine Verschwenderin und wirft ein Kleidungsstück weg wie ein Dandy, sobald es einen Flecken hat oder ein Knopf fehlt. Der Hypochonder ist ein Geizhals, der – Hertz woll-te weiterschreiben, aber in seinem Füller war keine Tinte mehr. Auf dem Blatt Papier sammelten sich Tintenkleckse. Der Stift verbog sich wie Gummi. Das ist Sabotage, schiere Sabotage, sagte Hertz im Schlaf. Der Weltschneider möchte

Seine Nähte nicht sehen. Er führt Krieg gegen mich. Ich weiß viel zu viel von seiner minderwertigen Arbeit. Einen Ausweg habe ich – die Flucht nach Amerika.

Hertz wachte lachend auf. »Was hat die *Schmita*, das Ruhejahr für den Acker, mit dem Berg Sinai zu tun?« Wie könnte Amerika helfen? Die Gemara hatte recht: »Es gibt keine Träume ohne Absurditäten.« Nach einer Weile vergaß Hertz den ganzen Traum. Nur das Bild von einem Blatt Papier voller Tintenkleckse blieb ihm im Gedächtnis.

Wie spät ist es?, fragte er sich. Er schaute auf seine Armbanduhr: zehn Minuten vor fünf. Minna schnarchte. New York erwachte bereits. Man konnte das Klappern und Knallen der Mülltonnen und die lauten Rufe der Müllmänner hören. Gestern ist Müll, sagte sich Hertz. Irgendwo im Universum ist eine Müllhalde, wo alles Gestern liegt.

Weder wollte er wieder einschlafen noch schon aufstehen. Er tastete Minnas Leib ab wie ein Metzger, der den Fettgehalt von Bullenfleisch prüft. Minna unterbrach ihr Schnarchen kurz und nahm schläfrig wahr, was er mit ihr machte. Dann schlief sie weiter.

Manche Leute schlafen nicht, sie tun nur so als ob, dachte Hertz. Es ist genau wie mit der Hypnose.

Er dachte an seine Manuskripte. Er würde ein paar Sachen von zu Hause holen müssen. Mit Bronja würde er reden müssen. Aber was konnte er ihr sagen? Es gab keine Rechtfertigung für das, was er getan hatte. Er war ein Lump, wie man's auch drehte. Na gut, dann bringe ich mich auch zum Schlafen, beschloss er. Er machte die Augen zu, und ihm fiel ein: Vielleicht kann man sich auch zum Sterben bringen. Man lebt angeblich und stirbt angeblich. Angeblich liebt man. Wahrscheinlich ist die ganze Schöpfung nur ein

Spiel, sonst nichts – eine von einem Riesenkind in die Luft geschickte Seifenblase, die platzen wird, in ein paar Milliarden Jahren, das sind ein paar Sekunden in der Rechnung des himmlischen Witzbolds. Der ganze Kosmos ist ein Gebilde aus solchen Seifenblasen.

Als Hertz wieder wach wurde, ließ Minna im Bad Wasser laufen. Er erwachte mit Schmerzen in den Därmen und mit dem Unbehagen, das entweder von Blähungen oder von den Nerven kommt. Morgens um fünf hatte er sich frisch und voller Lebenssäfte gefühlt, aber jetzt tat ihm der Kopf weh, und die Knie zitterten. Er streckte sich und gähnte.

Wohin würde er gehen? Wohin weglaufen? Was mit sich anfangen? Musste er womöglich von jetzt an alle seine Tage und Jahre mit Minna verbringen? Was würde er mit ihr anfangen? Worüber mit ihr reden? Ich bin ins Netz gegangen. Das ist schlimmer als jedes Gefängnis. Ich werde sie verlassen, soll sie mit dem Kopf gegen die Wand rennen. Er hatte das Gefühl, sein alter Freund Morris Calisher habe hinterlistig daran mitgewirkt, dass ihm eine Frau aufgebürdet wurde, die Calisher selbst loswerden wollte.

Hertz setzte sich auf und nickte, wie um eine uralte Wahrheit zu bestätigen. In Morris Calishers Abwesenheit in sein Haus zu gehen, ein Glas Kognak oder Sherry mit Minna zu trinken und ein paar Stunden mit ihr im Bett zu liegen, war eines. Minnas Ehemann zu sein, sie zu unterstützen, ihren Geschichten und Prahlereien zuzuhören, von ihr bewacht zu werden wie ein Dieb, das stand auf einem anderen Blatt.

»Nichts für mich, nichts für mich!«, sagte Hertz laut, während im Bad das Wasser lief.

Je länger dies dauerte, umso schlimmer würde es für alle Beteiligten werden. Er musste schnell und entschieden handeln. Sofort irgendwohin verschwinden. Aber wohin? Und wie? Er hatte noch den Zwanzig-Dollar-Schein, aber das war buchstäblich sein ganzes Kapital. Gut möglich, dass er verhungern würde. In anderen Städten gab es keine Cafeteria, wo man Makronen auf den Tischen fand. Sobald er New York verließ, war er schlechter gestellt als eine Leiche. Zurück zu Bronja? Jetzt, da sie ihren Job verloren hatte, konnte sie ihm nicht helfen. Außerdem schäumte sie wahrscheinlich vor Wut.

Hertz erinnerte sich an Miriam, den »Geist«. Sie war wenigstens nicht so redselig wie Minna. Auch nicht so ungeschliffen, sondern einigermaßen gebildet. Aber sie besaß keinen Pfennig. Sie verdiente sich ihren Lebensunterhalt mit der Arbeit bei einem Zahntechniker, die Bessie ihr vermittelt hatte.

Hertz grinste. Erfahrene Scharlatane hängen sich an reiche Frauen und luchsen ihnen Geld ab. Aber dafür hatte Hertz keinen Sinn. Er war ein philanthropischer Gigolo, ein Amateur-Lude.

Minna öffnete die Badezimmertür.

»Du schläfst nicht? Warum sitzt du da, als wolltest du einen Segen sprechen?«

»Ich segne nichts. Ich bin kein Kohen.«

»Was dann, ein Levit?«

»Ein Ungläubiger.«

»Du hast nicht mal Rasierzeug mit«, sagte Minna. »Wie kann ein Mann das Haus ohne Rasiermesser verlassen?«

Hertz sah sie gehässig an.

»Als ich das Haus verlassen habe, wusste ich nicht, dass du deinen Mann verlassen würdest.«

»Sag das nicht so weinerlich. Wenn du mich nicht willst,

kannst du zu Bronja zurückgehen. Heute Nacht hast du geklungen, als würdest du sterben vor Sehnsucht nach mir, aber jetzt ist Morgen, und du bist offenbar schon abgekühlt.«

Ihre Art zu reden – die flinke Zunge, sagte Hertz – hatte ihn fasziniert, als er sie heimlich besucht hatte, aber jetzt stieß sie ihn ab. Trotz ihrer Ignoranz, besonders als Schriftstellerin, verfügte Minna über ein reiches jiddisches Vokabular. Sie hatte eine lange Ahnenreihe von Chassidim. Häufig flocht sie hebräische Worte und sogar das eine oder andere fehlerhafte Zitat aus der Gemara in die Unterhaltung ein. In jüngeren Jahren hatte sie heilige Bücher auf Jiddisch gelesen und der Sprache und Ausdrucksweise jiddischer Schriftsteller zugehört. In Augenblicken der Leidenschaft verwandelte sie sich beinahe in eine Gelehrte.

Hertz witzelte gern, dass Sarahs Dibbuk in Minna gefahren sei. Ab und zu nannte er sie die Jungfrau von Ludomir. Obwohl sie Morris betrogen und die Zehn Gebote gebrochen hatte, führte sie ständig Redewendungen wie »so Gott will«, »ich will's nicht beschwören«, »mit Gottes Hilfe« im Munde. Setzte sie dazu an, jemanden zu verunglimpfen, sagte sie vorher: »Er möge mir verzeihen« oder »bei allem Respekt«.

Manchmal unterbrach sie sich beim verbalen Giftsprühen, schlug sich auf die Lippen und sagte: »Schweig still, Mund!« Ständig rechtfertigte sie ihre Sünden und berief sich auf Heilige wie Jakob, Judah, Moses, David und Salomon, die ihre Leidenschaften auch nicht gezügelt hätten. Sie verglich sich mit Bathseba, Abigail, Jael, Königin Esther. Stand nicht irgendwo geschrieben, dass die Kurtisane Rahab Buße getan habe? Hatte die schöne Jüdin Esterka sich nicht dem polnischen König Kazimierz hingegeben, um sich für Juden einzusetzen? Hertz hatte ein paar Mal beobachtet, wie

Minna die Kerzen an Sabbat-Abenden vor einem Feiertag gesegnet hatte. Sie hatte einen Seidenschal in ihr Haar geschlungen, die Augen mit den Fingern bedeckt, wie ihre Mutter und Großmutter vor ihr, und ein Gebet geflüstert.

Sie konnte aber auch vulgär sein. Sie sprach ein grässliches Englisch. Sie färbte sich die Haare und trug eine wenig kleidsame Frisur. Sie kleidete sich geschmacklos. Mit Messer und Gabel konnte sie nicht umgehen. Jedes Mal wenn er sie in ein Restaurant mitnahm, ließ sie die Speisen zurückgehen wie die Gäste in den Hotels in den Catskill Mountains. Sie beschimpfte die Kellner und marschierte in die Küche, um die Köche auszuzanken. Sie verstümmelte Namen, verfälschte Fakten, verwechselte Daten, äußerte lachhafte Meinungen über Literatur, Theater und Politik. Einmal sagte sie in Gesellschaft: »Karl Marx hat vor tausend Jahren gelebt, aber ohne ihn wäre die Arbeiterklasse untergegangen.«

Und als Hertz später bemerkt hatte, sie habe ihn blamiert, hatte sie zur Antwort gegeben: »Ruhig, sei still, Kind. Ich mach's wieder gut. Ich back dir Pfannkuchen von deiner Mutter auf.«

Minna kam aus dem Bad, und Hertz stieg aus dem Bett. Von der durchgelegenen Matratze taten ihm die Knochen weh, und er versuchte, sich zu strecken und ein paar Dehnübungen zu machen. Über Nacht waren ihm graue Bartstoppeln gewachsen. Wenn er sich nicht mehr rasierte, würde er am Ende mit einem weißen Bart dastehen. Sein Großvater, der ältere Pilsener Rabbi, hatte sich in Hertz' Alter schon wie ein alter Mann aufgeführt. Na ja, der moderne Mann war an Leib und Geist betrogen.

Als Minna aus dem Bad kam, sagte Hertz: »Ich muss nach Hause und ein paar Sachen holen.«

»Was für Sachen? Ich kauf dir einen Bademantel und Rasierzeug.«

»Ich habe meine Manuskripte noch dort.«

»Nu, dann geh nur, geh. Wenn du heimgehst, wirst du schon dableiben. Was ist mit deinem ›Geist‹? Wahrscheinlich wird sie sich dir heute oder morgen offenbaren. Ich muss auch nach Hause. Ich habe sogar den Schlüssel zu meinem Safe dort gelassen. Ich habe Angst, dem Mann zu begegnen. Ich habe Angst vor ihm«, sagte Minna in anderem Ton. »Wie er mich ansieht, da überläuft es mich eiskalt. Hertz, ich mache es nicht mehr lange! Bald bist du frei von mir!«, rief sie aus.

»Was faselst du da? Du wirst alle überleben.«

»Nein, Hertz. Mich haben in meinem Leben schon viele Schicksalsschläge getroffen, und alle habe ich sie irgendwie abgeschüttelt. Aber dieser Schlag wird mich umbringen, Hertz. Ich möchte nicht in New York begraben werden. Unter den Gräbern fährt die U-Bahn durch. Sogar der Tod ist hier ein Hohn. Versprich mir, dass du mich einäschern lässt. Ich will nicht, dass die Würmer meinen Leib fressen.«

»So weit ist es noch nicht.«

»Wann kommst du wieder? Wir müssen bis ein Uhr hier ausziehen, sonst muss man für die nächste Nacht bezahlen. Hier bei den Wanzen kann ich nicht bleiben.«

»Wo willst du hin?«

»Hol deine Arbeiten. Inzwischen finde ich einen sicheren Ort.«

Seltsam, aber alles ist wie immer, sagte sich Minna. Äußerlich war alles unverändert. Der Broadway sah genauso aus wie gestern und vorgestern. Der Portier grüßte sie, wirkte allerdings etwas verwundert. Er hatte nicht in Erinnerung, dass sie das Gebäude an diesem Tag schon verlassen hätte.

Gott im Himmel, wie üppig und komfortabel ihre Wohnung nach dem schäbigen Hotelzimmer an der West Forty-Third Street erschien. Minna war zum Weinen zumute. Sie hatte gar nicht gewusst, wie gut sie es hatte. Dieses von Hertz in ihrem Bett vergessene Schnupftuch hatte alles zunichtegemacht.

Sie wanderte durch die geräumige Wohnung, kam in die Küche und sah in den Kühlschrank. Alles war wie immer. Sie ging in Morris' Bibliothek, sein »Allerheiligstes«. Das Bettzeug lag noch auf dem Sofa, wo er die Nacht verbracht hatte.

Ich muss heute alles herausholen, was ich tragen kann, sagte sich Minna. Ihren Schmuck bewahrte sie zum größten Teil in einem Bankschließfach auf, aber einige Stücke lagen in der Nachttischschublade. Sie und Morris hatten ein gemeinsames Bankkonto, aber Morris hatte nie mehr als ein paar hundert Dollar auf diesem Konto. Was konnte sie noch nehmen? In der Wohnung lag allerhand Schnickschnack, aber sie konnte nicht den ganzen Kram mitschleppen, schon gar nicht an einem so heißen Tag. Außerdem hatte es sowieso keinen Sinn, ohne Morris' Wissen Sachen aus dem Haus zu holen. Das würde ihn nur noch wütender machen. Wenn sie sich gütlich mit ihm einigen wollte, musste sie ihn freundlich stimmen. Morris hatte ihr gesagt, dass er ihr die Hälfte seines Vermögens hinterlassen werde, aber jetzt würde er sein Testament zweifellos ändern.

Na ja, ich habe den Kopf auf den Richtblock gelegt, murmelte Minna. Alles, was er über mich sagt, stimmt: Ich bin eine Hure, eine Nutte, eine Schlampe. Solche wie ich sind zu einem Grab in fremder Erde verurteilt.

Minna zündete sich eine Zigarette an. Sie setzte sich auf das Sofa im Wohnzimmer und zog die Schuhe aus. Sie hatte mit Hertz in einer Cafeteria gefrühstückt, aber der Kaffee dort war scheußlich gewesen. Soll ich frischen Kaffee aufbrühen?, überlegte sie. Sie hatte das merkwürdige Gefühl, dass sie alles, was sie sich jetzt hier nahm, gleichsam stahl.

Als Minna gerade in die Küche gehen wollte, klingelte das Telefon. Wer kann das sein?, fragte sie sich. Vielleicht ist er's?, und sie dachte an Morris, aber dann war es Krimsky.

»Minna, leg nicht auf«, sagte er. »Ich muss mit dir reden.«

»Was willst du?«

»Minna, ich hoffe, unser Missverständnis ist ausgeräumt. Du hast mich zu Unrecht beschuldigt. Wenn ich irgendwas zu deinem Schaden getan habe, möge –«

»Schwör nicht. Dieses Mal bist du unschuldig«, unterbrach Minna ihn.

»Deinetwegen habe ich die ganze Nacht kein Auge zugetan. Dass du dermaßen fluchen kannst, habe ich nicht gewusst. Du hast ein Mundwerk wie ein Fischweib.«

»Krimskele, verdient hast du es, und mehr davon. Wenn nicht für dieses Mal, dann für die Vergangenheit. Von mir hast du nichts anderes zu erwarten.«

»Hast du einen Liebhaber?«

»Was ich habe, geht dich nichts an.«

»Stimmt, das kann mir egal sein. Meinetwegen kannst du dir zehn Liebhaber gönnen. Minna, ich stecke übel in der Klemme. Ich sitze buchstäblich in der Falle. Wenn ich nicht sofort an Geld komme, muss ich mich umbringen, anders geht's nicht. Ich schulde dem Hotel Geld, ich habe keinen Pfennig. Wenn ich die Rechnung heute nicht bezahle, sitze ich auf der Straße. Pepi –«

»Was ist mit Pepi? Soll ich dir für deine Huren Geld geben?«

»Du musst niemandem Geld geben, Ich bitte dich nur, dass du mir hilfst, deinem Ehemann ein Gemälde zu verkaufen.«

Minna stieß einen Laut zwischen Lachen und Schnauben aus. »Ich habe keinen Ehemann mehr.«

»Oh, ich verstehe. Nu ja …«

»Alles fällt auseinander. Diese Lektion habe ich von dir gelernt, und ich war eine gute Schülerin, scheint mir. Das hab ich ganz allein geschafft. Sei zufrieden. Von dir will ich keinen Gefallen.«

»Ich würde für dich tun, was ich nur kann. Was ist passiert? Hat er dich auf frischer Tat erwischt?«

»Auf frischer Tat oder danach, ist doch egal.«

Krimsky hielt einen Augenblick inne.

»Minnele, ich werde hier in Amerika schon noch Geld machen, mehr als du dir vorstellen kannst. Ich habe Schätze mitgebracht. Ich habe Chagalls, Soutines, nichts, was ich nicht hätte. Du musst dich nicht wundern, wenn du eines Tages hörst, dass ich Millionär bin, aber im Moment habe ich den Hals in der Schlinge.«

»Leute wie wir haben immer den Hals in der Schlinge. Sowieso endet alles am Galgen.«

»Wie redest du denn? Mit Gottes Hilfe komme ich raus aus diesem Loch. Schließlich habe ich keinen umgebracht.«

»Auf Diebstahl steht auch Strafe.«

»Was habe ich gestohlen? Minna, ich rede mit dir, weil du mir vertraut bist. Was wir miteinander hatten, kann man nicht wegwischen. Wir haben unsere besten Jahre zusammen verbracht. Wir waren uns nahe, näher geht nicht. Und was habe ich denn getan? Das Gleiche wie du.«

»Du verkaufst Fälschungen als Originale. Das ist Betrug.«

»Es sind keine Fälschungen. Man muss gar nicht fälschen. Alle diese Künstler ahmen sich selbst nach. Sie lernen einen Trick und wiederholen ihn dann dauernd. Warum das Publikum das nicht sieht, ist mir ein Rätsel. Es sollte ein Gesetz geben, das Menschen über vierzig das Malen, Meißeln, Schreiben oder die Schauspielerei verbietet. Sie malen solchen Ramsch, dass sie oft selbst nicht wissen, was von ihnen stammt und was nicht. Aber da die Leute das Zeug wollen, sollen sie es haben, mit meinem Segen. Ich habe genug Sachen, um halb Amerika zufriedenzustellen, und mehr ist unterwegs. Lass nur erst den Krieg zu Ende sein. Pepi –«

»Schon wieder Pepi? Was ist denn das mit dieser Pepi? Warum lässt du sie nicht arbeiten gehen? Oder vielleicht kann sie ohne Arbeit Geld verdienen, wenn du weißt, was ich meine.«

»Keine Beleidigungen, bitte! Ihr Mann hatte eine der größten Galerien in Paris. Wenn du dich verlieben kannst, kann ich es auch, oder? Sie hat einen millionenschweren Ehemann für mich aufgegeben. Er liebt sie wahnsinnig und will sich nicht scheiden lassen. Du solltest die Letzte sein, die andere verurteilt, Minna. Da wir nicht heiraten können, müssen wir im Hotel getrennte Zimmer nehmen, und das kostet noch mehr.«

»Du bist verrückt! In Amerika kümmert es keinen, wer mit wem lebt.«

»Wir sind Touristen, keine amerikanischen Staatsbürger. Der Konsul wollte, dass wir ihn bestechen, aber ich hatte kein Geld, und er machte uns alle möglichen Schwierigkeiten. Visa für Amerika werden auf der Straße verkauft, wie Bagels. Du brauchst nichts außer Dollar.«

»Die Frau hat kein Geld?«

»Ihr Mann hat ihr alles weggenommen.«

»Na, ich habe bestimmt nichts. Du hast mich zur falschen Zeit erwischt, die sieben fetten Jahre sind vorbei. Wenn ich aus diesem Schlamassel lebendig herauskomme, wird's wie ein Wunder vom Himmel sein.«

»Weiß dein Ehemann von deinem Liebhaber?«, fragte Krimsky.

Minna antwortete nicht gleich.

»Warum musst du das wissen? Willst du mich in deinen Memoiren verewigen?«

»Ich schreibe keine Memoiren. Wenn ich alles erzählte, was ich weiß, würde ich die Welt auf den Kopf stellen. Und warum schreiben? Ich bin kein Schriftsteller. Ich will nur eines: leben, solange ich gesund bin. Nach meinem letzten Atemzug brauche ich nicht mal einen Grabstein. Von mir aus können sie mich in den Ozean schmeißen oder durch den Fleischwolf drehen und Hotdogs aus mir machen – so sagt man hier doch, oder? Minnele, ich möchte dich mit Pepi bekannt machen. Sie will dich unbedingt kennenlernen. Wir sprechen oft von dir. Manchmal fragt sie mich, ob ich schon mal eine hatte, die so gut ist wie sie, und ich sage ihr ganz offen, dass du die Einzige bist, die ihr das Wasser reichen kann. Solche Reden machen begehrlich. Du bist uns schon sehr nahe, näher, als du dir vorstellen kannst. Das muss ich dir nicht näher erklären. Also kannst du mir helfen? Ich verspreche dir, dass ich es dir – tausendfach, wie man sagt – vergelte. Ich mag ja alles Mögliche sein, aber schäbig bin ich nicht.«

»Ich hab nichts, Krimsky.«

»Vielleicht kannst du was versetzen? Warte! Dreh nicht durch! Ich habe einen Plan!«

»Was denn für einen Plan? Ich gehe unter …«

»Vertrag dich wieder mit deinem Mann.«

»Was? Danke für den fabelhaften Rat.«

»Vertrag dich, sei nicht blöd. Streite alles ab, wenn er dich nicht buchstäblich in flagranti erwischt hat. Neulich am Telefon hat er mit so viel Bewunderung von dir gesprochen. Er liebt dich offenbar sehr, und wenn einer liebt, fliegt die Frömmigkeit zum Fenster raus. Er wird dir alles verzeihen. In New York gibt es nicht viele Frauen wie dich. Ein Rabbi, der alles wieder für koscher erklärt, findet sich immer.«

»Krimskele, ich brauch keinen guten Rat mehr, ich hab genug. Ich liebe den anderen Mann, nicht ihn. Du weißt vielleicht nicht, was Liebe ist, aber ich kann immer noch lieben, närrisch, wie ich bin –«

»Gratuliere. Wer ist denn dein Liebhaber? Vielleicht möchte er ein Gemälde kaufen?«

»Er ist total pleite.«

»Was hat das dann für einen Sinn? In deinem Alter solltest du es besser wissen und dich nicht auf solchen Unfug einlassen. Was willst du jetzt machen?«

»Irgendwas wird sich schon finden, wenn man mich nicht vorher aufhängt.«

»Bist du wenigstens sicher, dass dieser Kerl dich liebt?«

»Bei solchen Menschen kann man nichts sicher wissen.«

»Was ist er, Schriftsteller, Dichter?«

»Er ist ein bedeutender Mann. Vielleicht hast du schon von ihm gehört – Hertz Minsker.«

Am anderen Ende der Verbindung wurde es still, und Minna meinte, so etwas wie ein unterdrücktes Kichern gehört zu haben. Krimsky begann zu hüsteln.

»Kennst du ihn?«, fragte sie nach.

»Und ob, besser als mir lieb ist.«

»Er kennt dich nicht. Ich habe ihm von dir erzählt, aber er hat dich nie gesehen, sagt er.«

»Ach nein? Er hat sich sogar Geld von mir geliehen. Hat seine Tage in Cafés verbracht. Jeden Abend hat er sich von einem anderen ein paar Francs gepumpt. Verzeih, Minna, ich möchte dir nicht noch mehr Kummer machen, aber dieser Hertz Minsker ist ein Schnorrer, ein Schlemihl und ein Mensch, der nie irgendwas arbeiten wird. Ich habe gehört, dass er schon seit vierzig Jahren an einem Buch schreibt, aber er hat noch nicht mal das erste Kapitel fertig. Mehr will ich jetzt nicht sagen.«

»Warum nicht, Krimskele? Sag alles, was du zu sagen hast. Wenn ich die ganzen Schicksalsschläge bis jetzt ausgehalten habe, kann ich auch noch ein paar mehr aushalten.«

»Was kann ich sagen? Ich bin nicht sein Feind, Gott behüte, aber wenn du einen reichen, soliden Mann wie Morris Calisher für diesen Scharlatan aufgibst, musst du verrückt sein.«

»Warum nennst du ihn einen Scharlatan?«

»Wie sonst soll ich ihn nennen? Einen Mann, der mit allen möglichen Frauen herumgezogen ist. Und Geld von ihnen genommen hat. Davon hat er nämlich gelebt. Ich kannte eine Malerin, deren Arbeiten er verkauft hat. Sie war eine schlechte Malerin, und was er machte, war eigentlich Bettelei. Er hat im Café Dôme oder im Café Coupole gesessen, bis sie für die Nacht schlossen. Minna, wenn du nicht total verrückt bist, halte Abstand von seinen Klauen. Wahrscheinlich hat er außer dir noch zehn andere in New York.«

»Ist das alles?«

»Ja, Minna, den Rest wirst du selbst herausfinden. Das hätte ich dir weiß Gott nicht gewünscht.«

6.

Es war der Gipfel der Dummheit, aber Minna erklärte sich bereit, Krimsky zweihundertfünfzig Dollar zu leihen. Womöglich deshalb, weil sie ihn zu Unrecht beschuldigt und beschimpft hatte. Oder vielleicht tat sie es auch, weil Krimsky versprochen hatte, er werde ihr Freund sein, sie mit Pepi bekannt machen und sie sogar als Partnerin an seiner Galerie beteiligen.

Nach Krimskys Eröffnungen über Hertz Minsker war Minna klar, dass sie für den Lebensunterhalt aufkommen müsse, allerdings hatte sie das schon die ganze Zeit gewusst. Eigentlich hatte Krimsky ihr nichts berichtet, was ihr nicht vorher schon bekannt gewesen wäre. Auch Morris hatte ihr allerhand von Hertz erzählt, aber liebevoll, denn er hatte Hertz gern und bewunderte seine Bildung, sein Wissen und seine Begabung zum Schreiben, während Zygmunt

Krimsky sogar Hertz' gute Eigenschaften in den Schmutz gezogen hatte.

Jedes Wort, das Krimsky über Hertz verlor, war eine Ohrfeige für Minna; als Krimsky aber jammerte, dass er mittellos in einem fremden Land sei, dass ihm Haft oder Abschiebung drohten, hatte sie Mitleid mit ihm und noch mehr mit der Frau, die aus Liebe zu Krimsky den Ehemann verlassen hatte.

War Krimsky nicht ein ebensolcher Scharlatan wie Hertz Minsker oder sogar schlimmer, viel schlimmer noch? Hatte seine Pepi – wer sie auch sein mochte – nicht denselben gefährlichen Weg wie Minna eingeschlagen? Na, und was würde es schon ausmachen, ob Minna zweihundertfünfzig Dollar mehr oder weniger hatte? So wie Krimsky seine Kunstsammlung beschrieben hatte, war ihm zuzutrauen, dass er hier in Amerika eines Tages ein Vermögen machen würde. Er hatte Minna vorgeschlagen, ihm einen Ausstellungsraum für seine Gemälde zu besorgen, und wollte sie zu seiner Partnerin mit dreißig Prozent Umsatzbeteiligung machen.

Er führte Namen von Malern im Munde, über die in den Tageszeitungen berichtet wurde. Er hatte irgendwo in Amerika Freunde, reiche Verwandte, alle möglichen Verbindungen. Allein die Tatsache, dass er es geschafft hatte, mitten im Krieg mitsamt einer Frau und den Gemälden aus Casablanca herauszukommen, zeigte, wozu er fähig war und dass er hier im Land von Kolumbus gut für sich sorgen würde.

Minna sollte zu der Bank am Broadway in der Nähe der Seventy-Second Street gehen, in der sie ihr Schließfach hatte, und war danach mit Krimsky in einer Cafeteria in der Nachbarschaft verabredet. Es war gar nicht daran zu denken, dass sie ihre Kleidung und anderen Habseligkeiten jetzt aus der Wohnung räumte, denn geplant war, anschließend in einer anderen Cafeteria Hertz zu treffen. Minna hatte sich überlegt, dass Morris ihre Sachen ohnehin nicht behalten würde. Ihre Pelze wurden in einem Kühlraum aufbewahrt.

Minna packte nur das Allernötigste in eine Tasche – ein paar Kleidungsstücke, Unterwäsche und den Schmuck, den sie zu Hause hatte.

Als sie das Haus mit der Reisetasche verließ, starrte der Portier sie überrascht an. Gewöhnlich verreisten sie und Morris im Sommer und nahmen eine Menge Gepäck mit. Der Portier blinzelte ihr zu, und Minna reagierte mit einem frechen Lächeln.

Die Bank war nur ein paar Querstraßen weiter. Minnas Leben lag in Scherben, aber die Bank erschien so solide und stabil wie immer. Sie ging die Stufen zum Tresor hinab, vorbei an einer gewaltigen stahlgepanzerten Tür, die kein Safeknacker hätte öffnen können. Der Bankangestellte kannte Minna und grüßte sie höflich, weil sie ihm vor ein paar Wochen einen Dollar Trinkgeld gegeben hatte. Er begleitete sie zu ihrem Schließfach, sie öffnete es und war verblüfft, wie viel Schmuck sie dort deponiert hatte: Ringe, Armbänder, goldene Ketten und alle möglichen Nadeln und Broschen. Sogar eine Perlenschnur von Morris' erster Frau war dabei, die er geerbt und Minna geschenkt hatte.

Auch Minnas Personalausweis lag dort, außerdem ein abgelaufener Reisepass, Goldmünzen, eine Sammlung Silberdollars und ein Sparbuch auf ihren Namen mit über fünftausend Dollar. Ein großer Umschlag enthielt Aktien, die vor 1929 viele Tausende wert gewesen waren, aber auch jetzt immer noch einen gewissen Wert hatten und regelmäßig Dividenden abwarfen.

Die zweihundertfünfzig Dollar werden mich nicht ruinieren, sagte sich Minna. Manchmal ist es eine gute Tat, wenn man einem Hund einen Knochen hinwirft.

Minna trug die Schublade in eine Kabine, stand da auf ihren hohen Absätzen, sah sich alles an, zählte durch, stöberte weiter und entdeckte immer wieder ein neues Schmuckstück, das sie ganz vergessen hatte.

Wie viel ist das Ganze wert, frage ich mich?, sinnierte sie. Nicht genug zum Leben, aber bestimmt genug, um einen vor dem Hungertod zu bewahren. Minna nahm einen Stift, schätzte und notierte den Wert aller Stücke und addierte die Summe zu dem Betrag auf ihrem Bankkonto.

Gewiss war Hertz ein Tunichtgut, ein Hallodri, ein Hedonist, aber Minna konnte immer noch einen Mann aus ihm machen. Hertz Minsker war nicht Zygmunt Krimsky. Er war ein gebildeter, ein belesener Mann. Ließe man ihn ein Jahr lang in Ruhe arbeiten, könnte er weltberühmt werden. Minna würde ihn von allem abriegeln, was ihn aufhielt. Sie würde ihn mit seinen Manuskripten einschließen und nicht in die Nähe eines Telefons lassen.

Wie sie so dastand, spürte sie wieder und wieder ein Stechen im Herzen. Krimskys Worte hatten sie verletzt, aber vielleicht war es ganz gut so. Sie würde keine Illusionen mehr hegen, sie würde auf das Schlimmste gefasst sein.

Gleichzeitig schrieb sie einen Scheck für Krimsky aus.

Das ist Wahnsinn, schierer Wahnsinn, sagte sie sich, aber was hat Papa immer zitiert? ›Lass dein Brot übers Wasser fahren, so wirst du es finden nach langer Zeit.‹ Minna war verblüfft, dass sie dieses Zitat noch im Gedächtnis hatte. Man konnte nie wissen.

Als Minna das Bankhaus verließ, zeigte die Uhr zwanzig Minuten nach eins. Sie hatte sich mit Hertz in einer Cafeteria in der Nähe der Bibliothek an der Forty-Second Street verabredet, aber sie machte sich klar, dass er noch nicht dort sein würde. Er war nach Hause gegangen, angeblich, um seine Manuskripte zu holen. Wahrscheinlich würde Bronja sich an seiner Schulter ausweinen. Und wenn sie ihn überzeugte, bei ihr zu bleiben? Menschen wie Hertz waren zu allem fähig. Er war ganz und gar unzuverlässig. Was würde Minna in diesem Fall tun? Sie hätte ihn nicht nach Hause gehen lassen dürfen, meinte sie. Aber wie sonst hätte er sich seine Manuskripte beschafft? Und überhaupt konnte man einen Mann seines Alters doch nicht an die Leine nehmen wie einen Hund. Wenn er Bronja vorzog, auch gut, beschloss Minna. Mein Leben ist ja sowieso wertlos, dachte sie.

Minna ging die wenigen Blocks bis zum Treffpunkt mit Krimsky zu Fuß. Draußen war es heiß, die Sonne brannte. In Europa tobte ein bitterer Krieg, Menschen starben wie die Fliegen, Juden wurden in Gettos getrieben und gezwungen, gelbe Stoffflecken zu tragen, aber Minna fing jetzt, an der Schwelle zum Alter, eine Liebesaffäre an. Nu, alles war Schicksal. Das ist mein Pech. Minna erinnerte sich an den Spruch: Zehn Feinde können einem Menschen nicht so schaden, wie er sich selbst schadet.

Sie betrat die Cafeteria durch die Drehtür und entdeckte Krimsky. Neben ihm saß eine Frau, offensichtlich Pepi. Minna blieb einen Augenblick stehen und musterte sie. Die beiden hatten sie noch nicht bemerkt und waren ins Gespräch vertieft.

Krimsky sah seinem Jammern am Telefon zum Trotz jung, stolz und gesund aus. Er trug ein rotbraunes Jackett, Hemd und Krawatte von ungefähr der gleichen Farbe, gestreifte Hosen und weiße Schuhe. Er rührte mit einem langen Löffel in einem Glas Eistee herum.

Pepi war klein, hatte frisch gefärbtes goldblondes kurz geschnittenes Haar. Sie war aufgemacht wie eine Puppe, mit leuchtend roten Lippen, blauem Lidschatten, geschwungenen Augenbrauen, reichlich geschminkt. Minna schätzte sie mit weiblichem Wahrnehmungsvermögen ein. Sie war keinen Tag jünger als fünfundvierzig, und sie trug ein Korsett, aber sie hatte große Brüste und ein wohlgeformtes Hinterteil. Die Zähne waren wahrscheinlich nicht ihre eigenen. Zwei einnehmende Dinge besaß sie, Grübchen und große braune Augen. Sie lachte, offenbar über einen Scherz von Krimsky, und stach mit der Gabel in ein Stück Erdbeerkuchen.

Ein plötzlicher Hass auf das Paar überflutete Minna. Sie liehen sich Geld von ihr, versagten sich selbst aber nichts. Sie hatte eine Nacht in einem billigen Quartier verbringen müssen, und diese beiden bewohnten getrennte Zimmer im Hotel Marseilles.

Die Pest sollen sie kriegen, aber keinen Scheck, entschied Minna.

In diesem Augenblick sah Krimsky auf. Er lächelte und winkte. Er erhob sich und ging ihr entgegen, nahm ihr die Tasche ab und küsste ihr erst die Hand, dann die Wange.

Pepi stand auf und lächelte ebenfalls – liebenswürdig, vertraut, leicht verschmitzt, wissend. Ihr Blick schien zu sagen: »Uns verbindet etwas, wir sind beide mit dem gleichen Mann zusammen gewesen.«

Im Bett ist sie wahrscheinlich eine Granate, ging es Minna durch den Kopf. Sie war eifersüchtig oder vielleicht einfach neidisch auf diese Flüchtlinge, die gerade erst Hitlers Klauen entkommen waren und schon alle Freiheiten und Privilegien Amerikas genossen. Gleich würden sie auch noch einen Scheck in Empfang nehmen.

Galant, fast wie ein Tanzmeister, geleitete Krimsky Minna zu Pepi. Die Frau streckte Minna eine kleine Hand mit langen roten Fingernägeln entgegen. Sie lächelte süß und kokett und sagte mit einer Stimme, in der ein Echo maskuliner Stärke mitschwang: »Du sprichst doch sicher Französisch?«

»Wenig. Ich habe fast alles vergessen.«

Krimsky schaltete sich sofort ein.

»Wir können Jiddisch reden, Pepi versteht die Mameloschen hervorragend.«

»Meine Eltern haben Jiddisch mit mir gesprochen«, sagte Pepi auf Jiddisch. »Ich hatte eine Großmutter, die keine andere Sprache verstand. Sprichst du Polnisch?«

»Früher mal.«

»Wir haben auch Englisch gelernt«, sagte Pepi.

Und zu ihrem Erstaunen hörte Minna ein perfektes Englisch von Pepi, allerdings mit französischem Akzent.

Minna wand sich vor Missgunst und Minderwertigkeitsgefühlen. Englisch beherrschte sie auch nicht. Sogar Hertz korrigierte ihre Fehler. Ihr wurde heiß, und sie wäre am liebsten vor diesem übermäßig versierten Paar geflohen, aber Krimsky hatte schon einen Stuhl für sie herangezogen und fragte: »Was kann ich dir bringen? Eistee? Eiskaffee? Eiscreme?«

Er griff sich ein Tablett und ging den Eiskaffee holen, den Minna sich gewünscht hatte, und sie blieb mit Pepi allein.

Die andere Frau sagte auf Englisch: »Ich kenne dich, teils von Fotos und teils, weil Zygmunt mir von dir erzählt hat. Er hebt dich in den Himmel. Deine Gedichte hat er mir auch vorgelesen. Sehr interessant. Manchmal frage ich mich, warum ihr beiden euch getrennt habt. Aber das Leben hat lauter Launen aller Art. Ich hoffe, dass wir Freundinnen sein können. Warum auch nicht? Amerika ist ein faszinierendes Land, und Zygmunt wird hier Erfolg haben, da bin ich sicher. Er ist so fähig. Wir haben sehr wertvolle Bilder mitgebracht. Man muss nur den ersten Schritt tun.«

»Ja, ihr werdet Erfolg haben in Amerika, und ich wünsche euch alles Gute«, sagte Minna.

»Ich habe eine Tante, und du siehst ihr merkwürdig ähnlich«, sagte Pepi. »Eine erstaunliche Ähnlichkeit.«

NEUNTES KAPITEL

1.

Hertz wanderte vom Hotel an der Forty-Third Street in Richtung Uptown und nach Hause. Er ging langsam und blieb immer wieder stehen. Er dachte an Bronja und fragte sich: Was soll ich ihr erzählen? Vielleicht rufe ich sie zuerst an? Vielleicht gehe ich hin, wenn sie nicht zu Hause ist? Es wäre am besten, wenn er stillschweigend auszöge, sich jede Unterhaltung mit Bronja ersparte und sich nicht vor ihr rechtfertigen müsste. Aber wie stellte man das an? Er hatte nicht nur seine Manuskripte dort, sondern auch seine Anzüge, Unterwäsche und eine Reihe Bücher, die er aus Europa mitgebracht hatte und hier womöglich nicht wiederbeschaffen konnte. Er hatte mehrere Koffer mit alten Briefen und Dokumenten, die man brauchte, um Bürger der Vereinigten Staaten zu werden. Außerdem wurde seine Post an diese Adresse geschickt. Er hatte Briefe und Anfragen von Universitäten erhalten, an denen er sich um eine Dozentur beworben hatte, und auch ein kleines Stipendium von einer Flüchtlingsorganisation.

Ich kann mich nicht davonstehlen wie ein Dieb bei Nacht, brummte Hertz. Andererseits bin ich sowieso auf der Flucht, da kann ich mich auch gleich von Minna wegstehlen, oder? Bronja ließ ihn wenigstens in Ruhe. Minna würde ihn an der kurzen Leine halten. Jeden Tag würde er ihr über jede Minute Rechenschaft ablegen müssen. Sie wollte ihn aus

New York in die Catskills verpflanzen oder gar nach Miami Beach, ausgerechnet.

Nein, ich gehe nicht zu ihr zurück!, entschied Hertz. Sie wird sich in die Cafeteria setzen, ein paar Stunden warten, dann merken, dass Schluss mit uns ist. Soll sie sich mit Morris versöhnen. Soll sie ohne mich in die Catskills ziehen. Ich bin nicht verpflichtet, mich um jede Frau in New York zu kümmern.

Hertz legte jetzt einen Schritt zu. Er kam zu seinem Haus und ging durch den langen dunklen Korridor. Seltsam, erst fünfzehn Stunden waren seit seinem Aufbruch vergangen, aber er hatte das Gefühl, schon seit Tagen nicht mehr da gewesen zu sein. Wie viel hatte er in diesen Stunden erlebt! Er hatte den »Geist« demaskiert und nach Hause begleitet, hatte sich mit Minna getroffen und die Nacht mit ihr in einem Hotel verbracht, hatte sich mit Morris ein für alle Mal entzweit. Seine Beziehungen zu Bronja und Bessie standen auch kurz vor dem Ende.

Er öffnete die Tür zu seinem Zimmer, aber Bronja war nicht da. Das Bettzeug lag noch auf dem Sofa, wo ihm Bronja gewöhnlich das Bett richtete. Hertz sah in die Kommodenschubladen. Alles lag ordentlich gestapelt da – seine Hemden, Taschentücher, Socken.

In der Schreibtischschublade fand er seine Manuskripte. Vielleicht sollte er sich eine Stunde lang an die Arbeit setzen? Aber sein Denken war jetzt nicht auf Arbeit ausgerichtet.

Hertz wanderte in Bessies Wohnzimmer, wo sie ihre Séancen abhielt und wo »Frieda« sich für ihn materialisiert hatte. »Nun, das ist auch vorbei«, sagte er laut.

Das Telefon klingelte, und Hertz überlegte kurz, dann nahm er den Hörer auf und erkannte Bessies Stimme.

Sie rief heiser: »Hertz, bist du das?«

»Ja, Bessie, ich bin's.«

Bessie war einen Moment sprachlos.

»Was ist passiert?«, fragte sie dann, halb ärgerlich, halb im gekränkten Ton einer ausrangierten Geliebten.

»Nichts ist passiert, Bessie«, sagte er.

»Warum bist du nicht zum Schlafen nach Hause gekommen? Bronja ist die ganze Nacht hin und her gelaufen. Sie wollte schon die Polizei rufen.«

»Verrückt! Ich hatte Downtown etwas zu erledigen und konnte nicht zurückkommen.«

»Was hast du mitten in der Nacht zu erledigen? Ist Bronja zu Hause?«

»Nein, sie ist nicht hier.«

»Wohin ist sie gegangen?«

»Ich bin eben erst gekommen, und niemand ist da.«

»Heute in der Frühe wurde ein Brief für dich gebracht, mit Eilboten«, sagte Bessie.

»Wo ist er?«

»Bronja hat ihn angenommen. Wahrscheinlich hat sie ihn auf den Tisch gelegt.«

»Ich habe nichts gesehen.«

»Er ist da. Verschluckt hat sie ihn nicht. Ich will nicht vorwurfsvoll klingen, aber du behandelst sie nicht anständig. Sie ist eine feine Frau, und sie hat viel für dich geopfert. Du versetzt sie unnötig in Angst. Sie weiß, dass du dich mit anderen Frauen herumtreibst, aber nicht zum Schlafen nach Hause zu kommen, das ist schon wie ein Schlag ins Gesicht. Hast du überhaupt keine Gottesfurcht?«

»Ich bin ja jetzt zu Hause und werde ihr alles erklären.«

»Was kannst du schon erklären? Sie ist ja nicht blöd. Philosophen bleiben nicht die ganze Nacht fort. Bronja mag etwas naiv sein, aber so dumm, wie du vielleicht meinst, ist sie nicht. Hertz, ich möchte dir etwas sagen, und versprich du mir, dass du die Wahrheit sagst. Wenigstens das schuldest du mir.«

»Was soll das sein? Was hat das damit zu tun?«

»Hertz, als ich gestern nach Hause kam, fand ich die Hintertür offen. Gewöhnlich ist diese Tür abgeschlossen. Ich habe das Gefühl, dass du gestern nach Hause gekommen und durch die Hintertür wieder gegangen bist. Ich kann mir nicht vorstellen, warum du so etwas tun würdest. Du handelst nicht wie ein Freund, sondern wie ein Spion.«

»Wovon redest du? Was könnte ich bei dir ausspionieren? Soweit ich weiß, handelst du nicht mit Schmuggelware und bist auch keine Geheimagentin der Nazis.«

»Wer weiß, was im Kopf eines anderen Menschen vorgeht? Ich habe die Hintertür offen vorgefunden, und hier in New York gibt es wer weiß wie viele Diebe und Mörder. Weißt du, wie gefährlich es ist, eine Tür unverschlossen zu lassen? Ein Wunder, dass ich nicht ausgeraubt wurde. Du hättest auch ausgeraubt werden können.«

»Mrs Kimmel, ich war seit gestern früh nicht mehr hier.«

»Deine Frau hat dich in der Nähe des Hauses mit einer anderen gesehen. Das heißt, dass du hier warst, und nicht allein, sondern in Begleitung. Du bist mit ihr durch die Hintertür hinausgegangen und hast es nicht mal nötig gefunden, hinter dir abzuschließen. Dafür greife ich dich nicht an. Für so etwas sind wir beide zu alt. Aber wie kannst du so handeln? Du bringst eine Frau mit nach Hause, dann verschwindest du mit ihr durch die Hintertür, weil du Angst hast, im vorderen Treppenhaus deiner Ehefrau zu begegnen, und du schließt die Wohnung nicht ab. Dann kommst du nicht zum Schlafen heim, und deine Ehefrau läuft die ganze Nacht wie verrückt auf und ab. Deinetwegen habe auch ich keinen Schlaf gefunden. Ich bin sowieso schon nervös genug, und solche Dinge bessern nichts. Ich muss heute den ganzen Tag arbeiten, und wie kann ich meine Patienten versorgen, wenn ich die ganze Nacht kein Auge zugetan habe?«

»Ich bin unschuldig, Bessie, glaub mir.«

»Das sagen alle Verbrecher. Hauptmann hat bis zum Schluss geschworen, dass er Lindberghs Kind nicht entführt habe. Du und ich, wir waren einmal Freunde. Du hast mir versprochen, dass wir zusammen an einem Buch arbeiten, und wer weiß, was sonst noch. Was ist aus all deinen Versprechen geworden?«

»Wovon redest du? Was für ein Buch soll das sein?«

»Hast du es schon vergessen? Ich sollte dir von meinen Erfahrungen berichten, und du wolltest alles aufschreiben und kommentieren. Dein Wort scheint dir nichts zu bedeuten. Du redest nur, um den Klang deiner Stimme zu hören. Du hast vor niemandem Achtung, auch vor dir selbst nicht. Wir wollten sogar zusammen nach Miami fahren. Ich hätte ein paar Wochen Urlaub machen sollen und du –«

»Bessie, ich muss meine eigene Arbeit zu Ende bringen. Deine Erfahrungen mögen sehr wichtig sein, aber wissenschaftlichen Wert haben sie nicht. Du bist die einzige Zeugin der Vorfälle, und Menschen haben immer die Neigung, sich selbst zu täuschen. Manchmal täuschen sie auch andere.«

»Warum würde ich jemanden täuschen wollen? Ich verdiene kein Geld mit meinen Séancen. Im Gegenteil, sie kosten mich Geld. Du bist zu mir gekommen und hast gesagt, dein Interesse an der Wahrheit, unserer Wahrheit, gehe tief. Es gibt Medien, die eine Menge Geld machen, aber ich wollte meine Kräfte nicht für nichts und wieder nichts vergeuden. Ich bin acht Stunden pro Tag auf meinen kranken Beinen und muss jedermanns verfaulte Zähne anfassen. Welchen anderen Zweck als die Suche nach Wahrheit würde ich mit meinen Séance-Abenden verfolgen? Ich habe kein Geld von dir genommen, Gott behüte. Im Gegenteil, du schuldest mir etliche hundert Dollar.«

»Bessie, ich schwöre bei Gott, dass ich dir alles zurückzahle, sobald sich die Gelegenheit ergibt!«

»So wie du lebst, ergibt sich die Gelegenheit womöglich nie. Du möchtest Professor an einer Universität werden, aber ein Professor muss seinen Studenten ein Vorbild sein, kein zügelloses Wesen, das die ganze Nacht mit Gott weiß wem herumläuft. Ich habe gedacht, dass du wenigstens an Gott glaubst, aber nach dem, was du gestern gesagt hast –«

»Ich glaube an Gott, aber ich bin es leid, mich mit Geistern herumzuschlagen, die mich ausfragen, statt mir Nachrichten zu geben.«

»Wie kam das alles so plötzlich? Ich möchte dir etwas sagen, und glaub nur nicht, dass ich vorhabe, dir was heimzuzahlen. Du bist müde, und ich bin auch müde. Ich brauche meine Wohnung für mich allein, sodass die Tür abends nicht offen gelassen wird und Diebe mir meine letzten Habseligkeiten nehmen. Ich habe nie Untermieter haben wollen, und das hier brauche ich auch nicht. Du schuldest mir Geld, aber ich werde es weder jetzt noch irgendwann zurückverlangen. Ich verlange nur eines von dir: Sei so gut und such dir eine andere Unterkunft. Ich muss Ruhe und Frieden haben.«

»Na schön.«

»Du musst bis zum nächsten Ersten eine Bleibe finden.«

»Gut. Am Ersten bin ich weg.«

»Denk nur nicht, dass du schon alles weißt, weil du ein Philosoph bist und ich nur eine einfache Frau. Ich bin nicht so blöd, dass ich nicht wüsste, was los ist«, sagte Bessie in anderem Ton. »Du hast etwas getan, wozu du kein Recht hattest. Ich weiß, was du von mir hältst, aber so korrupt, wie du dir einbildest, bin ich nicht, das kannst du mir glauben. Die Frau, mit der du dich jetzt eingelassen hast, kennt auch nicht die ganze Wahrheit.«

»Von welcher Frau redest du?«

»Das weißt du doch.«

»Nein, weiß ich nicht.«

»Du weißt es wohl, und du weißt, dass ich es weiß. Bronja hat dich mit ihr gesehen. Ich habe sie nicht bloß engagiert, um dich zum Narren zu halten. Auch sie ist ein Medium, weiß es aber selbst nicht. Houdini war auch so einer. Er leugnete alle die medialen Kräfte, besaß sie aber selbst und nutzte sie für all seine Tricks und Experimente. Ich kannte ihn ganz gut und habe mehr als einmal mit ihm gesprochen. Mit einem Trick allein kannst du dich nicht aus einem zu-genagelten Schrankkoffer befreien, der am Grund des East Rivers liegt. Wenn du nur eine Minute lang nicht atmest, stirbst du. Aber Houdini hatte Angst vor seinen eigenen Kräften und sagte immer wieder, alles, was er tue, geschehe im Einklang mit der Natur. Er war von einem Dämon beses-sen, und dieser Dämon führte ihn zu seinem bitteren Ende.«

»Bessie, über Houdini reden wir ein andermal.«

»Wann? Unsere Wege trennen sich. Du bist auch so ein Houdini, deshalb habe ich davon angefangen. Und sie? Mit

ihr wird es auch ein böses Ende nehmen. Sie hatte kein
Recht, mir alles Gute so übel zu vergelten.«

»Ich weiß immer noch nicht, wer ›sie‹ ist.«

»Du weißt es. Du hast die Nacht mit ihr verbracht. Du
hast dort geschlafen, deshalb bist du nicht nach Hause
gekommen. Sie hat einen Mann und eine süße Tochter in
Polen zurückgelassen. Die sind beide schon im Jenseits, und
sie sehen mit an, wie sie sich benimmt. Ich sag dir nochmal
unverblümt: Räum das Zimmer.«

»Ja, Bessie, das Zimmer wird am Ersten geräumt sein.«

2.

Hertz ging in sein Zimmer zurück und sah einen Eilbrief
auf dem Tisch liegen. Warum habe ich den vorher nicht
bemerkt?, fragte er sich. Schließlich liegt er offen da. Na,
jetzt bin ich vollkommen durcheinander. Er wollte den Brief
öffnen, aber das hatte Bronja schon getan.

Das Schreiben kam von einer Universität irgendwo im
Mittelwesten.

Unterschrieben hatte der Direktor der Abteilung Philosophie, und der Inhalt war folgender:

Lieber Mr Minsker,
zu meinem Bedauern komme ich erst jetzt dazu, Ihren Brief
zu beantworten. Aber das Amt des Direktors der Abteilung,
das ich seit Beginn des Jahres innehabe, bürdet mir zahllose
Lasten auf, von denen viele ohne jeden Zusammenhang mit
meinem Arbeitsgebiet als Professor sind. Auch kann ich
nicht die für eine solche Aufgabe notwendigen Assistenten

bekommen. Der Studiengang, den Sie vorschlagen und als Humanforschung beschreiben, ist so unbestimmt und lässt so viele Interpretationen zu, dass ich weder Ihre Absicht eruieren noch erkennen kann, ob ein solcher Kurs generell in den Rahmen unseres Curriculums passen würde. All diese Faktoren zusammen haben die Verzögerung meiner Antwort bewirkt. Aber der Zufall arbeitet häufig in bemerkenswerter (in systematischer hätte ich beinahe gesagt) Art.

Zurzeit ist ein wohlhabender Herr namens Bernard Weiskatz in der Stadt, ehemaliger Eigentümer eines Kaufhauses und ein Mann, der unserer Universität in finanziellen Nöten jahrelang zu Hilfe kam. Erst letztes Jahr hat er uns das Grundstück für den Bau einer neuen Bibliothek geschenkt, da die alte zu eng für unsere Bedürfnisse geworden war. Ich habe mit Mr Weiskatz zu Mittag gegessen, und wir haben verschiedene Dinge besprochen. Plötzlich fiel mir Ihr Brief wieder ein, und ich erzählte ihm davon. Er entwickelte schnell großes Interesse und begleitete mich in mein Büro, um Ihren Brief zu lesen.

Als Mr Weiskatz alles gelesen hatte, war er ungemein angeregt und ließ mich wissen, dass er bereit sei, einen Lehrstuhl für dieses Forschungsgebiet zu stiften. Mr Weiskatz begeisterte sich dermaßen, dass er das erste Flugzeug nach New York nehmen wollte, um Sie aufzusuchen. Bedauerlicherweise wurde er jedoch krank und musste in die Klinik gebracht werden. Inzwischen hat er sich gut erholt. Ich habe ihn zweimal in der Klinik besucht, und er konnte nur über ein Thema reden, über Sie und den von Ihnen vorgeschlagenen Studiengang. Er hat diese Angelegenheit auch mit dem Dekan und dem Präsidenten unserer Universität erörtert.

Natürlich können wir zu einer Abmachung erst kommen,

wenn wir mit Ihnen persönlich gesprochen und mehr Einzelheiten erfahren und Informationen über die Sache erhalten haben. Aber ich freue mich, Sie auf unsere Kosten zu einem Besuch einzuladen. Wir bieten eine Reihe Sommerkurse an der Universität an, und ich werde den ganzen Sommer über hier sein. Mr Weiskatz würde sich freuen, Sie in seinem Haus zu beherbergen – er besitzt ein großes Anwesen, in dem Sie sehr komfortabel untergebracht wären. Wenn es Ihnen lieber ist, können Sie jedoch auch Gast der Universität sein. Für die Zeit, die Sie bei uns verbringen, werden wir ihnen gern ein befristetes Stipendium zur Verfügung stellen. Mit diesem Brief lade ich Sie in aller Form ein, uns zu besuchen, sobald es Ihnen genehm ist.

Bitte lassen Sie uns den Zeitpunkt Ihres Besuches wissen, oder rufen Sie auf unsere Kosten an.

Mit vorzüglicher Hochachtung,

Arthur Whittacker

Direktor, Abteilung für Philosophie

Hertz Minsker schüttelte den Kopf und murmelte vor sich hin: Verblüffend. Verblüffend! Noch vor einer Nacht, als er Bronja sagte, er habe eine Einladung an eine Universität, war das allem Anschein nach eine Lüge gewesen, und jetzt hatte sich die Lüge in Wahrheit verkehrt. Wie viele Male in seinem Leben war das passiert? Und wie war die Geschichte mit Mr Weiskatz zu verstehen? Hertz hatte es nicht verdient, aber Wunder widerfuhren ihm fast täglich. Er lief auf und ab. Ausgerechnet als er im schlimmsten Dilemma seines Lebens steckte, hatte sich ihm ein neuer Horizont eröffnet. Eine amerikanische Universität lud ihn ein, als Professor zu arbeiten.

Hertz Minsker griff sich ans Kinn. Sollte er Minna mitnehmen? Unmöglich. Sie würde ihn ständig mit ihrem ungehobelten Benehmen und ihrem gebrochenen Englisch blamieren. Bronja? Er begehrte sie nicht mehr im Geringsten. Allein gehen? Im Mittelwesten würde es nicht leicht sein, eine Affäre anzufangen, für einen Professor schon gar nicht. Und erst recht nicht gleich zu Beginn. Womöglich würden gar keine Studentinnen in sein Seminar kommen. Ich nehme den ›Geist‹ mit, sagte er sich. Sie ist eine gebildete Frau. Ich werde mich mit ihr arrangieren.

Hertz wollte die gute Nachricht unbedingt mit jemandem teilen. Aber mit wem? Er hatte sich Miriams Privatnummer notiert und auch die Nummer des Zahntechnikers, bei dem sie arbeitete. Er ging in die Diele, wählte die Nummer und hörte sofort Miriams Stimme am anderen Ende.

»Hertz Minsker hier«, sagte er.

»Ja, Hertz! Ich wusste, dass du anrufst.«

»Du wusstest es?«

»Ich habe dich im Geist gerufen. Habe dir ein telepathisches Telegramm geschickt.«

»Daran glaubst du?«

»Ja, Hertz. Tatsache ist, dass du mich angerufen hast. Als das Telefon klingelte, wusste ich, dass du am Apparat bist.«

»Nun ja, Menschen sind schon seltsam. Mir ist auch etwas Unglaubliches passiert.«

Und Hertz erzählte ihr von dem Brief und davon, dass wahr geworden war, was er Bronja vorgelogen hatte.

»Miriam«, sagte er, »ich habe beschlossen, dich mitzunehmen nach Black River.«

Miriam schwieg lange.

»Und deine Frau?«

»Zwischen uns ist es aus.«

»Sie ist immer noch mit dir verheiratet.«

»Das ist nicht wichtig.«

»Außerdem habe ich hier eine Arbeit.«

»Lass dich beurlauben. Wie nennt man das? Unbezahlten Urlaub.«

»Weißt du, was du tust? Bronja wird sich nicht scheiden lassen. Nicht so plötzlich. Und was ist mit deinen anderen Frauen? Stimmt, ich liebe dich, aber mich Hals über Kopf in ein Abenteuer zu stürzen und dann sitzengelassen zu werden, das ist nichts für mich. So jung bin ich nicht mehr. Hier kann ich mir wenigstens mein Brot verdienen.«

»Du gehst mit mir. Ich komme nicht wieder nach New York zurück. Niemand kann mich zwingen, mit einer Ehefrau zusammenzuleben, die mich nicht mehr interessiert.«

»Und was ist mit der anderen? Wie sie heißt, hab ich schon vergessen.«

»Mit der muss ich auch Schluss machen.«

»Du machst mit allen Schluss. Ich habe wirklich Angst vor dir. Wann willst du gehen?«

»Heute, spätestens morgen.«

»Hertz, so impulsiv und so unüberlegt bin ich nicht. Ich habe eine Arbeit. Ich habe eine Wohnung und Möbel. Ich habe Kleider in die Reinigung gebracht. Wie willst du mich an der Universität einführen – als deine Mätresse?«

»Als meine Sekretärin.«

»Das heißt, wir können nicht zusammenleben.«

»Das deichseln wir.«

»Bist du sicher, dass du dort bleiben wirst?«

»Nach New York komme ich nicht zurück.«

Wieder schwieg Miriam lange.

»Meinst du es wenigstens ernst mit mir? Es muss mir nicht morgen oder in zwei Stunden leidtun?«

Wieso kennt sie mich dermaßen gut?, fragte sich Hertz. Wir sind uns erst gestern begegnet. Ist sie so einfühlsam, oder hat Bessie ihr den Kopf vollgestopft mit allem möglichen Unsinn über mich?

Er sagte: »Wenn ich von dir verlange, dass du deine Stelle kündigst, dann meine ich es ernst. Es hat sich so ergeben, dass zwei Dinge zusammengekommen sind: unsere Begegnung oder, wenn du willst, deine Materialisierung – die Chassidim haben es Offenbarung genannt – und dieser Brief. So etwas ist kein bloßer Zufall. Einen reinen Zufall gibt es ganz generell nicht. Vielleicht kennst du mich besser als ich mich selbst, aber da du behauptest, mich zu lieben, werden wir einander erkennen. Ich muss eine Universität finden, an der ich ungestört arbeiten kann.«

»Humanforschung, was ist das? Psychologie?«

»Nein, Miriam. Das ist eine Wissenschaft und eine Kunst, die den gesamten Menschen erfasst, nicht nur Teilbereiche. Wenn jemand Zahnschmerzen hat, geht er zum Zahnarzt. Wenn ihm der Bauch weh tut, geht er zum Doktor. Wenn er ein juristisches Problem hat, geht er zum Rechtsanwalt. Wenn seine Nerven zerrüttet sind, konsultiert er wahrscheinlich einen Psychoanalytiker. Wenn er eine Ehefrau braucht und Mühe hat, Kontakt aufzunehmen, hilft ihm ein Heiratsvermittler. Jeder dieser ›Doktoren‹ versucht, den Patienten auf seine Weise zu heilen, und oft stehen die Heilmittel in direktem Widerspruch zueinander. Manchmal wird es zum Problem, genug Geld und Zeit für all die verschiedenen Heiler aufzubringen. Die meisten Menschen leiden an allen Beschwerden gleichzeitig – haben ökonomische, medizinische, psychologische, religiöse, sexuelle Probleme und mehr. Eines der gravierendsten Probleme besteht darin, dass das Leben häufig grau, öde, ohne Würze und ohne Zweck erscheint. Die Menschen von heute haben die Fähigkeit und die Gelegenheit zum Spielen verloren, und Spielen ist genauso notwendig wie Brot und Luft. Sie sitzen auf der Bank und sind Zuschauer, keine Mitspieler. Wir haben eine Bank-Kultur geschaffen. Früher hat man uns Jeschiwa-Schüler Bankdrücker genannt, aber heute drücken die Menschen mehr Bänke als alle Jeschiwa-Schüler zusammen. Sie drücken zu Hause Bänke, im Büro, im Theater, in den Kinos, an der Universität, im Madison Square Garden, im Yankee Stadium, in der Synagoge, in der Kirche. Wir haben eine Sitz-Kultur. Der einzige Ausweg aus der Sitzkultur ist Krieg, deshalb haben wir alle zwanzig Jahre einen Weltkrieg. Aber selbst der Krieg wird schon auf einer Bank-Basis geführt. Die Flugzeuge und die Panzer haben Bänke. Da sitzen sie und werfen Bomben oder feuern Gewehre ab.«

»Und was werden deine Studenten machen? Auf dem Kopf stehen?«

»Wir werden spielen.«

»Wo denn? Im Klassenzimmer?«

»Draußen, drinnen.«

»Womit spielt ihr? Mit einem Kreisel?«

»Lach nicht, Miriam. Die Menschheit leidet unter einem furchtbaren Gedächtnisschwund.«

»Hier in Amerika spielen die Studenten Football und Baseball und wer weiß was noch. Die jüngere Generation geht auf wie Hefe. Sie brauchen keinen Dr. Minsker, der sie das Spielen lehrt.«

»Und ob sie den brauchen. Im Football und Baseball aktiv

sein ist etwas anderes als spielen. Wenn man jeden Nerv und jeden Muskel anspannen muss, um zu gewinnen, ist es kein Spiel mehr. Tiere spielen so nicht, Kinder auch nicht, abgesehen von amerikanischen Sprösslingen, die ihre Eltern nachahmen. Wahres Spielen schließt Liebe ein. Liebe war immer die höchste Form des Spiels.«

»Was hast du vor, willst du Orgien organisieren?«

»Ich will erforschen, was der Mensch braucht, um nicht vor Langeweile zu sterben.«

»Solche Forschung wird keine Universität gestatten. Sie werden denken, du bist verrückt geworden. Verzeih, aber das predigen die Nazis.«

»Die Nazis wollen morden, nicht spielen. Ich warte auf deine Antwort. Kommst du mit oder nicht?«

»Ja, Hertz, was hab ich schon zu verlieren? Ich bin ganz sicher auch ein Bankdrücker. Mein Leben läuft genauso ab, wie du es beschrieben hast. Ich gehe mit dir, wohin du willst.«

»So soll eine Frau sprechen.«

3.

Minna saß fast eine Stunde mit Krimsky und Pepi zusammen. Sie gab Krimsky den Scheck über zweihundertfünfzig Dollar, und Krimsky küsste ihr zuerst die Hand, dann beide Wangen auf französische Art. Als Pepi auf die Toilette ging, fragte Krimsky Minna:

»Bis du wirklich entschlossen, bei Hertz Minsker zu bleiben?«

»Ich liebe ihn, Zygmunt.«

»Na ja, wenn es um Liebe geht, nützt Reden nichts. Eins musst du wissen – der Brotverdiener wirst am Ende du sein.«

»Das weiß ich, ich weiß. Wie viel brauchen zwei Personen? Kinder werden wir nicht mehr haben.«

»Wir beide hätten ein Kind haben sollen.«

»Als ich es wollte, hast du Nein gesagt«, erwiderte Minna.

»Ich hatte Angst, es würde ein Mädchen.«

»Du solltest dich schämen.«

»Eine Tochter von uns beiden würde ein Tunichtgut werden.«

Und Krimsky blinzelte ihr zu.

»Hüte deine Zunge.«

»Alles wird gut, Minnele. Wir kommen hier in Amerika noch ins Geschäft. Finde du mir eine Galerie. Der Rest ergibt sich von allein. Da du mit Hertz Minsker leben willst, wirst du Geld brauchen. Kunst macht hier in Amerika viel her. Sie werden in den Zeitungen Artikel über Zygmunt Krimsky schreiben.«

»Nu, so Gott will.«

Zum Abschied küsste Minna Krimsky und Pepi. Dass Krimsky Hertz Minsker als Schnorrer und Scharlatan bezeichnet hatte, drückte sie nieder, aber sie versuchte, sich zu trösten. War Krimsky denn besser? Er war dazu noch ein Ignorant. Hertz musste nur sich selbst finden, nur ein ordentliches Buch schreiben, dann würden die Leute ihn anders ansehen. Vielleicht hatte er seine Talente vergeudet, ein großer Mann war er trotzdem.

Minna nahm nicht die Straßenbahn, sie ging zu Fuß. Sie schleppte ihre Tasche und machte Pläne. Die Stadt konnte sie nicht verlassen, bevor sie zu einer Einigung mit Morris gekommen war. Womöglich brauchte sie einen Anwalt.

Eines lag auf der Hand: Noch eine Nacht in diesem schmuddeligen Hotel konnte sie nicht verbringen. Sie musste heute eine andere Bleibe finden, eine Bleibe, in der sie ihre Sachen lassen konnte – Kleider, Wäsche, Kosmetika. Minna blieb immer wieder vor Schaufenstern stehen, um die Auslagen zu betrachten und um ihre Lage zu bedenken. Nach einer Weile stieg sie in eine Straßenbahn und fuhr zur Forty-Second Street hinunter.

Nach ihrer Einschätzung musste Hertz inzwischen genug Zeit für all seine Erledigungen gehabt haben. Aber sie ging kreuz und quer durch die Cafeteria und sah ihn nicht. Da war nichts zu machen außer Kaffee trinken und warten. Wenn sie wenigstens einen Blick in eine Zeitung werfen könnte …

Minna nippte an ihrem Kaffee und schrieb Zahlen auf ein Stück Papier, das sie in ihrer Tasche gefunden hatte. Eine genaue Summe konnte sie nicht ausrechnen, da sie nicht wusste, wie viel Bargeld sie hatte, wie viel ihre Aktien wert waren, wie viel sie für ihren Schmuck erhalten würde und wie viel sie bei Morris heraushandeln konnte. Die Zahlen waren so verworren wie ihre eigene Lage. Eine Stunde verging, dann noch eine halbe, und Hertz war immer noch nicht aufgetaucht. Minna rief bei ihm zu Hause an, aber niemand ging ans Telefon. Hatte es ein Missverständnis gegeben? Nein, Minna erinnerte sich genau, dass sie sich in dieser Cafeteria verabredet hatten und nirgendwo sonst. Hatte er es sich anders überlegt? Hatte er sich wieder mit seiner Frau versöhnt? Sich auf eine andere Frau eingelassen? Ja, wenn es um Hertz Minsker ging, war alles denkbar.

Sie war wütend, nicht so sehr auf Hertz wie auf sich selbst. Sie sagte sich immer wieder vor: Ich hab die Rute verdient, alles, was mir zustößt, hab ich verdient. Sie versuchte, ein Gedicht zu schreiben, aber nach dem zweiten Wort der ersten Strophe gab sie auf. Sie versuchte noch einmal, Hertz anzurufen, wieder vergeblich.

Gott im Himmel, wie ist dieser Tag lang! sagte sie sich. Schläfrigkeit und Erschöpfung überkamen sie. Sie beobachtete die Leute, die kamen und gingen. Glücklich sah niemand aus. Alle hatten sorgenvolle Gesichter und traurige Augen. Von Zeit zu Zeit kam ein Soldat oder ein Seemann herein. An einem Tisch ihr gegenüber saß ein alter Mann. Er schnitt Grimassen und paffte eine Zigarre. Die Asche ließ er auf ein Tablett fallen. Die vor ihm liegende Zeitung las er nicht, sondern schaute unter seinen buschigen Brauen hervor. Dann und wann streifte er Minna mit einem Blick. Nach langem Überlegen fasste Minna einen Entschluss. Sie würde noch fünfzehn Minuten warten. Wenn Hertz dann noch nicht gekommen war, würde sie nach Hause gehen, Morris konnte sie nicht mit Brachialgewalt hinauswerfen. Egal, was passierte, in Amerika behielt die Ehefrau das Haus, und der Ehemann zog aus. Nu, dieser Hertz war ein mieser Scharlatan, ein Dreck und dazu noch verrückt. So benehmen konnte sich nur einer, der den Verstand verloren hatte.

Genau fünfzehn Minuten später stand Minna auf. Der alte Mann schaute sie fragend an. Sie ging hinaus und wartete auf eine Straßenbahn. Sie war erfüllt von stummer Trauer, wie man sie empfindet, wenn der Leichnam eines geliebten Menschen abgeholt worden ist.

Ich habe alles verloren, sagte sie sich. Jetzt will ich sterben.

Zum ersten Mal, seit sie sich erinnern konnte, hatte der Gedanke an den Tod nichts Düsteres für sie. Dieser Gleichmut überraschte sie und machte ihr auch Angst.

Sie stieg in der Nähe ihres Hauses aus, und der Portier, der sie am Morgen so keck angelacht und ihr zugezwinkert hatte, kam ihr jetzt müde, welk, verwahrlost vor. Seine Uniform war schmutzig und verschwitzt. Minna grüßte ihn, er nickte kaum. Während sie im Lift nach oben fuhr, sagte sie ein stummes Gebet, dass die Tür nicht zugesperrt war, dass Morris das Schloss nicht hatte auswechseln lassen. Aber die Tür ging auf. Durch die Westfenster schien die Sonne, aber in den hinteren Zimmern war nur trübes Dämmerlicht.

Lebendig gehe ich hier nicht mehr weg!, beschloss Minna. Es sei denn, man trägt mich hinaus. Die Wohnung kam ihr auf einmal unglaublich kostbar vor. Wie still es hier war!

Sie ging in ihr Zimmer, in dem ihr Sofa, Frisiertisch, Bücherregal und Schreibtisch standen. Auf dem Schreibtisch lag ein unfertiges Gedicht. Es war voller Anspielungen auf ihre Liebe zu Hertz. Minna zerknüllte es und warf es in den Papierkorb. Ich bin fertig mit ihm! Und wenn er mich jetzt mit der besten Entschuldigung anriefe, würde es nichts mehr ändern! Diesen Tag werde ich ihm noch im Grab nicht verzeihen.

Minna streckte sich auf dem Sofa aus und streifte die Schuhe ab. Sie lag da, ohne zu denken, eine gebrochene Frau, die alle Hoffnung verloren hat. Gewöhnlich klingelte das Telefon oft, aber jetzt schwieg es. Im Zimmer wurde es immer dunkler. Das Stück Himmel, das durch die Fenster zu sehen war, hatte im Zwielicht eine blaue Färbung angenommen. Die eine Hälfte der Fenster der Wohnung blickte auf den Broadway, die andere auf einen Innenhof. Von irgendwoher klangen gedämpfte Töne, Gesang und Sprechen, aus einem Radio. Dann und wann hörte man eine Frauenstimme oder

Kindergeschrei. Frieden, mehr braucht der Mensch nicht, sagte sich Minna, die Leichen haben Glück.

Sie schlummerte ein und träumte, sie wäre in Havanna. Jemand führte sie durch eine Zigarrenfabrik, und sie sah eine Kiste, die einem Sarg ähnelte. Darin lagen riesige Zigarren, jede über einen Meter lang. Gibt es Riesen, die solche Zigarren rauchen, oder sind sie für Lebewesen auf anderen Planeten?, fragte sie. Ein winziger Mann kam herein, ein Zwerg mit einem Buckel auf dem Rücken und einem vorn, und bat um eine der Zigarren. Minna lachte im Schlaf: Was für ein Wahnsinn war das? Vor wem spielt er sich auf? Sie hörte Schritte und wachte auf.

Es war dunkel im Zimmer, aber etwas Licht fiel durch das Hoffenster herein. Morris stand auf der Schwelle. Sie erkannte ihn an seiner Silhouette und an der beängstigenden Glut in seinen schwarzen Augen.

»Schläfst du, Minna?«

»Nein, Morris, was ist los?«

In diesem Moment fiel Minna alles wieder ein.

»Das fragst du mich?«

Minna setzte sich auf. Ein lastendes Schweigen folgte.

»Morris, du kannst mit mir machen, was du willst, aber wirf mich nicht raus!«, sagte Minna.

Hatte sie diese Worte nicht schon einmal gesagt oder irgendwo in einem Buch gelesen? Sie waren verbunden mit dem Gebet: ›Verwirf mich nicht in meinem Alter‹.

Morris antwortete nicht gleich.

»Dich rauswerfen? Ich habe noch nie jemanden rausgeworfen, nicht mal die, die es verdient hätten.«

»Morris, hab Erbarmen mit mir in meinem Alter«, sagte Minna.

Morris stieß einen Laut zwischen Husten und Grunzen aus.

»Hast du mit ihm gesündigt?«

»Ja, ich habe gesündigt, aber –«

»Hast du mit ihm Ehebruch begangen? Denn wenn du das getan hast, darf ich nicht mehr mit dir unter einem Dach wohnen.«

»Nein, Morris, Ehebruch habe ich nicht begangen.«

»Was hast du getan?«

»Er hat mir gefallen. Du hast mir selbst erklärt, was für ein bedeutender Mann er ist, ein Genie.«

»Du hast nicht mit ihm geschlafen?«

»Nein, Morris.«

»Wo warst du heute Nacht?«

Minna schwieg einen Moment. »In einem Hotel. Ich hatte Angst vor dir. Ich habe gedacht, du bringst mich um, so wie du gestern gebrüllt hast.«

»Warst du in dem Hotel allein oder mit ihm?«

»Allein, Morris, ganz allein.«

»Er hat dich nicht besudelt?«

»Nein.«

Minna fiel auf, dass Morris wie ein Rabbi sprach. Solche Worte hatte der Rabbi in Paris an sie gerichtet, als sie von Krimsky geschieden wurde – Worte aus der Tora, Worte, die nur mit Ja oder Nein, beantwortet werden mussten.

Morris schwieg lange Zeit, Minna konnte in der Dunkelheit seine großen schwarzen Augen sehen. Dann fragte er im selben frommen Ton: »Wie kann es sein, dass ich sein Schnupftuch in deinem Bett gefunden habe?«

»Wir haben auf dem Bett gesessen, und das Tuch ist ihm wahrscheinlich aus der Tasche gefallen –«

»Du hast nicht bei ihm gelegen?«

»Nein.«

Wieder schwieg Morris Calisher lange. Er stieß nur einen Laut aus, der wie ein Schnauben klang.

Dann fragte er. »Bis du bereit, zu schwören, dass du die Wahrheit sagst?«

»Ja, Morris.«

»Auf eine Tora?«

»Sogar auf eine Tora.«

»Man soll nichts beschwören, auch die Wahrheit nicht«, sagte Morris. »Nach dem Gesetz darf ich mit dir leben, aber wisse, dass du Gott nicht hinters Licht führen kannst. Er weiß alles. Es steht geschrieben: ›Meinst du, dass sich jemand so heimlich verbergen könne, dass ich ihn nicht sehe?‹«

Minna beteuerte mit heiserer, erstickter Stimme: »Ich verberge nichts, Morris, ich sage die Wahrheit.«

ZEHNTES KAPITEL

1.

Hertz Minsker hatte kein Geld, aber Miriam hatte 480 Dollar und 53 Cents auf einem Sparkonto. Sie hob 479 Dollar ab. »Die paar Cents lasse ich als Keime da«, sagte sie zu Hertz.

Ihre Stimme klang, als fände sie das komisch. Obwohl sie ihre Stelle gekündigt und ihre Wohnung aufgegeben hatte und versuchte, ihre Möbel zu verkaufen, hatte sie einen belustigten Ausdruck in den Augen, als wäre das Ganze ein einziger Scherz, eine Art Verlängerung der Nächte, in denen sie den Geist gespielt hatte.

Hertz ging zum Bahnhof Penn Station und kaufte die Fahrkarten. Das Paar wollte zuerst nach Chicago und dann weiter nach Black River reisen, dort war die Universität. Hertz hatte aus seinem Zimmer in Bessies Wohnung eine Reisetruhe und einen Koffer geholt. In die Truhe packte er Bücher, Manuskripte und Unterwäsche und in den Koffer zwei Anzüge und allen möglichen Kleinkram. Beim Packen horchte er, ob Bronja kam. Er hatte sich vorgenommen, ihr offen zu sagen, dass er sie nicht mehr liebe und sich scheiden lassen wolle. Die New Yorker Hitze und Bessie Kimmel könne er nicht mehr ertragen. Aber Bronja war irgendwohin verschwunden. Hatte sie sich vielleicht das Leben genommen? Er fürchtete, das Telefon würde klingeln und Minna einen Showdown verlangen, und er war entschlossen, das Gespräch nicht anzunehmen. Aber alles ging glatt.

Er schaffte es irgendwie, seine Sachen einzupacken, und zerrte die Koffer auf die Straße. Er nahm ein Taxi zu Miriam Kowaldas Wohnung. Er ging hinein und fand ein Paar vor, das bereit war, Miriams Mobiliar zu kaufen. Der Mann wollte ihr einen Scheck geben, aber Miriam protestierte – wieder mit belustigten Augen.

»Was soll ich mit einem Scheck? Ich brauche Bargeld.«

»Bargeld haben wir nicht.«

»Dann wird nichts aus dem Handel.«

»Ich kann Ihnen zehn Dollar in bar geben«, sagte die Frau.

»Wir ziehen weg. Wir brauchen Bargeld.«

Das Paar ging, und Miriam sagte: »Wir müssen alles zurücklassen. Ich hätte die zehn Dollar nehmen sollen.«

Hertz schleppte sein Gepäck die drei Treppen hinauf und wischte sich das Gesicht mit einem feuchten Taschentuch ab. Obwohl er schon Abenteuer aller Art erlebt hatte, war er diesmal verwirrt. Gewöhnlich ging er aus Leidenschaft mit Frauen auf und davon, aber diese Miriam weckte kein Begehren in ihm. Wenn sie ihn küsste, machte sie Scherze. Sie lag bei ihm, und ihre Augen schauten traurig und mokant. Sie blieb kühl, ergeben, resigniert. Gott im Himmel, sie war fast wie Bronja. Er hatte den einen kalten Fisch gegen einen anderen eingetauscht.

Na ja, aber die Sache mit Minna war schon zu schmerzhaft. Morris' rasende Wut, sein Gram, die telepathischen Signale, die er Hertz schickte. Hertz hatte Angst vor einem Skandal. Er würde nie lernen, mit dieser Situation zu leben. Sie würde ständig versuchen, ihn zu belehren, zu reformieren, sich in seine Angelegenheiten einzumischen. Sie hatte schon im Voraus ein Programm für ihn aufgestellt. Sie kündigte oft an, dass sie keine andere Frau neben sich dulden werde.

Aber wie konnte er seine Humanforschung ohne Frauen betreiben? Er brauchte eine Frau, die Toleranz für ihn aufbrachte, nicht eine, die vor Eifersucht in Flammen stand.

Miriams Englisch war ziemlich gut, sie hatte sogar eine englische Schreibmaschine. Sie konnte als seine Sekretärin fungieren. Hertz begriff, dass Miriam keine leidenschaftslose Frau war. Ihre Leidenschaftlichkeit war nur unterdrückt, im Ruhezustand, von Ironie ummantelt. Sie hatte einige Jahre zölibatär gelebt. Aber Hertz würde sie wecken.

Der Zug sollte laut Fahrplan um sechs Uhr am folgenden Abend abfahren. Hertz hatte Dr. Arthur Whittacker schon am Telefon angekündigt, dass er mit einer Sekretärin anreisen werde. Arthur Whittacker hatte versprochen, zwei Zimmer im Gästehaus der Universität zu reservieren. Sein Ton war höflich und freundlich, aber nicht ohne Sarkasmus. Er fragte: »In welcher Weise unterscheidet sich Ihre Humanforschung von der Psychoanalyse?«

Und Hertz erwiderte: »Die Psychoanalyse weiß die Antwort im Voraus. Wir suchen erst einmal nach Antworten.«

»Mr Weiskatz ist schrecklich ungeduldig. Er kann Ihre Ankunft kaum erwarten«, sagte Arthur Whittacker.

Hertz Minsker wusste schon, welche Hürden ihn an dieser mitten in der amerikanischen Prärie gelegenen Universität erwarteten. Widerstand und Misstrauen waren ihm überall begegnet – in Warschau, Paris, London, Bern, New York. Er konnte es niemandem recht machen, der Geistlichkeit so wenig wie den Radikalen, den Philosophen so wenig wie den Psychologen, den Christen so wenig wie den Juden, den Zionisten so wenig wie den Kommunisten. Selbst Miriam spottete schon über die »Humanforschung«.

Aber wenn man jahrzehntelang von einer Idee besessen

war, konnte das kein bloßer Zufall sein. Trotz der Millionen Bücher über Philosophie, Psychologie, Soziologie und Literatur blieb die Menschheit ein Enigma. Ihr Verhalten war nie gründlich untersucht worden – all ihre Kriege, Nationalismen, Revolutionen, Religionen, die zahllosen Institutionen, Gesetze und Beschränkungen. Über Hühner und Pferde wusste man mehr als über Menschen. Die Psychoanalyse hatte statt der Sitzbank die Couch in Gebrauch genommen. Sie konnte bestenfalls die Diagnose stellen. Heilen konnte sie nicht. Hertz war das beste Beispiel dafür. Seine Probleme konnte keine Freude, kein Vergnügen lösen. Er brauchte Spannung in seinem Leben. Er musste Krisen aushalten. Er brauchte seine Liebesaffären. Er musste Frauen jagen wie ein Jäger auf der Pirsch seine Beute. Jeder Tag musste neue Spiele, neue Dramen, Tragödien und Komödien bereithalten, sonst würde er an spirituellem Skorbut eingehen.

Während er herumlief und Miriam beim Packen zuschaute, überfiel ihn Sehnsucht nach Minna und einer Reihe anderer, lebender oder verstorbener Frauen. Es drängte ihn, zu rennen, zu springen, zu schreien. Er war voller Todesangst und Sehnsucht nach den höheren Mächten. Er wollte Physik, Chemie und Mathematik studieren. Er wollte mit Gott und der Göttlichen Gegenwart verbunden sein, und er bereute, dass er sich nicht mit dem polnischen Mädchen verlustieren konnte, das in der Cafeteria die Tische abräumte.

Verrückt? Er hatte sich nicht selbst verrückt gemacht. Die Verrücktheit war ein Erbteil, war ihm auf seinen Chromosomen mitgegeben. Schon als Junge im Cheder hatte er all diese Nöte gespürt.

Und war Hertz der Einzige? Nein, der Sturm, der in ihm tobte, plagte jeden.

Aber was unternahm man in der Praxis dagegen? Wie sollte er sich diesen Professoren im Mittelwesten verständlich machen? Er sprach nicht genug Englisch, um ihnen unmissverständlich klarmachen zu können, was er vorhatte. Und wie würde der Präsident darauf reagieren und der Kanzler? Aber Hertz ging ja nicht zu ihnen, sondern zu Bernard Weiskatz.

Hertz lachte, und Miriam blickte sich um.

»Worüber lachst du?«

»Sie möchten einen Lehrstuhl schaffen ... einfach einen Lehrstuhl. Sie stellen Lehrstühle in Universitäten auf wie Betten in Hospitälern.«

»Was sollten sie denn aufstellen, einen Waschzuber?«

»Ein Kasino, wo man um Seelen spielt.«

»Ich will dich nicht entmutigen, Hertz, aber das Ganze führt zu nichts. Was du suchst, ist in dieser Welt nicht zu erreichen.«

»Dann müssen wir uns in eine andere Welt versetzen.«

»Dazu braucht man nicht nach Black River zu reisen.«

»Nun, die Reise machen wir ohnehin. Reisen an sich ist notwendig. Das Auge ermüdet, wenn es immer dasselbe anblickt. Warum haben die Chassidim an den hohen Feiertagen ihren Rabbi besucht? Die mussten ihren Glauben erneuern. Der zweite Abend eines Feiertags am Hof meines Vaters enthielt alle himmlischen Freuden.«

»Die Leute hier werden keine Chassidim werden.«

»Warum nicht? Sie haben dieselben Bedürfnisse wie wir. Sie haben zwei Heilmittel – Trinken und Töten – aber das sind Hausmittel.«

»Was hab ich schon zu verlieren? Ich möchte mit dir zusammen sein. Schau, ich wusste gar nicht, dass ich so viele Kleider habe. In New York kauft man dauernd neuen Ramsch. Ich kann den ganzen Kram nicht mitnehmen.«

»Dann wirf das Zeug weg. Kleider sind nur Fesseln.«

»Trotzdem gibt man diese Ketten in die Reinigung.«

Das Telefon klingelte, aber Miriam legte warnend den Finger an die Lippen. Anrufer konnten nur Bessie oder Minna sein. Hertz spitzte die Ohren, als könne er am Klingeln erkennen, wer am anderen Ende der Leitung war. Er wusste genau, dass er sich selbst täuschte, aber er konnte nicht länger hier in New York bleiben und von Morris Calishers Almosen leben, selbst wenn Morris sich wieder mit ihm vertrug.

Nach dem Gespräch mit Arthur Whittacker wusste Hertz, dass es nicht einfach werden würde, diesen wenig feinsinnigen Menschen, diesen protestantischen *misnagdim* zu erklären, wonach er strebte, aber er war im Innersten überzeugt, dass Mr Weiskatz ihm zuhören würde. Den Mann langweilte die Kleinstadt zweifellos. Wahrscheinlich hatte er außerdem eine alte Ehefrau. Hertz war schon vor langer Zeit zu dem Schluss gekommen, dass Sinnenlust jungen Menschen unzugänglich war. Sie waren Neophyten und Amateure in jedem Sinn des Wortes.

In Amerika wuchsen sie zu wilden Bullen heran, weil sie zu viel Orangensaft tranken, zu viele Vitamine schluckten und bis zum Exzess Sport trieben. Es war sogar ein Nachteil für sie, dass sie so hochgewachsen waren. Was gut für David war, kam Goliath nicht zugute. Selbst David hatte es nicht zu wahrer Weisheit gebracht. Der wirkliche Weise war sein Erbe Salomon, Bathsebas einziger Sohn, der mit den Nachbarvölkern in Frieden lebte, Gedichte und Geschichten schrieb und Pharaos Töchter heiratete. Götzendienst? Der

Verfasser des Buches von den Königen verstand nicht, was sich hinter jenen Schreinen und Götzenbildern verbarg: eine Form des Spiels, eine Variante menschlichen Vergnügens, neue Emotionen und ein Experiment mit dem Glück.

Der Abend dunkelte, aber Hertz ließ nicht zu, dass Miriam Licht machte. Er hatte sich daran gewöhnt, im Dunkeln mit ihr zusammen zu sein. Er bestand darauf, dass sie das Gewand anzog, das sie in ihrer Rolle als Geist getragen hatte. Miriam tat alles, was er verlangte. Zuerst saßen sie am Tisch und aßen zu Abend – Brot, Käse, Wurst und Äpfel. Dann legte Hertz sich neben sie auf das Sofabett. Er sprach mit ihr und erzählte ihr von seinen früheren Affären. Er fragte sie auch nach Einzelheiten ihres Lebens mit dem Ehemann aus.

Hertz entwickelte Miriam seine hedonistisch-kabbalistische Theorie. Jeder strebe nach dem Glück, es sei das Zeug, aus dem das Universum gemacht sei. Die Elektronen umkreisten die Protonen, weil sie Glückseligkeit suchten. Jedes Atom, jedes Molekül, jede Mikrobe suchte Freude. Gott hatte die Welt aus schöpferischem und künstlerischem Drang geschaffen. Der Tod existierte nicht – er war nur die Brücke von einer Art der Freude zur nächsten. Leid war nichts anderes als der Schatten im universellen Gemälde, der Kontrast, den der Schöpfer brauchte, um Seine lichteren Passagen hervorzuheben. Kopulation war gleichbedeutend mit Glück. Alles war Liebe – Essen, Trinken, Schlafen, Wissen. Schon Aristoteles wusste, dass die Planeten die Sonne umkreisten, weil sie sich mit ihr vereinigen wollten und weil sie sich nach dem Sonnenlicht sehnten. Im Kosmos gab es keine Monogamie. Die Sterne waren polygam.

Hertz schlief ein, und als er aufwachte, war noch Nacht. Die Uhr zeigte fünfzehn Minuten vor zwei. Hertz ging auf den Balkon, New York schlief. Aber auf dem Broadway fuhren noch Taxis, und man konnte die Stimmen junger Leute hören.

Hertz schaute zum Himmel hinauf. Er sah zwei Sterne, einen hell leuchtenden und einen kaum sichtbaren. Wie seltsam, auf einem Balkon zu stehen und auf Welten zu blicken, die Hunderte, vielleicht Tausende Lichtjahre entfernt waren!

Er hatte Miriam eine vollständige Philosophie darlegen wollen, aber insgeheim erschienen ihm seine eigenen Behauptungen zweifelhaft. Sie hatten mit der wirklichen Wahrheit nichts zu tun. Die wirkliche Wahrheit war für die menschliche Begreifungskraft unfassbar, nicht nur wegen ihrer Komplexität, sondern auch, weil die Anzahl der möglichen Antworten sich auf Milliarden belaufen konnte und die Wahrscheinlichkeit einer richtigen Kombination von Gedanken und Worten gegen null ging und eine mathematische Unmöglichkeit war. Ja, wer findet schon eine Nadel im Heuhaufen! Eins war allerdings sicher: Miriam war keine Minna. Sie konnte keine sein.

2.

Miriam musste früh aufbrechen. Sie sagte, sie müsse noch einen Scheck von ihrem Arbeitgeber, dem Zahntechniker, abholen. Und sie müsse noch ein paar Dinge für die Reise besorgen.

Minsker hatte in der Nacht wenig geschlafen. Erst im Morgengrauen war er eingeschlummert. Wie gewöhnlich schrak er aus einem Albtraum auf. Er erinnerte sich an nichts, außer Geschrei, Flammen, Blut. Was war das? Ein Pogrom, ein Brand, eine Revolution? Seine Pyjamajacke war zerknittert und schweißnass. Sein Kopfkissen hatte sich seltsam verdreht. Hertz hatte sich im Schlaf mit jemandem gestritten. Wieder einmal war er beim Aufstehen erschöpfter als beim Schlafengehen.

Was geschieht mit mir? Nach und nach fielen ihm die Ereignisse des Vortags wieder ein. Na ja, so wie es aussieht, gehe ich nach Black River ... Miriam kommt mit.

Er ging ins Badezimmer und schaute in den Spiegel. Ein bleiches, verschlafenes Gesicht, Tränensäcke unter den Augen, graue Bartstoppeln. Ein alter Mann bin ich schon, stöhnte er. Anständige Leute setzen sich in meinem Alter zur Ruhe. Er rasierte sich, seine Wangen schienen Widerstand zu leisten, sie waren es leid, Tag für Tag abgeschabt zu werden. Er schnitt sich und stillte das Blut mit kleinen Schnipseln Toilettenpapier. Er nahm eine Schere und trimmte die Haare in seinen Ohren und Nasenlöchern. Erst vor wenigen Tagen war er beim Friseur gewesen, aber im Nacken waren schon wieder borstige Stoppeln nachgewachsen.

Der ganze Ärger kommt nur vom Bartscheren, befand Hertz. Hätte ich einen weißen Bart wie mein Großvater, würde ich in keins von diesen Abenteuern geraten. Das kommt davon, wenn man das Altern aufhalten will.

Nach dem Rasieren nahm Hertz ein Bad. Dann zog er ein sauberes Hemd an und den hellen Anzug, den er im Frühling mit Minnas Geld gekauft hatte. In der Frühe hatte er auf dem rechten Aufschlag einen Flecken entdeckt, den er jetzt mit Wasser und Seife zu beseitigen versuchte. Dort muss man ordentlich aussehen, mahnte sich Hertz. Er brauchte noch mindestens zwei Anzüge. Miriam hatte ganz mit Recht darauf hingewiesen, dass Kleidung im Mittelwesten mehr kostete, weil sie aus der City geschickt werden musste. Aber woher sollte er jetzt das Geld dafür nehmen?

Miriam hatte Frühstück für Hertz dagelassen. Sie hatte ihm gezeigt, wo die Milch war, wo er Orangensaft finden konnte, und eine Schüssel Grütze war im Eisschrank. Aber Hertz war nicht in der Stimmung, in der Wohnung zu essen. Es drängte ihn, hinunterzugehen und anderswo einen heißen Kaffee zu trinken.

Er ging treppab und weiter zur nächsten Cafeteria. Er liebte den Geruch von Kaffee, gehacktem Hering, Käsekuchen, frischen Brötchen, gebratenen Eiern. Er hatte Lust, an einem Tisch zu sitzen, etwas zu essen und einen Blick in die Morgenzeitung zu werfen.

Er kaufte sich eine Zeitung für drei Cent und ging in die Cafeteria. Als er an einem Spiegel vorbeikam, stellte er fest, dass der helle Anzug und sein Strohhut ihn gesund und gar nicht so alt aussehen ließen. Menschen täuschen sich selbst und andere, brummte er. Er holte sich ein Tablett und ging zur Theke, wo er eine Tasse Kaffee, eine Schüssel Grütze mit Milch, einen Bratapfel und ein Brötchen nahm. Für diese Reise brauche ich Kraft, redete er sich zu, als müsse er sich vor jemandem rechtfertigen.

Hertz kaute das Brötchen und las Zeitung. Während er sich zum Narren machte und Affären mit Frauen mittleren Alters hatte, starben junge Männer zu Tausenden im Krieg. Wer wusste, wie viele Juden in Konzentrationslagern und Gettos schmachteten?

Hertz empfand Scham und Selbstverachtung. Ich bin ein Unmensch, sagte er sich, Abschaum, ein schmutziger Köter, ein Lump, das Allerletzte. Aber wie könnte ich ihnen helfen? Ich bin alt, krank, verrottet.

Hertz las von dem bitteren Kampf, mit dem die Deutschen eine russische Stadt überzogen. Beide Kommunikees, das russische und das deutsche, sprachen von schweren Verlusten durch den Feind, von der Vielzahl der Panzer und Flugzeuge, die die Gegenseite eingebüßt hatte, und von den Tausenden, die verwundet, gefallen oder gefangen genommen waren. Ein Bericht beschrieb die Hungersnot in Polen. Menschen starben auf den Straßen, und die Leichen wurden in Papier gehüllt begraben. Herrgott, eine schöne Welt hast Du geschaffen, klagte Hertz stimmlos. Wolltest Du damit Deine Größe, Deine Heiligkeit, Dein Erbarmen zeigen?

Hertz trank einen Schluck Kaffee. Humanforschung? Was gab es da zu erforschen? Die Menschheit wollte in Schleim und Blut waten. Selbst wenn sie zu retten wäre, hätte sie es nicht verdient.

Jemand zog eine Marke aus dem Automaten, deshalb schlug die Klingel am Eingang an, und Hertz blickte auf. Er sah Minna. Sein erster Impuls war, in die Herrentoilette zu fliehen, aber er blieb wie gelähmt sitzen. Er wollte die Zeitung anheben, um sein Gesicht zu verstecken, aber sie hatte ihn schon gesehen. Sie stand da und musterte ihn mit dem kalten, fremden Blick einer Frau, deren Liebe verraten, besudelt, entweiht worden ist.

Hertz erhob sich und stieß seine Tasse um, deren Inhalt sich über seine Hose ergoss. Schnell schob er den Stuhl zurück und trat zur Seite. Unglücklich und verlegen schüttelte er den Kopf. Komisch, aber er hatte ganz vergessen, dass Minna in der Nähe wohnte. In einer Cafeteria war er noch nie auf sie gestoßen.

Minna trug ein Kleid, das er noch nie an ihr gesehen hatte. Hertz meinte sogar, sie hätte ihre Frisur geändert. Er steuerte die Tür an, in der Absicht, seine Rechnung zu bezahlen und die Flucht zu ergreifen, aber stattdessen trugen seine Füße ihn wie von selbst zu ihr.

Er sagte: »Spuck mich an, wenn du willst.«

Minna sah ihn an und sagte nichts.

»Gestern habe ich meinen Charakter entdeckt«, fuhr er fort.

Sie trat einen Schritt zurück.

»Was für einen Charakter?«

»Alles, was man über mich sagt, ist wahr.«

»Ich habe gedacht, du wärst überfahren worden.«

»Das wäre weiter keine Tragödie gewesen. Warte, lauf nicht weg. Ich muss zur Toilette gehen, um den Fleck auszuwaschen«, und er zeigte auf seine Hosen, die mit Kaffee getränkt waren.

»Deinen Flecken kann man niemals auswaschen«, stellte sie poetisch fest.

»Ja, stimmt. Warte hier!«

Hertz ging die Treppe zu den Toiletten hinab. Seine Beine zitterten. Auf der Haut spürte er immer noch die Hitze des Kaffees. Was kann ich ihr sagen? Warum habe ich sie aufgehalten?, fragte er sich. Auf der Toilette versuchte er, den feuchten Fleck auszuwaschen, vergrößerte ihn aber nur. Er rieb den Stoff mit einem Stück Papier und einem Taschentuch.

Er kam zurück und sah Minna an einem Tisch an der Wand sitzen. Ein Stück Wassermelone lag auf einem Teller vor ihr. Er ging zu ihr und fragte: »Darf ich mich setzen?«

»Ja, zum letzten Mal.«

Er setzte sich und legte die Hand auf die Stelle, wo der Stoff warm und feucht war.

Minna sah ihn nicht an, sondern schien das Melonenviertel zu betrachten. Er wollte, dass sie ihn verfluchte und beschimpfte, aber sie schwieg, als warte sie darauf, dass er anfinge.

Er begann: »»Was können wir sagen, wie können wir bitten‹, ich habe mich ja selbst überrascht.«

»Wer ist sie?« fragte Minna.

»Der ›Geist‹, der bei den Séancen immer zu mir kam.«

Minna schüttelte sich. »Dieses Mädchen?«

»Sie ist kein Mädchen. Sie hat eine fünfzehnjährige Tochter.«

»Und wann ist das Ganze passiert – gestern?«

»Gestern, vorgestern, ich weiß es nicht.«

»Du hast deine Frau verlassen?«

»Ich habe alle verlassen.«

»Lebst du jetzt mit der?«

»Wir gehen an eine Universität«, sagte Hertz. »Jemand hat Interesse an meiner Theorie.«

»Welche Universität?«

»Black River im Mittelwesten.«

»Du hättest mir erzählen müssen, was du vorhattest, das wäre das Mindeste gewesen. Nicht mal einen Hund lässt man umsonst warten.«

»Du hast recht, aber ich hatte Angst.«

»Du und Angst? Du fürchtest nicht mal Gott.«

»Gott nicht, aber dich.«

Minna schob den Teller mit der Melone beiseite.

»Ist dir klar, dass du mich ganz allein auf der Straße hast stehen lassen? Ich hatte nicht mal eine Bleibe für die Nacht.«

»Du hast mir erzählt, du hättest Geld.«

»Sie hat wahrscheinlich mehr.«

»Sie hat nichts.«

»Dann bist du ein Irrer und ein Mörder.«

»Verzeih mir. Wenn du kannst.«

»Ich kann nicht, und ich will nicht. Alles hat seine Grenze, auch Übeltaten. So benehmen sich nicht mal die Kriminellen in der Unterwelt. Sie behandeln ihre Nächsten loyal. Sie schmuggeln Briefe aus dem Kittchen an ihre Liebsten. Wer bist du? Was bist du?«

»Ein skrupelloser Mensch. So hat mich mein eigener Vater genannt.«

Lange Zeit schwiegen beide. Hertz zog einen Füller und ein Notizbuch aus der Tasche, als wolle er sich etwas notieren. Gleichzeitig war ihm ein Rätsel, was er tat.

»Wo hast du geschlafen?«

»Willst du dir meine neue Adresse aufschreiben?«, fragte Minna voller Verachtung.

»Nein. Ich weiß, was du von mir hältst.«

»Nein, das weißt du nicht. Ich weiß es selbst nicht. Du gehörst in ein Asyl für gemeingefährliche Irre. Ich habe die ganze Zeit gewusst, dass es so enden würde. Ich bin die Schuldige, nicht du. Ich hatte kein Recht, mich mit dir einzulassen. Was für eine Frau ist die Neue, eine Witwe, eine Geschiedene?«

»Ihr Mann ist mit der Tochter in Polen geblieben.«

»Und was macht sie hier? Ist sie ein Geist von Beruf?«

»Sie arbeitet für eine Zahnärztin.«

»Eine Zahnärztin für Geister?«

»Ich hätte nicht gedacht, dass du so sarkastisch sein kannst.«

»Was soll ich machen? Alles, was du anfasst, wird zum Witz. Sogar als ich gestern mit meinem ganzen Kummer in der Cafeteria saß, lachte irgendwas in mir. Dieses Putzmädchen kam herein und starrte mich an, als wäre ich ihre Rivalin. Wahrscheinlich warst du mit ihr verabredet und hast sie auch sitzengelassen.«

»Nein, nein.«

»Sie hat mich mit ihren Blicken durchbohrt, und ich dachte: Weh dir, Minna, wie tief bist du gesunken.«

»Wo hast du geschlafen?«

»Mit einem Gangster in der Bowery.«

»Na ja, alles ist möglich.«

»Was auch immer, jedenfalls ist er mehr Mann als du.«

»Recht hast du.«

ELFTES KAPITEL

1.

Der Sommer war vorbei, und in New York fiel Regen.

Hertz Minsker war zurück aus Black River, wo er sich fünf Wochen aufgehalten hatte. Miriam Kowalda war tatsächlich seine Sekretärin geworden. Ihre alte Wohnung konnte sie nicht wieder mieten und zog deshalb in ein möbliertes Zimmer nicht weit von Minsker.

Hertz hatte für immer genug von Universitäten. Sie begriffen nicht, was er wollte. Sie fürchteten, seine Experimente würden den Zorn der Kirche entfachen. Sie fürchteten die Kritik der Presse. Außerdem besaß Minsker keinerlei Dokumente zum Beweis, dass er promoviert war. Und er hatte keine Versuchspersonen. Die Studenten an dieser Universität sahen erstaunlich gesund aus. Sie ritten, fuhren schnelle Autos, spielten Baseball, Football und Basketball.

Minsker hielt einen einzigen Vortrag, den sich ein paar Dutzend Fakultätsmitglieder und Studenten anhörten. Er las den Vortrag vom Manuskript ab, aber sein Englisch war kaum zu verstehen. Man legte ihm Fragen vor, aber Minsker hörte oder verstand nicht, was die Leute sagten.

Gott sei Dank war er wieder in New York. Immerhin war seine lange Reise kein Fehlschlag gewesen. Hertz Minsker hatte Bernard Weiskatz für sich gewonnen, den ehemaligen Warenhausbesitzer, der einen guten Teil des Immobilienmarktes in und um Black River beherrschte und nun Minskers Mäzen geworden war.

Ja, dieser schlichte Jude, der Polen als Sechzehnjähriger verlassen hatte und seit mehr als fünfzig Jahren im Mittelwesten lebte, der keinerlei jüdische oder weltliche Schulbildung hatte, war für Hertz Minskers Theorien empfänglicher als alle die Professoren. Minsker sprach Jiddisch mit ihm. Die Schärfe von Bernard Weiskatz' Verstand und Intuition verblüffte Minsker. Mit wenigen direkten Worten traf er den Nagel auf den Kopf. Auf seine schlichte Art kritisierte er das ganze Bildungssystem.

Bernard Weiskatz hatte nur eine Kritik an Hertz Minsker: »Warum bist du nicht schon vor dreißig Jahren hier aufgekreuzt?«

Bernard Weiskatz war klein und korpulent, hatte zerzauste weiße Haare, die nur notdürftig eine kahle Stelle kaschierten, und ein rotes Gesicht. Die Augen unter den weißen Brauen waren blau und durchdringend. Er hatte einen kurzen fleischigen Hals, breite Schultern, eine große Nase und dicke Lippen. Er strahlte die Energie und die Selbstsicherheit von Menschen aus, die ihren Reichtum selbst erworben haben und alle menschlichen Schwächen kennen.

Das Jiddische hätte Bernard Weiskatz vergessen in all den Jahren in Black River – er hatte die Stadt praktisch eigenhändig gebaut –, wenn er nicht eine jiddische Zeitung abonniert hätte. Außerdem waren im Lauf der Jahre mehrere jüdische Familien nach Black River gezogen, und mit den Männern spielte Bernard Weiskatz jeden Abend Karten. Irgendwann bauten die Juden von Black River eine Synagoge und stellten einen Rabbi ein. Der junge Mann lebte mit einem nichtjüdischen Mädchen zusammen und hielt an der Universität ein Seminar in hebräischer und jüdischer Geschichte.

Nein, seine Wurzeln hatte Bernard Weiskatz in Black River nicht vergessen. Die jiddische Zeitung las er täglich, auch die Werbung. Er ließ sich jiddische Zeitschriften und sogar Bücher aus New York schicken. Beim Kartenspiel am Abend unterhielten sich die Männer auf Jiddisch. Bernard Weiskatz hatte in Chicago ein Mädchen aus Zgierz in Polen kennengelernt, die Tochter eines Hebräischlehrers. Er hatte sie geheiratet, und sie hatte kein Wort Englisch gelernt. Bernard hatte drei Töchter mit ihr, von denen zwei Männer heirateten, die keine Juden waren. Eine wohnte in Denver, die andere in San Francisco. Die jüngste hatte einen Doktor in Philosophie und war irgendwo in England, um ein Buch zu schreiben.

Bernard Weiskatz' Frau war vor zwei Jahren gestorben, und jetzt wohnte er in einem großen Haus zusammen mit einem entfernten Verwandten, einem Junggesellen aus seiner Heimatstadt, der 1916 nach Amerika gekommen war und als Bernards Chauffeur, Vertrauter, Manager, Leibwächter und Koch fungierte. Mit Vornamen hieß er Lipman, ein unter Juden ungewöhnlicher Name.

Lipman Neininger war so lang und dünn, wie Bernard kurz und korpulent war. Bernard hatte sich ins Geschäftsleben gestürzt, sobald er in Amerika gelandet war, und hatte Millionen verdient. Lipman hatte kein Interesse an Geld. Er bezog nicht einmal ein Gehalt. Er war ein Diener wie aus alten Zeiten. Die Juden von Black River witzelten sogar, Bernard halte sich einen jüdischen Sklaven im Haus, einen Kanaaniter, der nach dem Gesetz der Tora nur sechs Jahre als Sklave dienen durfte, es sei denn, er ließ sich das Ohr durchstechen. Er lebte bei Bernard Weiskatz, aß mit ihm, und die Töchter küssten ihn und nannten ihn Onkel.

Es ging das Gerücht, Lipman hätte ein Techtelmechtel mit Bernards Frau gehabt, mit Dvorah Ethel oder Jetta, wie man sie hier nannte, aber Bernard lachte über diese üble Nachrede.

»Wenn das wahr gewesen wäre«, lachte er, »hätte ich ihm Lohn gezahlt.«

In Black River und Umgebung war Bernard als Zyniker und Atheist bekannt. Er spendete der Synagoge Geld, ging aber nie zum Beten hin, nicht einmal an Jom Kippur.

Er hatte der Universität enorme Summen für alle möglichen Gebäude und Institutionen gestiftet, aber über die Professoren, die Lehrbücher und die sogenannten Geisteswissenschaften mokierte er sich. Er führte schmutzige Reden, machte obszöne Witze, verspottete die führenden Köpfe der Universität und sogar Geistliche. Man sah ihn nie ein Buch lesen, aber seine Aussprüche hatten immer Gewicht und wurden bei Festessen häufig zitiert.

Die Black-River-Juden nannten Bernard den »kaputten Riegel«. Man wusste, dass er mit allen möglichen Frauen Umgang pflegte und mit Jetta nicht in Frieden gelebt hatte. Seine Töchter schlugen offenbar dem Vater nach. Die älteste war mit dem Sohn eines Bankers und Vater von drei Kindern durchgebrannt. Die zweite hatte versucht, Schauspielerin zu werden, und hatte es schon auf drei Ehemänner gebracht. Von der jüngsten, der Studierten, erzählten sich die Leute, sie nehme Morphium und habe einen Professor in Black River geohrfeigt.

Nach Jettas Tod zog sich Bernard Weiskatz angeblich aus dem Geschäftsleben zurück, aber der Revisor, der die

Buchführung für Bernard erledigte, ließ durchblicken, dass Weiskatz mehr Geld machte denn je. Er hatte ein riesiges Gebäude an der Wall Street in New York gekauft und machte alle möglichen anderen Geschäfte. Andererseits deutete Bernard Weiskatz' Arzt an, dass sein Patient unter hohem Blutdruck leide und dass er es nicht mehr lange machen werde, wenn er nicht aufhöre, wie ein Schwein zu essen und eine Zigarre nach der anderen zu rauchen.

Die Beziehung zwischen Bernard Weiskatz und Lipman Neininger war immer eigenartig gewesen. Lipman nannte Weiskatz zwar »Chef«, aber sie aßen oft zusammen, reisten zusammen und waren wie zwei gute Freunde oder gar Brüder. Wenn Bernard etwas tat, was Lipman missfiel, dann schimpfte er Bernard Tyrann, Diktator, Rüpel oder was ihm sonst gerade einfiel. Sie konnten sich zanken, aber im nächsten Augenblick waren sie wieder Kumpel. Es ging das Gerücht, dass Lipman Bernard mit Frauen versorge. Er kochte und briet die Lieblingsgerichte, die er noch aus ihrer Heimatstadt in Erinnerung hatte: Kischke, Sabbat-Tscholent mitten in der Woche, gefillte Fisch, Kalbsfuß-gelee und andere Delikatessen, die der Arzt streng verboten hatte. Bernard kaufte keinen einzigen Anzug oder Mantel ohne Lipmans Zustimmung. Er fragte ihn sogar vor geschäftlichen Entscheidungen um Rat. Bernard machte sich einen Spaß daraus zu behaupten, er würde für eine Unternehmung immer erst Lipmans Erlaubnis einholen und dann das Gegenteil tun.

Seit Jettas Tod sah man Bernard und Lipman ständig zusammen, und Lipman schlief jetzt sogar in Jettas Bett. Ein Dienstmädchen verriet, wenn Bernard mitten in der Nacht Hunger habe, würde Lipman aufstehen und seinem

Chef eine Ente oder Zwiebeln in Hühnerfett für einen mitternächtlichen Imbiss braten.

Bernard Weiskatz hielt Hunde, Katzen, Papageien und Kanarienvögel. Er hatte eine Schwäche für liturgische Gesänge und für Songs aus dem jiddischen Theater, und sein Haus war voller Schallplatten.

Bei aller Lebenslust litt Bernard Weiskatz unter Anflügen von Melancholie. Er hatte auf Jettas Grab ein kostspieliges Grabmal errichten lassen, das auch schon seinen Namen trug: Baruch Bernard Weiskatz. Er hatte einen Fonds zur Unterstützung bedürftiger Studenten eingerichtet, und er ließ zum Andenken an Jetta eine Torarolle abschreiben. In Black River erzählte man sich, dass Bernard Weiskatz in Chicago oder New York Spiritisten befragte, an Séancen teilnahm, um Kontakt mit Jetta im Jenseits aufzunehmen.

Als Lipman gefragt wurde, ob das stimme, erwiderte er: »Mein Chef ist ein wilder Mensch, und einem wilden Menschen kann man alles zutrauen.«

Hertz Minskers und Miriam Kowaldas Ankunft in Black River war ein besonderes Ereignis für Bernard Weiskatz. Die Universität hatte zwei Zimmer für das Paar reserviert, aber Bernard bestand darauf, dass die Gäste bei ihm wohnten. Er stellte Bernard und seiner Begleitung eigens ein Auto zur Verfügung und lud die wichtigsten Professoren zu einem Festessen für Minsker ein. Als die Universität sich später weigerte, den Lehrstuhl für Humanforschung anzunehmen, den Weiskatz stiften wollte, informierte der Mäzen den Präsidenten, dass er alle Verbindungen zur Universität kappen und keinen Pfennig mehr für sie ausgeben werde. Das führte sogar zu einem ernsten Streit zwischen Bernard Weiskatz und Lipman, der damit herausgeplatzt war, dass

Dr. Minsker ein Schwindler sei. Bernard Weiskatz schüttelte die Faust und brüllte: »Geh wieder nach Amshinov!«

Wenige Wochen nachdem Hertz sich wieder in New York niedergelassen hatte, kündigte Bernard Weiskatz an, er werde in Zukunft mit Lipman ebenfalls dort leben. Diesmal löste er sein Unternehmen in Black River wirklich auf, zog aus seinem Haus aus und ließ nur jemanden darin zurück, der die Hunde, Katzen und Vögel versorgen sollte.

Bernard Weiskatz hatte beschlossen, seine letzten Jahre der »Humanforschung« zu widmen. Er hatte begonnen, Hertz Minsker mit »Rabbi« anzusprechen.

Er erklärte: »Rabbi, alles, was Sie sagen, ist die heilige Wahrheit. Deshalb wollen sie Ihnen nicht zuhören. Ich, Bernhard Weiskatz, bin an Ihrer Seite. Was auch passiert, an Geld wird es Ihnen nie mehr fehlen. Mein ganzes Vermögen ist Ihrs!«

Trotz der Wohnungsnot mietete Bernard Weiskatz eine Achtzimmerwohnung am Central Park West. Für Hertz Minsker besorgte er eine Unterkunft und ein Büro in der Nachbarschaft. In New York wurde eine neue Organisation gegründet: die *Unabhängige Gesellschaft zur Erforschung der Menschheit und ihrer physischen und spirituellen Bedürfnisse.*

2.

Als Hertz Minsker Miriam Kowalda nach Black River mitnahm, ahnte er nicht, wie nützlich sie ihm sein würde. Als Frau reizte sie ihn nicht übermäßig, allerdings mehr als Bronja. Er nahm sie mit, weil es ihm zu langweilig war, allein zu reisen, und weil er fürchtete, dass Minna ihn blamiert hätte.

Außerdem hoffte er, dass Morris Calisher sich mit Minna versöhnen würde. Hertz wollte seinem alten Freund nicht die Frau stehlen und mit ihr durchbrennen wie ein romantischer Schneiderlehrling. Vor allem wusste Hertz, dass Minna nicht auf den Luxus verzichten konnte, den sie bei Morris genossen hatte, und dass ihr die jiddischen Autoren fehlen würden, mit denen sie sich umgeben hatte. Wer würde hier im amerikanischen Mittelwesten ihre Gedichte lesen? Wo würde sie einen Drucker finden, und wer würde die Publikation ihrer Lyrik finanzieren? Minna stand an der Schwelle zum Alter, wie man so sagt. Als er aus Black River zurückkam, war sie bereit gewesen, sich wieder mit ihm einzulassen. Aber keine romantische Verstrickung hätte ihr das Dichten und den Lebensstil in New York ersetzen können.

Für Miriam Kowalda dagegen war es kein Verlust gewesen, New York aufzugeben. Bald stellte sich heraus, dass der Instinkt – das Unbewusste, wie Eduard von Hartmann es nannte – laut Hartmann keine Fehler beging.

Wie alle alternden Genussmenschen litt Bernard Weiskatz nicht nur an einer ganzen Reihe von Beschwerden und Krankheiten, sondern war gleichermaßen von Melancholie und Hypochondrie geplagt. Er hatte seine Frau jahrelang gequält und betrogen, und ihr Tod hatte Schuldgefühle in ihm geweckt. Seine beiden älteren Töchter, die Gojim geheiratet hatten, und die jüngste, die ein Lotterleben führte, waren für Weiskatz der Beweis, dass sein ganzes Leben ein Fehler gewesen war. Er hatte ein enormes Vermögen angehäuft und nun keine rechten Erben.

Ein zweites Vermögen hatte er der Universität in Black River geschenkt, aber er spürte, dass die amerikanischen Professoren ihn und seine Bedürfnisse nicht würdigten. Er wusste, dass sie hinter seinem Rücken über ihn lachten. Zwar erwiesen sie ihm den gebührenden Respekt, redeten ihn aber mit verstecktem Sarkasmus an. An der Art, wie sie Hertz Minsker empfingen und dessen Plänen und Theorien mit nachlässiger Herabsetzung begegneten, erkannte Weiskatz, dass er mit seinen philanthropischen Bemühungen ebenfalls gescheitert war.

Hertz Minsker merkte bald, wie es um Bernard Weiskatz stand und was ihn verstörte, und er begann, für ihn Séancen nach Art von Bessie Kimmel zu organisieren. Wieder wurde Miriam ein Geist, diesmal der Geist von Mrs Weiskatz. Bernard Weiskatz gab sich diesen Séancen mit unglaublicher Inbrunst hin. Bald wurden sie sein Trost und seine Passion.

Hertz Minsker entlockte den Juden in Black River, Lipman und Bernard selbst eine Menge Informationen über die verstorbene Mrs Weiskatz. Miriam hatte sich mit den jüdischen Frauen in Black River angefreundet. Sie fand sogar ein Tagebuch, das Mrs Weiskatz in fehlerhaftem Jiddisch geführt hatte, und hörte sich ihre Stimme und die jiddische Sprachmelodie auf Tonaufnahmen an.

Hier, wie bei all seinen anderen Angelegenheiten, entdeckte Hertz Minsker in seiner Begegnung mit Miriam die Hand der Vorsehung. Sie war buchstäblich wie geboren für die Rolle, die sie nun spielte. Bei diesen im Wohnzimmer von Bernard Weiskatz zelebrierten Séancen beobachtete Hertz mit Erstaunen, wie geschickt Miriam Stimme und Tonfall der toten Frau nachahmte und wie gründlich sie die psychische Verfassung der andern verstanden hatte und wiedergab.

War Miriam eine dermaßen begabte Schauspielerin, oder verbarg sich in der Täuschung eine Spur Wahrheit? Fand nicht so etwas wie eine Seelenverbindung statt, wenn man die Rolle einer anderen Person übernahm? Wie sonst hätten berühmte Schauspielerinnen, etwa Mademoiselle Rachel, Sarah Bernhardt oder Eleonora Duse die größten Geister ihrer Zeit bezaubern können? Schauspieler waren Medien, auch wenn sie es nicht wussten. Sie öffneten Türen zu Wesen, die existierten und sich zu offenbaren suchten.

Noch in Black River erkannte Minsker, dass Miriam ihm oft Fakten und Einzelheiten aus seiner eigenen Familie offenbart hatte, die sie anders nicht hätte erfahren können. Hertz begriff jetzt, warum so viele Medien und Spiritisten sich in Falschmeldungen verfingen. Die Falschmeldung war für diese Menschen die Wahrheit. In gewisser Weise galt das auch für Hertz' Lügen und Betrügereien. Wie konnte in einem von Gott stammenden Universum überhaupt so etwas wie eine Lüge existieren?

In einem Punkt stimmte Hertz Minsker Spinoza zu: Man musste nur geschickt darin sein, den Funken von Wahrheit überall, aus jedem Menschen und in jeder Lage zu extrahieren. Wenn Gott Minsker genügend Jahre garantierte, würde er ein Buch mit dem Titel *Die Wahrheit der Falschheit* schreiben.

Bernard Weiskatz war nicht nur Minskers wegen nach New York gekommen, sondern auch – und wahrscheinlich in der Hauptsache – wegen Miriam, die sich ihm Nacht für Nacht zeigte, ihm zärtliche Worte ins Ohr flüsterte, ihn küsste und streichelte, ihm von seinen Kindern und Enkeln berichtete. Im gedämpften Licht einer einzigen roten Lampe beobachtete Hertz Minsker eine Kraft, die tatsächlich ein metaphysisches Drama war.

Lipman, Bernard Weiskatz' Dienstmann, klagte immer noch, alles sei ein Schwindel, ein Bluff, ein kunstvoller Trick, aber allmählich zog Miriam auch Lipman in ihren Bann. Sie brachte ihm Grüße und Botschaften von Verwandten und verwöhnte ihn gelegentlich mit einem Klaps oder Kuss.

Wenn ihn seine Erinnerung nicht trog, hatte Hertz jetzt zum ersten Mal in seinem Leben keine Geldsorgen. Bernard Weiskatz war kein Morris Calisher, er warf ihm nicht ein paar Dollar hin, gerade genug, um ihn vor dem Verhungern oder dem Obdachlosendasein zu bewahren. Bernard Weiskatz war ein Multimillionär, der sorglos mit seinem Geld umging. Er überwies Tausende Dollar auf ein Girokonto und händigte Hertz das Scheckheft aus.

Bernard drängte Hertz, die Aktivitäten der *Gesellschaft* zu erweitern und mehr Helfer einzustellen. Er war entschlossen, die *Gesellschaft* in den Zeitungen, Zeitschriften und im Radio anzukündigen. Er wollte eine Pressekonferenz veranstalten und Prominente zu den Séancen einladen. Hertz Minsker konnte ihn kaum zurückhalten.

Hertz hatte jetzt viele Gründe, glücklich zu sein, aber er erinnerte sich an Schopenhauers Beobachtung, dass er sich immer ängstige, und wenn er nichts habe, was ihn ängstige, so beängstige ihn gerade dies. Trotz des Wohlstands hatte Hertz das Gefühl, das Unglück warte nur darauf, zuzuschlagen.

Er wachte mitten in der Nacht auf, immer minutengenau zur gleichen Zeit, noch zitternd nach einem Traum, von dem er nichts mehr wusste, schweißgebadet, voller Angst und Verlangen. Miriam lag im anderen Bett, aber er ging nicht zu ihr. Er setzte sich im Dunkeln auf, lehnte sich gegen das feuchte, zerknitterte Kopfkissen und begann zu sondieren und zu prüfen, was in dieser Person namens Hertz Minsker vorging. Litt er unter Todesangst, Krankheit, Wahnsinn? Planten Feinde, ihn zu vernichten? Hatten sich Menschen verschworen, ihn falsch zu beschuldigen? Würde Hitler den Krieg gewinnen und Amerika besetzen? Oder würde es eine Übernahme durch die Kommunisten geben? Hertz hatte seinen Albtraum jetzt fast vollständig vergessen, bis auf eine weiße Gestalt und eine dünne kleine Stimme, die zu dieser Gestalt gehörte und auch wieder nicht gehörte.

Hertz Minsker wischte sich mit einem Zipfel seiner Pyjamajacke den Schweiß von der Stirn. Er saß im Bett und zitterte. In der Nacht hatte er eine Tragödie erlebt, aber er wusste nicht, worin diese Tragödie bestand.

Tief im Innern beklagte er ein Unglück, für das es keinen Trost gab. Wahrscheinlich das Unglück, dass sie die Juden in Europa vernichten, sagte sich Hertz. Zur selben Zeit, da er hier daran arbeitete, seine Leidenschaften zu befriedigen, waren seine Lieben wahrscheinlich allen Folterqualen der Inquisition ausgesetzt. Wer konnte sich sämtliche Höllen-qualen ausmalen, die die Bestie Mensch erfinden konnte? Die Menschheit erforschen? Die Menschheit hatte längst vorgeführt, wozu sie in der Lage war. Sie erlösen? Die Frage war, ob sie ihre Erlösung verdiente.

Hertz Minsker legte den Kopf wieder aufs Kissen, aber einschlafen konnte er nicht mehr. Plötzlich fiel ihm Bronja ein. Sie war nicht in New York. Als er versucht hatte, sie von Black River aus anzurufen, war Bessie ans Telefon gegangen.

Sie war grob gewesen. Bronja sei nicht in der Stadt, hatte sie ihm erklärt und aufgelegt.

Als Hertz etwas später wieder anrief, sagte ihm Bessie wütend, Bronja sei in Florida, und mehr wisse sie auch nicht. Hertz hatte sie erinnert, dass er Bücher in seinem Zimmer liegen habe, die er jetzt brauche, aber Bessie erwiderte, ohne Bronjas Genehmigung werde sie ihm nicht gestatten, auch nur ein einziges Ding aus der Wohnung zu holen.

Ein paar Wochen danach hatte Hertz wieder angerufen, aber inzwischen war der Anschluss stillgelegt. Bessie Kimmel war offenbar ebenfalls nicht mehr in der Stadt.

Bronjas Verschwinden beunruhigte Hertz. Wo war sie? Warum hatte sie sich nicht gemeldet? Er hatte ihr aus Black River geschrieben, aber sie hatte nicht geantwortet. Hatte sie womöglich schon einen anderen Mann gefunden? Minna hatte auf Hertz' Frage nach Bronja durchtrieben gelächelt, als wisse sie etwas, wolle es aber für sich behalten. Er hatte versucht, sie zum Reden zu bringen, aber Minna sagte nur: »Was weiß ich von deinen Frauen?«

Man hatte sich gegen ihn verschworen, oder aber das Schicksal bereitete eine Katastrophe vor.

3.

Eines Tages – Hertz saß in dem Büro, das Bernard Weiskatz für ihn gemietet hatte, und brütete über einem Manuskript – klingelte das Telefon, und die Vermittlung sagte: »Dr. Hertz Minsker? Ein Anruf aus Miami.«

Nach einer Weile hörte Hertz eine Stimme, die er kannte, aber nicht ohne weiteres identifizieren konnte. Es war eine heisere, kratzige Stimme, und sie sagte: »Hertz, hier ist Bessie.«

»Bessie, ich habe nach dir gesucht.«

»Hertz, hör einfach zu, was ich zu sagen habe!«, sagte Bessie streng und ohne Einleitung. »Bronja ist krank, sehr krank. Sie ist im siebten Monat, und so Gott will, wird das gutgehen. Aber sie hat Leukämie.«

»Was? Sie ist schwanger?«

»Im siebten Monat.«

Also, das war's!, schrie eine innere Stimme in Hertz. Er hatte die Sprache verloren. Seine Kehle wurde eng und sein Gaumen trocken.

»Sie ist in Miami?«, fragte er dann.

»Ja, sie kam hierher, um eine Abtreibung machen zu lassen. Man hatte ihr gesagt, hier sei das leichter möglich. Aber sie ist krank geworden, und der Arzt weigerte sich, die Abtreibung durchzuführen. Wenn sie nur die Schwangerschaft durchsteht.«

»Warum hast du mir das nicht gesagt? Gott im Himmel!«

»Du bist mit deinen anderen Frauen zu beschäftigt. Bronja ist eine Heilige, aber selbst Heilige haben ihren Stolz. So behandelt man nicht mal einen Hund«, sagte Bessie wütend.

Hertz spürte, wie sich ihm der Magen umdrehte. Ich bin ein Mörder, ein Mörder. Er wusste nicht, was ihn mehr entsetzte, Bronjas Krankheit oder die Nachricht, dass er in seinem Alter Vater werden sollte. Nun, das ist zu viel! Zu viel!, sagte er sich. Das ist das Ende.

Bessie hustete, und ihre Stimme wurde noch kratziger. »Wenn du sie noch sehen willst, solange sie am Leben ist, musst du sofort kommen. Ich habe in diesen letzten Wochen auf sie aufgepasst, aber ich muss zurück an die Arbeit, sonst verliere ich alle meine Patienten. Nur Gott weiß, dass ich alles Menschenmögliche für sie getan habe.«

»Wo wohnt sie?«

»Bis jetzt war sie im Krankenhaus, aber nun wohnt sie in einem Einzimmerapartment. Nimm das nächste Flugzeug hierher. Warte keine Minute mehr!«

Bessie gab Minsker die Adresse. Er notierte sie, und ihm fiel auf, dass seine Handschrift sich in diesem Augenblick bis zur Unkenntlichkeit veränderte. Er konnte sein Gekritzel selbst kaum lesen. Bitternis überschwemmte seinen Magen in Wellen. Schluckauf und Rülpser schüttelten ihn. Seine Knie zitterten.

Nu ja, ich bin dazu verdammt, nie Frieden zu finden, dachte er. Menschen wie ich wandern ewig durch die Gehenna.

Hertz dankte Bessie, und zur Antwort knurrte sie.

Erst als er den Hörer aufgelegt hatte, begann er zu rechnen. Bronja hatte ihm nicht erlaubt, irgendeine Geburtenkontrolle zu üben. Sie hatte behauptet, sie könne nicht mehr schwanger werden.

Sterben will sie! Sie will nicht mehr leben!, schrie eine innere Stimme in Hertz. Schon seit ich sie ihren Kindern weggenommen habe. Das ist schlicht und einfach Selbstmord.

Hertz versuchte Miriam zu erreichen, aber sie war nicht zu Hause. Er rief Bernard Weiskatz an, aber Lipman kam ans Telefon.

Er sagte: »Der Chef ist nach Chicago geflogen, übermorgen kommt er zurück.«

»Wo wohnt er? Vielleicht kann ich ihn erreichen?«

»Der Chef hat nicht gesagt, wo er wohnen wird. Wahrscheinlich schläft er im Park«, witzelte Lipman.

»Ich muss sofort nach Miami Beach fliegen«, sagte Hertz.
»Ich rufe Bernard dann von dort aus an.«

»Müssen Sie da unten ein paar Seelen erforschen?«, fragte Lipman sozusagen naiv ironisch.

»Meine Frau ist furchtbar krank.«

»Miriam?«

»Nein, eine andere. Sie kennen sie nicht.«

»Wie kann ein Mensch alle Ihre Frauen kennen?«, entgegnete Lipman. »Möge sie bald genesen. Sie sind der Sohn eines Rabbis, das ist wahr, aber manchmal kann auch ein einfacher Jude es schaffen, etwas von Gott zu erbitten.«

»Etwas Ähnliches steht auch in der Gemara: ›Man soll den Segen eines einfachen Menschen niemals als leicht abtun.‹«

»Vor langer Zeit im Cheder habe ich die Gemara studiert, aber alles vergessen«, sagte Lipman. »Ich weiß nur noch einen halben Satz: ›Wer bei seinem Nachbarn etwas lagert …‹«

»Könnten Sie mir vielleicht einen Platz in einem Flugzeug reservieren?«

»Ich kann alles. Wenn einer so viele Jahre für meinen Chef arbeitet, muss er alles wissen und können – er muss mitten in der Nacht einen Puter braten, aber auch eine Rebbetzin finden können, die in einem Nachtclub in Honolulu singt. Wann möchten Sie denn reisen?«

»So bald wie möglich.«

»Wo sind Sie? Ich rufe gleich zurück.«

Hertz musste schleunigst aus dem Haus, um vor Bankschluss noch einen Scheck einzulösen.

Dann ging er zum Packen nach Hause. Miriam hätte im Büro der *Gesellschaft zur Erforschung der Menschheit* sein sollen, aber sie nahm seinen Anruf nicht an.

Kann es sein, dass Minna von Bronjas Schwangerschaft wusste und mir nichts gesagt hat? Er rief sie an, aber sie war auch nicht zu Hause. Sie sind meine Feinde. Alle freuen sie sich über meinen Untergang, grübelte Hertz. ›Des Menschen Feinde sind sein eigenes Hausgesinde‹, erinnerte er sich.

Er holte einen Koffer und packte Hemden, Taschentücher, Socken ein.

Ich will keine Kinder! Ich will nicht neue Generationen in dieses Tal der Tränen bringen! Hertz rief zu den höheren Mächten hinauf: Allmächtiger, hilf ihr! Mach, dass sie Heilung findet. Wenn nicht, nimm auch mich. Ich habe genug Seelen getötet. Ich kann nicht weiter morden.

Hertz' Därme verkrampften sich, und ein gallebitterer Geschmack kam ihm in Wellen hoch. Ihm war speiübel. Er ging ins Bad, beugte sich über die Toilettenschüssel, öffnete den Mund, um zu erbrechen, aber nur wenige Tropfen Galle kamen heraus. In seinen Schläfen pochte es, und vor seinen Augen tanzten helle Flecken.

Ich bin ein Mörder, ein Mörder. Geradeso gut hätte ich sie erdolchen können. Und was soll ich mit dem Kind machen? Ich bin ein alter Jude. Nein, ein alter Nazi.

Das Telefon klingelte; es war Lipman. Er hatte in der Maschine um sieben Uhr einen Platz für Hertz reserviert. Hertz dankte ihm und dachte dabei: Wer weiß? Womöglich stürzt das Flugzeug ab, und das ist dann mein Ende. Vor wenigen Tagen erst waren mehrere Dutzend Passagiere bei einem Flugzeugabsturz verbrannt. Ja, das wäre ein passendes Ende dieser Tragikomödie, meinte Hertz.

Wieder klingelte das Telefon, und Hertz beeilte sich, den Anruf anzunehmen. Morris Calisher sagte mit seiner heiseren Stimme: »Haiml, was machst du gerade? Ich habe in deinem Büro angerufen, aber keiner hat geantwortet. Haiml, ich muss mit dir reden. Es ist wichtig.«

»Was musst du bereden? Ich fliege jetzt gleich nach Miami. Bronja geht es nicht gut. Alle bösen Mächte haben sich über mir zusammengeballt. Ich bin schon so gut wie zu Tode gemartert.«

»Warte, nicht den Kopf verlieren! Wenn es ihr nicht gut geht, kann der Allmächtige sie heilen«, sagte Morris. »Er heilt die Kranken. Du magst sein, was du bist. Aber dein Vater war immer noch der Pilsener Rabbi. Du stammst aus einer hochberühmten Familie und hast vielleicht sogar eigene Verdienste. ›Ein sündiges Israel ist immer noch Israel.‹ Bei all deinem Unfug bist du doch ein großer Mann. Schon aus dem Grund muss dir alles verziehen werden.«

»Morris, ich stecke in einem schrecklichen Dilemma. Ich bin verzweifelt. Ist Minna zu Hause?«

»Minnele ist zum Drucker gegangen. Die Fahnen sind fertig. Haiml, wir sind uns einig, dass du eine Einleitung zu ihrem Buch schreiben musst. Du bist schon ein reicher Mann, stimmt, aber wir bezahlen dich trotzdem. Du brauchst nicht mehr als fünf oder sechs Seiten zu schreiben, und ich gebe dir einen Scheck über tausend Dollar. Da du reich bist, liebst du zweifellos das Geld wie alle Reichen.«

»Moyschele, ich bin jetzt nicht in der Verfassung, irgendwas zu schreiben. Mein Verstand ist in Fetzen!«

»Haiml, Minnele wird bitter enttäuscht sein. Als ich ihr vorgeschlagen habe, dass du die Einleitung schreiben sollst, war sie hell begeistert. Wer kennt Minnele und ihr Werk so gut wie du? Sechs Seiten sind noch leer, und deine Einleitung wird dem Werk Format geben. Wir zählen auf dich. Du bist hochangesehen. Sogar deine Feinde geben zu, dass du bedeutend bist. Die Kritiker sind komplette Idioten, Verzeihung. Bring sie mal dazu, dass sie dir erklären, was wirkliche Dichtung ist. Versuch's. Wenn du sagst, das ist gut, heben sie das Werk in den Himmel. Aber wenn nicht –«

»Moyschele, Bronja ist todkrank.«

»Wie kann das sein? Sie ist doch schon eine ganze Weile schwanger.«

»Das weißt du? Alle haben es gewusst, nur ich nicht?«

»Wie denn auch, wenn du dich aufmachst und mit einer anderen davonläufst? Du bist der Vater, da kannst du sicher sein.«

»Wäre nur ein anderer der Vater! Ich habe kein Bedürfnis, Kinder zu machen, damit Hitler jemanden hat, dem er einen gelben Stern anheften kann.«

»Wir Juden werden nicht nur einen Hitler überleben, sondern alle Hitlers. Wir Juden haben Nebukadnezar und Haman überlebt, und Chmielnicki, und mit Gottes Hilfe begraben wir auch Hitler.«

»Inzwischen begräbt er uns.«

»Keiner begräbt uns, Haiml. Die Seele lebt weiter. Das muss ich dir nicht erzählen. Der Leib ist nur ein Gewand. Du legst ein altes Gewand ab und ziehst ein neues an. All unsere Seelen haben auf dem Berg Sinai gestanden. Wir werden da sei, wenn der Messias kommt, und wir werden den Tempel bauen. Haiml, ich lasse dich nicht. Du musst mir versprechen, dass du die Einleitung schreibst.«

»Ich bin auf dem Weg nach Miami. Außerdem habe ich das Manuskript nicht.«

»Ich bringe dir die Fahnen. Der Drucker hat zwei Exemplare gemacht. Dafür werden wir dich immer im Gedächtnis behalten.«

»Das Flugzeug geht um sieben Uhr.«

»Ich nehme ein Taxi und komme sofort zu dir. Ich bin in zehn Minuten da. Wie lange brauchst du, um ein paar Seiten zu schreiben? Du kannst auch ein paar Zitate aus ihren besten Gedichten einbauen und bist im Nu fertig. Ich gebe dir den Scheck über tausend Dollar im Voraus. Ich schick ihn dir mit Luftpost. Deine Bronja wird geheilt, mit Gottes Hilfe. Sie ist noch jung, und da sie Mutter wird, muss sie auf dieser Welt bleiben. Haiml, ich will dir keine Ratschläge geben, aber schließlich wird sie die Mutter deines Kindes, also geh zu ihr zurück und lebe anständig.«

»Moyschele, sie hat Leukämie.«

»Was? Wie ist das denn so plötzlich gekommen? Ich bete für sie, und mach du das auch. Es gibt einen Gott, der Gebete erhört. In New York gibt es großartige Ärzte. Hol sie hierher. Ich habe von einem Doktor gehört, der Wunder wirken kann. Wir reden von Angesicht zu Angesicht darüber. Ich bin in zehn Minuten da. Geh nicht weg.«

Und Morris Calisher legte den Hörer auf.

Alles zerbröckelt, sagte sich Hertz. Eine Weile blieb er neben dem Telefon stehen und meinte, es müsse gleich wieder klingeln, aber das Gerät blieb still.

Hertz wandte sich wieder seinem Koffer zu.

Was habe ich nicht eingepackt? Irgendwas habe ich ganz sicher vergessen. Ich weiß einfach nicht mehr, wo auf dieser Welt ich stehe.

4.

Morris Calisher rauchte seine Zigarre, und Hertz Minsker warf einen Blick auf die Druckfahnen von Minnas Gedichten. Er las und summte eine Art Melodie. Banale, hohle Phrasen, dachte er. Wie kam es, dass kein einziges eigenständiges oder ehrliches Wort aus ihrer Feder floss? Und wie konnte Morris von diesem albernen Schwachsinn so hingerissen sein?

Morris sah ihn mit seinen großen schwarzen Augen dauernd halb fragend, halb angstvoll an. Er erinnerte Hertz an einen Patienten, der darauf wartet, dass ein Arzt ihm sagt, ob er gesund oder sterbenskrank ist.

Na ja, loben muss ich es jedenfalls, sagte sich Hertz. Da ich sowieso ein Lügner bin, wird eine zusätzliche Lüge auch nicht schaden.

Er legte die Fahnen aus der Hand und sagte: »Bemerkenswert.«

»Du findest sie gut?«

»Die meisten kenne ich ja.«

»Schreib eine warmherzige Einführung. Sei nicht wortkarg«, sagte Morris, halb befehlend, halb flehend.

Hertz hätte ihn am liebsten gefragt: Und wenn ich sie lobe? Was hast du denn davon, du Idiot? Und wieso hast du dich von dieser Frau hinters Licht führen lassen, nachdem alle Indizien dafür sprechen, dass sie dich betrogen hat? Tja, das ist die Macht des menschlichen Wahnsinns.

»Na gut, ich schreibe sie«, sagte Hertz.

»Mach's jetzt gleich. Der Drucker wartet. Du bist schließlich ein geübter Schriftsteller. Ich habe gesehen, wie du in einer halben Stunde einen ganzen Stapel Papier vollgeschrieben hast.«

»Ich kann einen Stapel Papier in einer halben Stunde beschriften, aber ich habe mich mehr als dreißig Jahre lang mit einem einzigen Werk herumgeschlagen, und jetzt werde ich es nie mehr schreiben.«

»Du wirst es noch schreiben. Dieser Weiskatz hat Zugang zu den wichtigsten Leuten.«

Hertz wollte antworten, aber in diesem Augenblick klopfte jemand an die Tür. Er öffnete und sah zu seiner Verwunderung, dass es Minna war. Warnen konnte er sie nicht mehr, Morris hatte sie schon gesehen.

Minna trug einen neuen Nerzmantel, den Morris ihr gerade gekauft hatte, und einen Pelzhut aus dem gleichen Material.

Einen Augenblick stand sie da und dachte nach, sagte dann: »Ich habe beschlossen, unseren Freund zu besuchen.«

»Wir sitzen hier und lesen deine Gedichte. Hertz ist bezaubert«, sagte Morris. »Er wird die Einführung schreiben.«

»Wenn ich will, dass Hertz die Einführung schreibt, brauche ich dich nicht als Vermittler!«, sagte Minna mit der Arroganz von Menschen, die wissen, dass Angriff die beste Verteidigung ist. »Ich kenne Hertz ziemlich gut, und er kennt meine Gedichte.«

»Gestern hast du selbst gesagt, dass –«

»Gestern ist nicht heute, und heute ist nicht gestern«, sagte Minna.

»Bitte, Morris, bleib du bei deinen Geschäften und überlass mir die Sorge um meine Gedichte. Ich weiß sehr gut, dass sie über mich herfallen werden wie eine Hundemeute. Sie sind neidisch auf alles, was man tut. Man könnte denken,

Leute würden reich von einem Gedichtband. Man hat mir schon gesagt, dass sie die Krallen im Voraus wetzen. Hertz, du weißt, wie korrupt die literarische Welt ist. Es ist eine einzige Clique, und wer nicht dazugehört, wird in Stücke gerissen.«

»Warum solltest du nicht dazugehören?«, fragte Morris. »Wenn du eine Autorin bist, müsstest du doch eine von ihnen sein.«

»Was? Erstens sind es nur Männer, und sie behandeln mich von oben herab, weil ich eine Frau bin. Eine Frau kann ja vielleicht Talent haben, aber sie spüren gleich ihre Fehler auf. Unter uns Juden ist es eben so, und es kommt von denen, die Gott jeden Tag danken, dass sie nicht als Frau geboren sind. Außerdem bin ich kein Schnorrer. Ich gehe nicht von Tür zu Tür und biete meine Bücher feil, und das ärgert die anderen. Was soll der Koffer mitten im Zimmer?«, fragte Minna.

»Ich fliege nach Miami«, sagte Hertz. »Bronja ist sehr krank.«

Minnas Gesichtsausdruck änderte sich prompt. »Ich dachte, mit Bronja wärst du schon fertig. Jetzt wird Miriam doch noch dein Opfer.«

»Minnele, wie redest du denn mit unserem Freund? Bronja ist seine Frau. Er wird bald Vater.«

Minna trat einen Schritt zurück. »Was ist denn mit euch beiden los?«

»Es ist wahr«, sagte Hertz. »Bronja ist hochschwanger – und außerdem hat sie Leukämie.«

»Ich hätte nicht gedacht, dass mich noch irgendwas überraschen kann«, sagte Minna, halb zu sich selbst, halb zu Hertz, »aber jeder Tag bringt neuen Wahnsinn. Wieso hast du das für dich behalten?«, fragte sie. »Schließlich bin ich nicht so feindselig, dass ...«

Und Minna sprach nicht weiter.

»Ich habe es selbst nicht gewusst«, sagte Hertz.

»Was? Morris, wir gehen. Ich bin vorbeigekommen, weil ich ihm erzählen wollte, was in unseren literarischen Zirkeln so vor sich geht, wie sie gegen jedes neue Talent intrigieren und keiner Frau erlauben, vorzuzeigen, was sie geschrieben hat. Aber er hat seine eigenen Probleme. Ich frage mich, wer sie auf einmal geschwängert hat? Der Heilige Geist?«

»Minnele, so spricht man nicht! Sie ist seine Ehefrau, und das bleibt sie. In der Gemara heißt es: ›Wir fragen nicht nach verbotenen Verbindungen.‹«

»Komm, wir gehen.«

»Nein, Minnele, bleib hier. Ich möchte, dass er die Einführung schreibt. Sei keine – wie sagt man –, keine Primadonna. Du hast Talent, richtig, aber ein Wort dazu von Hertz Minsker kann nicht schaden. Wenn er sagt, dass du großes Talent hast, werden sie nicht wagen –«

»Und wenn Gott selbst das sagte, würden sie sich auf mich stürzen. Schreib ich für die Kritiker? Sie verreißen alles, so wie es ist. Ich schreibe für die Leser. Irgendwo muss es ehrliche Leser geben, die nichts von der Politik der Literaten, dieser ganzen Hetze und Protektion wissen. Sie lesen, und wenn ihnen gefällt, was sie lesen, freuen sie sich und fühlen sich belebt. Wenn es jetzt keine solchen Leser gibt, kommen sie vielleicht eines Tages in der Zukunft wieder. Vielleicht gibt es ja in der alten Heimat noch Juden, und die wissen nichts von den schmutzigen Tricks in den Kulissen. Zu ihnen spreche ich und zu Gott.«

»Ja, Minnele, du hast recht. Sie haben die größten Autoren mit Schimpf überhäuft. Sogar Moses haben sie verleumdet. ›Und es murrte die ganze Gemeinde wider Moses.‹ Nu, und was hat Korah gewollt? Und was war mit Datan und Abiram? Ich muss gehen. Ich habe mit ein paar Leuten Geschäftliches zu besprechen. Wenn alle Gedichte schreiben würden, wer würde dann Häuser und Fabriken bauen? Du wirst es nicht glauben, Haiml, aber ich produziere jetzt Flugzeugteile. Ich weiß nicht mal, was ein Flugzeug ist. Aber meine Techniker wissen es. In Unternehmen musst du nur die Dollars und Cents kalkulieren und etwas Verstand haben. Den Rest machen andere für dich. Ich habe natürlich Partner, aber die wissen auch nicht Bescheid. Und der Präsident? Weiß der denn alles? Er unterschreibt ein Stück Papier, und der Rest passiert schon von allein.«

»Vielleicht ist es mit Gott genauso«, sagte Hertz. »Vielleicht unterschreibt auch Er Papiere, ohne zu wissen, was Er tut?«

Morris erstarrte.

»Haiml, ›taste meine Gesalbten nicht an!‹ Du kannst über alles Witze machen, aber nicht über den Allmächtigen. Ich verstehe die Stimmung, in der du bist, aber über Gott kannst du nicht klagen, Juden sind Loblieder singend ins Feuer gegangen. Wer weiß, was dort drüben unter Hitler geschieht? In der Zeitung steht, dass sie Leichentücher und Gebetsschals angelegt haben und so den Deutschen gegenübergetreten sind.«

»Und Gott schwieg immer noch?«

»Wenn er nicht geschwiegen hätte, würde es keinen freien Willen geben. Minnele, ich gehe, und ich bitte dich: Streite nicht mit Hertz. Was zwischen Eheleuten passiert, geht keinen etwas an. Haiml, versprich mir, dass du sie nicht ohne deine Einführung gehen lässt.«

»Morris, ich kann jetzt nichts schreiben.«

»Du musst, du hast es mir versprochen. Ich habe dem Drucker schon gesagt, dass wir die leeren Seiten füllen, und sie warten. Sie sind schon unterwegs zur Maschine, hat der Drucker gesagt, und eine Maschine kann nicht warten. Auf Wiedersehen, Minnele, bis heute Abend.«

»Mach ein Fenster auf!«, rief Minna. »Mit seinen Zigarren vergiftet er die Luft!«

»Mach, was du willst, Minna. Ich bin am Ende!«, murmelte Hertz.

»Seit ich dich kenne, bist du am Ende. Warum hast du sie geschwängert, wenn du sie hasst?«

»Minna, sie stirbt, und ich bin ihr Mörder. Das ist alles, was ich dir sagen kann.«

»Sie stirbt nicht. Diese Bessie Kimmel hat sie runter nach Florida gezerrt und hält sie als Geisel. Sie will damit Macht über dich gewinnen. Man kann alle zum Narren halten, aber mich nicht. Ich kenne die Frauen und ihre Tricks, die ganzen Machenschaften und Ränke. Eines will ich dir sagen, wenn du zu deiner Frau nach Miami gehst, ist es ganz aus zwischen uns. Du hast mich genug leiden lassen. Wenn mir vor ein paar Jahren jemand gesagt hätte, dass ich schweigend ertragen würde, was du mir antust, hätte ich demjenigen ins Gesicht gespuckt. Du hast mich in einer Cafeteria meinem Schicksal überlassen und bist mit irgendeiner fremden Betrügerin in die Prärie gezogen, bloß weil dir mein Englisch nicht gut genug war. Ich habe mich mit dir versöhnt, weil – wie sagt man – wenn du einen Dieb brauchst, holst du ihn dir vom Galgen. Ich kann nicht jeden Montag und Donnerstag einen neuen Liebhaber finden. Aber weil du so grenzenlos mies bist, lass dir gesagt sein, dass dies das Ende ist. Lieber sterbe ich, als nach allem, was du mir angetan hast, noch einmal zu dir zurückzugehen. Und gib mir meine Gedichte wieder! Deine Einführung brauche ich nicht, du Mörder!«

Und Minna spie ihn an, dass die Spucke ihm übers Hemd lief. Hertz wischte alles mit einem Taschentuch ab.

»Hör auf damit! Ich gehe zu ihr. Ich lasse sie nicht allein sterben.«

»Geh und schöne Schlittenfahrt. Umbringen soll man dich dort! Verflucht sei der Tag, da ich zum ersten Mal in dein scheußliches Gesicht gesehen habe. Ich bin hierhergekommen mit einem Herzen voller Liebe. Ich habe dir sogar ein Geschenk mitgebracht. Aber du hast mich mit kaltem Wasser übergossen. Du Abschaum!«

»Geh, Minna.«

»Wirfst du mich raus? Ich gehe und komme nie mehr wieder. Wenn Bronja wirklich so krank ist, wie du sagst, dann hast du sie umgebracht. Und wozu ist ein Bankert in deinem Alter gut? Du lebst sowieso nicht lang genug, um ihn aufzuziehen.«

»Ich weiß.«

»Wenn sie Leukämie hat, kann das Kind auch nicht gesund sein. Na, du steckst vielleicht im Dreck. Ich ertrinke in diesem Mist. Gib mir die Gedichte!«

Minna griff sich die Druckfahnen und versuchte, sie in ihre Tasche zu stopfen. Hertz stand auf. »Nimm sie nur mit! Schreiben kannst du sowieso nicht! Du hast keinen Funken Talent! Und das ist die Wahrheit.«

»Was? Gestern hast du gesagt, dass ich großartiger als Bialik bin.«

»Alles, was du schreibst, ist Kitsch.«

Minna wurde rot, dann blass.

»Meinst du das wirklich?«, fragte sie.

»Ja, du bist ein Schmierfink.«

»Na gut, ein Schmierfink ist ein Schmierfink. Auf dem Friedhof sind alle gleich. Ich publiziere das Buch nicht. Ich gehe jetzt zum Drucker und sag ihm, er soll alles wegschmeißen. Adieu, du mieser Scharlatan. Bis zu meinem letzten Atemzug werde ich dich lieben.«

Minna ging zur Tür, drehte sich dann um und sagte: »Dies ist nicht mehr Minna, dies ist ein lebender Leichnam. Warte, ich gebe dir dein Geschenk.«

»Was für ein Geschenk? Deine Geschenke brauche ich nicht«, sagte Hertz.

»O doch. Du warst dein Leben lang ein Schnorrer und ein Zuhälter, und das wird auch so bleiben«, sagte Minna. »Zuerst hat Morris dich unterstützt, und du hast zum Dank mit seiner Frau geschlafen. Jetzt ist Weiskatz dein Wohltäter. Wie dankst du es ihm? Er hat keine Frau. Ich habe dir einen Füllfederhalter gekauft, damit du alle deine schmutzigen Abenteuer in dein Tagebuch schreiben kannst. Wir treffen uns in der Hölle wieder.«

Und Minna schleuderte eine schmale Schachtel auf Hertz' Schreibtisch.

»Warte. Lauf nicht weg. Sei doch nicht so verrückt.«

»Was soll ich denn machen? Weiter hinnehmen, was du mir antust? Du hast mich schon so gut wie umgebracht. Ein Messer mitten ins Herz hätte mich nicht schlimmer verletzen können.«

»Geh nicht, geh nicht! Das ist nur, weil du mich quälst, was kann ich tun? Bronja hat mir immer wieder gesagt, dass

sie nicht schwanger werden kann. Ein Arzt hat ihr das erzählt oder wer weiß wer. Ihr seid alle ein verlogenes Pack.
Jetzt ist sie außerdem noch krank. Ich kann sie nicht sterben
lassen wie einen Hund.«

»Sie hat es nicht anders verdient. Sie benimmt sich wie
ein gewöhnliches Dienstmädchen, das einen Mann halten
will, indem es sich schwängern lässt. Das ist alles kalkuliert.
Wahrscheinlich hat diese Bessie Kimmel ihr das geraten. Du
bist nicht nur ein Lump, du bist dazu noch ein Dummkopf.
Ich gehe.«

»Geh nicht! Ich hänge zu sehr an dir. Alle diese Frauen
bedeuten mir nichts, wenn ich dich nicht habe. Ohne dich
ist alles leerer Unsinn.«

»Heißt das, ich muss als Hintergrund für deine anderen
Frauen herhalten? Eine feine Rolle. Als Schriftstellerin bin
ich, was du sagst, ein Schmierfink nämlich, aber als menschliches Wesen tauge ich noch zu etwas. Auch Schmierfinken
sind Menschen, geschaffen nach dem Bilde Gottes. Ich
schreibe kein einziges Wort mehr. Darauf schwöre ich hier
und jetzt einen heiligen Eid. Ich geh nach Hause und zer-
hacke meine Feder. Wenn Morris unbedingt eine Autorin
haben will, muss er sich eine andere suchen.«

»Hör auf damit! Werd nicht hysterisch. Du hast Talent,
doch.«

»Du sollst im Grab so viel Ruhe haben wie ich Talent.
Ich habe keines. Ich habe es immer gewusst, aber ich wollte mich selbst betrügen. Der Mensch muss für etwas leben
können. Aber jetzt, wo die Katze aus dem Sack ist, muss ich
eben so weitermachen. Ich habe heute alles verloren, dich
und das Schreiben auch. Es heißt ganz richtig: ›Ich bin nackt
von meiner Mutter Leib gekommen, nackt werde ich‹ –«.

»Geh nicht. Ich liebe dich. Ohne dich kann ich nicht leben. Du schreibst nicht schlechter als die literarischen Großmeister. Besser eigentlich. Wenigstens bist du ehrlich.«

»Hertz, wedel nicht mit der Zunge wie ein Hund mit dem Schwanz. Auch ein Lügner muss eine Grenze ziehen. Von jetzt an werde ich dir kein Wort mehr glauben. Ich werde nicht an dich und nicht an mich glauben. Mir bleibt nur noch der Tod.«

»Minnele, bitte, bei allem, was dir heilig ist, hör mich zu Ende an.«

»Idiot! Was ist mir heilig? Und was ist dir heilig? Du hast nicht mal das Recht, dieses Wort in den Mund zu nehmen. Du hast nur ein Ziel, Frauen Kummer zu machen, sie so in ein Netz zu verstricken, dass ihnen nichts übrigbleibt, als sich das Leben zu nehmen. Du hast es geschafft, mich mit deinem Zauber einzufangen, und ich gratuliere dir. Das Opfer liegt zerrissen vor dir, und du kannst sein Blut trinken, wie es zu einem Blutsauger passt. Adieu für immer!«

»Minnele!«

»Mörder!«

Minna ging und schlug die Tür so rabiat hinter sich zu, dass die Fensterscheiben klirrten. Hertz saß eine Weile geistesabwesend da. Dann nahm er die Schachtel in die Hand, die sie ihm dagelassen hatte, und zog einen großen Füller heraus. Er drehte den Stift in der Hand, um das Firmenschild zu lesen. Dieser Füller kann ein ganzes Tintenmeer halten, dachte er. Und hatte sie nicht recht? Ich bin ein Mörder.

Er wandte sich wieder seinem Koffer zu. Was soll ich einpacken? Was will ich dort? Ich hätte nicht so abfällig über ihr Schreiben sprechen sollen. Es ist alles, was sie hat.

Sie leben ganz und gar mit ihren Illusionen. Wenn Morris das erfährt, wird er mein ärgster Feind. Nu, alles ist gegen mich. Die Wahrheit ist, dass mein Leben ohne diese Frau alle Würze verliert. Ich hätte sie nicht gehen lassen dürfen.

Hertz ging ans Fenster und blickte hinunter. Vielleicht wartete sie unten? Aber nein, er sah sie nicht.

Das Telefon klingelte. Vielleicht war es Minna? Etwas zitterte innerlich in Hertz. Aber es war Miriam.

»Hertz, da ist ein Brief aus Black River für dich. Von Professor Arthur Whittacker.«

»Was will er?«

»Anscheinend sind sie nun doch bereit, einen Lehrstuhl für Humanforschung einzurichten. Es ist die Kopie eines Briefes, den sie an Bernard Weiskatz geschickt haben. Wahrscheinlich brauchen sie sein Geld.«

»Miriam, ich will nicht mehr nach Black River, und ich brauche keine Lehrstühle mehr. Da ist nichts zu erforschen. Wir sind alle Kains Kinder, und wir müssen sein Schicksal teilen und sein Mal tragen.«

»Hör sich einer das an! Was ist passiert? Es ist ein langer Brief. Soll ich ihn dir vorlesen?«

»Miriam, ich fliege heute nach Miami.«

»Wozu?«

»Bronja ist sehr krank.«

»Was fehlt ihr?«

»Sie hat Leukämie. Es gibt auch Komplikationen. Ich rufe dich an, wenn ich dort bin. Auch mit Weiskatz telefoniere ich, wenn er zurück ist. Solange ich dort bin, kannst du das Büro schließen.«

»Du wirst es nicht glauben, aber heute ist ein ganzes Bündel Briefe angekommen. Diese Sache weckt eine Menge

Interesse. Die Leute sind die Psychoanalyse leid und brauchen einen Ersatz. Wie hat sie so plötzlich eine Leukämie entwickelt?«

»Alles passiert schnell. Bessie hat mich angerufen.«

»Bessie ist eine psychopathische Lügnerin. Das ist eine Falle.«

»Bronja ist hochschwanger.«

Miriam antwortete nicht.

»Ja, ich verstehe.«

»Was verstehst du? Ich verstehe es ja selbst nicht.«

Wieder gab Miriam eine Weile keine Antwort.

»Was soll ich mit all den Briefen machen? Anrufe sind auch gekommen. Sie wollen dich zu Vorträgen einladen. Du weißt es noch nicht, aber du bist über Nacht ein Volltreffer geworden. Das ist Amerika. Sie brauchen immer etwas Neues. Wenn du dich in Miami niederlässt, wird nichts daraus.«

»Wie kann ich jetzt zu Vorträgen fahren? Ich spreche kein Englisch. Du hast gesehen, wie es in Black River war. Sie haben nicht verstanden, was ich sagte, und ich habe nicht verstanden, was sie fragten.«

»Du wirst dich daran gewöhnen. Du sprichst gut Englisch. Du hast ein reiches Vokabular. Wirklich, Hertz, soweit ich weiß, hast du jetzt zum ersten Mal richtigen Erfolg, also riskiere nicht, ihn zu vermasseln. Das ist wahrscheinlich deine letzte Chance.«

»Das scheint mein Glück zu sein. Was soll ich machen? Ich kann sie nicht wie einen Hund sterben lassen.«

»Wie du ihr helfen kannst? Lass sie nach New York kommen. Hier gibt es viele großartige Ärzte. Verglichen mit New York ist Miami ein Dorf. Wir bringen sie in eine Klinik und alles.«

Hertz sagte lange nichts.

»Miriam, vielleicht könntest du hinunterfliegen und sie holen? Man kann sie dort nicht ganz und gar ihrem Schicksal überlassen.«

»Mit mir würde sie nicht einmal reden. Bessie hat sie wahrscheinlich gegen mich aufgehetzt.«

»In dem Fall hole ich sie nach New York.«

»Ja, hol sie nach New York. Du kannst dich nicht in Miami niederlassen. Weiskatz kommt in ein paar Tagen zurück. Er plant Unglaubliches für dich. Der Mann hat Geld wie Heu und weiß nicht, wohin damit. Ein Multimillionär. Du musst das Eisen schmieden, solange es heiß ist.«

»Es ist schon zu heiß. Das ist die Hitze der Gehenna. Ich melde mich wieder. Bronjas Schwangerschaft ist wie ein Hohn auf mein Alter.«

»Du hast sie geschwängert, nicht mich, Wenn du ein Vater sein willst, musst du Unterhalt verdienen wie ein Vater. Was soll ich wegen der Vorträge unternehmen? In einem Brief werden dir fünfhundert Dollar pro Vortrag geboten.«

»Fünfhundert Dollar? Diese Amerikaner haben Geld. Bleib in Verbindung mit ihnen, und ich werde sehen, wie es weitergeht. Der Erfolg kommt zu spät, wie alles in meinem Leben. Du bist jetzt mein einziger Trost, Miriam«, sagte Hertz in verändertem Ton. »Mit Minna habe ich endgültig Schluss gemacht.«

»Wie oft hast du mit ihr schon Schluss gemacht? Mich musst du nicht belügen, Hertz. Ich weiß sehr gut, dass sie die Frau ist, die du liebst. Ich will deine Sekretärin sein und sonst nichts. Letzte Nacht habe ich nicht geschlafen und über alles nachgedacht. Du kennst meine Gefühle für dich. Aber da du eine andere liebst, hat es keinen Sinn für mich, weiter an dir zu hängen. Ich möchte, dass wir Freunde bleiben und die anderen Spielchen vergessen. Du weißt selbst, dass es zwischen uns nicht gefunkt hat. Du hast bei mir gelegen und von ihr geredet. So etwas bin ich nicht gewohnt.«

»Heißt das, auch du servierst mich ab?«

»Ich serviere dich nicht ab. Ich werde mit Leib und Seele für dich arbeiten, aber unsere Beziehung war von Anfang an falsch. Ich hätte ein Geist bleiben sollen. Du hättest in jener Nacht kein Licht im Bad machen dürfen.«

»Du hast wahrscheinlich entschieden, dass Bernard Weiskatz ein besserer Fang ist.«

Miriam schwieg einen Moment.

»Hertz, du treibst mich in seine Arme, und gleichzeitig beschwerst du dich. Der Zweck dieser ganzen Séancen ist dir doch vollkommen klar. Er legt die Arme um mich und drückt mich so sehr, dass ich fast ohnmächtig werde. Er gibt mir Zungenküsse. Das ist einfach Prostitution. Wenn du irgendetwas für mich empfinden würdest, dann brächtest du mich nicht in so eine Situation. Der Mann ekelt mich an. Das ist die Wahrheit. Nicht als Mensch, aber als Mann. Du agierst wie ein – ich will es nicht beim Namen nennen.«

»Du kannst es ruhig beim Namen nennen. Minna sagt, ich bin ein Zuhälter. Ich habe schon aufgehört, vor Namen zurückzuschrecken. Ein Scharlatan ist ein Scharlatan, ein Zuhälter ist ein Zuhälter, und ein Mörder ist ein Mörder. Ich möchte nicht für etwas gehalten werden, was ich nicht bin. Ich bin nicht mal ein Doktor. Ich bin nie promoviert worden. Ich bin ein Lügner, richtig, aber ich kann auch die Wahrheit sagen.«

»Hertz, mir ist es gleich, ob du ein Doktor bist oder nicht. Ich habe mich nicht in deinen Titel verliebt. Damals bei deinem Vortrag im Labor Temple habe ich dich so gesehen, wie du bist. Ich kann dir alles verzeihen, und ich verstehe dich auch. In gewisser Weise bist du konsistent. Du willst Vergnügen. Das will jeder. Aber ich kann dich nicht mit Minna und sechs anderen teilen. Ich bitte dich: Entlass mich aus dieser Rolle. Ich will nicht mehr Teil deines Harems sein. Wenn du Experimente machen willst, such dir eine andere dafür. Hier liegt ein Brief von einer Frau, die ziemlich deutlich zu verstehen gibt, dass sie bereit ist, dir als Versuchsperson für alle möglichen Experimente zu dienen und –«

»Wer ist die Frau? Wo wohnt sie?«

»Ich möchte dich nicht enttäuschen, aber sie wohnt in Los Angeles. Sie ist nicht die Einzige. In New York wirst du andere willige Opfer der gleichen Art finden.«

»Wirklich, Miriam, du musst nicht so sarkastisch sein.«

»Ich weiß genau, was du willst. Mit deiner ganzen Wissenschaft suchst du nur eines: die Gelegenheit, eine Menge Frauen zu treffen, die verführt werden möchten und Liebe suchen. Glaub mir, davon wirst du mehr haben, als du verkraften kannst, und ich wünsche dir, dass du alles erreichst, was du dir erhoffst. Aber ich will nicht eine von diesen Frauen sein. Ich bin deine Sekretärin, das reicht.«

»Mach, was du willst. Ich bin in jedem Fall verloren.«

ZWÖLFTES KAPITEL

1.

Auf dem Weg nach Miami kam Hertz Minsker immer wieder der Gedanke, wie gut es wäre, wenn das Flugzeug abstürzte und diese Reise sein Leben beenden würde. Er hatte Minna und Miriam verloren. Er war unterwegs zu seiner hochschwangeren todkranken Frau. Fast hätte er die himmlischen Mächte um eine Katastrophe gebeten. Aber warum sollten die anderen Passagiere leiden? Sie hatten mit seinen Sünden nichts zu tun. Sie waren ohne Schuld.

Von Zeit zu Zeit schien der Vollmond in die Fenster. Er hing tiefer als das Flugzeug, und für Hertz sah es aus, als habe er sich verirrt. Mal stieg er, mal sank er. Mal zeigte er sich auf der einen Seite, mal auf der anderen. Plötzlich verschwand er.

Manche Passagiere dösten. Ein kleiner Mann las die Börsenzeitung. Ein junger Mensch studierte in einem Magazin die Berichte über Pferderennen und unterstrich Namen mit einem Bleistift.

Hertz Minsker machte die Augen zu und lehnte den Kopf an die gepolsterte Rückenlehne. Jahrelang hatte er von Anerkennung geträumt, und nun, da sie sich abzeichnete, hatte er alles Interesse daran verloren. Die bitteren Worte, die in den Gesprächen mit Minna und Miriam gefallen waren, entfalteten jetzt ihre giftige Wirkung in ihm. Er hatte Angst, Bronja gegenüberzutreten.

Er fühlte sich wie ein Mörder, der den Leichnam seines Opfers in Augenschein nehmen muss.

Jedes Mal wenn das Flugzeug schlingerte, hoffte und fürchtete er, dass es abstürzen würde. Aber am Ende landete es sicher.

Hertz war aus dem Winter in den Sommer geflogen. Er stieg aus dem Flugzeug, und die Nachtluft umhüllte ihn mit ihrer Wärme und den exotischen Düften nach Wasser, Dschungel und geheimnisvollen Gewürzen. Er holte tief Luft. War das der Geruch von Orangen? Mandeln? Nelken? Er erinnerte sich an die Gewürzbüchse seines Vaters, an der er als Kind, Haiml, am Ende des Sabbats gerochen hatte. Diese silberne Gewürzbüchse – mit eingravierten Bildern von der Westmauer des Tempels, Rachels Grab und dem Eingang zur Höhle von Machpela – verströmte das Aroma eines Festes im Paradies, wo die Heiligen Fleisch vom Leviathan und einem Auerochsen aßen, den Wein der Gerechten tranken und in balsamische Ritualbäder eintauchten.

Die Gerüche hielten sich den ganzen Weg vom Flughafen bis Miami Beach, mischten sich allerdings gelegentlich mit Benzingestank. Von Zeit zu Zeit hatte man einen Blick aufs Meer oder eine Bucht, friedlich wie ein Fluss, grünlich und glasklar, dem Anschein nach etwas höher als das Land gelegen.

Hertz ging nicht sofort zu Bronja. Er hatte ein Hotelzimmer gebucht und fuhr dorthin. Der verschlafene Nachtportier gab ihm eine Karte, und er trug sich ein. Man führte ihn in ein Zimmer, das die Hitze vom Tag ausdünstete.

Hertz zog sich nicht aus. Er legte sich in Kleidern aufs Bett, schlief halb ein und verlor sich in den Grübeleien eines Menschen, der alle Hoffnung aufgegeben hat. Er verglich sich mit einem Thronfolger, dessen Gefolgsleute rebelliert hatten. Alle hatten sie sich gegen ihn gewendet: Minna, Miriam und Bronja, jede auf ihre Art. Warum gerade jetzt?, fragte er sich.

Seltsam: Bei allem Elend hatte ihn doch die Lust wieder überflutet. Dieses Klima war von Begehren durchtränkt. In der nächtlichen Stille erkannte Hertz ein Strömen und Fließen und dazu Geräusche, die sich wie zirpende Grillen oder quakende Frösche anhörten. Menschen und Tiere, womöglich sogar Ozeane und Felsen und Bäume und Sträucher sehnten sich nach Vereinigung.

Hier brauchte Hertz Minna mit ihrer glühenden Leidenschaft, ihren wilden Ausbrüchen und haarsträubenden Reden. Wenn sie nur so schriebe, wie sie in ihren leidenschaftlichen Momenten redet, dann wäre sie eine bemerkenswerte Dichterin, dachte Hertz. Wenn jemand ihre Sprache im Bett auf Band aufnehmen würde, bräuchte sie keine so lahmen, gestelzten, plumpen Verse zu schmieden. Aber da lag sie unbefriedigt neben Morris, in ihrer Lebensmitte, an der Schwelle zum Alter – und der Mann schnarchte die ganze Nacht wie ein abgeschlachteter Bulle. Sicher dachte sie an Hertz, oder vielleicht plante sie schon eine Affäre mit einem anderen. Als Hertz einschlief, graute der Morgen. Als er die Augen wieder aufschlug und seine Uhr befragte, zeigte sie fünf Minuten vor elf. Er rief Bronjas Nummer an und hörte Bessies Stimme.

»Wo bist du?«, krächzte sie.

»Im Hotel Edinburgh.«

»Wo ist das? Komm sofort her, Bronja hat schon gedacht, du hättest dir's anders überlegt.«

»Kann ich mit ihr sprechen?«

»Warum nicht? Sie ist immer noch deine Frau.«

Es dauerte mehrere Minuten. Hertz betrachtete sich im Spiegel und sah die Mängel seines Körpers, die er von Geburt an hatte und die ihn ins Alter begleiteten. Kann das der Körper sein, den sie lieben?, fragte er sich. Das Haar auf seinem flachen Brustkorb war schon weiß. Der Bauch war nicht fett, aber welk und etwas aufgebläht. Die Beine hatten ihre Symmetrie verloren. Hat sich's gelohnt, für diese schlaffen Körperteile den ganzen Blödsinn durchzumachen? Hat Freud darüber seine sämtlichen Werke verfasst?

Sonderbar, Hertz gönnte sich zwar alle körperlichen Lüste, zugleich ärgerte er sich aber und schämte sich für seinen Körper. Er entkleidete sich nie vor anderen Menschen, badete auch nicht in einem Fluss oder einem Schwimmbad. Schon als Kind im Haus seines Vaters hatte er vermieden, ins Ritualbad zu gehen. Er hatte die ganze Scham geerbt, die das Essen vom Baum der Erkenntnis nach sich gezogen hatte.

Hertz hörte Bronjas Stimme, die dünner und irgendwie kindlich klang.

»Proszę. Hallo.«

»Bronjele, bist du's?«

»Ja, ich bin's.«

»Wie geht's dir?«

Bronja antwortete nicht gleich, es gab eine lange Pause. Dann sagte sie: »Wie du säst, so wirst du ernten.«

»Was steht's mit deiner Gesundheit?«

»Gut.«

»Bronjele, ich habe dich schlecht behandelt, schrecklich, aber ich möchte, dass es dir gut geht, und ich will alles tun, was ich kann, um dir zu helfen«, sagte Hertz und staunte selbst über seine Worte. »Warum hast du mir nicht gesagt, dass du schwanger bist?«, fragte er, und was er sagte, klang in seinen Ohren so töricht und so unbeholfen wie ein altmodisches Melodrama oder eine Parodie. Seine Frage hatte einen falschen Ton, und er schämte sich wie über den Blödsinn, der einem manchmal wie von allein von der Zunge gleitet, als wolle sie sich über den mokieren, für den sie sprechen sollte. Werde ich auch noch schwachsinnig?

Wieder wartete Bronja sehr lange. Dann sagte sie: »Ich habe es selbst nicht gewusst. Die Katastrophen kommen alle auf einmal.«

»Was kann ich sagen? Alles meine Schuld. Mein verrücktes Wesen. Ich bin schlicht und einfach verrückt. Manche Menschen täuschen Wahnsinn vor, und manche Wahnsinnigen täuschen Gesundheit vor. In der Sprache der Psychiatrie nennt man das Dissimulation. Ein Dissimulant, das bin ich. Nur damit du es weißt, erzähle ich es dir, nicht, weil ich mich rechtfertigen will.«

Hertz entdeckte, dass Bronjas Krankheit in ihrer Stimme und ihrem Tonfall Spuren hinterlassen hatte. Sie klang wie jemand, der sich aus allen Verstrickungen gelöst hat und objektiv urteilen kann. Ihre Bitterkeit über ihren Verrat an Mann und Kindern, den Krieg und Hertz' Verhalten war ganz und gar verflogen, und sie sprach mit einer sozusagen verfremdeten Familiarität, wie Verwandte, die einander jahrelang nicht gesehen haben, aber wenn sie wieder zusammenkommen, die verlorene Vertrautheit wiederbeleben wollen.

Hertz hörte sich sagen: »Du wirst wieder gesund, Bronjele, mit Gottes Hilfe.«

»Mag sein. Immerhin bist du der Sohn eines Rabbis oder vielleicht sogar selbst eine Art Rabbi«, sagte Bronja.

»Kann ich zu dir kommen?«

»Sicher. Komm nur.«

»Ich bin bald bei dir!«, sagte er mit einer Glut, die ihn aus der Fassung brachte.

Hertz hatte wirklich wie ein frommer Jude geklungen. Aber was konnten seine guten Wünsche ihr nützen? Warum sollte Gott ihm zuhören? Plötzlich fiel ihm ein Satz aus den Psalmen ein: ›Aber der im Himmel wohnt, lacht ihrer.‹ Gott lachte über Menschen wie Hertz. Nicht einmal Gottes Zorn hatte er verdient.

Nach einer Weile ging Hertz ins Bad. Er musste sich waschen und rasieren. Er musste seinen Körper bekleiden und dessen Lächerlichkeit verhüllen.

Ich hätte nicht herkommen sollen, sagte er sich. Wer weg-läuft, hat kein Recht, zurückzukehren. Vielleicht ist es jetzt schon zu spät.

Trotzdem zog er sich an, ging auf die Straße und machte sich auf den Weg zur Washington Avenue, wo Bronja in einem Einzimmerapartment wohnte. Er kam an einem kleinen Garten mit einem einzelnen Kaktusbaum vorbei. Er stieg die Treppe hinauf, klopfte, und Bessie mit frisch gefärbtem und dauergewelltem Haar, Rouge im Gesicht, in einem gelben Kleid und gelben Schuhen, öffnete die Tür. In diesem hellen Kleid wirkte sie noch älter als in New York. Sie erinnerte Hertz an eine frisch renovierte Ruine. Bronja kam aus dem Zimmer, sie sah blass aus und ihr Buch wölbte sich. Sie trug einen Morgenrock und Pantoffeln. Ihr blondes Haar war zu einem Knoten gewunden und wurde von einer einzigen Haarnadel zusammengehalten. Sie versuchte nicht einmal zu lächeln.

Hertz beugte sich vor, wie um sie zu küssen, aber sie streckte ihm nur die Hand entgegen.

»Ich lasse euch beide allein«, sagte Bessie.

»Warum?«, fragte Bronja. »Wir haben keine Geheimnisse voreinander.«

»Egal, wie viel du sagst, die ganze Wahrheit ist es nie«, sagte Bessie verärgert. Aus ihren gelben Augen sprach Wut, gemischt mit dem Groll von Menschen, die helfen, aber im Voraus wissen, dass ihnen niemand für ihre Mühe danken wird.

Bessie musterte Hertz von Kopf bis Fuß und umgekehrt und bemerkte dann: »Jünger wird keiner. Das ist die Wahrheit.«

2.

Bessie ging hinaus, und Hertz betrat Bronjas Zimmer. Dort lagen verschiedene polnische Bücher, und Hertz bemerkte, dass die Bibel dabei war – das Alte und das Neue Testament in polnischer Übersetzung. Zwei Flaschen mit Medizin standen auf der Kommode. Das Fenster stand offen, aber Hertz bemerkte den süßlichen Geruch von Krankheit. Oder bildete er sich das vielleicht nur ein?

Hertz setzte sich auf einen mit Chintz bezogenen Stuhl, und Bronja brachte ihm einen Orangensaft und einen Keks.

»Hast du schon gefrühstückt?«, fragte sie. »Das ist alles, was ich habe.«

»Ich habe keinen Hunger. Danke.«

Bronja setzte sich aufs Bett, und ein langes bedeutungsschweres Schweigen folgte. Hertz schaute Bronja an, und sie blickte hin und wieder halb fragend, halb verlegen zu ihm auf.

»Wie ist es nur so weit gekommen?«

Bronja verzog das Gesicht, als hätte sie etwas verschluckt.

»Woher soll ich das wissen? Du bist gegangen, und das war's. Plötzlich fiel mir auf, dass ich schon den dritten Monat keine Periode mehr hatte. Ich hatte mich ganz auf dich verlassen. Das weißt du. Ich dachte, es sind die Nerven. Bis ich herausgefunden hatte, was zu tun war, und bis ich den Schock über dein Verschwinden verwunden hatte, waren wieder Wochen vergangen. Bessie war gut zu mir, mehr als das. Sie hat für mich gesorgt wie eine Mutter, wie eine Schwester. Ohne sie wäre ich schon lange tot. In New York ist eine Abtreibung teuer, und illegal auch. Es war, als käme alles zusammen: die Schwangerschaft, die Krankheit. Ich wurde ungewöhnlich müde und konnte einfach nicht mehr auf meinen Beinen stehen. Der Doktor riet mir zu einem Bluttest. Ich habe ihm nichts von meinem Zustand gesagt, und das war ein Fehler. Bessie war auch müde und fast hysterisch. Sie hat entschieden, dass in Florida alles leichter zu arrangieren wäre. Einen Urlaub brauchte sie auch. Warum muss sie so hart arbeiten? Sie hat doch genug gespart. Kurz gesagt, wir sind hierhergekommen. Bis wir diese Wohnung und alles andere gefunden haben, ist noch mehr Zeit vergangen. Was Bessie durchgemacht hat, kann ich dir nicht beschreiben: Sie ist fast wahnsinnig geworden und hat mich damit angesteckt. Sie ist schrecklich nervös. Nachts schläft sie nicht. Sie wandert die ganze Nacht umher und führt Selbstgespräche. Außerdem raucht und trinkt sie. Rauschgift nimmt sie auch, glaube ich, Opium oder Ha- schisch. Vermutlich hat sie mir auch so etwas gegeben. Sie ist Ärztin und kann Spritzen setzen. Wer weiß, was sie ist? Je länger ich mit ihr zusammen bin, desto weniger verstehe ich sie. Sie hat tatsächlich so lange getrödelt, bis es zu spät war. Und endlich habe ich den Test machen lassen und erfahren, dass ...«

Bronja hielt inne. Hertz saß stumm und angespannt da. Ihm war klar, was hier gespielt wurde – Bessie nutzte die Notlage aus, um sich an ihm zu rächen. Sie hatte dafür gesorgt, dass die Schwangerschaft nicht mehr abgebrochen werden konnte. Frauen liebten Hertz nicht nur, sie führten auch Krieg gegen ihn.

Was er von ihnen zu erdulden hatte, wie er sich gegen sie zur Wehr setzen musste, das würde ihm keiner glauben. Sie sorgten dafür, dass nichts aus ihm werden konnte. Der wirkliche Krieg wurde zwischen Männern und Frauen geführt. Selbst Weltkrieg und Hitlerismus waren nur ein Teil dieses Krieges zwischen den Geschlechtern.

Ich hätte nicht zulassen dürfen, dass sie mit dieser Hexe zusammenzieht, sagte sich Hertz. Diese Bessie ist meine ärgste Feindin. Sie ist fähig, mich zu vernichten.

Aber Hertz sprach nicht. Er fand keine Worte für das, was er wusste. Wahnvorstellungen, Verfolgungswahn, Manie, Paranoia, Schizophrenie, das waren Wörter, mit denen Ärzte die Realität verdeckten, die sogenannte Irre beim Namen zu nennen wagten. Die Geisteskranken waren diejenigen, die den Mut hatten, die Wahrheit zu sagen.

Bronja schob sich ein Kissen in den Rücken und lehnte sich dagegen, halb sitzend, halb liegend.

»Nicht verzweifeln«, sagte sie. »Du hättest nicht herkommen müssen.«

»Bessie will nach New York zurück«, sagte er. »Dann bist du hier ganz allein.«

»Sie wollten mich im Krankenhaus behalten. Wenn das

Baby gesund ist, findet sich immer jemand, der es adoptieren will. Es gibt genug Bewerber. Sie bezahlen sogar dafür.« Und Bronja lächelte.

»Warum hast du die Abtreibung nicht machen lassen, solange noch Zeit war?«, fragte Hertz.

Bronja überlegte.

»Das weiß ich selbst nicht. Das frage ich mich jeden Tag, jede Minute eigentlich. Es war, als hätte ich allen Mut verloren. Meine Kinder leben nicht mehr, dessen bin ich mir sicher«, sagte Bronja in anderem Ton, »und ich dachte mir, dass ich jemanden hinterlassen sollte, wenn ich aus der Welt gehe. Du hast deine Forschung, aber was bleibt Menschen wie mir? Ein Kind, das ist unsere Schöpfung.«

Und es war, als schäme sich Bronja über das, was sie da gesagt hatte.

»Auch Mäuse haben Kinder.«

»Na und? Eine Maus möchte auch nicht ganz vergessen sein.«

Hertz senkte den Kopf. Die Situation war neu, aber ihm kam sie uralt vor. Diese Argumente hatte er schon gehört. Männer wollten Leben nehmen, Frauen wollten Leben geben. Immer derselbe Drang: die menschliche Tragödie auszudehnen, neue Variationen des alten Elends durchzuspielen. Adoption? Warum nicht? Ehemann und Vater konnte er nicht sein. Wahrscheinlich hatte er schon Kinder in die Welt gesetzt und wusste nicht einmal, wer und wo sie waren.

Er sagte: »Bronja, hier in Miami Beach kann ich nicht bleiben. Ich muss in New York sein, und ich möchte, dass du auch dort bist. Wir finden Ärzte für dich, sie werden dir helfen. Verglichen mit New York ist Miami ein Dorf.«

»Vielleicht ist es ein Dorf, aber nach New York will ich nie wieder. Hier ist es warm, und die Vögel singen. Ich möchte lieber hier sterben.«

»Noch stirbst du nicht. Dort kann man dir helfen.«

»Mir ist nicht mehr zu helfen, und selbst wenn es möglich wäre, würde ich es nicht wollen. Ich möchte bei meinen Kindern sein.«

»Deine Kinder leben.«

»Nein.«

»Bessie geht nach New York zurück. Du wärst hier ganz allein.«

»Das wäre für mich am besten. Ich kann hier Bücher aus der Bücherei lesen. Die Ärzte in der Klinik sind gut zu mir. Warum, weiß ich nicht. Sie behandeln mich wie eine Hiesige.«

»Bronja, ich habe niemanden mehr außer dir. Ich möchte mich wieder mit dir versöhnen«, sagte Hertz zu seiner eigenen Verwunderung.

Bronja lächelte. Einen Augenblick lang leuchteten ihre Augen, und sie sah wieder hübsch und gesund aus.

»Oh, was ist passiert? Haben deine Frauen dich rausgeworfen?«

»So kann man es nennen. Jede verlangt, dass ich mich ihrem läppischen Blödsinn ganz und gar unterwerfe. Aber das kann ich nicht. Das geht gegen meine Natur.«

»Gegen meine Natur ist es, mit anderen zu teilen. Außerdem kommt es nicht mehr darauf an. Ich brauche keinen Mann mehr, nur noch einen Pfleger. Und das ist kein Beruf für dich. Ich bleibe hier, solange ich kann, danach nehmen sie mich wieder in der Klinik auf. Ich möchte dir sagen, dass du dich nicht meinetwegen schuldig fühlen musst. Ich bin kein kleines Mädchen, und du hast mich nicht verführt. Ich hatte kein gutes Leben mit meinem ersten Mann, und ich bildete mir ein, dass du mich wirklich liebst. Ich habe gedacht, wir würden zusammen sein, zusammen reisen, unsere Gedanken und Gefühle teilen. Wäre ich nicht blind oder bereit gewesen, mich selbst zu täuschen, dann hätte ich gemerkt, dass du zu einer solchen Existenz nicht fähig bist. Was hätten wir uns zu sagen gehabt? Du bist auf deine Art ein tiefer Denker, du möchtest die Welt ändern, und ich bin eine einfache Frau aus Warschau. Das meine ich ernst, ich bin nicht sarkastisch. Ich habe einen Fehler gemacht und muss dafür bezahlen. Andererseits zahle ich gar nicht. Wäre ich in Polen geblieben, wäre ich jetzt wahrscheinlich schon tot oder trüge einen gelben Stern und müsste zusehen, wie meine Kinder verhungern. Hier sterbe ich wenigstens wie ein menschliches Wesen.«

»Warum sterben?«

»Warum leben? Dazu habe ich keinen Grund mehr. Essen und Trinken interessieren mich nicht, meine Verdauung – verzeih – auch nicht. Wenn das alles ist, was Gott uns geben kann, dann gebe ich ihm Sein Geschenk gern zurück.«

Hertz hielt nichts vom Weinen, aber trotzdem kamen ihm die Tränen. Diese »einfache Frau aus Warschau« protestierte mit unübertrefflich klaren Worten gegen Gottes Untätigkeit. Voller Stolz wies sie die Gabe zurück, um die jeder andere zitterte, vor Angst, sie könnte verloren gehen, Gott behüte. Aber verloren war sie ohnehin. Plötzlich erinnerte er sich an seine ersten Treffen mit ihr, die Spaziergänge, die Cafés. Hertz hatte wie sie geglaubt, er könne sich mit ihr unterhalten, mit ihr reisen, physische und geistige Nähe mit ihr erleben. Aber kaum war sie die Seine geworden, hatte er alles Interesse an ihr verloren, wie ein Kind an einer Puppe, mit der es schon gespielt hat. Dann begann er, sich halb ironisch mit ihr zu unterhalten. Er machte sich auf die Suche nach anderen Frauen. Sehr bald machte er ihre Fehler ausfindig: ihre Schwunglosigkeit, den Mangel an Fantasie, ihre Banalität. Er hatte bei den Frauen etwas gesucht, was nicht zu finden ist, oder jedenfalls wertlos wäre, falls man es fände.

Er sagte: »Bronja, schick mich nicht weg. Ich habe niemanden außer dir.«

»Was willst du mit mir anfangen? Mir wird es von Tag zu Tag schlechter gehen. Wenn ich schon vorher zu nichts getaugt habe, bin ich jetzt erst recht zu nichts gut.«

»Ich helfe dir, gesund zu werden.«

»Ich will nicht mehr gesund sein. Tu mir einen Gefallen, Hertz, geh wieder zurück zu deinen Frauen. Oder finde dir ein paar neue. Ich will bei diesen Spielen nicht mehr mitmachen. Wenn es eine Seele gibt und ein Jenseits und das ganze andere Zeug, dann möchte ich sehen, wie es ausschaut. Und wenn da nichts ist, umso besser. Meine Großmutter hat immer gesagt: ›Auch Birnenkompott schmeckt irgendwann fade.‹«

Bis jetzt hatte Bronja Polnisch gesprochen, aber den letzten Satz sagte sie auf Jiddisch.

Hertz fühlte sich stumpf und schwer. Wie seltsam – alle drei Frauen hatten ihn gleichzeitig verlassen. Hier konnte er nicht bleiben, aber er wusste nicht, wohin. Der Dramatiker, der in allen menschlichen Dramen und Komödien Regie führt, hatte ihm zielsicher einen schweren Schlag versetzt, wie es seine Art war. Hertz stand auf und sagte: »Ich gehe nach New York zurück, Ich lasse dir einen Scheck da.«

»Ich brauche keinen Scheck.«

Ein paar Tage vergingen, und Hertz Minsker bereitete schon seine Rückreise nach New York vor. Eines Morgens klingelte früh das Telefon. Es war Lipman. Er sagte: »Dr. Minsker, mein Chef möchte mit Ihnen sprechen.«

»Mr Weiskatz?«

»Ich habe nur einen Chef.«

Nach einer Weile hörte Hertz Bernard Weiskatz' feste, etwas heisere Stimme. Er rief: »Warum sind Sie mittendrin nach Miami verschwunden? Hatten Sie Angst vor dem Schnee? In Black River fällt der Schnee im November und bleibt bis Mai liegen. Aber das ist in Ordnung. Dann soll es eben Miami sein. Ich will meine Knochen auch wärmen, und ich komme mit Lipman zu Ihnen. Ihre Miriam nehme ich mit. Warum soll sie in New York erfrieren, wenn sie in Miami braten kann? Wir wohnen dann alle im selben Hotel dort, nicht im ›verfallenen Schloss des gestürzten Königs‹, wie mein Vater immer sagte, sondern in einem stattlichen Hotel. Man lebt nur einmal. Ich kann mir einen Palast leisten. Morgen bin ich da. Ich habe allerhand mit Ihnen zu besprechen, eine ganze Menge.«

Hertz Minsker schaffte es gerade, den Hörer aufzulegen, da klingelte das Telefon wieder. Na also, die Komplikationen fangen schon an, dachten Hertz. Er hörte Minnas Stimme.

»Hertz, bist du das?«

Aus dem Telefon kam kein Ton mehr, und Hertz presste sich den Hörer ans Ohr. »Red schon, ich schlage dich nicht.«

»Das ist gut. Das hast du früher schon mal fertiggebracht. Du hast es vergessen, aber ich weiß es noch.«

»Ich auch.«

Wieder folgte Schweigen.

»Hertz, Morris geht es nicht gut, und ich habe ihm gesagt, er soll seine Geschäfte vergessen und nach Miami fahren. Er ist ein schwieriger Mensch. Hat sich in New York festgesetzt und will sich nicht von der Stelle rühren. Ich habe ihm angedeutet, dass du dort bist. Als er das hörte, hat er auf stur geschaltet. Der Mann tut mir leid. Der wird, Gott behüte, tot umfallen, wenn er nicht Vernunft annimmt. Wie lange bleibst du noch?«

»Weiskatz kommt mit Lipman hierher.«

»Sie folgen dir? Da hast du Glück. Hertz, du fehlst mir«, sagte Minna in anderem Ton.

»Du fehlst mir auch.«

»Also, warum führen wir uns dann auf wie zwei Idioten?«, zwitscherte Minna. »Ich wache nachts auf und kann kein Auge zutun. Ich gehe alles durch, was zwischen uns passiert ist, das Gute und das Schlechte. Du hast mir reichlich Kummer gemacht, mehr als meine ärgsten Feinde – tausend Mal mehr! Aber Frauen sind verrückte Wesen. Du hast mich gefesselt, Hertz. Mit Hypnose an dich gekettet. Wie machst du das? Das möchte ich wohl wissen. Ich liege im Bett, und alles in mir scheint mich zu dir hin zu reißen, als hätten Hände mich gepackt und würden mich an deine Seite zerren. Was passiert mit mir? Ich muss zu dir!«

»Komm her! Warte keine Minute länger!«

»Ich komme, und ich bringe Morris mit. Der Mann ist überarbeitet. Als ich ihm erzählt habe, dass du die Einführung für mein Buch nicht schreiben willst, war er am Boden zerstört. Er ist so ein besonderer Mensch, treu und anhänglich. Wenn ich ihn doch lieben könnte! Er hätte es so verdient. Aber ich kann's nicht. Das heißt, ich liebe ihn. Aber nicht wie dich. Ich wünsche ihm, dass er lebt und gesund ist und gedeiht, aber wenn er mir nahe kommt, wird mir speiübel. Wie kann ich das erklären? Er ist ein Mann, keine Frau. Aber er wird so weichlich und sagt solche Sachen, dass mir flau wird, und das macht die Stimmung kaputt. Er hat hohen Blutdruck, und er sollte keine Zigarren rauchen und nicht so viel Kaffee trinken. Sollte auch nicht so seinen Geschäften hinterherjagen. Er hat jetzt genug zum Leben, auch wenn er hundert wird, und für mich würde noch reichlich überbleiben. Seine Kinder taugen nichts. Er weiß es noch nicht, aber sein Sohn hat sich mit einer Schickse verheiratet. Wenn er das herausfindet, dann erbarme sich Gott! Seine Tochter hat's mir erzählt. Sie ist auch nicht besser. Viel schlimmer sogar! Alles weiß er nicht, aber einiges. Würde ihn doch nur Gott allein bekümmern! Nur du kannst ihm in dieser Krise helfen, Hertz. Er wird sich dort unten ausruhen und mit dir zusammen sein. Ich möchte, dass wir im selben Hotel wohnen. Das wäre in jeder Hinsicht leichter.«

»Ich weiß noch nicht, wo ich wohnen werde. Ich muss bei Weiskatz sein, wahrscheinlich irgendwo in einem der großen Hotels.«

»Wann kommt er? Was will er denn von dir, der alte Narr? Hertz, du machst alle wahnsinnig, Männer und Frauen. Wie schaffst du das? Das möchte ich wissen. Wann kommt Weiskatz?«

»Morgen, hat er gesagt.«

»Wie geht's Bronja?«

»Bronja liegt im Sterben.«

Minna antwortete nicht gleich.

»Was stimmt nicht mit dir? Warum sagst du so etwas?«

»Sie will nicht mehr leben, und wenn man nicht leben will, dann tut man es auch nicht.«

»Du willst nicht leben und lebst trotzdem noch. Ist sie wirklich schwanger?«

»Ja. Im achten Monat.«

»Hertz, was hast du getan?! Ich helfe dir, ich helfe dir, so viel ich kann. Ich habe Bronja nie gehasst. Sie ist ein wahres Opfer. Vielleicht kann man irgendwas für sie tun? Amerika hat großartige Ärzte. Was fängst du mit einem Kind an? Hertz, ich möchte immer noch, dass du die Einleitung schreibst. Schreib, was du willst. Schreib, dass ich der schlimmste Schmierfink in ganz Amerika bin, aber ich will deinen Namen in meinem Buch.«

»Ja, ich schreib's, Minna.«

»Ist das ein feierliches Versprechen?«

»Ja, ein feierliches Versprechen.«

»Also gut. Ich komme mit Morris, und wenn er stur wie ein Maultier ist und unbedingt in New York bleiben will, dann komme ich allein. Jetzt ist nicht die Zeit für Streit. Zu spät dafür! Du wirst morgen von mir hören. Wenn du umziehst, bevor ich fahre, ruf mich an und sag mir, wo du zu erreichen bist. Hinterlass deine Adresse beim Verwalter.«

»Ja, Minna.«

»Auf Wiedersehen. Gott helfe dir!«

Und Minna legte auf.

Gott kann mir nicht mehr helfen, sagte sich Hertz. Hat sie also wieder eingelenkt, die freche Zicke, dachte er.

Nach einer Weile ging er auf die Straße hinunter. Er kaufte sich eine Zeitung und las von den Schneestürmen in Chicago, New York und sogar in Kalifornien. Hier in Miami Beach schien die Sonne – eine kühle Morgensonne, die einen warmen Tag ankündigte. Hertz erhaschte zwischen dem einen und anderen Hotel immer wieder einmal einen Blick aufs Meer. Trotz der frühen Stunde planschten Männer und Frauen schon im Wasser, versuchten zu schwimmen und sprangen in jede anrollende Welle. In der Ferne, am Horizont, bewegte sich ein Frachter.

Ist das die Welt?, fragte sich Hertz. Ist das die sogenannte Realität? Er lebte schon seit fast sechzig Jahren, aber jedes Mal wenn er den Himmel, die Erde, die Häuser, Menschen, Läden und Autos sah, staunte er von Neuem. Was ging hier vor? Welchen Zweck hatte das Ganze? Was verbarg sich hinter all diesen Visionen und Erfindungen?

Hertz Minsker hatte noch nicht alle Hoffnung auf einen Blick hinter den Schleier der Ereignisse aufgegeben, auf ein Wunder, das ihm das Vordringen zum Kern des Seins, zum Ding an sich möglich machen würde. Nein, die Welt bestand nicht ausschließlich aus Ideen, wie Berkeley glaubte. Hinter den Träumen lag etwas Mächtiges, Ewiges, Wirkliches, voller Weisheit und vielleicht sogar Güte. Aber was war es? Warum verlangten diese Mächte, dass Hertz, Haim, jahrzehntelang durch ein Labyrinth aus Leidenschaften, Fantasien, zahllosen Kümmernissen irren musste, und präsentierten ihm am Ende ein Kind, das er nicht aufziehen konnte? War für ihn ein Platz in der Gehenna reserviert? Im Jenseits? Konnte es so etwas wie eine Unsterblichkeit der Seele geben?

Ausgerechnet jetzt, da er endlich die Gelegenheit hatte, seine Theorie der Humanforschung unter die Leute zu bringen und womöglich sogar Experimente durchzuführen, war ihm die ganze Idee gleichgültig geworden. Wozu sollte die Forschung gut sein? Alle menschlichen Bedürfnisse waren ohnehin bekannt. Die Frage war nicht, was die Menschheit wollte, sondern, was die über sie herrschenden Mächte entschieden. Sie hatten Hitler, Stalin, Mussolini, Kriege, Revolutionen, Seuchen und Erdbeben geschickt. Sie trieben ihr Spiel mit den Menschen, winkten ihnen mit unmöglichem Glück aller Art und zogen es zurück, sobald ein Mensch danach griff.

Hertz machte sich auf den Weg zu den Luxushotels, wo Bernard Weiskatz sich mit ihm einquartieren wollte. Er blieb bei einer Palme stehen, die so krumm gebogen war, als überlege sie: Soll ich umfallen oder nicht? Unterhalb ihrer Krone baumelte ein welker Bart aus Palmwedeln, die den oberen Abschnitt des Stammes schützten. Darüber, zwischen den Zweigen, die noch grün waren, hingen Kokosnüsse. Wie arbeiteten Erde und Wasser zusammen, um eine Kokosnuss hervorzubringen? Welche Kraft sammelte zahllose Atome und Moleküle und bündelte sie zu dieser Frucht? Jede Knospe, jedes Blatt war ein Wunder.

Hertz sah ein Café und ging hinein, um zu frühstücken. Er setzte sich an einen Tisch, und sofort kam eine Kellnerin. Hertz schaute sie an und Verlangen überkam ihn. Wie jung sie war! Alles passte ihr wie angegossen, das kurze Kleid, die weiße Schürze, die fleischfarbenen Strümpfe. Wie alt mochte sie sein? Höchstens fünfundzwanzig. Sie lächelte Hertz mit einer Vertrautheit an, die so alt war wie das männliche und weibliche Geschlecht. Sie brachte ihm eine Speisekarte und fragte: »Kaffee?«

Ihre Stimme war sanft, bittend, schien viel zu versprechen und hatte eine verborgene Ironie, als sei dieses Wort der Schlüssel zum Schutz einer Verschwörung.

Hertz sagte: »Ja, Kaffee.«

Sie machte einige Schritte wie in einem Ballett und kam mit einer gläsernen Kanne zurück. Sie goss den Kaffee vorsichtig in Hertz' Tasse und fragt: »Was kann ich Ihnen bringen?«

»Ein Brötchen, zwei gebratene Eier, Toast.«

»Marmelade?«

»Marmelade soll's sein«, sagte Hertz und erinnerte sich plötzlich an die Juden in Polen, seine Familie, die Konzentrationslager, die Schlachtfelder, den Hunger, die gelben Sterne. Er sah Bronja, ihre ungesunde Gesichtsfarbe, die Augen, in denen ihre Angst vor dem Tod stand, aber auch, dass sie sich damit abgefunden hatte. Hertz zitterte innerlich. Was soll ich tun? Was kann ich tun? Nichts, absolut nichts.

Die Kellnerin brachte die Eier, den Toast, Butter und Marmelade – nicht nur eine, sondern mehrere Sorten.

Sie fragte: »Ist das Ihr erster Tag hier?«

»Wie kommen Sie darauf?«

»Sie sind nicht braun gebrannt.«

»Meine Haut wird nicht braun.«

»Ja, meinem Mann geht es genauso. Er wird krebsrot.«

»Leben Sie hier?«

»Vorläufig. Mein Mann ist irgendwo im Pazifik. In der Army.«

»Ich verstehe.«

»Sonst hat er immer geschrieben. Jetzt kommen keine Briefe mehr. Die Scheißjapse.«

»Scheißmenschheit«, sagte Hertz, wie um sie zu korrigieren.

»Richtig. Warum bekriegen sie sich?«, fuhr die Kellnerin fort. »Was wird dieser Krieg noch bringen? Was in Pearl Harbor passiert ist, war eine Tragödie.«

»Die Menschheit jagt den Tragödien nach«, sagte Hertz und wusste selbst nicht, warum er sich auf dieses Gespräch einließ.

Die Kellnerin überlegte.

»Wollen die Leute nicht glücklich sein?«

»Bewusst wohl, aber tief im Unterbewusstsein sind sie auf Tragödien aus.«

»So zu denken, ist schrecklich. Ich habe in meinem ganzen Leben immer Glück haben wollen. Wir haben in Chicago gewohnt, aber als wir in unseren Flitterwochen hier ankamen und ich die Sonne und die Palmen und das schöne Wetter und das warme Meer gesehen habe, wollte ich hierbleiben. Ich habe zu meinem Mann gesagt: ›Jack, ich gehe hier nicht mehr weg.‹ Mein Mann hatte einen guten Job in Chicago, aber er hat sich auch in das Klima verliebt. Oben im Norden war er immer erkältet, aber damit war hier Schluss – kein Heuschnupfen mehr, keine Rosenallergie, nichts. Er fand Arbeit, und alles lief gut. Dann ist der Krieg ausgebrochen, und er musste zur Army. Ja, so ist es eben. Trinken Sie Ihren Kaffee, solange er heiß ist.«

Und Hertz meinte, ihre Worte hätten eine doppelte Bedeutung.

4.

Mehrere Tage waren vergangen, und Hertz hatte weder Nachrichten von Minna noch von Bernard Weiskatz. Er besuchte Bronja jeden Tag, aber sie blieb distanziert, schweigsam, verschlossen. Bessie war angeblich im Aufbruch nach New York gewesen, aber sie blieb in Miami. Jedes Mal wenn Hertz kam, begrüßte sie ihn auf die gleiche Weise: Sie machte die Tür einen Spaltbreit auf, musterte Hertz, ohne ihn zu erkennen, ließ ihn nach einigem Zaudern ein und ging wieder in den Innenhof zu ihrem Liegestuhl und ihren Illustrierten. Dort lag sie, las und wartete darauf, dass er wieder ging.

Bessie war in Miami braun geworden, aber die Bräune machte ihr Gesicht älter und faltiger. Sie trug eine Sonnenbrille mit großen dunklen Gläsern wie eine Blinde. Er hatte den Eindruck, Bessie und Bronja hätten einen Pakt gegen ihn geschlossen, aber was war das für ein Pakt?

Jedes Mal wenn Hertz versuchte, Bronja Geld zu geben, lehnte sie es ab und behauptete, sie brauche es nicht. Er wollte mit ihr über Ärzte sprechen und über ihre Pläne für das Kind, aber sie sah ihn nur verwirrt an, als verstünde sie einfach nicht, wovon er redete.

»Es kommt, wie es kommt«, sagte sie.

Und bald gab es nichts mehr dazu zu sagen.

Hertz hatte mehrmals bei Minna angerufen, aber niemand hatte sich gemeldet. Er rief Miriam im Büro der *Gesellschaft für die Erforschung der Menschheit* an, er versuchte sie zu Hause zu erreichen, aber auch das vergeblich. Was ist da passiert?, fragte sich Hertz. Hatte es in New York ein Erdbeben gegeben? Hatten sie alle dasselbe Flugzeug genommen und waren über dem Meer abgestürzt? Das Radio in Hertz' Zimmer berichtete nur von Frost und Schneestürmen im ganzen Land und von Zügen, die irgendwo im Mittelwesten auf den Gleisen steckengeblieben waren.

Hertz hatte jahrelang davon fantasiert, sich auf einer Insel zu verstecken, wo er in Ruhe würde arbeiten können, aber seine Manuskripte lagen auf dem Schreibtisch in seinem Zimmer, und er kam keinen Schritt weiter damit. Er schlug eines irgendwo in der Mitte auf, las eine Seite und schnitt eine Grimasse. Halbwahrheiten und reine Banalitäten, murmelte er. Wahrscheinlich sind alle Sprüche schon gesagt und alle Deutungen geliefert. Selbst in den Klageliedern Jeremias wurde davor gewarnt, zu viele Bücher zu schreiben.

Hertz ging in die Bibliothek und blätterte stundenlang in Büchern, aber sie interessierten ihn alle nicht. Jahrelang hatte er sich an Tagträumen berauscht, in denen er große Kraft, Reichtum, göttliches Wissen, Zauberkräfte und sexuelle Potenz besaß, aber selbst diese Hirngespinste waren ihm jetzt entglitten.

Während er darauf wartete, dass Minna kam, langweilten ihn bereits die Gedichte, die sie ihm vorlesen würde, ihre Ansprüche an die Kritiker, ihr übertriebenes Lob von Hertz' Bedeutung, ihre Wut über seine Unehrlichkeit und seinen Egoismus. Selbst seine sexuellen Fantasien wiederholten sich nur noch, waren öde und schal geworden.

Die Spannbreite zwischen Potenz und Impotenz hatte sich ungewöhnlich verringert. Er brauchte immer mehr Stimulierung und Provokation. Impotenz hing ständig als Drohung über ihm und wartete nur auf eine Gelegenheit, ihn zu sabotieren. In ihm – und vielleicht in jedem – lauerte ein innerer Feind, der aus jeder Schwäche, jedem Fehlschlag und jedem Fehler Gewinn zog. Leben und Tod spielten ein Spiel miteinander, bei dem der Tod gewinnen musste. Das Ende konnte man im besten Fall aufschieben, umlenken oder rechtfertigen. Zerstörerische Kräfte trieben jetzt Millionen Menschen in Angst, Demütigung, Niederlage, Mord. Auch Hertz war einer von diesen Teufeln.

Das Telefon klingelte, und Hertz hörte Minnas Stimme. Schon bevor sie etwas gesagt hatte, erkannte Hertz allein an der Art, wie sie seinen Namen sagte, dass eine Tragödie stattgefunden hatte. Minnas Stimme war heiser und hatte den uralten Klageton der Trauernden und Lamentierenden sämtlicher Generationen. Sie schrie weinend in den Hörer. »Hertz, Morris ist dahin! Weh mir. Weh meinen Jahren!« Hertz spürte, wie sein Herz einen Moment aussetzte.

»Was ist passiert?«

»Seine Tochter hat ihm erzählt, dass sein Sohn eine Deutsche geheiratet hat. Vater und Bruder der Frau sind Nazis. Als Morris das hörte, wurde er blau im Gesicht und fiel um wie ein gefällter Baum. Weh mir, was habe ich durchgemacht! Was kann ich tun? Wo soll ich hin? Ich will sterben! Sterben! Hertz ...«

Minna kreischte so laut, dass er den Hörer vom Ohr weghalten musste. Sie brach in hysterisches Schluchzen aus.

Er stand da, die Beine zitterten ihm, und er wartete, dass ihr Wehklagen aufhörte.

»Was soll ich tun?«, fragte er.

»Komm nach New York, auf der Stelle, in dieser Minute!«

»Wo ist er?«

»Zu Hause. Ich lasse ihn nicht wegbringen.«

Und Minna schluchzte wieder.

Nach einer Weile sagte Hertz: »Ich fahre sofort zum Flughafen.« Und legte auf.

Zum Packen brauchte er eine Minute. Er schob alles zusammen, schmutzige Wäsche, Manuskripte, Rasierzeug, Schlafanzüge. Aus Versehen stieß er eine Flasche Tinte um. Er hatte seinen Rucksack schon in der Hand und war auf dem Weg zur Tür, da klingelte das Telefon wieder. Er kam zurück und hörte Bernard Weiskatz' Stimme in der Leitung. Der war offenbar betrunken.

Er rief: »Schönen Feiertag! Wo sind Sie? Wir sind hier im Hotel Royal. Packen Sie Ihren Kram und kommen Sie gleich rüber! Miriam ist bei mir. Wir wollen diesen Ort genießen wie meines Vaters Weinberg. Beeilen Sie sich, Doktor! Die Zeit bleibt nicht stehen!«

»Mr Weiskatz, ich muss sofort nach New York.«

»Ich komme, und Sie laufen weg?!«

»Der Freund, der mir am nächsten stand, ist gestorben.«

»Wer ist das? Nahestehende gibt es nicht. Meine eigenen Kinder warten nur darauf, dass ich sterbe. Aber ich habe eine hübsche Überraschung für sie. Schicken Sie ein Telegramm nach New York. Wir haben hier Geschäfte zu erledigen.«

»Ich muss fahren, Mr Weiskatz.«

»Wie kann das sein? Ich bin Ihretwegen angereist. Ich habe Miriam mitgebracht und alles andere auch. Wir machen hier ein Büro auf. Eine Menge Müßiggänger sind hier vor Ort. Versuchspersonen für Sie! Wir sind nicht mit dem Flugzeug gekommen, sondern mit meinem Auto. In Washington haben wir die Fahrt unterbrochen und in – Ihre Miriam ist eine wunderbare Frau. Von jetzt an wird sie meine Sekretärin sein, und Sie müssen sich eine andere suchen. In Miami herrscht kein Mangel an Frauen und –«

»Mr Weiskatz, ich muss nach New York.«

»Was sein muss, muss sein. Amerika ist ein freies Land. Ich habe was getrunken, deshalb kann ich so offen mit Ihnen reden. Hier in Amerika gehen die Leute nicht zu Be-erdigungen. Das ist was für Weichlinge. Kein Tag, ohne dass einer von meinen alten Freunden stirbt, aber was hätten sie davon, wenn ich zu ihrer Beerdigung ginge? Für sie ist es wie der Frost vom letzten Jahr. Wenn meine Zeit zum Sterben kommt, wird keiner zu meiner Beerdigung gehen.

Ich habe Anweisung gegeben, dass ich eingeäschert werde. Meine Asche können sie ins Klo schütten und nachspülen – verstehen Sie mich oder nicht?«

»Ich verstehe, aber –«

»Wann kommen Sie zurück? Ihre – wie war das noch – Humanforschung schlägt ein. Sie kann ein Riesenerfolg werden. Hören Sie auf mich. Ich habe einen Riecher für solche Sachen. Die Leute haben eine Menge Geld und wissen nichts damit anzufangen. Wie viele Steaks kann ein Mensch denn essen? Ich persönlich muss meine Seele auch erforschen lassen. Lipman, unterbrich mich nicht! Setz dich hin und sei still. Halt den Mund! Warten Sie, Miriam möchte mit Ihnen sprechen –«

Hertz stellte das Gepäck auf den Boden und legte den Hut ab. Seinen Mantel hatte er schon ausgezogen, ihm war heiß.

Er hörte Miriams Stimme: »Was ist passiert?«

»Morris ist gestorben, Morris Calisher.«

Miriam schwieg einen Moment. »Aber er war doch ein alter Mann?«

»Was heißt alt? Er war nur zwei Jahre älter als ich.«

»Also, wenn du jetzt gehst, richtest du alles zugrunde.«

»Nicht die Partie, die ich vermittelt habe.«

»Was für eine Partie? Wovon redest du?«

»Ich weiß, was ich sage.«

»Du weißt es nicht, Hertz. Du hast mich dazu getrieben. Ich sollte es vielleicht nicht sagen, aber wahrscheinlich gehst du hin und heiratest Minna.«

»Miriam, leb wohl.«

Und er legte den Hörer auf. Er griff sich Hut und Koffer und verließ das Zimmer, bevor das Telefon wieder klingeln konnte. Schnell bezahlte er seine Rechnung und ging dann Richtung Lincoln Road, wo er ein Reisebüro gesehen hatte. Alles ging schnell. Jemand hatte einen Flug storniert, der anderthalb Stunden später starten würde, und Hertz erhielt den Platz. Er nahm ein Taxi zum Flughafen. Im Flugzeug setzte er sich neben eine fettleibige Frau und lehnte das Gesicht an die Fensterscheibe.

Hertz war nur ein paar Mal geflogen und hatte immer Angst vor einer Katastrophe gehabt. Er hatte stumm zu Gott gebetet und eine Spende gelobt, wenn er verschont würde. Aber diesmal fürchtete er sich nicht. Er dachte sogar, ein Flugzeugabsturz wäre ein passendes Finale für ihn. Die Frau neben ihm versuchte, eine Unterhaltung in Gang zu setzen, aber Hertz schloss die Augen und gab vor, zu schlafen. Aus dem Augenwinkel sah er das Meer, die Lichter von Miami und ein paar Sterne. Gottes Welt blieb dieselbe, während Morris oder Mosche Calisher alle seine Konten geschlossen hatte. Ihm konnte man nichts Böses und nichts Gutes mehr tun. Er war in das große Mysterium eingegangen, zu dem Meer, Mond und Sterne gehörten. Auf seine Weise war er einen Opfertod gestorben.

Hertz spürte eine ungewöhnliche innere Stille. Morris hatte ihm in all den Jahren geholfen, hatte ihn aus wer weiß wie vielen Gefahren gerettet, und wie hatte er es ihm gedankt? Wie viel Leid hatte Hertz Morris zugefügt, als der sein Schnupftuch in Minnas Bett fand? Wahrscheinlich hatte er bis zum Schluss Zweifel an der Ehrlichkeit von Minna und Hertz gehabt. Die höfliche Fassade der modernen Welt hatte er zurückgelassen. Bei aller Stärke war er schwach gewesen. Hertz hatte ihm nicht einmal die Bitte erfüllt, eine Einführung zu Minnas Gedichten zu schreiben. Wie alle

Heiligen war Morris betrogen aus der Welt gegangen und beschmutzt von jenen, denen er geholfen hatte.

Ein nie zuvor erlebter Schmerz, Scham und Selbstverachtung verzehrten Hertz. Er sah sich mit den Augen eines Fremden. Millionen Juden starben für ihr Jüdischsein. Millionen Nichtjuden vergossen ihr Blut im Kampf gegen jene, die die Welt verderben, aber er, ein Jude, der Sohn eines Rabbiners, hatte gegen alle göttlichen Gebote verstoßen. Er hatte die Menschheit befleckt. Er hatte seine Nächsten getäuscht. Er hatte sich aktiv für die Fleischeslust von Baal und Astaroth eingesetzt.

Wenn es einen Gott gab, was hielt er wohl von Hertz, dem korrupten Gelehrten, dem Verführer? Und wenn es keinen Gott gab, worauf konnte Hertz, ein alter Mann mit einem Fuß im Grab, dann hoffen? Wie lange noch würde er die Freuden der Fleischeslust genießen können, denen er seit dem Weggang aus dem Haus seines Vaters gefrönt hatte? Und was bedeutete es, dass es keinen Gott gab? Wer herrschte über die Erde, den Mond, den fernsten Stern, das kleinste Sandkorn am Meeresrand? Wie konnten solche Worte überhaupt einem Menschen über die Lippen kommen, der in der Welt gelebt und ihre Wunder gesehen hatte? Was war dieses Dasein im Mittelpunkt der Welt, im Magen einer Milbe, in einem Atom, in Hertz' verwirrtem Hirn? Musste man nicht alle und alles Gott nennen, die Summe aller Kräfte, das Ewige, Unendliche, die Macht, die alles bewegte, das Leben, das alles beseelte? Konnte Gott blind und taub sein und weniger Bewusstsein haben als eine Mikrobe?

Verloren bin ich, verloren, sagte sich Hertz. Er wollte Gott um Vergebung bitten, wagte es aber nicht. Er beugte das Haupt in Trauer um Morris Calisher und um sich selbst.

Reue? Dafür war es auch zu spät. Wer aber sagt: ›Ich will sündigen und dann bereuen‹, dem wird keine Gelegenheit zur Reue gegeben. Aber darauf hatte Hertz gesetzt: zu Gott zurückzukehren, nachdem er jede denkbare Sünde begangen und jede Narrheit und Verderbtheit bis zum letzten Tropfen ausgekostet hätte.

Offenbar war er eingedämmert, denn die Frau neben ihm weckte ihn und murmelte. »Wir landen, Mister.«

5.

In New York nahm Hertz ein Taxi zu Morris Calishers Wohnung.

Hertz saß mit geschlossenen Augen da. Die Stadt mit ihrem Licht und Lärm wollte er nicht mehr sehen. Schmerz und Ekel hatten alles in ihm ausgelöscht. Er hörte Schreie, quietschende Reifen, das Stampfen der U-Bahn und fragte: Warum haben sie es so eilig, da sie doch alle auf dem Friedhof enden werden? Wie können sie das vergessen? Hertz dachte an den Satz aus der Gemara: ›Wer bereit für den Tod ist, der ist schon so gut wie gestorben.‹

Hertz hatte Angst, sich Morris Calishers Wohnung zu nähern – nicht die mystische Angst, die er als Kind empfunden hatte, wenn er vor einem Leichnam stand, sondern eine andere, eine dumpfe, hohle Angst, gemischt mit Wut auf einen Gott, der so reich war und doch so wenig gab und dessen Gaben eine wie die andere in Hohn endeten.

Wenn es einen gäbe, der die Armen verhöhnt, dann wäre Er es, der Herr des Universums, sagte sich Hertz. Ein Gott, der allmächtig war, endlos und grenzenlos in Zeit, Raum,

Wissen und allem anderen, hatte seine Mühen auf ein jammervolles Bündel winziger Geschöpfe konzentriert und ihnen Passionen, Sünden, Ängste und Strafen aufgeladen. Warum hatte er sich nicht jemanden ausgesucht, der ihm gewachsen war?, schrie eine innere Stimme in Hertz. Selbst Kriminelle würden keine neugeborenen Babys angreifen.

Das Taxi hielt an, und Hertz stieg aus. Die New Yorker Kälte war er nicht mehr gewohnt. Es hatte geschneit, aber der meiste Schnee war schon zu Schneematsch geworden. Trotz Straßenlaternen, hellen Schaufenstern und Autoscheinwerfern herrschte Dunkelheit in New York.

Auf dem Riverside Drive wehte ein kalter Wind. Er heulte und rauschte wie ein Sturm über dem Meer. Der Hut flog ihm vom Kopf, und er konnte ihn gerade noch in der Luft erwischen. Seine Mantelschöße wehten hoch, und die Kälte kroch ihm in die Beine, die Rippen, überallhin. Hertz rang nach Atem und schaffte es mit Mühe in die Lobby. Dort herrschte schwaches Dämmerlicht wie in einer Leichenhalle.

Was soll ich ihr sagen? Wie kann ich sie trösten?, fragte sich Hertz. Er schämte sich, in die Wohnung zu gehen, in die er sich so oft heimlich geschlichen hatte, um mit der Frau seines Freundes zu sündigen, gesellschaftliche Regeln zu verhöhnen, den Zehn Geboten zu trotzen. Für solche wie mich ist selbst der Tod eine Schande, ging ihm durch den Kopf.

Hertz stieg in den Aufzug, drückte den Knopf, und der Aufzug fuhr in die oberen Stockwerke. Er sah, dass die Tür zu Morris' Wohnung nur angelehnt war. Er schob sie etwas weiter auf und schaute in den Flur. Minna hatte in ihrem Kummer offenbar vergessen, die Tür zu schließen. Eine rötliche Kugellampe gab Licht.

Plötzlich hörte Hertz Stimmen in einem Zimmer in seiner Nähe. Hertz blieb abrupt stehen, er erkannte Minnas Stimme. Ein Mann sprach mit ihr. Hertz hatte noch nie versucht – oder noch nie die Gelegenheit gehabt –, die Unterhaltung anderer zu belauschen. Aber diesmal blieb er, wo er war, und wagte nicht, das Gespräch zu unterbrechen.

Er hörte Minna sagen: »Hör zu!«

Und der Mann schien sie zu unterbrechen und wendete ein: »Woher willst du wissen, dass es eine Kopie gibt? Sie sind alle Diebe, diese Rabbis mit ihren Jeschiwot und Synagogen. Sie können die Juden in Europa so wenig retten, wie ich ein Tänzer auf dem Dach bin. Sie werden das Geld unter sich aufteilen. Auf so eine Gelegenheit warten sie doch nur. Und Hertz?«

»Es war sein letzter Wunsch«, sagte Minna.

»Wessen Wunsch? Minnele, wenn einer stirbt, ist er nicht mehr da. Das weißt du so gut wie ich. Die Tochter wird prozessieren, und am Ende verzehren die Anwälte alles. Ich bin kein Amerikaner, aber was hier vorgeht, weiß ich. Du wirst nicht jünger, du wirst älter, und dieser Hertz Minsker ist ein Mistkerl, verzeih. Er hat sich gerade einen reichen Juden aus Kansas oder Texas geangelt. Minnele, ich bin nicht dein Feind, Gott behüte ...«

Jedes Wort war wie eine Ohrfeige für ihn. Er wollte auf dem Absatz kehrtmachen, aber etwas hielt ihn zurück. Jetzt, in dieser tragischen Lage, hatte er zufällig hören können, wie Leute hinter seinem Rücken über ihn redeten. Er hatte einen Augenblick lang sozusagen Zutritt zum »Ding an sich« gehabt. Es war, als habe man ihm einen Anteil an der Wahrheit gewährt, die ein Mensch vielleicht nur einmal im Leben erfährt.

Er hörte Minna sagen: »Amerika ist nicht Frankreich. Hier darf eine Ehefrau eigenes Vermögen besitzen. Eine Ehefrau kann Millionen haben und ihr Mann ein Almosenempfänger sein. Wenn er sich blöd benimmt, kann ich ihn jederzeit auf die Straße setzen.«

»Du weißt, dass er auch andere hat.«

»Ich war auch keine Heilige in all den Jahren«, sagte Minna.

»War da jemand?«

»Jetzt ist nicht die Zeit für solches Gerede. Ein Mann läuft dir nach und läuft dir nach, und ehe du dich versiehst, hast du was Dummes gemacht. Du weißt, dass ich keinen Charakter habe.«

»Ich weiß, Minnele, ich weiß. Wir beide sind aus dem gleichen Stoff.«

»Du bist ein Hurenbock und ein Schwein, aber bei mir war's ein Ausrutscher. Ich könnte die Male an den Fingern einer Hand abzählen. Was für ein Vergleich! Trotzdem, ich bereue es. Ich werde es bis zu meinem letzten Atemzug bereuen.«

»Wer war's denn, hm?«

»Zygmunt, quäl mich jetzt nicht! Ein jiddischer Schriftsteller. Einer der größten. Er hatte seit Jahren ein Auge auf mich geworfen, und ich bin einfach neugierig geworden. Er hat Gedichte auf mich gemacht. Morris half ihm bei der Veröffentlichung. Aber als er bei mir war, habe ich gleich gewusst, dass ich einen Fehler begangen hatte. Ich hatte einen wunderbaren Ehemann, und diese Kerle sind alle Dreck. Frag mich nicht weiter aus, bitte. Ich verstehe selbst nicht, wie ich dazu komme, jetzt über dieses Zeug zu reden. Mir ist das Herz so schwer, dass ich versuche, den Schmerz einen Augenblick lang zu vergessen. Sonst zerbreche ich vor Kummer.«

»Warum mache ich all diesen Unfug, was glaubst du? Auch, weil ich vergessen will. Das Leben ist so grässlich, dass ohne Ablenkung jede Minute die Hölle ist. Du weißt, dass ich dich geliebt habe, aber Liebe kann manchmal eine schwere Last sein. Minnele, ich möchte dir etwas erzählen.«

»Was willst du mir erzählen? Geh nach Hause. Ich muss jetzt allein sein. Er wird gleich kommen.«

»Du willst heute Nacht mit ihm schlafen!«

»Du Monster! Hüte deine Zunge. So tief bin ich noch nicht gesunken.«

»Küss mich!«

»Geh, ich bitte dich!«

»Gib mir deinen Mund!«

Es wurde still im Zimmer.

Hertz schlüpfte hinaus. Er hatte Angst, dem anderen Mann, Krimsky, das wusste er, in die Arme zu laufen. Er nahm nicht den Aufzug, sondern stieß die Tür zum Treppenhaus auf. Über der Tür hing ein rotes Schild: »Exit.«

Er rang nach Luft. Lass mich nicht auf der Treppe sterben!, betete er hastig. Sein Herz hämmerte, begann dann, wild zu pochen, zu schlingern, zu flattern, als hinge es an einem Faden.

Er stand auf der dunklen Treppe, die nach Küche, Abfall und etwas anderem roch, das fettig und schimmelig sein musste. Ihm wurde speiübel, und er versuchte, den Brechreiz zu unterdrücken. Er hatte einen Schluckauf und rülpste. Sein Bauch war prall wie eine Trommel. Die Beine wollten ihn nicht mehr tragen, er hätte sich setzen müssen. Er konnte nicht mehr an sich halten, ein Schwall stürzte ihm aus dem Mund. Da stand er in dem Treppenhaus, in dem sich jede Sekunde eine Tür öffnen konnte, und würgte. Jedes Mal wenn er meinte, sein Magen sei leer, kam die Galle wieder hoch. Gleichzeitig überfiel ihn ein so heftiger Harndrang, dass er seine Hosen nass machte.

Das ist das Ende, das Ende!, sagte ihm seine innere Stimme, und in seiner Not empfand er etwas wie Rache an seiner eigenen Bösartigkeit, Dummheit und Flatterhaftigkeit. Mein Name soll ausgelöscht sein! »Und also müssen umkommen alle deine Feinde«, rief eine Stimme in ihm. Sie klang wie sein Vater, der Pilsener Rabbi.

Hertz ging auf unsicheren Beinen die Stufen hinunter. Feurige Funken tanzten ihm vor den Augen. In seinen Ohren tönte es wie Glocken.

»Würdest du morden und dann Besitz ergreifen?«, hörte er jetzt eine andere Stimme. Diesmal sprach Morris zu ihm. Er trat auf die Straße hinaus, und der Wind sprang ihn an wie eine Horde Teufel. Hertz dachte an das, was er über die sündige Seele gelesen hatte und die Engel der Zerstörung, die ihr auflauerten, um sie in dem Moment anzugreifen, da sie den Leib verließ. Er keuchte und begann zu laufen, wie um sein Leben zu retten. Ein Sprühregen überschüttete ihn, und die kalte Luft fiel über ihn her.

Das ist mein Ende, mein Ende!

Er ging in den Wind und ließ sich durchschütteln. Sein Hut wehte weg und rollte mit hoher Geschwindigkeit dem Hudson entgegen. Hertz versuchte nicht einmal, ihn zurückzuholen. Er hatte die Wahrheit gesehen, die er immer schon gewusst hatte – dass ein Jude, der sich nur einen Schritt von der Tora entfernt, schon in der Hand der Unterwelt ist. Er hatte unter Huren und Mördern gelebt, er war selbst einer von ihnen geworden. Er hatte nach einem einzigen Gesetz gelebt: Töten und getötet werden. Täuschen und getäuscht werden, betrügen und betrogen werden. Das predigten ihre Schriftsteller, das priesen ihre Dichter. Nazis sind sie, Nazis einer wie der andere. So ist der moderne Mensch.

Aber noch konnte er dem entfliehen. Doch wohin?

Die Orthodoxie selbst beneidete die Ketzer. Sie ahmte deren Methoden nach. ›Ein irdener Topf kann nicht koscher gemacht, er kann nur zerbrochen werden.‹ So stand es in der Gemara, er erinnerte sich.

Hertz konnte nicht mehr bereuen. Er hatte weder Zeit noch Kraft dazu.

Er bog in eine Seitenstraße ein, wo der Wind nicht ganz so schneidend war, und schleppte sich weiter zu einer Cafeteria am Broadway.

Er trat ein in die Wärme und die Helligkeit, blieb neben der Tür stehen, und die Leute an den Tischen starrten zu ihm hin. Er sank auf einen Stuhl und blieb sitzen. Jemand brachte ihm den Bestellschein, den er vergessen hatte. Er wollte eine Tasse Kaffee, kam aber nicht aus seinem Stuhl hoch. Sein Gesicht war nass, vom Regen oder vom Schweiß oder von beidem, er wusste es nicht.

Wo soll ich jetzt hin?

Er merkte, dass er seinen Koffer nicht bei sich hatte. Den hatte er in Minnas Flur stehen lassen oder vielleicht auf der Treppe. Er zitterte – er hatte sein Manuskript über die Humanforschung verloren! Na, vielleicht besser so! Die Menschheit war bereits erforscht. Derjenige, der die Zehn Gebote erlassen hatte, kannte die Menschheit genauer als alle Psychologen.

Nach einer Weile erhob sich Hertz und holte sich einen Kaffee.

Irgendwo würde er in der kommenden Nacht schlafen müssen. Gott lieferte denen, die ihm dienen wollten, keine Betten und kein Bettzeug – sie mussten sich schon selbst versorgen – und das mit Mühe und Arbeit.

Lange saß Hertz da und wärmte sich die Hände an der Kaffeetasse. Dann ging er in eine Telefonzelle und wählte Minnas Nummer.

GLOSSAR

Aw, elfter Monat im jüdischen Kalender: 9. AW, Trauertag zur Erinnerung an die erste und zweite Zerstörung des Tempels in Jerusalem

Baal Shem Tov: sagenumwobener Begründer des Chassidismus, gestorben um 1760

Chanukka: achttägiges Lichterfest, das am 25. Tag des Monats Kislew (November/Dezember) beginnt. Ein Chanukka-Leuchter hat acht Kerzen, dazu eine neunte, den Shamash, zum Anzünden der anderen.

Chassid: 1. Frommer 2. Anhänger des Chassidismus, einer im 18. Jahrhundert entstandenen ostjüdischen Bewegung, die Freude an der Religion, Lachen und Tanzen, Geschichten und Gleichnisse gegen allzu strenge Orthodoxie setzt

Cheder: Lehrstube, Grundschule orthodoxer Juden

Cholent: Eintopf, der vor dem Sabbat gekocht und warmgehalten wird (am Sabbat darf kein Feuer angezündet werden)

Hoschana Rabba: siebter Tag des Sukkot, des Laubhüttenfestes

Jeschiwa: Talmudhochschule

Kaschrut, die jüdischen Speisegesetze

Koscher: rein, Essen, das den Speisegesetzen entspricht

Dibbuk: Totengeist, Dämon, von dem ein Lebender besessen sein kann

Gehenna: 1. Tal bei Jerusalem, 2. Hölle

Gemara: Erläuterungen zur Mischna, den mündlich über-
lieferten Lehrsätzen der Tora

Haggada: Erzählung vom Auszug aus Ägypten, die am Vor-
abend von Pessach vorgelesen wird

Kaddisch: Teil des täglichen Gebets; Totengebet

Kiddusch: Segensspruch über einem Becher Wein vor dem
Sabbat oder einem Festmahl

Jom Kippur: Versöhnungstag, höchster jüdischer Feiertag,
begangen am 10. Tischri (Anfang Oktober)

Menora: siebenarmiger Leuchter

Misnagdim: religiöse Gegner der Chassidim

Quorum: die Mindestzahl (10) für ein gültiges Gemeinde-
gebet

Rosch Haschana: Neujahrsfest

Schlimazl: Pechvogel

Schulchan Aruk: »Gedeckter Tisch«, Kompendium jüdischer Religionsgesetze, verfasst von Josef Karo (1488-
1575)

Simchat Tora: der letzte der mit Rosch Haschana beginnen-
den Feiertage

NACHWORT

Isaac Bashevis Singer war einer der produktivsten Autoren des zwanzigsten Jahrhunderts, er verfasste unzählige Romane, Erzählungen, Kinderbücher und Essays. Er war der erste und ist bis jetzt der einzige Jiddisch schreibende Literatur-Nobelpreisträger – allerdings hatte die schwedische Jury nur die englischen Übersetzungen seiner Werke gelesen. 1935, als Einunddreißigjähriger, verließ Singer Warschau und emigrierte nach New York; seine Briefe aus dieser frühen Zeit lassen erkennen, dass ihm sehr daran lag, den Kreis seiner Leser über die jiddische literarische Welt hinaus zu erweitern. 1950 erschien *Die Familie Moskat* als sein erster Roman in englischer Sprache, nachdem Singer die Übersetzung so ausgiebig überarbeitet hatte, dass das Typoskript des Übersetzers nicht mehr lesbar war und der Verlag eine Abschrift – auf Kosten des Autors – verlangte. An fast allen folgenden Übersetzungen wirkte Singer mit, bevor er sie zur Veröffentlichung freigab. Das Übersetzen wurde Teil seiner literarischen Praxis: Die erste Fassung eines Textes war jiddisch, danach entstanden in Zusammenarbeit mit den Übersetzern englische Entwürfe, und später nahm er dann in Absprache mit Redakteuren und Lektoren von Zeitschriften und Büchern Kürzungen oder auch Ergänzungen vor. Er arbeitete praktisch als zweisprachiger amerikanischer Autor.

Zwischen Singers Karriere als jiddischer Autor und dem Erscheinen seiner Werke in englischer Sprache klafft eine Lücke. Seine jiddischen Texte verfasste er in schneller Folge, sie wurden zuerst als Fortsetzungsromane in der New Yorker jiddischen Tageszeitung *Forverts* (*Forward*) veröffentlicht. Das führte dazu, dass sich die Publikation seiner Arbeiten in englischer Sprache verzögerte. Es gab immer mehr Material zum Übersetzen und Publizieren, als der Buchmarkt jeweils aufnehmen konnte. Bei der Auswahl der Texte für das englischsprachige Publikum achteten Singer und seine Berater – Verleger, Lektor und Literaturagent – darauf, den Erwartungen der Öffentlichkeit zu entsprechen. Um ein Werk beurteilen zu können, brauchten die Berater englische Übersetzungen, folglich bestellte und bearbeitete Singer sein Leben lang eigenständig Übersetzungen seiner Werke aus dem Jiddischen. Auf diese Art wurden viele seiner bekanntesten Romane publiziert, zum Beispiel *The Slave (Jakob der Knecht), Enemies. A Love Story (Feinde. Die Geschichte einer Liebe), Shosha.* Andere, eher brisante und provozierende Werke wurden dagegen zurückgestellt, etwa *The Penitent (Der Büßer)*, ein Roman über Orthodoxie, der, kurz nachdem er 1973 in Fortsetzungen auf Jiddisch erschienen war, ins Englische übersetzt, dann aber zehn Jahre lang nicht veröffentlicht wurde. Erst 1983, fünf Jahre nachdem er den Nobelpreis gewonnen hatte, setzte Singer die Publikation durch, vielleicht, weil er nun riskieren konnte, den amerikanischen Lesern ein Buch mit derartig komplexen Themen zuzumuten.

Der Scharlatan – von Dezember 1967 bis Mai 1968 in Fortsetzungen im *Forward* veröffentlicht und wahrscheinlich irgendwann in den Jahren danach übersetzt – wurde zu

Lebzeiten Singers nicht auf Englisch publiziert. Das Typo-skript einer englischen Übersetzung mit handschriftlichen Korrekturen Singers und dem oben auf die erste Seite ge-kritzelten Titel fand sich zusammen mit etlichen anderen unveröffentlichten Texten im Nachlass Singers im Harry Ransom Center in Austin. Die jiddische Fassung war unter dem Pseudonym Yitzhok Varshavski, Isaac aus Warschau, erschienen, allerdings war den Lesern längst bekannt, wer sich hinter diesem Namen verbarg: 1955 hatte Singer unter dem Namen Varshavski eine Reihe jiddischer Geschichten über seinen Vater herausgebracht und im Jahr danach die-selben Erzählungen als Sammlung unter seinem Pseudonym Bashevis noch einmal publiziert. Unter dem Pseudonym Varshavski erschienen nur zwei Romane im *Forverts, Der Scharlatan* und *Max der Schlawiner (Scum)*, der kurz vor dem *Scharlatan*, zwischen Juni und September 1967 abge-druckt und 1991, knapp vor Singers Tod, auf Englisch ver-öffentlicht wurde. Beide Romane befassen sich, allerdings auf unterschiedliche Weise, mit den sexuellen Irrungen und Wirrungen eines Sechzigjährigen, der einerseits seine eigene Existenz in Frage stellt, andererseits die belebende Wirkung von intimen Beziehungen und Komplikationen sucht. Aber während *Max der Schlawiner* seine moralischen und sexuellen Ausschweifungen im Warschau der Wende vom neunzehnten zum zwanzigsten Jahrhundert begeht, lebt der *Scharlatan* in New York kurz vor dem Eintritt Amerikas in den Zweiten Weltkrieg. Die Romanpersonen – einige von ihnen knapp Hitlers Europa entkommen – haben erfahren, was ihren jüdischen Mitmenschen dort zustößt, und das verschärft die Kriterien der Beurteilung ihrer moralischen und sexuellen Ausschweifungen.

Der Scharlatan ist einer der düstersten Romane Singers –
aber auch ein besonders bewegender. Im Mittelpunkt steht
Hertz Minsker, der seine Denkrichtung als ein Konglomerat
aus Existenzphilosophie, religiösen Meditationen und psy-
choanalytischen Theorien versteht und alle Einordnungen
in bestimmte Wissensgebiete ablehnt, um Raum für seine
»Humanforschung« zu schaffen – ein Sammelsurium von
Spekulationen über die Menschheit und ihre Neigungen.
Minsker hat es nicht geschafft, auch nur ein einziges seiner
Buchprojekte abzuschließen, aber manche seiner Jiddisch
sprechenden Schicksalsgenossen, Emigranten aus Europa
wie er, halten ihn für ein gescheitertes Genie, eine verlorene
Seele aus einer berühmten Rabbinerfamilie, einen Mann,
der seine Frau, seine Freunde und Freundinnen ausnutzt,
aber das Potenzial zu einem bedeutenden Menschen hat.
Minsker ist umgeben von Personen, die nicht weniger verloren sind – so sein bester Freund, ein Geschäftsmann, der
ihn oft finanziell unterstützt, dessen Frau, die miserable
Gedichte schreibt und versucht, in der jiddischen Welt der
Literatur Fuß zu fassen, seine spiritualistische Vermieterin,
die für Minsker Séancen inszeniert, und seine Ehefrau, die
ihren ersten Mann und ihre Kinder in Polen zurückgelassen
hat, um Minsker nach Amerika zu folgen, und sich jetzt mit
schwersten Selbstvorwürfen quält. Der Roman schildert die
Eskapaden dieser und anderer Personen, deren ohnehin
kompliziertes Leben Minsker in ein totales Chaos verwandelt.

Exil, Verzweiflung, Ehebruch und Erfindungsreichtum,
diese typischen Themen Singers werden auch im *Scharlatan*
behandelt – aus einer suggestiven persönlichen Sicht. Der
Roman ist eine meisterhafte Darstellung existentieller Angst,

religiöser Sinnsuche und psychologischer Spekulation, er schildert, wie die Reste jüdischer Tradition aus den *shtetl* und das Leben auf den modernen Straßen Manhattans in Zeiten des Krieges aufeinanderprallen. Ein Ideenroman, durchtränkt mit jiddischer Ironie und verankert in der Realität des Holocaust. Er erkundet das menschliche Verlangen nach einem eigenen Weg in gutem Glauben – und die Lügen, die Menschen sich selbst und anderen erzählen, um überleben zu können. Singer schickt seine Figuren auf Irrwege, er zeichnet sie realistisch und mit schwarzer Komik. Geistesverwirrung, Depression und Verzweiflung bringt *Der Scharlatan* unumwundener zur Sprache als alle von Singer selbst veröffentlichten Werke. Themen sind auch das Phantom des Erfolges samt seiner Gefahr und seiner Paranoia, die Belastungen, denen Immigranten ausgesetzt sind, und der unbezähmbare menschliche Trieb zur Verführung, Fantasterei und Flucht. Lust, Chauvinismus, Betrug stellt Singer im *Scharlatan* nicht als verzeihliche Fehler dar, sondern als den Grundbestand der Begierde, die zwischenmenschliche Beziehungen intensiviert und zerstört. Der Roman erzählt von Leidenschaft und Narzissmus, Optimismus und Nihilismus, erfasst eine große Bandbreite von Emotionen und Verhaltensweisen und zeichnet die paradoxe Beziehung zwischen menschlicher Tragik und Lebenswillen.

Dem Anschein nach hat *Der Scharlatan* mehr von einem Bekenntnis des Autors als die meisten anderen Romane Singers. Und doch erzählt er eine erfundene Geschichte, also sollten sich die Leser vor allzu direkten Vergleichen mit Singers Privatleben hüten. Allerdings klingen im Roman die Gerüchte über Singers Untreue an, die in Büchern,

Artikeln und Dokumentarfilmen über sein Leben hin und wieder aufgegriffen werden, aber meist vage und unbestätigt bleiben. Singer hatte eine äußerst lebhafte Einbildungskraft und verwendete in seinen Romanen und Erzählungen eine einzige Erinnerung in unzähligen Variationen wieder und wieder. Das ist deutlich erkennbar in den Geschichten aus seiner Warschauer Kindheit, in denen er die gleichen Ereignisse mit unterschiedlicher Absicht mehrmals erzählt und je nach Genre unterschiedlich gestaltet. Vermutlich nutzte Singer seine Machtposition aus, um Frauen anzuziehen, die ihn bewunderten, aber im *Scharlatan* wird den Lesern eine gnadenlos selbstkritische und vernichtende dichterische Reflexion dieses Verhaltens präsentiert. Hier wird das Thema Treue weiter gefasst, über das Schicksal einer Einzelperson hinaus, und umgreift Gewissen und Bewusstsein eines Mannes, der nicht nur seine Frau betrügt, sondern alle Menschen, die ihn lieben und die er liebt, schließlich oder vor allem aber sich selbst.

Als vor nicht langer Zeit offengelegt wurde, dass in Machtzentren über Generationen hin sexuelle Übergriffe, Belästigungen und Missbrauch stattgefunden haben, kam auch die Rolle der Sexualität in zwischenmenschlichen Beziehungen zur Sprache. Sex am Arbeitsplatz war ein Tabuthema gewesen; man sprach nicht darüber, und das Verschweigen schuf eine Lebenswelt, in der eindeutige Beispiele für sexuellen Missbrauch übersehen oder vertuscht werden konnten. Eine Kultur, die ein Thema tabuisiert, versperrt sich die Möglichkeit, Missbrauch ans Licht zu bringen. Singer konnte in seinen Romanen sowohl den emotionalen Anreiz wie den Preis der Untreue darstellen. Hertz Minsker überlegt im *Scharlatan*: »Die Psychoanalyse ... konnte bestenfalls die Diagnose stellen. Heilen konnte sie nicht. Hertz war das beste Beispiel dafür. Seine Probleme konnte keine Freude, kein Vergnügen lösen. Er brauchte Spannung in seinem Leben. Er musste Krisen aushalten. Er brauchte seine Liebesaffären. Er musste Frauen jagen wie ein Jäger auf der Pirsch seine Beute. Jeder Tag musste neue Spiele, neue Dramen, Tragödien und Komödien bereithalten, sonst würde er an spirituellem Skorbut eingehen.« Singer konnte in seinen Geschichten, vielleicht trotz, vielleicht wegen seiner eigenen Erfahrungen nicht nur die innere Verfassung seines Protagonisten abbilden, sondern auch den moralischen Konflikt, der sich für die Romanperson daraus ergibt, und die Verletzungen, die sie den Menschen in ihrer Umgebung zufügt.

Die jiddische Literatur, die Literatur der osteuropäischen Juden, stand immer am Scheitelpunkt zwischen Ost und West, sie verband literarische Traditionen aus Europa mit den semitischen Grundlagen ihres Alphabets und ihrer heiligen Schriften. *Der Scharlatan* schildert, wie die Romanpersonen gefangen sind im Kulturkampf zwischen einer von Europa inspirierten Aufklärung einerseits und einer ehrwürdigen alten hebräischen Tradition andererseits. Das zeigt sich an den zahlreichen Zitaten aus der hebräischen Bibel und der Gemara, die Singer in den Überarbeitungen seiner anderen Werke oft strich, die aber im englischen Typoskript des *Scharlatan* als Leerstellen, noch zu übersetzende Passagen, erscheinen. Im jiddischen Original stehen diese Zitate in hebräischer oder aramäischer Sprache, und sogar Jiddisch sprechende Leser Singers wussten vermutlich oft allenfalls ungefähr, was sie bedeuten. Als ich das Typoskript für die Publikation präparierte, habe ich die Zitate ins Englische* übersetzt, ohne Quellengaben, so wie sie im jiddischen Original stehen. Singer war sehr vertraut mit religiösen Texten und arbeitete sie ebenso mühelos in seine Romane ein wie seine Anspielungen auf Philosophen der westlichen Welt und die subtileren Regungen der menschlichen Seele.

Die literarische Darstellung düsterer Realitäten gehört zur westlichen Literaturtradition, und *Der Scharlatan* ist keine Ausnahme. Hätte Ödipus die Beziehung zu seinen Eltern auf Freuds Couch reflektiert, statt den Vater zu ermorden und die Mutter zu heiraten, hätte sich daraus womöglich eine bessere Realität ergeben, aber für die Literatur wäre es belanglos geblieben. Beim Romanlesen sind wir nicht immer auf der Suche nach Vorbildern, sondern wir lesen auch, um eine Sprache für die komplexeren Aspekte unserer Erfahrungen in der Welt zu finden. Man kann das Bedürfnis, über die Tragik des Ödipus zu *sprechen*, statt sie im eigenen Leben zu erleiden, geradezu als die Voraussetzung für Psychoanalysen verstehen. Auch *Der Scharlatan* befasst sich mit Verhaltensweisen und Geisteszuständen, die in der Realität nicht immer erfreulich oder wünschenswert sind. Aber dieser Roman legt offen, welche Ursachen und welche Folgen es hat, die eigene emotionale und psychische Verzweiflung außer Acht zu lassen. Ohne erfundene Geschichten, literarische Darstellungen, die uns die Chance bieten, über die weniger erfreulichen Seiten der menschlichen Natur zu sprechen, und die uns vor Augen führen, welchen Preis es hat, uns und anderen Unrecht zu tun,

---

* Im deutschen Text werden die zitierten Passagen aus dem Alten Testament im Wortlaut der Lutherbibel wiedergegeben.

fehlen unserer Gesellschaft die Worte und Bilder, die sie braucht, um über solche schädlichen Faktoren diskutieren zu können. Sie würde damit wieder einmal eine Gelegenheit verpassen, Wege zur Heilung des »spirituellen Skorbuts« zu finden, der so viele Menschen zu allen Zeiten befällt.

David Stromberg, Jerusalem 2017